古法文・現代法文・中文

大尼姆車隊

Le Charroi de Nîmes

十二世紀以
（Guillaume d'Orange）
奧朗日的紀堯姆
為主角的武勳之歌系列之一

對照本

佚名───原著　李蕙珍Huei-Chen LI───譯注

目次

前言
Avant-propos

　　對於歷史學家而言，中世紀（Moyen Âge）始於西元476年的西羅馬帝國滅亡，終於西元1453年的東羅馬帝國滅亡，中世紀位於古代（Antiquité）與現代（Temps modernes）之間的中間時間段，故稱之為中世紀。在這將近十個世紀的時間裡，法國在前五個世紀都專注於法蘭西的政權確立以及法語的形成上，但是後五個世紀，也就是自十一世紀起，開始出現了以古法語創作的文學作品，其中最有名的文類（genre littéraire）便是武勳之歌（chanson de geste）。

　　在十二世紀末的《維埃那的吉哈爾》（*Girart de Vienne*）一書中，作者奧布河畔巴爾的貝特朗（Bertrand de Bar-sur-Aube）將所有的史詩（poèmes épiques）稱之為「武勳」（geste），並將其劃分為三大系列（cycles）：1. 以查理曼為中心的法蘭西國王系列（cycle du roi ou cycle de Charlemagne），主要描述了查理曼的英勇事蹟，其中最出名的便是《羅蘭之歌》(*La chanson de Roland*）；2. 美茵茲的杜恩（Doon de Mayence）系列，內容講述了反叛查理曼的幾位臣子之故事，例如《波爾多的宇翁》(*Huon de Bordeaux*）；3. 孟葛蘭的迦蘭（Garin de Monglane）系列或稱奧朗日的紀堯姆（Guillaume d'Orange）系列，這一個系列的武勳之歌集結了24首不同世代，但為同一家族成員所做的英勇事蹟，這個家族中最有名的成員便是奧朗日的紀堯姆（Guillaume d'Orange）。

　　就筆者所知，現今只剩下不到一百首用奧伊語（langue d'oïl）、奧克語（langue d'oc）以及法語與威尼斯語混合的方言（langue franco-vénitienne）[1]

---

[1] *La langue franco-vénitienne* 為一種在十三至十五世紀之間盛行於義大利北部地區的文化語言，這是一種將法語詞彙混入義大利北方方言的構詞和語法之中的語言，尤其是威尼托大區（Vénétie）所使用的方言。

所寫出的武勳之歌尚存於世，然而漢譯的法國中世紀武勳之歌目前除了楊憲益、馬振騁、郭宇波、管家琪以及陳伯祥先後翻譯或改編的《羅蘭之歌》（*La chanson de Roland*）以外，就只有另一本由翁德明（現名翁尚均）根據 Peter F. Dembowski 的古法文校注版譯出的《昂密與昂密勒》（*Ami et Amile*）了，楊憲益以及陳伯祥的《羅蘭之歌》漢譯本分別以Joseph Bédier之現代法文譯本和Joseph F. Conroy之編譯版轉譯為中文，至於《昂密與昂密勒》的漢譯本，雖然從原典譯出，但是卻以偏向語言學評注為主，針對作品歷史文化背景的部分著墨甚少，實為可惜。

如同Georges Gougenheim所說，儘管存在著一些極有價值的現代法文譯文，但是都無法取代原典的原汁原味，只因礙於古法文與現代法文差距甚遠，現代讀者無法直接一探究竟。是以，漸進式的古法文教授有其必要性，筆者繼出版《歐卡森與妮可蕾特》古法文、現代法文以及中文譯文三文對照版後，自告奮勇將孟葛蘭的迦蘭系列中最著名的《尼姆大車隊》（*Le Charroi de Nîmes*）同樣以三文對照版的方式呈現。此作品的篇幅是根據被選定為底本（manuscrit de base）的 *ms. A1*為準則，全長為1486行詩；除此之外，還要外加向*ms. C*借入分別位於第二十三章10a[2]與18a的兩行詩，以及向*ms. D*借入位於第四十四章10a的一行詩，是故總長度為1489行詩。鑒於此作品尚未有漢譯本傳世，再加上長度適中，是以筆者選其為訓詁學之研究對象，在注釋中對全文進行詞彙（sémantique）、構詞（morphologie）、句法（syntaxe）、音韻（phonétique historique）、拼寫法（graphie）之探討，並且在導論中介紹不同手稿之狀態（diverses rédactions）以及作品之風格（style）。

此譯注本是以珍藏於法國國家圖書館中法文手稿編號774（Manuscrit franaçais, 774）為底本（manuscrit de base），若是底本在文法或語意上有謬誤或是有缺文的話，便會輔以其他版本的手稿更正之，更改的部分會在每頁的下方注解中標示出來。此外，有別於Joseph-Louis Perrier、Duncan

---

[2] 之所以在行數旁加上英文字母a，是告知讀者此行詩並未出現在原手稿中，而是由其他手稿借入的詩文，不列入手稿的連續編號中。

McMillan的古法文校注板與Claude Lachet之雙語對照版將全文的詩文採取通篇連續的方式編號，此譯注本則在每個新的章節開啟時將其重新編號。此版本在謄寫古法文原文時盡量忠實還原詩文位於手稿的位置，除了位於手稿第三十三頁背面左側欄位（[33c]）的第一章前4行之十音節詩以外，因為前4行詩在手稿中位於書首的大寫字母（lettrine）占據了8行詩的位置，這使得這8行詩剩餘的空間減少，因此只能將這4行十音節詩拆寫成8行詩，然而現存的古文校注板與雙語對照版皆按照十音節詩為一行的規則謄寫，為了方便讀者查詢對照其他版本，此處追隨現有版本的詩行編號。必須一提的是，手稿的章節原始分段為五十七個章節段落，Joseph-Louis Perrier的校注版忠實呈現手稿分段，但是Duncan McMillan在其版本中將手稿中第二十五章的第23行至結束部分重新規畫為第二十六章，將第四十章的第12行開始至結束部分增加為第四十二章，所以總共為五十九個章節段落。Claude Lachet之雙語對照版也跟隨Duncan McMillan的分段方式，將全文分為五十九個段落，這也是為何本譯注版在原手稿的五十七個段落的每一個章節起首之大寫字母皆以粗體標示出來，與正文區別之，但是被Duncan McMillan新增出來的第二十六章與第四十二章中的章節起首大寫字母則保持原狀，不加粗體字，這樣讀者便可分辨出手稿中的正文在此處與前一段落是連貫一氣，並未有所分段。至於手稿中的羅馬數字，除了「千」以外，此版本盡可能在文中保留下來，還有手稿中的縮寫，筆者將其還原，並在還原的字母下方劃線，方便讀者理解中世紀手抄員在使用縮寫符號時省略了多少字母的謄寫，例如以下附圖中位於第9行詩中的G·。字母G在此作品中為主角 Guillelme（＝ Guillaume）的縮寫形式，手抄員若要將主角的名字全部謄寫出來，行的空間會不足夠，既然主角的名字貫穿全文，不會產生混淆，手抄員便順勢只將主角名字以開頭字母寫出，前後再加上一點即可。由於此手稿全文未有標點符號出現，所以此版本的標點符號以Claude Lachet雙語對照版中的標點符號為依據。

	1 **O**iez, seignor, dex vos
	2 Croisse bonté
	3 Li glorïeus, li rois
	4 de majesté !
	5 bone chançon plest
	6 vous a escouter
	7 del meillor home
	8 qui ainz creust en de
	9 C'est de Guillelme, le marchis au cort nes
	10 Comme il prist Nymes par le charroi monté

Fig. 1 : Paris, BnF, français, 774, [33c]

　　此譯注本是由古法文原典直接譯出，採隨頁注解，原典中的頁碼在括弧中標示出來（例如[33d]）。另外，此版本中的注解部分主要參考Guy Raynaud de Lage的1-421行詩的文法解釋版、Paul Meyer的1-421行詩的部分校注片段、Duncan McMillan、Joseph-Louis Perrier、Claude Lachet的全文校注本和雙語對照版、Dominique Boutet的1-1084行詩之雙語對照版、Alfred Jeanroy的改編版，再輔以Jean Frappier的專書與Claude Régnier 對此作品的相關論文進行交叉比對；現代法文譯文部分，為了方便讀者與古法文做對照，本版本的翻譯仍然選擇偏向直譯，並且同時參考Guy Raynaud de Lage、Claude Lachet、Fabienne Gégou的譯文而成。此版本在譯文後附上20個古法文常用的動詞變化表和生難詞彙索引，旨在讓自學古法文的讀者在閱讀時能更方便找到所需的資料。

　　最後，筆者要特地感謝外子曾少揚、親友以及昔日學生在我譯注過程中給予我支持與鼓勵，讓這本譯注版能如願完成。此外，筆者還要衷心感謝小叔曾少懷不辭辛勞開了十多個小時的車載我至書中主角的原型人物——土魯斯的紀堯姆（Guillaume de Toulouse）於西元九世紀創建的一所叫做羅尼修道院（Abbaye de Gellone）處參訪[3]，讓我能夠親睹這位歷史人物的晚年生活。

---

[3]　土魯斯的紀堯姆（Guillaume de Toulouse）為查理曼的表弟，曾為土魯斯伯爵（comte de Toulouse）以及阿基坦公爵（duc d'Aquitaine），一生征戰沙場，晚年於西元804年在捷羅尼（Gellone）捐獻蓋本篤會修道院（abbaye bénédictine）。西元806年時他才開始過著隱修士的生活直至西元812年蒙主寵召，並葬於此修道院。由於他在西元1066年時被教皇封為聖人，許

由於筆者礙於自身學識有限，若有疏漏或誤解處，還望不吝賜教，如有任何寶貴意見，請寄至本人的電郵信箱：hueichenli@yahoo.fr，不勝感謝。

多朝聖者因而爭相慕名前來，捷羅尼城（Gellone）頓時成為中世紀時期的熱門朝聖景點，所以在十二世紀時此城市便使用Guillaume在南方奧克語（occitan）的拼寫法 Guilhem來命名，便是現今的聖吉耶姆代賽爾城（Saint-Guilhem-le-Désert）。

慣用縮寫與特殊符號一覽表

Liste de signes conventionnels et des principales abréviations

符號	符號意義解釋	範例
-	長音符,寫於母音上方,表拉丁文中的長音(voyelle longue)。	ā, ē, ī, ō, ū
˘	短音符,寫於母音上方,表拉丁文中的短音(voyelle brève)。	ǎ, ě, ǐ, ǒ, ǔ
˯	寫於母音的下方,標示出古法文中的二合母音(diphtongue)中非重音的母音(voyelle non accentuée ou atone)。	eị, aị, aụ, oụ
ˬ	寫於子音下方,代表顎音化(consonne palatalisée)。	ņ, ţ, ļ
˛	寫於母音下方,代表是開口音(voyelle ouverte)。	ę, ǫ
.	寫於母音下方,代表是閉口音(voyelle fermée)。	ẹ, ọ
´	寫於重音節中母音上方,代表此母音是重音(voyelle accentuée)。	LÁNCEA, PÁTER, MÚRU, ARGÉNTU, VENÍRE
*	上標並寫於字詞前方,用以表示此字詞為還原古典拉丁文的形態,然而在書面形式中並未發現此字詞。	*PRODIS > preux ; *DOMINICELLA > damoiselle ; *PULICELLA > pucelle ; *TRIPALIARE > travailler ; *DOMINIARIUM > danger
Ø	代表「消失不見」。	t > Ø, m > Ø, s > Ø, r > Ø, ǫ > Ø, u > Ø
>	代表「演變成」的意思。	PORTA > porte ; RATIONE > raison ; CAELUM > ciel ; CAUSA > chose

符號	符號意義解釋	範例
<	代表「源自於」的意思。	Pied < PEDE ; roi < REGE ; bœuf < BOVE ; neveu < NEPOTE
~	鼻音化符號，寫於母音上方，表示此母音鼻音化（voyelle nasalisée）。	*brin* [bRẽ] , *main* [mẽ] , *chambre* [šãbRẹ], long [lõ]
[ ]	方括號（les crochets）用來標示語音學上的音標，字詞可以是假設還原的形態（forme restituée）或是書面上有記載（forme attestée）的形態。	*patte* [pat]
adj.	「形容詞」，是adjectif之縮寫。	
adv.	「副詞」，是adverbe之縮寫。	
AF	代表「古法文」的意思。約莫為9-13世紀時期的法文，ancien français之縮寫。	
BL ou bas lat.	bas latin之縮寫，是2-8世紀時期的晚期拉丁文。	
cf.	「參照」、「參考」，是confer之縮寫。	
COD	「直接受詞」，是complément d'objet direct之縮寫。	
COI	「間接受詞」，是complément d'objet indirect之縮寫。	
cond.	「條件式」，是conditionnel之縮寫。	
conj.	「連接詞」，是conjonction之縮寫。	
CR	「偏格」，是cas régime之縮寫。	
CS	「正格」，是cas sujet之縮寫。	
fém.	「陰性」，是féminin之縮寫。	
FM	「現代法文」（16世紀以後），是français moderne之縮寫。	
francq.	「法蘭克語」（francique）之縮寫。	
fut.	「未來時」，是futur之縮寫。	

符號	符號意義解釋	範例
gaul.	「高盧語」（gaulois）之縮寫。	
germ.	「日耳曼語」（germanique）之縮寫。	
imp.	「命令式」，是impératif之縮寫。	
impf.	「未完成過去時」，是imparfait之縮寫。	
ind.	「直陳式」，是indicatif之縮寫。	
indéf.	「不定的」，是indéfini之縮寫。	
inf.	「原形動詞」，是infinitif之縮寫。	
lat.	「拉丁文」，是latin之縮寫。	
lat. pop.	「民間拉丁文」，是latin populaire之縮寫。和「通俗拉丁文」同義。	
LC	「古典拉丁文」，是latin classique之縮寫。	
LV	「通俗拉丁文」，是latin vulgaire之縮寫。	
MAJUSCULE（大寫）	大寫字詞在探討歷史語音學（phonétique historique）時代表是古典拉丁文或通俗拉丁文的字詞形態；在以歷史語義學（sémantique）角度討論詞彙歷時性的演變時則保持小寫。	PLENU > plein ; nuit < *lat.* nocte
masc.	「陽性」，是masculin之縮寫。	
MF	「中法文」，是14-15世紀的中世紀法文，為moyen français之縮寫。	
ms.	「手稿」，是manuscrit之縮寫。	
p1	第一人稱單數。	
P2	第二人稱單數。	
P3	第三人稱單數。	
P4	第一人稱複數。	
P5	第二人稱複數。	
P6	第三人稱複數。	

符號	符號意義解釋	範例
pl.	「複數」，是pluriel的縮寫。	
prép.	「介係詞」，是préposition的縮寫。	
pron.	「代名詞」，是pronom之縮寫。	
rel.	「關係的」，是relatif之縮寫。	
s.	「世紀」，是siècle的縮寫。	7 s.（第七世紀）；11-13 s.（第十一到第十三世紀）
sing.	「單數」，是singulier的縮寫。	
subst.	「名詞」，是substantif的縮寫。	
v.	「約莫」，是vers的縮寫。	
vs	「與……相對比」，為*versus*之縮寫。	

國際音標（API）與羅曼語學者使用之音標對照表

Alphabet Phonétique International
vs Alphabet phonétique des romanistes[1]

一、母音
（voyelles）

口腔母音（voyelles orales）

API	Alphabet des Romanistes	實例	以國際音標標示實例	以羅曼語學者使用音標標示實例
i	i	ville, gilet, derby	[vil], [ʒilɛ], [dɛRbi]	[vil], [žilę], [dęRbi]
e	ẹ	nez, aller, descente	[ne], [ale], [desɑ̃t]	[nę], [alę], [dęsãt]
ɛ	ę	mère, voulais, forêt	[pɛR], [vulɛ], [fɔRɛ]	[męR], [vulę], [fǫRę]
a	a	amour, tard, val	[amuR], [taR], [val]	[amuR], [taR], [val]
a	â	mâle, pâte, mât	[mɑl], [pɑt], [mɑ]	[mâl], [pât], [mâ]
ɔ	ǫ	brosse, port, os	[bRɔs], [pɔR], [ɔs]	[bRǫs], [pǫR], [ǫs]
o	ọ	côte, chevaux, saule	[kot], [ʃavo], [sol]	[kọt], [šęvọ], [sọl]
u	u	chou, août, baby-boom	[ʃu], [u(t)], [bebibum]	[šu], [u(t)], [bębibum]
y	ü	pu, eu, tortue, vertu	[py], [y], [tɔRty], [vɛRty]	[pü], [ü], [tǫRtü], [vęRtü]
ø	œ̣	deux, vœu, fœhn, neutre	[dø], [vø], [føn], [nøtR]	[dœ̣], [vœ̣], [fœ̣n], [nœ̣tR]
œ	œ̨	feuille, œuf, jeune, meuble	[fœj], [œf], [ʒœn], [mœbl]	[fœ̨y], [œ̨f], [žœ̨n], [mœ̨bl]

API	Alphabet des Romanistes	實例	以國際音標標示實例	以羅曼語學者使用音標標示實例
ə	ę̧	AF : le maistre FM : le maître FM : médecin	FM : [lə mɛtRə], [med(ə)sɛ̃] （現代法文中，如果[ə]後面跟隨子音或[ə]位於最後的位置而前面為子音的話傾向於不發音）	AF : [lę mẹstre] FM : [męd(ę)sẽ]
ə	œ	dis-le, que, requin, monsieur, refaire	[dilə], [kə], [Rəkɛ̃], [məsjø], [RəfɛR] （現代法文中，當[ə]位於單音節字詞中或是多音節詞中的第一個音節時，其發音偏向於 [œ]）。	[dilœ], [kœ], [Rœkẽ] , [mœsyœ], [RœfęR]

鼻腔母音（voyelles nasales）

API	Alphabet des Romanistes	實例	以國際音標標示之實例	以羅曼語學者使用音標標示之實例
ɑ̃	ã	cendre, doucement, ange, Caen	[sɑ̃dR], [dusmɑ̃], [ɑ̃ʒ], [kɑ̃]	[sãdR], [dusmã], [ãž], [kã]
ɛ̃	ẽ	malin, sain, peint, moyen	[malɛ̃], [sɛ̃], [pɛ̃], [mwajɛ̃]	[malẽ], [sẽ], [pẽ], [mwayẽ]
œ̃	œ̃	lundi, jeun, brun, humble	[lœ̃di], [ʒœ̃], [bRœ̃], [œ̃bl]	[lœ̃di], [žœ̃], [bRœ̃], [œ̃bl]
ɔ̃	õ	songe, ombre, maison, lion	[sɔ̃ʒ], [ɔ̃bR], [mɛzɔ̃], [ljɔ̃]	[sõž], [õbR], [męzõ], [lyõ]

二、半母音或半子音
（semi-voyelles ou semi-consonnes）

API	Alphabet des Romanistes	實例	以國際音標標示之實例	以羅曼語學者使用音標標示之實例
w	w	oiseau, fouet, soin, souhait	[wazo], [fwɛ], [swɛ̃], [suwɛ]	[wazo̞], [fwe̞], [swẽ], [suwe̞]
ɥ	ẅ	nuit, puit, linguiste, sua	[nɥi], [pɥi], [lɛ̃gɥist], [sɥa]	[nwi], [pẅi], [lẽgẅist], [sẅa]
j	y	hier, noyer, iode, billet	[jɛR], [nwaje], [jɔd], [bijɛ]	[ye̞R], [nwaye̞], [yo̞d], [biye̞]

三、子音
（consonnes）

閉合音（occlusives）
1.雙唇音（bilabiales）

API	Alphabet des Romanistes	實例	以國際音標標示之實例	以羅曼語學者使用音標標示之實例
p	p	porte, soupe, apprécier, cap	[pɔRt], [sup], [apResje], [kap]	[pǫRt], [sup] , [apRęsyę], [kap]
b	b	balle, robe, club, bras	[bal], [Rɔb], [klœb], [bRa]	[bal], [Rǫb], [klœb], [bRa]

2.齒音（dentales）

API	Alphabet des Romanistes	實例	以國際音標標示之實例	以羅曼語學者使用音標標示之實例
t	t	terre, attendre, sept, théâtre	[tɛR], [atᾶdR], [sɛt], [teɑtR]	[tęR], [atãdR], [sęt], [tęâtR]
d	d	demain, sud, remède, ronde	[dəmɛ̃], [syd], [Rəmɛd], [Rɔ̃d]	[demẽ], [süd], [Remęd], [Rõd]

3.軟顎音（vélaires）

API	Alphabet des Romanistes	實例	以國際音標標示之實例	以羅曼語學者使用音標標示之實例
k	k	cadeau, coq, qui, képi	[kado], [kɔk], [ki], [kepi]	[kado̧], [kǫk], [ki], [kępi]
g	g	gant, bague, zigzag, second	[gᾶ], [bag], [zigzag], [səgɔ̃]	[gã], [bag], [zigzag], [segõ]

4.鼻音（nasales）

API	Alphabet des Romanistes	實例	以國際音標標示之實例	以羅曼語學者使用音標標示之實例
m	m	mou<u>t</u>on, ho<u>mm</u>e, e<u>mm</u>ener, hare<u>m</u>	[mutõ], [ɔm], [ãmne], [aRɛm]	[mutõ], [ǫm], [ãmnẹ], [aRɛ̩m]
n	n	to<u>nn</u>e, dam<u>n</u>er, <u>n</u>uage, ame<u>n</u>	[tɔn], [dane], [nɥaʒ], [amɛn]	[tǫn], [danẹ], [nwaž], [amɛ̩n]
ɲ	ŋ	pei<u>gn</u>e, poi<u>gn</u>ée, champa<u>gn</u>e, <u>gn</u>ôle	[pɛɲ], [pwaɲe], [ʃɑ̃paɲ], [ɲol]	[pɛ̩ɲ], [pwaɲe], [šãpaɲ], [ǫ̩ɲol]
ŋ	ṅ	meeti<u>ng</u>, ku<u>ng</u>-fu, leggi<u>ng</u>, pi<u>ng</u>	[mitiŋ], [kuŋfu], [lɛgiŋ], [piŋ]	[mitiṅ], [kuṅfu], [lɛ̩giṅ], [piṅ]

擦音（constrictives）

1.塞擦音（fricatives）

API	Alphabet des Romanistes	實例	以國際音標標示之實例	以羅曼語學者使用音標標示之實例
ʃ	š	va<u>ch</u>e, <u>sch</u>éma, fa<u>sc</u>isme, <u>sh</u>ort	[vaʃ], [ʃema], [faʃism], [ʃɔRt]	[vaš], [šẹma], [fašism], [šǫRt]
ʒ	ž	<u>j</u>eu, <u>g</u>igoter, <u>g</u>eôle, <u>g</u>ymnase	[ʒø], [ʒigɔte], [ʒol], [ʒimnaz]	[žœ̩], [žigǫtẹ], [žǫl], [žimnaz]
s	s	<u>s</u>ac, <u>c</u>ent, poi<u>ss</u>on, le<u>ç</u>on, <u>sc</u>ience	[sak], [sɑ̃], [pwasɔ̃], [ləsɔ̃], [sjɑ̃s]	[sak], [sã], [pwasõ], [lesõ], [syãs]
z	z	<u>z</u>one, pe<u>s</u>er, quin<u>z</u>e, prene<u>z</u>-en	[zɔ̃n], [pəze], [kɛ̃z], [pRənezɑ̃]	[zõn], [pezẹ], [kẽz], [pRenẹzã]
f	f	gira<u>f</u>e, a<u>ff</u>irmer, gra<u>ph</u>ie, leitmoti<u>v</u>	[ʒiRaf], [afiRme], [gRafi], [lajtmɔtif]	[žiRaf], [afiRmẹ], [gRafi], [laytmǫtif]

API	Alphabet des Romanistes	實例	以國際音標標示之實例	以羅曼語學者使用音標標示之實例
v	v	arrive, wagon, voler, neuf ans	[aRiv], [vagõ], [vɔle], [nœvã]	[aRiv], [vagõ] [vǫlę], [nœvã]
β	β	espagnol : haber (= « avoir » en FM) LV: RIPA (Vᵉ siècle)	[a β ɛr], ---	[a β ęr], [ri β a]
θ	θ	anglais : thing LV : POTET (VIIᵉ s.), PEDE (VIIᵉ- VIIIᵉ s.)	[θ iɲ] --- ---	[θ iɲ], [puǫ θ t] [pię θ]
ð	δ	anglais : this LV: NUDU, VITA (VIᵉ siècle)	[ðis]	[δ is], [nu δ ǫ], [vi δ a]

2.顫音（vibrantes）

API	Alphabet des Romanistes	實例	以國際音標標示之實例	以羅曼語學者使用音標標示之實例
r	r （舌尖齒槽音，彈舌音）	espagnol : toro, italien : rosso, français : mer	[tɔrɔ], [rosso] [mɛR](FM)	[tǫrǫ], [rǫsǫ] [męr](AF)（古法文r的發音為舌尖齒槽音，至十七世紀開始才演變為現代法文的軟顎音）
R	R （軟顎音）	rouge, vers, terre, rhume	[Ruʒ], [vɛR], [tɛR], [Rym]	[Ruž], [vęR], [tęR], [Rüm]
l	l	lune, balle, souffler, allonger	[lyn], [bal], [sufle], [alɔ̃ʒe]	[lün], [bal], [suflę], [alõžę]
ʎ	l	italien : aglio, AF : fueille	[aʎʎo], ---	[aḷḷǫ], [füœele](AF)
ɫ	ɫ	anglais : animal AF : fiz	[ǽnimoɫ], ---	--- [fiɫts](AF)

噓音h（aspirée « h »）

API	Alphabet des Romanistes	實例	以國際音標標示之實例	以羅曼語學者使用音標標示之實例
h	h	anglais : hello, latin : HOSPĬTEM (Iᵉʳ siècle) （從第一世紀起，拉丁文h已不再發音）	[hələ̯u], ---	[hœlœ̯u], [ospïte](Iᵉʳ siècle) （除了在單音節詞彙以外，尾子音m 在古典拉丁文時期便已不再發音）
		français : héraut[2]	[eRo]	[ęRǫ]

---

[2] 現代法文中仍然保有一些噓音h開頭的詞彙，雖然在發音中已經聽不出來，但是這些名詞如 *héraut*當定冠詞*le*位於前時，定冠詞中的母音*e* [ə]並不會被省略掉，而是各自保持原來發音*le héraut* [lə eRo]。

導論

Introduction

一、作品年代推測

　　《尼姆大車隊》（*Le Charroi de Nîmes*）為孟葛蘭的迦蘭（Garin de Monglane）或稱作奧朗日的紀堯姆（Guillaume d'Orange）武勳之歌系列之中最短的一首，同時也是最古老的武勳之歌之一，作者不可考。根據Jean Frappier（1965, 186）的臆測，《尼姆大車隊》寫於十二世紀中葉，最早可能是介於西元1135至1140年間，最遲則是西元1160年或者是西元1165年。Duncan McMillan（1978, 41-43）在其校注版中則提及 Ernst Curtius 曾根據第四十八章第16行的 *Crac*（即現今位於敘利亞的騎士堡）一詞推斷《尼姆大車隊》應該寫於西元1150年左右，因為從這年起，騎士堡（Crac des Chevaliers）的名聲開始在西方傳開來，Philipp August Becker 也贊成這個推定日期。另外，還有不同的學者對此作品的創作日期進行各種的推論，例如Léon Gautier 認為《尼姆大車隊》的寫作日期應該為十二世紀後半葉，Gaston Paris 與Joseph Bédier皆推測為十二世紀前三分之一時期，Alfred Jeanroy 則認為是西元1125年。

　　Duncan McMillan（1978, 42）在書中特地提及到一位荷蘭學者 Roelof Van Waard的論點，後者根據《國王路易一世的加冕禮》(*Le Couronnement de Louis*) 與《尼姆大車隊》兩部作品之間的緊密關係提出了一個強而有力的論據：Roelof Van Waard 將十二世紀的歷史事件與《國王路易一世的加冕禮》和《尼姆大車隊》兩首詩歌中的虛構情節做對比，因為歷史上未來的路易七世於西元1131年開始與父王路易六世共治，並在漢斯主教座堂（Cathédrale de Reims）加冕為幼王，其後在西元1137年在其父王駕崩後正式繼位為國王，並於布爾日主教座堂（Cathédrale de Bruges）加冕；這個情節和《國王路易一世的加冕禮》中查理曼在阿亨（Aix-la-Chapelle）教堂中欲將其皇冠

傳給虔誠者路易（Louis le Pieux）相呼應，所以Roelof Van Waard 推測《國王路易一世的加冕禮》應該寫於西元1131年至西元1137年之間。Jean Frappier（1965, 59）也支持 Roelof Van Waard的推測，認為《國王路易一世的加冕禮》 理應寫於西元1131年，最遲也應寫於西元1150年。Italo Siciliano（1968, 370）則將《國王路易一世的加冕禮》判定為寫於西元1130 年或者西元1160年之作品，至於《尼姆大車隊》，他將其推測為西元1140年寫成之作品。面對《尼姆大車隊》寫作年代的各式各樣推論，至今未有定論，但是能夠確定的是此一作品應該完成於十二世紀中葉，並且與《國王路易一世的加冕禮》以及《攻克奧朗日城》（*La Prise d'Orange*）組成奧朗日的紀堯姆（Guillaume d'Orange）系列中的中心三部曲（trilogie）。

二、作品所屬文類與講述內容

　　《尼姆大車隊》所屬的文類為武勳之歌。武勳之歌是一種十一至十二世紀時盛行於歐洲的文體，為一種以韻文體寫成的長詩（long poème），內容講述過去戰士所完成的英勇事蹟（geste）。現代法文的 geste 一詞源自於拉丁文的 gesta，意思為「行動」（action）、「功勳」（exploits）。這些詩最常使用十音節（décasyllabes）寫成，之後也有以亞歷山大十二音節詩（alexandrins），甚至八音節詩（octosyllabes）寫成的武勳之歌。武勳之歌通常押的是諧元韻（assonance）[1]，並且常常以同諧元韻的詩組成不同長度篇幅的章節段落（laisses）。宗教（religion）與戰爭（guerre）為武勳之歌的兩大基本主題。武勳之歌的作者通常佚名，應為吟遊詩人所創作，早期他們在城堡、廣場或市集的人多聚集處伴以手搖弦琴（vielle）將其吟唱。

　　《尼姆大車隊》的內容講述鐵臂紀堯姆（Guillaume Fierebrace）在打獵回來之時透過侄子貝特朗（Bertrand）得知，路易國王在分封采邑時卻遺漏了他。紀堯姆氣不過，便去皇宮找國王理論，他對路易國王重提他在《國王路易一世的加冕禮》一書中為其立下的汗馬功勞，他指責國王的忘恩負義。之後，儘管懦弱的路易國王嘗試賜給紀堯姆不同的封賞，卻都被他一一拒絕。最後紀堯姆自告奮勇向國王提議自己願意前去攻下國王尚未擁有的領土，為其開疆拓土，倘若攻占成功的話，便可成為紀堯姆自己的采邑，這個采邑便是當時仍被撒拉遜人所統治的西班牙王國。紀堯姆第一個要攻占由撒拉遜人統治之城市便是尼姆城。國王欣然應允，隨後紀堯姆率領了一支軍隊朝尼姆城前進。行軍途中遇見一位農民在牛車上裝載著一個裝滿了鹽的大木

---

[1] 諧元韻（assonance）意為將韻押在重音節的元音（voyelle）上，而押全韻（rime）則是不僅要將韻押在重音節的元音上，元音後的輔音（consonne）也要相同。

桶，目的是將鹽運回老家賣錢。這時一位叫作迦赫尼耶（Garnier）的騎士因為看見了農民的木桶後而心生一計，便向紀堯姆說了此計，這個策略與《木馬屠城記》中用木馬裝兵士攻城極為相似：先讓紀堯姆與騎士喬裝為商人，然後把武器和軍士們裝在大木桶中，再將其放上牛車上偽裝為商品，運進尼姆城中。軍士們暫時藏身在木桶中等待指令，一旦聽見紀堯姆吹的號角聲響起，便一齊破桶而出，拿上武器，攻克尼姆城。紀堯姆聽罷覺得有理，便依計行事，果真成功進入城中。在將尼姆城兩位國王奧特朗（Otrant）與阿爾班（Harpin）殺掉後，與撒拉遜人激烈廝殺，最後終於攻下尼姆城。

《尼姆大車隊》見證了當時封建制度的社會與政治問題，例如國王面臨無地可封的窘境，不同的社會階層之間溝通困難等問題，尤其是對尚未有封地（non chasés）又未受封為騎士的年輕貴族（bacheliers）來說極為不利。紀堯姆在作品中因為受到國王的不公平待遇，曾一度想要摘去路易王的皇冠，另投他主，但是作者透過侄子貝特朗之口提醒紀堯姆就算主君忘恩負義、處事不公允又膽小懦弱，身為臣子的他還是要對主君保持絕對的忠誠。此外，此作品從頭至尾也一直彰顯十字軍頌揚基督教精神的意識型態，但是紀堯姆一開始征戰尼姆城的起因為國王無領地可封，使得此一征戰帶有經濟考量的意味存在。

在《法國文學辭典》（*Dictionnaire des Lettres Françaises*）針對《尼姆大車隊》的介紹中提到，綜觀整首武勳之歌，談話（parole）多於行動（action），有百分之六十三的篇幅都是直接引語（discours direct），是以與其稱此詩歌為《武勳之歌》(chanson de geste），還不如將其稱之為《話語之歌》(chanson de verbe) 更為貼切。

三、作品結構

根據 Claude Lachet（1999, 12）雙語對照版的導論中解釋，在吟遊詩人一陣吹噓這首詩的價值與紀堯姆的功績後（第一章第1行至第13行詩），《尼姆大車隊》的故事情節可以分為三大部分：1. 紀堯姆與路易國王的衝突（第一章第14行至第二十六章第104行詩）；2. 出征（第二十六章第105行至第四十二章）；3. 攻下尼姆城（第四十三章至第五十九章）。

第一部分是由紀堯姆三次進入皇宮面見國王為中心建構而成。一開始紀堯姆在5月的某一天打獵歸來，途中遇見侄子貝特朗，後者告知紀堯姆他剛從皇宮出來，親眼見證國王大行封賞，卻遺漏了紀堯姆的那一份。紀堯姆得知後騎馬趕到皇宮，爬上大理石樓梯，來到大殿面見路易國王（I, 14-54）。國王見到紀堯姆，連忙起身相迎，並給紀堯姆賜座。紀堯姆拒絕坐下，只表示想與路易王說幾句話（I, 58-61）。但是國王對封賞之事卻含糊其辭，紀堯姆憤而離去。紀堯姆在走下皇宮階梯時又再一次遇到貝特朗，並告知貝特朗他與路易王爭吵之事。貝特朗以臣子要絕對效忠主君為理由相勸，並且鼓勵紀堯姆向國王討要撒拉遜人占據的領土為自己的采邑，這樣便成功平息了紀堯姆的怒氣，也解決了他一開始無意間挑起紀堯姆與國王之間的嫌隙（XVI, 13-XVIII, 19）。

接下來，叔侄兩人手牽著手一同又回到了皇宮大殿，路易國王如同上一次一樣起身相迎，並且請紀堯姆坐下。紀堯姆如同前次一樣拒絕國王賜坐的邀請，同時也如同上次一樣希望和國王說幾句話（XVIII, 20-26）。這兩段雖然在敘述部分有些許雷同處，但是紀堯姆的心境卻大不相同。紀堯姆第一次進宮面見國王，滿心期待國王會慷慨賞賜給他采邑，然而換來的是國王多方推托搪塞；第二次紀堯姆進宮時不再對國王有所期待，反倒是對路易王表示

自己願意為其開疆闢土。路易王欣然同意，並祝願天主保佑他旗開得勝，平安歸來。紀堯姆率領大軍第二次離開皇宮（XXVI, 15-21）。

　　但是，這次的離去並非真的出發去征戰，因為有位叫做高荻耶‧勒‧多羅桑（Gautier le Tolosant）聽見年長的艾蒙（Aymon le vieux）在國王跟前毀謗紀堯姆，忍不住為紀堯姆抱不平。隨後高荻耶迅速走下皇宮大殿的階梯，找到紀堯姆並告知年長的艾蒙在國王面前詆毀他（XXVI, 40-51）。接著和第二次進宮一樣，這次紀堯姆與高荻耶兩人手牽著手，爬上了大殿的樓梯晉見路易國王。國王也如同前兩次一樣起身相迎，但是這次國王的態度和前兩次相比，顯然熱情許多，因為國王不僅起身相迎，還將雙手環繞住紀堯姆的頸項，親了紀堯姆三次（XXVI, 65-68）。紀堯姆勸國王勿信奸臣讒言，並當眾打死艾蒙，再將其屍體丟置果園中（XXVI, 73-93）。最後，紀堯姆第三次告別國王，國王也再次祝願天主保佑他能夠平安凱旋歸來（XXVI, 100-105）。從兩人的互動可看出之前的爭執與敵對此時已煙消雲散，取而代之的是雙方達成和解並且恢復友愛關係。

　　第二部分完全致力於軍隊從巴黎遠征至尼姆城的前進過程，作者列舉了所經的城市，大軍長途跋涉，先後穿過了勃艮第、貝里以及奧弗涅（XXIX, 4），接著取道峆籌赫丹之路（XXXII, 5）直到勒皮（XXXII, 6），涉水穿越加爾東河（XL, 51），途經維瑟尼城與拉瓦帝城（XLII, 9-10），最終到達了尼姆城（XLIII, 3）。在到達尼姆城前發生了一件至關重要的事情：巧遇農夫與他的三個小孩（XXXIII, 33-42）。紀堯姆大軍看見農夫在牛車上載著一個裝滿了鹽的大木桶，這個裝備給予了紀堯姆身邊足智多謀的附庸迦赫尼耶靈感啟發，想出了類似特洛伊戰爭中的木馬裝載戰士的巧計，他建議紀堯姆製造足量如農民牛車上的大木桶，然後將兵士與武器分別藏於木桶中，一部分騎士則與紀堯姆一起偽裝為商人駕駛裝載著木桶的牛車入尼姆城（XXXIV, 17-26）。

　　第三部分講述貨車車隊從城門依次緊挨著進入尼姆城（XLIII, 4-5）。商隊進城的消息在撒拉遜人中傳了開來，他們都喜見商隊帶來的豐富貨品（XLV, 4-5；XLVI, 41-42）。紀堯姆在繳納完入市稅之後，開啟了與撒拉遜

人的對話（XLV, 6-11）。尼姆城國王奧特朗聞風前來，上前詢問紀堯姆的身世背景（XLVI, 10-26）、貨品內容（XLVI, 27-40）、以及曾經去過的地方（XLVIII, 2-18）。紀堯姆回答得體，一切看似順利進行。但是，這時奧特朗國王發現化名為狄亞克爾（Tiacre）的紀堯姆鼻子上的包，驀然想起殺他家族成員的仇人短鼻子紀堯姆（Guillaume au court nez），便從他的鼻子特徵認定他是紀堯姆無疑（XLIX, 5-17）。為了不被識破身分，紀堯姆被迫編了個年輕時曾是個偷兒，因為行竊時被逮住，才被割了鼻子的故事糊弄過關（XLIX, 30-36）。但是又發生了第二件事情讓計畫再度生變：敵方阿爾班國王因為總管大臣原本要去廚房煮飯，發現皇宮門口被車隊堵塞不通，只好和阿爾班國王告狀，阿爾班氣不過，便宰殺了紀堯姆主要套車中的兩頭牛（XLIX, 43-74）。宰殺過程被一位法蘭西人看見，便來到紀堯姆跟前告知牛隻被殺一事，紀堯姆為此氣憤不已（XLIX, 80-99）。接著奧特朗與阿爾班開始對紀堯姆尋釁生事，一開始奧特朗嫌棄紀堯姆與其隨從衣衫寒酸（L, 5-7），之後阿爾班又從頭到腳指謫紀堯姆的奇裝異服，裝扮破爛（LI, 3-5），最後還變本加厲直接拉扯紀堯姆的鬍鬚（LI, 6-7）。紀堯姆受此侮辱，氣憤難平。一開始紀堯姆還低聲抱怨（LI, 8-LII, 8），但是後來控制不住怒氣，直接將阿爾班擊斃在腳下（LIII, 21-27）。阿爾班國王死後，撒拉遜人群起激昂（LIII, 35），誓要殺死紀堯姆為國王報仇（LIV, 1-4）。危機時刻紀堯姆吹起號角三次（LIV, 7-8），藏身於木桶內的戰士們紛紛拿起槌子破桶而出（LIV, 9-12）。爾後兩軍激烈交戰，撒拉遜人全軍覆沒，血染大地，奧特朗畏死潛逃（LV, 1-LVI, 3），紀堯姆追上他將其抓住（LVI, 4-5），並勸其改信基督教（LVII, 2-7）。奧特朗拒絕背叛自己的宗教（LVII, 10-11），隨後被法蘭西人從皇宮窗口丟出身亡（LVIII, 5-6），尼姆城被法蘭西人攻克（LIX, 1）。戰勝的捷報傳回法蘭西，路易王得知後歡喜不已，將榮耀歸於主耶穌與聖母瑪利亞（LIX, 20-24）。

Jean Rychner（1999, 44）認為整部作品通篇的統一性主題不夠突顯，作者似乎沒有留意到故事結構中三個部分的比例問題，第一部分占據了太多篇幅，光是第一部分紀堯姆與路易國王之間的爭吵就已經占了747行詩，超越

整首詩歌的一半以上的長度，感覺上很像是作者特意獨立出來專門討論的一個主題，旨在刻意描寫忘恩負義，過河拆橋的路易國王。而尼姆大車隊又是另一個主題，作者感興趣的部分則是紀堯姆如何在戰爭中運用士兵與武器藏於木桶的巧計攻下尼姆城。Jean Rychner也質疑目前保存下來的手稿也許並非手稿當初的原始狀態，應該已經有被更動修改過。雖然此作品中路易王的背信忘義以及智取尼姆城這兩大主題看似各自獨立，實則存在著因果關係，如果不是路易王因為領土不夠，在分封時虧待他最忠心的臣子紀堯姆的話，紀堯姆便不需要千里迢迢率兵攻占撒拉遜人的領土，因為遠征去開拓新疆土是唯一能夠打破兩個人僵局的解決之道。此外，根據Jean Frappier（1965, 191）的見解，《尼姆大車隊》第三個主題為弘揚基督教。在作品的第一章第12行的前言中便開宗明義讚美紀堯姆的功勞之一便是將基督教地位大大提升（*Molt essauça sainte crestïentez*），接著紀堯姆在向國王自行請命攻打法蘭西南方仍由撒拉遜人占領的領土後，於第二十三章第11行至42行處向國王解釋他曾行經蒙比利埃城（Montpellier），招待他的騎士夫人帶他去到一間位於高處的房間，透過窗戶他見到整個地區受到異教徒的破壞，憐憫之心油然而生，是以，紀堯姆於第二十五章第2-22行處，鼓勵貧窮的年輕人（povres bachelers）與騎士侍從（escuiers）和他一起出發解放西班牙王國和弘揚基督教，屆時他會報以錢財、城堡、領土、堡壘和駿馬，最後他們還會受封為騎士。在這樣豐厚的賞賜引誘下，再加上宗教因素的推波助瀾，便成就了這次的出征。

　　儘管作品有主題不夠統一的問題，但是貫穿全文，主角紀堯姆的性格倒是始終如一的傲慢狂妄。只要紀堯姆要開始他的重要演說前，他必會先站於高處好讓自己在氣勢上高人一等：例如在第五章第9行詩處，他第一次站上一個壁爐邊的石塊上（*Sor un foier est Guillelmes montez*），然後開始公開數落路易國王的不是；第二次是在第二十五章第1-2行詩處，紀堯姆站上一張桌子上（*Seur une table est Guillelmes montez*），開始用言語鼓勵尚未有封地和騎士頭銜的年輕人（bacheliers）以及騎士侍從（écuyers）一起隨他出征；第三次是在第五十三章第7-8行詩處，紀堯姆在尼姆城中對阿爾班的挑釁汙

辱行為忍無可忍，隨即站上一顆大石頭上對異教徒大聲叫喊（*Sor un perron est Guillelmes monté ; A sa voiz clere se prist a escrier*）。

紀堯姆另外一個明顯的性格特徵便是暴躁易怒。第一章第79行處，路易王建議紀堯姆耐心等到其他的同僚逝去時再把其領地賞給他，紀堯姆聽完差點沒氣瘋（*Ot le Guillelmes, a pou n'est forsenez*）。到了尼姆城時，在第四十九章第95行處，紀堯姆在得知車隊中最好的兩頭牛隻被宰殺時，也是差點失去理智（*Ot le Guillelmes, a pou n'est forsenez*），此行詩的用字遣詞與第一章第79行詩一模一樣。同樣類似情節也發生在第十五章第8行詩處，紀堯姆在聽到路易王建議他接收已故貝朗杰侯爵的領地時，他的反應也是差點理智斷線（*Ot le Guillelmes, le sens cuide changier*）。紀堯姆在書中最後一次幾乎氣瘋是在第五十七章第12行處，紀堯姆在聽完奧特朗堅決不改信基督教時的情緒反應也是怒不可抑（*Ot le Guillelmes, a pou n'enrage d'ire*）。

除了紀堯姆的火爆脾氣以外，再來便是他的豪邁狂笑。在《尼姆大車隊》中，紀堯姆六次分別在他的侄子貝特朗、路易國王以及奧特朗面前狂笑過。其中四次都是對著他的侄子貝特朗笑出來的：第一次是在第一章第44行詩處（*Ot le Guillelmes, s'en a .i. ris gité*），貝特朗為紀堯姆沒有分到采邑而抱不平，紀堯姆先報以一陣狂笑回應之，之後還安撫貝特朗要他別管這件事情，他自會處理；第二次是在第十八章第16行處，紀堯姆在和路易國王爭吵後憤而離去，途中遇見貝特朗，後者勸他向路易王請命出征西班牙，紀堯姆又是一陣狂笑回應，因為貝特朗和他想的解決方案不謀而合；第三次與第四次分別位在第四十章第14行以及第20行處，貝特朗對紀堯姆說他不適應腳上穿的大鞋子，也不會趕牛，紀堯姆見他侄子滑稽又狼狽的樣子，又狂笑了起來。另外的兩次分別是在第十八章紀堯姆第二次回皇宮時，當路易國王提議賞賜給紀堯姆一半的江山，紀堯姆先以狂笑回應（XVIII, 35），然後才拒絕國王的封賞；以及面對奧特朗質疑他是紀堯姆身分時，為了化解危機，紀堯姆也是先狂笑一陣後（XLIX, 26）再開始回應奧特朗的疑問。是以，紀堯姆的笑根據不同場合有不同的意義，時而帶有安撫，時而帶有嘲笑，時而帶有欣喜，時而帶有憤怒之意，他的笑也可以緩解當時僵滯或尷尬的氣氛，但不

可否認的是紀堯姆愛笑的本性可以反映出他是個歡快有趣的人。不過在此作品中，豪邁的狂笑並非是紀堯姆的專屬權力，在第十八章第46行處，在紀堯姆提出要為自己打下采邑的大膽提議後，路易國王的反應居然也是一陣大笑（*Ot le li rois, s'en a .i. ris gité*），這個突如其來的反應讓人有點措手不及，但是笑在此處有特殊的功能，路易國王透過這個笑化解了兩人之間的緊張氣氛，進而達到和解的目的。

　　儘管紀堯姆天性開朗，在書中也有三次陷入焦慮情緒，主要是因為紀堯姆忌諱朝中人言可畏，所以分別在路易國王提議賜給紀堯姆四分之一國土時（XVI, 71-76）以及二分之一國土時（XXII, 21-26），甚至出征後在自己的營帳中（XXX, 10-15），他仍然擔心大臣們會在背後議論他對國王的無禮行為。

　　最後一個讓綽號叫做鐵臂（Fierebrace）的紀堯姆有別於他人的便是他擁有一拳便能擊斃叛徒的致命臂力。在第二十六章87-90行處，紀堯姆第三次回到皇宮擊殺在國王面前毀謗他的年長艾蒙（Aymon le vieux），紀堯姆先用左手抓住艾蒙的頭髮，然後舉起右手，朝他的脖子猛烈重擊，擊碎了艾蒙的頸部正中央，隨即當面將艾蒙擊斃在他的腳下。最後紀堯姆與高荻耶分別抓住艾蒙屍體的頭與腳，將其從窗口丟出果園，屍體在一棵蘋果樹上斷成兩截（XXVI, 91-94）。進讒言者艾蒙的下場預示著尼姆城兩位撒拉遜國王的結局：紀堯姆為了懲罰阿爾班國王對他做出的汙辱性行為，在第五十三章22-27行處，紀堯姆先用左手抓住了阿爾班的頭髮，接著抬起粗厚又強壯的右手，給了他一記猛拳，力道之大擊碎了他頸部的正中央，隨即將阿爾班擊斃在他的腳下。在第五十八章5-6行處，奧特朗的收場則是在拒絕改信基督教之後，被法蘭西士兵從皇宮的窗戶丟出身亡。效忠朝廷的紀堯姆用他的鐵拳對內懲處奸臣，對外剷除異教徒，是以，儘管整部作品在結構比例分配上不夠勻稱，但是故事內容卻是非常一致地以紀堯姆為中心發展出來的情節。

四、架空歷史的虛構故事

　　《尼姆大車隊》的故事情節純屬虛構，沒有任何歷史依據。因為就算撒拉遜人曾於西元719年與西元737年占領過尼姆城，但是查理・馬特（Charles Martel）已將撒拉遜人逐出普羅旺斯（Provence），之後矮子丕平（Pépin le Bref）亦將其從賽普提曼尼亞（Septimanie）[2] 擊退。從此之後，不論是在查理曼（Charlemagne）或虔誠者路易（Louis le Pieux）統治時期，尼姆城都沒有再遭受過撒拉遜人入侵。書中主角的原型──土魯斯的紀堯姆（Guillaume de Toulouse） 從來沒有將異教徒從尼姆城驅離，也沒有運用過將騎士與武器裝進木桶中的妙計攻城，更沒有擊殺過異教徒的兩位國王以及攻克尼姆城，作品中所有講述的內容皆是憑空杜撰出來的故事。

　　根據 Claude Lachet（1999, 8-12）導論中的解釋，作品中的主角紀堯姆的歷史原型為土魯斯的紀堯姆（Guillaume de Toulouse），他的父親為蒂耶豐（Thierry），母親叫做歐德（Aude），是查理・馬特（Charles Martel）之女。西元790年，他的表兄查理曼（Charlemagne）賜給紀堯姆土魯斯這塊領地，並賦予他兩項任務：其一便是要保護王位繼承人的安全，也就是年輕的阿基坦的路易（Louis d'Aquitaine）；其二則是要保衛庇里牛斯山地區免受到加斯科尼（Gascons） 叛亂份子與撒拉遜人的襲擊。西元793年，撒拉遜人曾入侵到納伯訥（Narbonne）與卡卡頌（Carcassonne）附近的地區進行破壞，紀堯姆在奧爾比約河邊（Orbieu）與撒拉遜人開戰，但是卻被撒拉遜人打敗，並且被同袍棄之不顧，紀堯姆被迫撤退。儘管這次的戰役敗北，卻是雖敗猶榮，因為敵軍也因為損失慘重而退回西班牙。西元803年，土魯斯的

---

[2]　賽普提曼尼亞（Septimanie）為歷史的一個地區，相當於羅馬帝國統治高盧時期納伯訥行省（Narbonne）的西部範圍。

紀堯姆率領基督教徒圍攻巴塞隆納（siège de Barcelone），一戰成名，報了當年戰敗之仇。西元804年，紀堯姆在埃羅省（Hérault）的阿尼亞訥修道院（monastère d'Aniane）退隱，這座修道院是由紀堯姆童年時的一位朋友本諾瓦（Benoît）[3]所創建的。本諾瓦為一名本篤會的改革者，他在戎馬生涯結束後，創建此修道院。紀堯姆以他為榜樣，也在軍旅生涯結束後成為修道士，並於西元806年在阿尼亞訥旁建立捷羅尼修道院（abbaye de Gellone）[4]，之後在西元812年蒙主寵召。紀堯姆在世時曾顯過幾次神蹟，最有名的便是驅趕魔鬼，是以在他去世後，他創建的修道院吸引了眾多信徒前來朝聖。西元1066年，教皇亞歷山大二世（Alexandre II）將紀堯姆封聖為聖吉耶姆（saint Guilhem）。

　　奧朗日的紀堯姆（Guillaume d'Orange）一生的重要階段都被講述在《國王路易一世的加冕禮》（*Le Couronnement de Louis*）、《尼姆大車隊》(*Le Charroi de Nîmes*)、《攻克奧朗日城》(*La Prise d'Orange*)、《紀堯姆之歌》(*La Chanson de Guillaume*)、《阿里斯康戰役》（*Aliscans*）、《紀堯姆修士》（*Le Moniage Guillaume*）之中，這些故事內容幾乎複述了土魯斯的紀堯姆（Guillaume de Toulouse）人生重要的幾個部分：1. 救援國王與國王之子；2. 出兵攻打撒拉遜人，一開始戰勝歸來，之後吃敗仗；3. 晚年從軍人身分轉換到修士身分。儘管歷史人物與書中虛構人物兩者有不少重疊相似處，但是也存在著不少不同之處：1. 歷史上，土魯斯的紀堯姆是納伯訥人（Narbonnais），然而書中的紀堯姆卻是法蘭克人（Franc）；2. 歷史上，土魯斯的紀堯姆結過兩次婚，分別先後與菊奈恭德（Cunegunde)[5] 以及薇特布

---

[3]　本諾瓦（Benoît）的俗名為衛堤薩（Witiza）。

[4]　捷羅尼（Gellone）即現今的聖吉耶姆勒代賽爾（Saint-Guilhem-le-Désert）。捷羅尼修道院的創建日期，目前有兩種說法，有的說是土魯斯的紀堯姆在西元804年時，在朋友本諾瓦的建議下創建捷羅尼修道院，也有文獻說是西元806年建立的。比較詳細的資料講述則是紀堯姆因為其童年好友本諾瓦在阿尼亞訥修道院（abbaye d'Aniane）退隱，西元804年時，紀堯姆便捐款給朋友本諾瓦創建的捷羅尼修道院，直到西元806年他才正式退隱至此過著修士的生活。無論如何，紀堯姆皆是受到其早年朋友的啟發與建議下選擇晚年歸隱。

[5]　菊奈恭德（Cunegunde）的另一個拼寫法為Cunégonde。

兒（Witburg）[6] 結為夫妻，但是武勳之歌中的紀堯姆除了在《國王路易一世的加冕禮》中差點迎娶蓋依菲耶（Gaifier）的女兒為妻之外，他只娶過姬卜爾（Guibourc）為妻，又名為歐拉蓓蕾（Orable），原為諦波（Tibaut）國王之妻；3. 歷史中的紀堯姆在查理曼統治期間便去世了，武勳之歌中的紀堯姆卻在查理曼之子路易一世在位時期仍然存活於世，並且忠心輔佐路易國王；4. 歷史中的紀堯姆他的采邑為土魯斯（Toulouse），但在武勳之歌中卻搖身一變為奧朗日（Orange），很有可能是因為奧朗日擁有羅馬帝國統治時所留下的如羅馬劇場、凱旋門等歷史遺跡。當然也不排除受到另一位也叫做紀堯姆之影響，這位同名的紀堯姆為波頌二世（Boson II）之子，為普羅旺斯伯爵（comte de Provence），他曾於西元973年時擊敗過撒拉遜人，所以得到了「解放者」（libérateur）的綽號。衝突的起因是撒拉遜人俘虜了克呂尼的神父（abbé de Cluny）馬佑勒（Maïeul），而神父的侄子叫做黑歐納爾杜斯（Raionardus），這個名字馬上令人聯想到武勳之歌中奧朗日的紀堯姆之小舅子巨人黑諾瓦（Rainouart）。

目前保留的一些文獻說明了紀堯姆傳奇故事的歷史演變過程。西元827年，一位名叫艾爾摩勒德・勒・諾瓦（Ermold le Noir）寫的一本讚美虔誠者路易的詩歌集（*Carmina in honorem Hludovici Pii*）中的第一首詩中，紀堯姆在圍攻以及攻克巴塞隆納時出現於路易身旁的場景。約莫介於西元980年至1030年之間，在一個約三頁用拉丁文散文體謄寫成的拉艾手稿片段（*Fragment de La Haye*）中，雖然故事內容並未列舉紀堯姆，可是卻提及了他的家族成員：Bernardus（Bernard de Brébant, son frère）、Ernaldus（Hernaut de Gironde, un autre de ses frères）、Wibelinus puer（l'enfant Guibelin, Guibert d'Andrenas, le Benjamin）、Bertrandus Palatinus（Bertrand, le comte palatin, son neveu）。這些虛構出來的家族人物見證了紀堯姆傳奇故事應該於西元1000年左右時便已存在。此外，還有一個大約寫於1065-1075年左右，名叫埃米利安注釋（*Nota Emilianense*）的文獻，篇幅只有16行，用

---

[6] 薇特布兒（Witburg）的另一個拼寫法便是姬卜兒（Guibourg）。

拉丁文寫成的散文體短文，內容概述了《羅蘭之歌》的故事，其中列舉了參與圍攻撒拉戈薩（Saragosse）的將士，除了查理曼身邊的十二近臣（douze pairs）外，居然還出現了貝特朗（*lat.*：Bertlane = Bertrand）以及鷹勾鼻紀堯姆（*lat.*：Ghigelmo alcorbitanas = Guillaume au nez courbe）；西元1090年，在一個由聖依里耶拉德佩爾什發出的造假證書（*diplôme de Saint-Yrieix-de-la-Perche*）中也有將鷹勾鼻紀堯姆（Guillelmo Curbinaso）與極驍勇的貝特朗（Bertranno validissimo）列舉在內，可見紀堯姆傳奇故事在十一世紀時已廣為流傳。直至十二世紀前半葉，仍有一些用拉丁文撰寫的作品會提及奧朗日的紀堯姆，可見此傳奇人物深植人心，甚至已經與歷史中的土魯斯的紀堯姆合而為一。尤其是在西元1125年寫成的《聖吉耶姆傳》（*Vita sancti Wilhelmi*）中的第五章講述了紀堯姆的英勇事蹟以及他如何對抗異教徒，攻下奧朗日城的故事，捷羅尼的修道士（moines de Gellone）似乎已經將歷史人物與傳奇人物視為同一人。西元1134-1141年間，在奧爾德里克・維達勒（Orderic Vital）所撰寫的《教會史》（*Historia ecclesiastica*）第六卷中提到一首廣為人所傳唱的紀堯姆讚美詩。十二世紀還有一本寫給想要前往聖雅各・德・孔波斯特爾（Saint-Jacques-de-Compostelle）朝聖的指南，這本書的第五卷為了要吸引朝聖者前往捷羅尼（Gellone）造訪聖吉耶姆之墓，特別介紹聖吉耶姆曾經在異教徒手中奪回尼姆城與奧朗日城。這些文獻足以證明後人特意將歷史人物與杜撰的傳奇人物混合為一體。

五、作品呈現寫實主義的語調

　　Claude Lachet（1999, 29-30）在其雙語對照版的導論中指出，縱然《尼姆大車隊》的故事情節純屬虛構，作者卻對地理位置的準確度很講究。與其他隨意編造地名或含糊帶過地點的史詩作者不同，《尼姆大車隊》的作者將紀堯姆從巴黎出發到尼姆城途中經過的路線地點一一羅列出來：在第二十九章第4行處，紀堯姆率領大軍穿過了勃艮第、貝里以及奧弗涅（*Passent Borgoigne et Berri et Auvergne*）；在第三十一章第2-3行處，大軍穿過了貝里以及奧弗涅（*Ont trespassé et Berri et Auvergne*），卻擯棄了位於右手邊的克萊蒙與蒙費朗（*Clermont lesserent et Monferent a destre*）；在第三十二章第5-6行處，大軍接下來取道岾簀赫丹之路（*Par Ricordane outre s'en trespasserent*），一路馬不停蹄直到勒皮（*Desi au Pui onques ne s'aresterent*）；在第四十章51行處，偽裝成商人的大軍沿著河堤涉水穿越加爾東河（*Sor la chaucie passent Gardone au gué*）；在第四十三章第3行處，紀堯姆的大車隊在長途跋涉後終於到達了尼姆城（*Qu'il sont venu a Nymes la cité*）。由於作者很有可能是吟遊詩人，一些中世紀學者如 Joseph Bédier 以及Alfred Jeanroy 等皆猜測作者可能曾以朝聖者或吟遊詩人的身分親身遊歷過這條路線。但是作者也在第四十二章9-10行處講到，車隊在到達尼姆城前來到了兩個無法確定是否真實存在的城市：維瑟尼城（Vecene）與拉瓦帝城（Lavardi）。此外，作者也知曉法蘭西與義大利的貿易往來日益頻繁，於第四十八章處，紀堯姆在回答奧特朗國王他在哪做生意的問題時，特地提到義大利的幾個地區：倫巴底（Lombardie）、羅馬涅（Romagne）、普利亞（Pouille）、西西里島（Sicile）、托斯卡尼（Toscane）、威尼斯王國（royaume de Vénise）。再者，《尼姆大車隊》的作者非常喜歡在文中枚舉

各式物品，在第四十六章26-27行處與36-40行處，作者透過主角的口中列舉一長串充滿異國風情的貨品：錦緞、塔夫綢、上了膠的硬挺織物（*Syglatons, sire, cendaus et bouqueranz*）、綠色和紫色的珍貴布料（*Et escarlate et vert et pers vaillant*）、墨水、硫磺、香、水銀（*Encres et soffres, encens et vis argent*）、明礬、胭脂蟲、胡椒、番紅花（*Alun et graine et poivres et safran*）、毛皮、羊皮、柯爾多瓦的皮革（*Peleterie, bazenne et cordoan*）、還有冬天用的上的貂皮（*Et peaux de martre, qui bones sont en tens*）。作者甚至還在第四十六章30-32行處告訴異教徒國王貨物中還包含了騎士所穿戴的武器裝備：白色鎖子甲、堅固又閃亮的柱形尖頂頭盔（*Et blans heauberz et forz elmes luisanz*）、鋒利的長槍、優質的沉重盾牌（*Tranchanz espiez et bons escuz pesanz*）、劍柄配有閃亮黃金球飾之發光長劍（*Cleres espees au ponz d'or reluisanz*）。

除了貨物和武器外，作者在描述紀堯姆率軍出征之時，隨行三百匹馱馬裝載的物品也是一一被羅列出來。在第二十六章第110-112行處，第一批馬帶的是天主教做彌撒時所需之物品：金製的聖餐杯、祈禱書、聖詩集（*Calices d'or et messeaus et sautiers*）、絲質長斗篷、十字架與提爐（*Chapes de paile et croiz et encensiers*）。於第二十七章第2-3行處，第二批馬仍然承載著與宗教相關的書籍與物件：一些純金的器皿、祈禱書、日課經（*Vesseaus d'or fin, messeus et breviaire*）、一些帶有耶穌像的十字架還有十分華麗貴重的祭壇桌布（*Et crucefis et molt riches toailles*）。於第二十七章第2-3行處，第三批馬攜帶的物品則為各式烹飪炊具：一些壺、長柄平底鍋、小鍋子以及三腳支架（*Poz et paielles, chauderons et trepiez*）、一些尖鈎、鉗子以及烤肉鐵扦架（*Et croz aguz, tenailles et andiers*）。作者之所以列舉這些真實存在的物品，旨在顯示出作者並不想與其他武勳之歌的作者一樣，以誇張手法描寫主角如神人般的豐功偉業，他想透過枚舉之物具體呈現出當時的社會以及政治寫照。

此外，作者並不喜過分誇大的描述，反倒是在許多細節處增添了準確的數量資訊增加了故事的真實性。例如在第一章中，紀堯姆打獵歸來，帶回兩隻公鹿（I, 19），由三隻騾子扛在背上（I, 20），身側帶有四支箭（I,

21），並有四十位年輕貴族公子哥伴隨在側（I, 22）；在第三十三章第2-3行處，紀堯姆進勒皮聖母主教座堂（Cathédrale Notre-Dame-du-Puy）禱告，在神壇上放了三枚馬克銀幣（.iii. mars d'argent a mis desus l'autel），四匹絲綢布料以及三張飾有圓形圖案的地毯（Et .iiii. pailes et .iii. tapiz roez）；在第三十四章第9-10行處，紀堯姆從農民口中得知尼姆城可以用一德尼耶買兩大個麵包（Por .i. denier .ii. granz pains i preïsmes），比其他城市的物價要便宜兩倍（La deneree vaut .ii. en autre vile）；在第三十六章第2-3行處，紀堯姆在聽從騎士們給的建議，將軍隊經由峆簹赫丹之路往回撤退至十四法里處。

作者還在第三十三章第40-44行處，穿插了一個紀堯姆大軍出征途中遇見牛車上裝載著鹽桶的農民情節，這一插曲勾勒出當時人民的日常生活縮影：農民在他的牛車上裝載著一個被他用鹽裝滿到齊邊的木桶（Desor son char a .i. tonel levé/ Si l'ot empli et tot rasé de sel）。他生的三個小孩手中拿著許多麵包，玩耍嬉笑著（Les .iii. enfanz que il otengendrez/ Jeuent et rïent et tienent pain assez）。小孩們在鹽上玩著彈珠（A la billete jeuent desus le sel）。這一幕孩童手持麵包玩鬧嬉笑的畫面反映了作者不喜採用浮誇手法的性格，他更傾向運用貼近事實的描寫手法刻畫農民的生活，因為農民（vilain）雖然與農奴（serf）相比是自由民，但是對於貴族與戰士而言，仍然是屬於出身低賤的社會階層，所以在傳統的中世紀文學中，農民含有貶意，並且常被形容成長相醜陋不堪的怪物。舉例來說，位於《歐卡森與妮可蕾特》（2020, 217-218）第二十五章18-28行處，歐卡森在遍尋不著他的愛人妮可蕾特時，遇見了樣貌奇醜的放牛人（bouvier）：「在路的正中央，他的前方，望見了我即將和您描述的一位年輕人。他生得高頭大馬，相貌奇醜無比，又面目猙獰。他有著比黑黴菌還要黝黑又毛茸茸的肥碩腦袋，兩眼間的眼距寬過一個巴掌的距離，雙頰豐碩肥滿，極塌扁的闊鼻，寬大的鼻孔，肥厚的雙唇比炭火上烤的肉還要鮮紅，一口又黃又醜得可怕的大長牙齒。」但是《尼姆大車隊》的作者卻反其道而行，他在描繪農民時可以感受到他對這個社會階層充滿善意，因為農民知曉不同地區鹽和麵包的物價差異，儘管他和紀堯姆的對話答非所問，雞同鴨講，卻也只是反映出農民對軍事布防的無

知而已，與貝特朗無法驅動牛隻致使牛車陷入泥沼裡的狼狽處境相比，貝特朗的情況更為可笑！只能說隔行如隔山！書中最令人印象深刻的是作者並未將撒拉遜平民描寫成十惡不赦的魔鬼，在作者的筆下，善良的異教徒農民還為紀堯姆大軍製造木桶與套牛車（XXXVI, 5-6），甚至奧特朗國王在被紀堯姆擒獲後，被要求改信基督教，他卻寧可壯烈犧牲也堅決不放棄自己的信仰（LVII, 8-10），法蘭西士兵敬他是條漢子，還因此向紀堯姆求情給奧特朗寬限幾天時間考慮（LVIII, 1-2），由此可見，作者並未因為劇情需要故意醜化撒拉遜人，反倒是如實呈現異教徒也是有血有肉，有自己信仰的人。

　　作者對紀堯姆的著墨不僅止於他擁有可以一拳致命的神力，他還將紀堯姆的心理感受具體地描繪出來。例如，身為國王身邊忠誠的臣子，國王卻在大行封賞時漏掉了他，在遭受到不公平待遇的情況下，對國王極度失望，他有那麼一刻很想起兵造反，推翻無良主君（XVII, 8-10）；再來便是紀堯姆在蒙比利埃城曾一度起過色心，因為他誤以為騎士夫人想要勾引他，與其發生男女關係（XXIII, 24-25），而騎士夫人只是想讓他看此區受到異教徒摧殘的狀況罷了；但是在看到蒙比利埃地區的悲慘狀況後，紀堯姆對其升起了憐憫之心，為此痛哭流涕（XXIII, 37-38）。雖然紀堯姆性格開朗、愛挪揄人與放聲大笑，但是他也有憂慮與懊悔的時候，例如他會憂慮朝中大臣在背後議論他對路易王態度傲慢（XXX, 10-15），也會懊悔他為了路易王犯下了殺戮眾多年輕小夥子的罪業（X, 2-4）。紀堯姆的內心的遲疑、矛盾以及情緒的糾結都讓作品中這個人物的形象更為豐富與飽滿，甚至更為人性化，而不是如同傳統史詩中的作者一般，往往將主角塑造為神格化之人物。

六、帶有詼諧成分的作品

　　按照 Claude Lachet（1999, 34-42）的分析，挪揄（plaisanterie）與笑（rire）這兩個詞在整部作品中重複出現多次，例如動詞*gaber*（意即「開玩笑」、「嘲弄」）在書中出現過三次（XL, 30；XLIX, 107；LIII, 10），意思為「笑」和「微笑」的名詞與動詞 *rire*（XXIV, 14）、*ris*（I, 44；XVIII, 16；XVIII, 35；XVIII, 46；XL, 14；XL, 20；XLIX, 26）、*sorrire*（XXIV, 25）全文則出現過九次，是以此部作品以歡快為基調。

　　作者也透過文字遊戲對書中的撒拉遜人的名字大作文章，因為許多角色的人名已經反映出他們的主要性格或特徵，例如第二十二章中提及的阿瑟黑（Acéré），意思為「如鋼鐵般鋒利的（人）」；阿洛剛（Arrogant），意即「傲慢無禮的（人）」；位於第四十九章第44行處的總管大臣霸黑（Barré），其名的意思為「被阻止通行的」，這個名字的意義很符合當時霸黑所遇到的情境，因為他當時正要起身前往廚房備膳，卻發現皇宮門口被紀堯姆的車隊擠得水泄不通，無法通行；位於第一章第11行處名叫高赫索肋（Corsolt）的撒拉遜將軍，其名的原意為「巨人」；在第二十二章第6行處的德拉梅（Desramé），其名源自於阿拉伯文Abderrahman，意思為「仁慈上帝的僕人」（serviteur du Tout Miséricordieux），但是在古法文中也可以有另一層意義，因為*Desramé*為動詞*desramer*的過去分詞形式，意即「肢解」、「摧毀」；在第十二章第9行處提及的牧赫佳列（Murgalez），意即「荒淫的摩爾人」（le Maure débauché）；奧特朗（Otrant）這個名字的意思為「殲滅者」（exterminateur）以及他的兄弟阿爾班（Harpin），其名意指「猛禽」（rapace）。以上這些人名或多或少帶有些許貶意，作者在字裡行間流露出對異教徒的敵意。

此外，紀堯姆當著眾臣面前直接數落路易王貪生怕死，一次將國王比喻為可憐的獵犬（VIII, 16-17）在帳篷間狼狽竄逃，另一次則是國王在危急時刻棄貝朗杰伯爵不顧，自己像一隻夾著尾巴的怯懦獵兔犬（XV, 34）落荒而逃。雖然這兩次對國王的比喻皆帶有輕蔑的意味，但是卻極具滑稽的特質。紀堯姆還會使用一些具體的固定片語來強調他長期效忠國王的下場是一貧如洗，在第九章第3行處，紀堯姆對路易王表示他已侍奉他許久，久到頭髮都白了，可是卻連等同於一根麥稈價值的物品都沒有得到（*N'i ai conquis vaillissant .i. festu*）；於第十六章第24行處，紀堯姆對他的侄子抱怨他浪費了人生時光效忠國王，卻連等同於一個去殼蛋之報酬都沒換到（*N'en ai eü vaillant .i. oef pelé*）。這兩個具象片語之組成方式在古法文中極為常見，因為古法文常會使用一些名詞來表示「無價值的事物」，就如同此處的「麥稈」（festu）與「去殼蛋」（oef pelé）一樣，然後再搭配否定副詞 *ne* 一起連用表示否定之意，現代法文中仍然保留 *ne...pas* 以及 *ne...point*，然而 *pas*、*point* 原本具體名詞的意義已然消失。儘管如此，「麥稈」與「去殼蛋」這兩個表示「毫無價值的東西」之名詞由紀堯姆的口中說出，卻格外生動有趣。

作品中有些人物的行為舉止像極了笑鬧劇（farce）中才會出現的場景，例如紀堯姆的侄子紀耶嵐（Guiélin）原本並不想隨同他的伯父辛苦遠征，他的父親藹烈傍的貝赫納（Bernard de Brébant）氣到舉起手來狠狠打了他（XXIV, 33-34）；再來就是在第五十一章第3-4行處，阿爾班國王對紀堯姆百般刁難，甚至到後來還拉扯了他的鬍子，差點拔掉他的一百根鬍鬚（*Passa avant, si li tire la barbe/ Par .i. petit .c. peus ne li erraiche*）。雖然這兩個的場景看似滑稽可笑，但是後續的發展卻是影響深遠。紀耶嵐被父親打後決定與紀堯姆一齊出征，而喬裝成商人的紀堯姆則在遭受阿爾班拔鬍鬚的羞辱後，遏制不住自己的怒氣，最後一拳將其擊斃於腳下，隨後吹起號角三次，讓法蘭西士兵發動總攻擊。

紀堯姆在與國王的衝突爭吵中，他的行為舉動反而比他的言語更加引人發笑。例如在第一章第55-56行處，紀堯姆爬上皇宮的樓梯準備面見國王，他用力地踩著大殿的地板，力度之大導致他穿著的柯爾多瓦皮鞋護脛斷裂；在

第五章第10-14行處，紀堯姆將身體倚靠在他的長弓上，但由於他施力極猛導致長弓斷裂成碎片飛濺至牆梁，掉落至國王鼻子前。這兩個滑稽的插曲緩解了國王與紀堯姆兩人之間正在形成的緊張氣氛，也就是說當紀堯姆的憤怒之火在心中升起時，作者穿插的這些可笑的舉動馬上就起到澆熄怒火的作用。

故事中人物立場大逆轉也會令人發噱。例如，一開始紀堯姆和路易王一言不合，負氣離開皇宮，本想起兵造反，但在侄子貝特朗的勸說下，馬上態度一百八十度轉變，決定繼續效忠路易國王（XVII, 7-15），並為其開疆拓土；另一個例子便是紀堯姆的侄子紀耶嵐，一開始他嫌遠征尼姆城太辛苦，拒絕與其同往，但在挨父親一頓打後，馬上態度翻轉，願意出發攻打異教徒（XXIV, 30-55）。

最後一個詼諧的元素便是紀堯姆與其戰士們的喬裝部分（déguisement）。法蘭西人為了智取尼姆城而喬裝為商人與趕牛車的人，讀者／聽眾可以想像原本一身戎裝的士兵裝備突然搖身一變成為身穿奇裝異服的平民，兩者之間的落差遂成為作品中的笑點。例如紀堯姆在第四十一章中從原來穿的鎖子甲換成一身棕色粗呢及膝長袍、柱形尖頂頭盔改為毛氈帽、長劍（épée）改為小刀（couteau）、坐騎也從精力充沛的駿馬改為羸弱的母馬。不僅如此，紀堯姆還得立刻進入到他的新身分回答奧特朗國王的問題，紀堯姆對國王聲稱他來自英國的坎特伯雷城，已娶妻生子，並且擁有十八位子女（XLVI, 10-114），他名叫狄亞克爾（XLVI, 25）。為了取信於奧特朗，紀堯姆還特別把他的兩個侄子貝特朗與紀耶嵐指給他看（XLVI, 15-17），還有紀堯姆滔滔不絕地講出他所帶的商品（XLVI, 28-40）和因為從商所遊歷過的國家或地區名（XLVIII, 6-18），這些都增添了故事的趣味性。

綜上所述，《尼姆大車隊》為一部悲劇性與喜劇性兼具的作品，因為作者常常會在嚴肅或緊張的氛圍下添加一些詼諧有趣的插曲，例如在紀堯姆大軍出發之時，氣氛莊嚴又肅殺，作者卻在此時穿插了大軍攜帶的宗教用品（XXVI, 110-111；XXVII, 2-3）與炊具（XXVIII, 2-3）之描述，讓原本肅穆的氛圍頓時和緩下來。這樣的例子在此作品中屢見不鮮，由此可見，作者擯棄傳統史詩所使用的經典橋段，例如基督徒被異教徒殘殺、哀悼逝者以及埋

葬屍體等等悲劇性元素，反而加入了滑稽元素讓作品更生動活潑、更貼近事實，亦更趨人性化。

七、現存不同之手稿

　　目前《尼姆大車隊》仍然有九個手抄本分別被保存在不同的圖書館裡。這九個手抄本可以被歸類為四大群組（familles），這些群組分別由英文字母的字首縮寫（sigles）*ABCD*來標示。

（一）群組A包含了五個手稿

　　1. 手稿 *A*[1]：目前珍藏於法國國家圖書館，法文手稿，編號 774（ms. français 774）。手稿為雙欄編排版，每欄包含40行，十三世紀的手稿，曾收藏於聖吉耶姆勒代賽爾修道院的檔案室中（Saint-Guillaume-du-Désert）。此譯本以此手稿為底本，但是此手稿因為缺頁故，缺少的161行詩由手稿 *A*[2]修補遺漏之處。《尼姆大車隊》一文位於手稿的〔33c〕-〔41d〕。在《尼姆大車隊》文章開始之前，於〔33b〕右下方有一個細密畫（vignette），畫中有一台被兩頭牛拉著的車子，來到一座塔的腳下，這幅細密畫的前面寫著2行標題（rubrique）：*Explicit del coronement looys/ et commance le charroi de nymes*（《國王路易一世的加冕禮》結束，《尼姆大車隊》開始）。

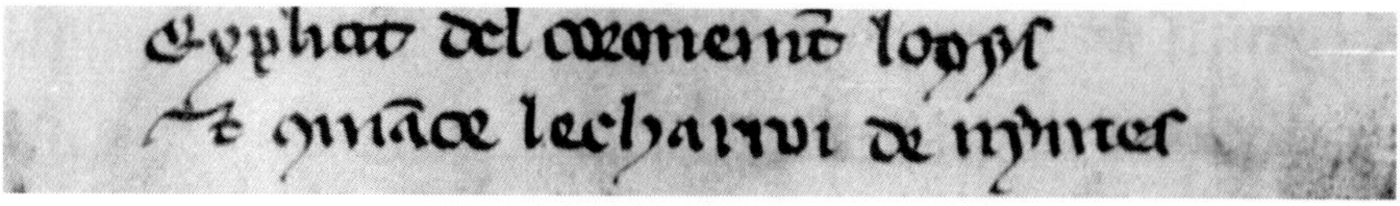

Fig. 2 : Paris, BnF, français, 774, [33b]

　　2. 手稿 *A*[2]：目前珍藏於法國國家圖書館，法文手稿，編號 1449（ms. français 1449）。亦是雙欄編排版，每欄容納40行，十三世紀的

手稿，《尼姆大車隊》全文位於手稿中的〔38c〕-〔47d〕。位於〔38c〕左上方處，《尼姆大車隊》文章開始前，原本的細密畫被切割掉，之後此處使用現代紙張修復，上面寫著：*Place d'une vignette qui a esté coupee/ Le Charroi de Nymes*。位於〔38b〕右下角處也有如同手稿*A*¹的2行標題：*Explcit le coronement looys/ et conmance le charroi de nymes*。

Fig. 3：Paris, BnF, français, 1449,〔38b〕

手稿*A*²與手稿*A*¹中所使用的縮寫幾乎完全相同，甚至連裝飾圖案也大同小異，是以Duncan McMillan（1978,15）研判兩個手稿應該出自同一作坊（atelier）。

3. 手稿 *A*³：目前珍藏於米蘭的特里維爾及亞娜圖書館（Bibliothèque Trivulzienne），編號 1025，雙欄編排版，每欄容納40行，十三世紀後半葉的手稿，《尼姆大車隊》位於手稿中的〔38b〕-〔47c〕。手稿 *A*¹、手稿 *A*²與手稿 *A*⁴要比手稿 *A*³要精緻許多，因為手稿 *A*³包含了諸多錯誤與遺漏，裝飾圖案也不夠精細，所以很難斷定與其他三個手稿同為一個工坊製作。

4. 手稿 *A*⁴：目前珍藏於法國國家圖書館，法文手稿，編號 368（ms. français 368）。三欄編排版，每欄容納50行，為十四世紀初的手稿。《尼姆大車隊》位於手稿中的〔163ra〕-〔167ra〕，但是缺少了全文的前263行詩，手稿中又充滿了錯誤與疏忽，是故此手稿與手稿*A*¹與手稿 *A*²相比粗糙許多。

5. 手稿 *A*⁵：珍藏於法國國家圖書館，法文手稿，編號 934（ms.

français 934）。此手稿只包含了《尼姆大車隊》中的135行詩，位於手稿中的〔2a〕-〔2d〕。

（二）群組B包含了兩個手稿

1. 手稿B^1：目前珍藏於倫敦大英圖書館（British Library），Royal， 20 D XI，〔116r〕-〔118v〕。三欄編排版，每欄容納53行，為十四世紀的手稿。此手稿極為精緻豪華，內附許多裝飾圖案，而且喜愛用古字，全文主要呈現出法蘭西島方言（francien）特色，同時也帶有些許古皮卡第方言（picard）色彩。

2. 手稿B^2：目前珍藏於法國國家圖書館，法文手稿，編號24369-70（ms. français 24369-70）。《尼姆大車隊》一文位於第一冊，〔91r〕-〔99v〕。雙欄編排版，每欄容納44行，十四世紀的手稿。此手稿中，位於〔90〕-〔91〕之間的頁數遺失，所以缺漏了《尼姆大車隊》一開始的前70行。手稿 B^2中使用的語言明顯比手稿 B^1更為年輕化，更接近十四世紀的用字遣詞。

（三）群組C只有一個手稿

手稿 C 目前珍藏於濱海布洛涅（Boulogne-sur-Mer）的市立圖書館（Bibliothèque municipale），編號192。雙欄編排版，每欄容納40行，完成於西元1295年4月16日。《尼姆大車隊》位於手稿中的〔38a〕-〔47c〕。手稿 C 呈現出古皮卡第方言特色。

（四）群組D只有一個手稿

手稿 D 目前珍藏於法國國家圖書館，法文手稿，編號 1448（ms. français 1448）。雙欄編排版，每欄容納行數不一，介於42至45行之間。約莫十三世紀中後期的手稿。《尼姆大車隊》位於手稿中的〔90v〕-〔99v〕。此手稿將《國王路易一世的加冕禮》與《尼姆大車隊》結合成一個短版的故事，因

為《國王路易一世的加冕禮》在沒有任何過渡的轉換狀態下直接進入到《尼姆大車隊》的故事。手稿呈現出洛林方言（lorrain）特色。

八、底本中特殊符號介紹

	5　C'est de Guillelme, le marchis au cort nes,
	6　Comme il prist Nymes par le charroi monté[7]
	7　Après conquist Orenge la cité
	8　Et fist Guibor baptizier et lever
	9　Que il toli le roi Tiebaut l'Escler
	10　Puis l'espousa a moillier et a per
	11　Et desoz Rome ocist Corsolt es prez

Fig. 4 : Paris, BnF, français, 774, [33c]

　　此段節錄是出自於原文的第一章第5-11行詩。根據左邊欄位手稿原始狀態與右邊欄位謄寫出來的文字對照後可以發現，手稿在短短的7行中便出現了13次縮寫符號，訓詁學者必須將這些縮寫符號還原為正式文字，法文手稿中概略可以歸納幾個最常見的縮寫符號：

（一）（˜）：標示鼻音化的短槓符號（barre de nasalisation），就如同節錄中第6行的 mõté，短槓符號位於母音〔o〕的上方處標示出此處省略了鼻子音字母 n。通常手抄員在遇到此符號時可以還原出省略的字母 m或 n，但是當還原為字母 m的狀況時，大多是因為後面跟隨了唇子音（consonnes labiales） b、p、m，例如 membre（V, 20；VI, 5）、empire（XLVIII, 16）、champel（I, 68；V, 18；V, 20）等等。偶而母音〔o〕位於尾音節時（syllabe finale），如果再搭配上短槓符號，會將其還原為om，例如hom（XXVI, 58）、

7　此譯注版本根據Paul Meyer（1874, 237）的建議，選擇採用手稿C的動詞par le charroi mené，但是將其更正為原形動詞mener。此處為了呈現手稿原狀，並未更正之。

Mah*om*（XXXIII, 49）、*preudom*（XLVII, 18）。然而大多時候短樌符號只要不是位於唇子音前，不論位於哪個音節處，原則上應是將其還原為字母*n*，例如 *tant*（VII, 8）、*baron*（VII, 23）、*non*（I, 60）、*avant*（VII, 8）、*confenon*（VII, 27）、*vinrent*（VIII, 12）。

（二）(9)：這個如同阿拉伯數字9的符號可以還原為*con* 或 *com*，例如在摘錄中第6行的 *9me* 等於 *comme*，以及第7行的 *9quist* 等同於 *conquist*。9 這個蒂瓏符號（note tironienne）[8] 可以出現在位於首位的音節中（syllabe initiale），例如 *conseill*（XXXVI,1）、*commandez*（XLIX,68）、*compaigne*（XXVI, 29）、*concile*（XLIV, 15）、*conquise*（XLVIII, 6）；同時也可以位於在非首音節的重音節中，例如*encontre*（I, 58）。

（三）(ˆ)：這個符號可以標示 *pre*或是*pri*。在摘錄中第6行的 *pˆst*，在謄寫手稿時將其還原為動詞 *prendre*的直陳式簡單過去時p3的形式 *prist*，另一個例子位於第7行的 *apˆs*，這個詞則被還原為*Aprés*[9]。

（四）(')：此符號可以還原為*er* 或是*ier*。摘錄中第9行的 *l'escl'* 等同於 *l'Escler*，第10行的 *moill'* 則被還原為*moillier*。文中還有諸多例子，例如：*b'ser*等同於*berser*（I, 22）、*bachel'* 等同於 *bacheler*（I, 23）、*deport'*等同於 *deporter*（I, 24）、*B'tran*等同於 *Bertran*（I, 31）、*t're*等同於*terre*（I, 37）。

（五）(7)：這個符號也是蒂瓏符號之一，等於 *et*。此符號在中世紀手稿中極為頻繁出現，光是在此摘錄中便出現了4次。

（六）(P)：此符號可以等同於 *par* 或 *per*。在此摘錄中出現過一例，這個例子便是位於第2行的 *par*。為中其他的例子還有 *empereres*（I,

---

8　蒂瓏符號（notes tironiennes）是一套由西賽羅（Cicéron）的祕書蒂瓏（Tiron）在西元前一世紀時創造出來的一套縮寫速記方法（méthode de sténographie abréviative）。

9　根據謄寫手稿的基本規則，通常不會使用重音符號（accents），除非要將〔e〕與〔ə〕區分出來，所以此處加上尖音符（accent aigu）旨在標示*Aprés*中的*é*不是發〔ə〕音，而是〔e〕。

36）、***par**ler*（I, 61；V, 15）、***par**donez*（I, 72）等等。

（七）(.G.)：文中男主角紀堯姆的名字就如同摘錄中的第5行一樣大多
使用.G.此縮寫形式呈現，偶而以*Guill*標示*Guillelme(s)*。

（八）(q̄.)：這個符號可以還原為*que*，除了摘錄中的第9行出現過以
外，文中也出現過多次此符號，例如 *q**ue***（III, 10）、*onq**ues***
（IX, 10）、*q**ue**rre*（VIII, 2）、*donq**ue***（XXVI, 49）等。

（九）(⁹)：這個如同數字9上標的符號等同於*us*、*os* 或 *ous*，甚至有時可
以表示 *uis*，摘錄中的第10行便是將 *p*⁹ 還原為***pu**is*。其他的例子
還有 *ma*⁹ 等於 *ma**us***（III, 11）、*emtr'e*⁹ 等於*entr'e**us***（III, 12）、
*pl*⁹等於 *pl**us***（VII, 4）、*v*⁹等於 *v**os***（VI, 10）、*pea*⁹等於 *pea**us***
（VI, 8）。

（十）其他：除了以上幾個特殊符號的運用外，手稿中也會使用縮合
（contraction）與上標字母（lettres suscrites）方式來達到縮寫的
目的，以下只列出幾個最具代表性的例子：

手稿原來狀態	還原後的文字	手稿原來狀態	還原後的文字
qñt	q**ua**nt	gñt	g**ra**nt
bñ	b**ie**n	mlt	m**o**lt
nñre	n**ost**re	vñre	v**os**tre
q̇	q**ui**	isnelem̂t	isnelem**ent**
ƚvé	tr**ov**é	ch'r	ch**evalier**

九、手抄員的語言

　　由於詞彙（sémantique）、語法（syntaxe）以及構詞（morphologie）[10]方面的問題會於文本中做詳細的解說，此處只針對音韻（phonétique historique）與拼寫法（graphie）之間的關聯做一扼要之介紹，至於構詞部分，也只挑選文中之特例做粗略的解釋。

（一）語音與拼寫法（phonétique et graphie）[11]

　　由於古法文的拼寫法尚未規範化，是以一個音素（phonème）可以同時有好幾個拼寫法（variantes）在同一個文本中出現，此處只略作解釋。

　　1. 當母音 [a] 跟隨半子音 [j] 時，半子音可以母音化為[i] 與母音 [a] 組成二合母音（diphtongue）[ai]，在十二世紀時，[a] 受到閉母音（voyelle fermée）[i]的影響也閉合為[ɛ]；隨後由於要簡化二合母音故，只保留開口較大的 [ɛ]，[i]則被刪除，最後演變為[ɛ]，現代法文通常的拼寫法為*ai*。但在此手稿中*ai*拼寫法出現次數並不算多，例如 *mai*（I, 14）、*aidier*（XX, 6；XXVI, 31）、*gaire*（VI, 14）、*gaires*（XVIII, 15；XL, 33）、*traire*（XLII,17）、*sifaitement*（XXXV, 16）、*faites*（XXXV, 24）、*repairent*（XXX, 29）、*contraire*（LI, 15）、*brevïaire*（XXVII, 2）等；然而此手稿比較常使用 *e* 拼寫法而非 *ai*，例如 *trere*（VIII, 14；XLII, 4, 6）、*fetes*（XXXV, 22；XL,

---

[10] 關於古法文構詞問題，參見佚名，李蕙珍譯注，《歐卡森與妮可蕾特》（台北：秀威資訊科技股份有限公司，2020），頁49-86。

[11] 此部分的分析特別參考Duncan McMillan（1978, 28-31）的《尼姆大車隊》校注版導論與Claude Régnier（1986, 15-17）的《攻克奧朗日城》校注版導論中針對語音與拼寫法的部分，再搭配上歷史語音學的規則所做出的結論。

16；XLII, 11, 17；XLVII, 5, 6)、*sifetement*（XXXIV, 26)、*mestre*（XLII, 16；XLIX, 34)、*trete*（XLII, 10)、*atrere*（VI, 19)、*afere*（XXXIII, 60；XLII, 12)、*tret*（LV, 9)、*aresonné*（XLIX, 11)。

2. 當母音 [a] 位於開放音節（syllabe ouverte）[12] 跟隨鼻子音 [n] 時，[a] 在第六世紀時自然二合母音化（diphtongaison spontanée）為 [aɛ]，但是在第七世紀時，由於鼻子音 [n] 的關係，造成二合母音的第二個母音 [ɛ] 閉合為 [i]，是故演變為 [ai̯]。到了十一世紀，二合母音鼻音化為 [ãi̯]，十二世紀時，[ãi̯] 中的第一個母音 [ã] 閉合為 [ẽ]，十三世紀時，二合母音減化為單母音 [ẽ]，但是受到民間語言的影響，[ẽ] 最後開口為 [ɛ̃]，拼寫法可以為*ein* 或*ain*，此手稿使用的拼寫法為*ain*，例如 *prochain*（XXIV, 20)。

3. 當重音節的母音 [e] 位於開放音節（syllabe ouverte），其後跟隨鼻子音 [n] 時，手稿中較常使用的拼寫法為*ai*，例如*mainnent*（XXVI, 108；XLIII, 9)、*avaine*（XXIII, 15)、*paine*（XXIV, 8)、*plains*（XII, 2)、*fain*（XXIII, 15)。當重音節母音 [e] 之後跟隨鼻子音 [ɲ] 時，手稿中的拼寫法為*aign*，例如*ensaignes*（XXXVIII, 2)、*entrepraignent*（XXXVIII, 4)。

4. 當母音 [e] 位於重音節的前一個音節時（prétonique)，倘若其後跟隨鼻子音 [n]，這時手稿中的拼寫法可以是*en* 或者是*an*，例如 *planté*（XXXIII, 56)、*sanglier*（XV, 30)、*sengler*（XXX, 25)。

5. 重音節母音 [ɛ] 跟隨軟顎子音（vélaire）[ɫ][13] 時，十一世紀時 [ɫ] 母音化為[u]，並且在 [ɛ] 與[u]之間發展出了[a]的過渡音（voyelle de transition)，這個三合母音（triphtongue）[ɛau̯] 在十二世紀時重母音（voyelle tonique）的位置從 [ɛ] 轉移到 [a] 上，由於 [ɛ] 失去重音

---

[12] 音節的結尾是母音稱之為開放音節（syllabe ouverte)，這個母音被叫做自由的母音（voyelle libre)，例如PA-TER。

[13] 軟顎子音（vélaire）[ɫ]在現代法文中不復存在，在古法文中 [ɫ] 僅位於子音前，十一世紀時母音化為[u]。

地位被迫閉合為 [e]，最後演變為[eáu̯]。之後，這個三合母音 [eáu̯] 在民間語言（langue populaire）中持續演變，從 [iáu̯] 到 [jáu̯]，到了中法文（moyen français）時演變為 [jo]，對應的拼寫法為*iau*；但是在典雅的語言（langue savante ou soutenue）中，三合母音 [eáu̯] 中的第一個母音卻持續弱化為 [əáu̯]，到了十六至十七世紀時縮化為 [o]，對應的拼寫法為*eau*，現代法文的拼寫法也是*eau*。手稿中出現的例子為*iau* 與*eau* 交替出現：*chast**eau**s*（XXV, 12, 21）、*chast**iau**s*（XVI, 9；XXI, 6；XXIII, 24）、*h**eau**me*（V, 26, 37；VIII, 25；XLII, 20）、*h**iau**me*（XXXIII, 18）、*b**eau***（XIII, 9；XLVII, 9）。

6. [ié] 在手稿中的拼寫法通常為*ie*，例如*less**ie**rent*（XXXI, 4; XLIX, 37)、*f**ie**r*（XXIV, 29; XXVI, 7; 20, 49)，但偶而也會使用 *e* 取代之，例如*f**e**rs*（III, 1）、*less**e**rent*（XXXI, 3；XXXIV, 6）。

7. 重音節母音 [ɔ] 位於開放音節或者之後跟隨 [ʎ] 時，第四世紀時二合母音化為[ɔʊ]，第七世紀時演變為[uo]，到了十二世紀時兩個母音的發音位置持續拉近為[ue]，到了十三世紀時變為 [φ]，這個母音最常使用的拼寫法為*ue* 或 *oe*：*f**ue**rre*（XXXIII, 14）、*est**ue**t*（I, 83, 85, 86）、*p**ue**t*（V, 7）、*p**ue**ent*（XXIV, 54）、*c**ue**r*（XXX, 5）、*b**ué**s*（XXXIII, 36；XXXV, 24）、*v**ue**ill*（XV, 43）、*j**ue**nes*（XXIV, 31）、*o**e**f*（XVI, 24）、*v**oe**l*（XXIII, 10a）、*il**ue**c*（XXVI, 40）、*Il**ue**ques*（VIII, 9）、*tr**ue**ve*（XLIX, 48）、*org**ue**ill*（XLIV, 4）、*org**ue**illous*（VII, 13）。偶而也會使用 *e*、*eu*、*ueu* 拼寫法來標示重音節母音 [ɔ]：*v**e**lt*（XLV, 7）、*v**eu**lt*（XV, 40）、*v**ueu**lent*（XXV, 10）。

8. 當 [ɔ] 位於重音節的前一個音節（prétonique）時，偶爾會出現拼寫法 *ue*：*f**ue**illissent*（I, 15）、*p**ue**plee*（LV, 20）。

9. 標示重音節中的 [o] [14]的拼寫法有 *o*、*ou* 以及*eu*：*h**e**nnor*（XVI,

---

[14] 重母音[o]位於開放音節時，在第四世紀時二合母音化為[ou]，第七世紀將兩個發音位置相近的母音拉開為[eu]，十二世紀時第一個母音[e]受到第二個母音的[u]發音方式影響唇化

3）、*lor*（XXV, 11）、*flor*（XXVI, 30）、*vavassor*（XXXIV, 18）、*prouz*（VII, 1）、*prou*（VII, 20）、*goule*（XXXVI, 9）、*meillor*（XIV, 6）、*seignor*（I, 1）、*empereor*（XV, 17）、*glorïeus*（I, 2）、*neveu*（XXIV, 17）、*preu*（XXVI, 34）、*heure*（XLIV, 11）、*seur*（XXV, 1）、*gueule*（XXVI, 89；LIII, 26）。

10. 標示重音節前一個音節中的 [o] 之拼寫法有 *o*、*ou* 與 *e*：*adoubé*（XXV, 22）、*bouter*（XL, 18）、*estoupé*（XLVII, 30）、*covert*（XXI, 10）、*hennor*（XVI, 3）、*honor*（XXI, 10）。

11. 分音雙母音（hiatus）[15] 中的第一個母音 [a] 有時會被拼寫為唇音 *o*，例如 *poons*[16]（XXX, 26）；此外分音雙母音的第一個母音 [e] 有時也會使用 *a* 來代換 *e*，例如 *paaige*[17]（XXXIV, 4）、*vaerent*[18]（LIX, 15）。

12. 當二合母音 [ié] 之後跟隨另一個母音 [e] 時，二合母音 [ié] 中的第二個開口較大的母音可以被刪減為單一母音 [i]，再搭配上之後的母音 [e]，形成 [ie][19]，對應的拼寫法為*ie*，但是也可使用拼寫法 *iee* 交替之：*chaucie*（XL, 51）、*coigniees*（XXXVII, 2）。

13. 三合母音（triphtongue）*ieu* 刪減為二合母音 *iu*，例如 *liues*（XXXIII, 3；XXXVI, 3）；*ieu* 也可以演變為 *eu*，例如 *eulz*（XLIX, 40）、*euz*（VII, 17）。

14. 手稿偶爾使用 *-s-* 而不是*-ss-* 來拼寫位在母音之間的 [s]：*ausi*（XVIII, 18）、*aseons*（XXX, 21）、*asavoré*（XLIX, 78）。

15. 儘管噓音 [h] 從第一世紀起便在拉丁文中不再發音，此手稿將 *h* 重新引進回一些詞彙中：*hostel*（I, 50）、*hoste*（VII, 30）、*heure*

（labialisé）為 [ɸ]，是以演變為 [ɸu]，十三世紀時二合母音被刪減為 [ɸ]。

[15] 分音雙母音(hiatus) 為並列在一起的兩個母音，但是卻等同於兩個音節，然而二合母音（diphtongue）則是兩個母音並連在一起，卻屬於同一個音節。

[16] *poons*源自於拉丁文*pavones*，所以原本期待的拼寫法為*paons*，但卻被後面的母音同化為[o]。

[17] *paaige* 源自於中世紀拉丁文**pedaticum*，原本期待的拼寫法為*peage*，此處卻從[e]變為[a]。

[18] *vaerent*源自於拉丁文動詞*vetare*的過去時（parfait）p6的形式：*vetuerunt*。

[19] 將 *iee* 刪減為*ie* 是法國北方與東方方言的特色之一。

（XVIII, 17）、*houre*（VII, 10）、*heritier*（XV, 38），當然沒有 *h*的拼寫法也同時並存，例如*ostel*（I, 30, 46）、*eure*（XVI, 8）。如果 [h] 是源自於日耳曼語的話，拼寫法中的 *h* 會被保留下來，例如 *honte*（V, 34；XXXVI, 8）、*honiz*（IV, 9）、*herberges*（XXIX, 6）、*hueses*（I, 56）。但是在某些字詞中，詞源裡並沒有 *h* 的存在，會加上子音 *h* 主要是為了方便讀者不要把原本位於字首的 *u* 誤讀為*v*：*hués*（II, 3）、*huis*（IX, 5），當然手稿中也可出現沒有使用噓音*h*的拼寫例子：*uis*（XLVII, 30；XLIX, 48, 59）。在手稿中，當 *h* 位於字中時，主要是用來標示分音雙母音（hiatus）：*dahé*（V, 36）、*maldahé*（IX, 10）、*dahez*（LVIII, 4）、*Mahom*（XXXIII, 49）、*Mahomet*（XXXIII, 52）。

16. 有時候手抄員並未將某些字詞的尾子音謄寫出來，例如 *soé*（I, 16）、*fié*（VIII, 32），但是在手稿的其他處尾子音又可以被拼寫出來：*soef*（XLIX, 96）。

17. 位於母音間的 [ɲ] 通常的拼寫法為-*ign*-：*Espaigne*（I, 20；XXVI, 39）、*compaigne*（I, 23）、*gaaigne*（XII, 5）、*seignor*（I, 1）、*seignoré*（V, 35）；偶爾手稿也會使用 -*gn*- 以及 -*ngn*- 標示 [ɲ]，例如*segnor*（XXX, 12）、*engingnierres*（XLIX, 32）。

18. [ɲ] 位於字尾時，拼寫法為-*ing*：*poing*（XV, 29；XLIX, 71）、*Borgoing*（XIV, 4）、*soing*（XXVI, 57）、*besoing*（XLVII, 29）、*doing*（XV, 64, 65）。

19. [ʎ] 位於字尾時，拼寫法為-*il* 或 -*ill*：*essil*（IV, 6）、*mail*（XXXVII, 7）、*gentil*（XXVI, 21）、*orgueil*（XLV, 10）、*vermeil*（IX, 15）、*vueill*（XV, 43）、*vieill*（XXVI, 78）、*maill*（XLIX, 70）、*gentill*（V, 1）、*fill*（XIV, 9）、*orgueill*（XLIV, 4）；在手稿中還出現一例使用-*ell* 標示 [ʎ]：*viell*（XXVI, 22）。

20. [ʎ] 位於母音之間時，手抄員使用的拼寫法多半為-*ill*-：*moillier*（I, 10, 78；XV, 4）、*meillor*（VI, 3）、*retaillié*（XV, 76）、*bataille*

（XXV, 10）、*fueillissent*（I, 15）。

21. 泛指示代名詞（pronom indéfini）*l'on*（< *lat.* homo）在此手稿中被 *l'en*（V, 24；IX, 7；XXII, 12；XXVI, 84）所取代。

22. [k] 可以使用 *c* 或 *qu* 拼寫法交替標示之：***qu****ens*（XXVI, 91；XXX, 3, 22）、***c****uens*（I, 17, 29, 45, 51, 80；IV, 7）、*iluec*（XXVI, 40；XXXIII, 26；XLII, 2）、*ilueques*（VIII, 9）。

23. 當字詞在拉丁文詞源中含有齒音 [t] 或 [d]，如果之後跟隨著表示詞形變化的 -s（s de flexion）時，會衍生出塞擦音 [ts]，拼寫法為 *z*，但是在手稿中有時也會使用 *s* 替換之：*escuz*（VIII, 12, 43；XLII, 21）、*escus*（XXXIII, 21）、*granz*（VI, 8；XIV, 12；XXIV, 14）、*grans*（XXI, 2）、*Otranz*（LV, 28；LVI, 3）、*Otrans*（XXII, 9；XLIII, 10；XLVI, 23）。

24. 當非重音節的母音消失後，會造成兩個通常不會相遇的子音連在一起，這時倘若是鼻子音 [n] 遇上 [r] 或是 [l] 之後跟隨 [r] 時，會衍生出一個位於兩個子音之間的過渡子音 [d]，這個子音叫做插入子音（consonne épenthétique），例如動詞（re）*venir*、*voloir* 的未來時或條件式現在時：*revendra*（XXVI, 32）、*vendrez*（XL, 40）、*vodroie*[20]（XXVI, 75）；但是手稿中也出現不少沒有插入子音 *d* 的例子：*revenra*（I, 75）、*vinrent*（VIII, 12；XLII, 9, 16）、*venront*（XXVI, 112；XXVII, 4）。當 [l] + [r] 沒有產生過渡子音 *d* 時，卻產生了重疊子音 *rr* 的拼寫法，根據 Guy Raynaud de Lage（1970, 115）的解釋，重疊子音很有可能是根據其他的動詞變化為例子所產生的類比現象[21]（analogie），動詞 *voloir* 的直陳式未來時、過去時與條件式現在時中就有用 *rr* 取代 *lr/*（*l*）*dr* 的例子：*vorrai*（I, 61；XVII, 9；XXXIII, 60）、*vorrent*（XXXI, 5）、*vorroie*（XXVII, 59）、*vorroiz*（XXX, 34）。

---

[20] *Vodroie* 這個拼寫法缺少了子音 [l] 位於增音 [d] 前，原本我們期待的拼寫法為 *voldroie*。

[21] 例如動詞 *oïr* 的直陳式未來時 p1 的形式：*orrai*。

（二）構詞（morphologie）

　　古法文在名詞（noms）、形容詞（adjectifs）、代名詞（pronoms）、冠詞（articles）與分詞（participes）中保留格（cas）之變化[22]，旨在標明在句中的功能[23]，手稿在大部分的情況下皆遵守變格規則，只有在少數例子除外：

　　1. 大部分的專有名詞（noms propres）皆有根據句中的功能而變格為正確的形式，例如：

Cas Sujet(CS)	Cas Régime(CR)
Aymeri**s**	Aymeri
Bernar**z**	Bernart
Harpin**s**	Harpin
Mahome**z**	Mahomet
Bertran**s**	Bertran
Otran**z**（Otran**s**)	Otrant（Otran)
Jhesu**s**	Jhesu

　　通常在古法文中，尾子音 -t 有時會被手抄員省略不謄寫出來，所以文中Bertran 以及 Otran 皆是Bertrant 與Otrant之異體字。然而，手稿偶爾也會將正格與偏格混淆不清，例如在第四十七章第3行處的 Otran 為偏格單數的形式，但是這個名詞在句子中承擔

---

[22] 古法文將古典拉丁文的六格詞尾變化（déclinaison）簡化為兩格詞尾變化，此二格分別稱為正格（cas sujet）與偏格（cas régime），相對應於古典拉丁文的主格（nominatif）與賓格（accusatif）。此外，名詞的正格與偏格皆可再分為單數與複數，是故名詞的變格基本上會有四個格之變化：正格單數（CS sing.）、偏格單數（CR sing.）、正格複數（CS pl.）與偏格複數（CR pl.）。

[23] 正格（cas sujet）在句子中分別擔任主詞（sujet）、主詞表語（attribut du sujet）、呼語（apostrophe）以及主詞之同位語（apposition du sujet）等功能；而偏格（cas régime）則囊括所有主格已擔任的語法功能之外之功能，例如直接受詞（COD）、間接受詞（COI）、直接受詞的同位語（apposition au complément d'objet direct）、直接受詞的表語（attribut du COD）、狀語（compléments circonstanciels）等。

呼語（apostrophe）的功能，我們原本期待的是正格形式 *Otranz*（*Otrans*），這樣用錯格的例子還出現在 *Bernart*（XXIV, 33）、*Bertran*（XXIV, 48）中。此外，人名 *Looÿs* 與 *Berengier* 在手稿中無論在句子中扮演任何功能都沒有任何格的變化。

2. 原本只在第一類陽性名詞正格單數與偏格複數才出現的 *-s*，由於第二類與第三類陽性名詞為數不多，漸漸地被第一類陽性名詞變格法同化，也在正格單數時加上 *-s* 類推字母（s analogique）：*bers*（I, 21；XXVI, 64）、*peres*（VII, 13）、*freres*（XLIII, 12）、*empereres*（I, 36）、*sires*（XXIII, 10）。

3. 文本中也有少數情況會將正格當作偏格來使用，例如第六章第15行處的 *prestre*，此詞屬於第三類陽性名詞正格單數的形式，其偏格單數形式為 *provoire*（< *lat.* *probýterum），比正格形式多出一個音節，如果此處使用偏格形式，會導致第15行詩比其他行詩多出一個音節，手抄員在不改變詞彙的狀況下，選擇用正格形式讓音節數符合十音節詩的規格。

4. 如同現代法文一樣，文本中的名詞語段（syntagme nominal）需要性數配合，但是與現代法文不同的是還需要加上格（cas）的配合，例如當主詞的名詞語段 *Guillelmes li sages*（VI, 1），從人（Guillelmes）到定冠詞（li）和形容詞（sages）皆為正格單數陽性的形式；但是手稿中也有發現格未完全配合的例子，也就是說正格與偏格混雜在同一個名詞語段中：*Bertran*（偏格）*li*（正格）*senez*（正格）、*beau*（偏格）*sire*（正格）、*Looÿs*（正格）*le*（偏格）*ber*（正格）。

5. 手稿中遇到一次泛指形容詞（adjectif indéfini）陰性單數 *tele*（VII, 10）的形式，*tele* 其後跟隨一個母音開頭的陰性名詞（*houre*）。泛指形容詞 *tel* 原本屬於第二類陰陽性同形態的形容詞（adjectif épicène），此處的 *tele* 是按照第一類形容詞的變格法重新創造帶有結尾 *-e* 的陰性形容詞變格形式。

6. 手稿中還呈現出不少的縮合形式（formes enclitiques）的詞：*el*（= en + le）、*gel*（= ge + le）、*sel*（= si + le）、*quel*（que + le/ qui + le）、*ses*（= si + les）、*nel*（= ne + le）。

7. 主有形容詞（adjectif possessif）*vostre*（I, 6；XVIII, 45）在手稿中還與另一個縮簡版的形式 *vo*（IX, 6, 16；XVI, 19；XXVI, 72）交替出現，但是手稿中卻沒有出現 *nostre* 的縮簡形式 *no*。

8. 動詞變化中 p4 的詞尾通常是 *-ons*，例如 *devons*（XXX, 39；XL, 41）、*savrons*（**X**LVII, 18）；不過手稿中也有出現沒有 -s 的詞尾形式 *-on*：*devon*（XL, 7）、*iron*（XXX, 38）。

9. 動詞變化中 p5 的詞尾通常是 *-ez*，例如 *oiez*（*X*LIX, 1）、*tenez*（XLIX, 13）、*avez*（XLIX, 14）、*porrez*（XLIX, 12）；然而手抄員還會使用 *-oiz* 代替 *-ez*：*orroiz*（I, 33；XVI, 14）、*porroiz*（IX, 16）、*dorroiz*（XVI, 8）、*vorroiz*（XXX, 34）。

10. 手稿中還出現一次動詞 *estre* 直陳式未來時 p2 的形式：*ieres*（LIV, 4）。這個 *ieres* 源自於拉丁文的 *eras*，在經過語音的演變後在古法文的拼寫法為（*i*）*er*（*e*）*s*，但是這個拼寫法和直陳式未完成過去時（imparfait）p2 的形式 *eres/ ieres*（< *lat.* eris）幾乎一樣，為了避免混淆，古法文又創造出一組新的未來時動詞變化：*serai*、*seras*、*sera*、*serons*、*serez/ seroiz*、*seront*。

尼姆大車隊
古法文／現代法文／中文對照

Le Charroi de Nîmes

古法文原文	現代法文譯文	中文譯文
1 **[33c] O**iez[1], seignor[2], Dex[3] vos croisse[4] bonté[5]	Écoutez, seigneurs, que Dieu,	請聽我道來，各位看倌老爺，但願

---

[1] *Oiez* : écoutez（「請聽我道來」）。*Oiez* 為動詞 *oïr* 的命令式現在時（présent de l'impératif）p5 的形式。根據 Claude Lachet 雙語對照譯注版（1999, 166）的解釋，除了《羅蘭之歌》（*La Chanson de Roland*）、《查理曼大帝於耶路薩冷與君士坦丁堡之遊記》（*Voyage de Charlemagne à Jérusalem et à Constantinople*）以及《阿里斯康戰役》（*Aliscans*）直接進入故事主題以外，大多數的武勳之歌皆有一段開場白（prologue），依照慣例，其內容大致都包含：(1)一個吟遊詩人為了吸引聽眾注意力以及讓其安靜下來所使用與聽眾建立對話聯繫的動詞（通常使用 *oïr* 的命令式形式）；(2)一個呼語（apostrophe），通常使用 *seignor* 之類的詞；(3)祝福聽眾；(4)稱讚此詩歌之美好（通常用形容詞 *bon*）；(5)在吹噓自己作品的同時，有時會貶低其他作品；(6)介紹主角；(7)故事簡介；(8)此故事本身屬於哪一系列的武勳之歌；(9)強調故事的真實性；(10)為了增加故事的可信度，吟遊詩人會引用一些資料來源、證人或其他證據。本書的開場白結構還算傳統，因為除了(5)(9)(10)以外，其他元素皆包含在內。此開場白的內容極富宗教性，僅僅提及主角對天主忠貞不移的信仰，與死後升天永享天福的部分，然而卻隻字未提故事的緣起是紀堯姆對路易國王領土分封不均極為光火進而請命攻占新的領地的事情。作者在第 11-14 行講述《攻克奧朗日城》（*La Prise d'Orange*）中的主題，第 15 行則是在回顧《國王路易一世的加冕禮》（*Le Couronnement de Louis*）中的情節。

[2] *seignor* : (n.m. pl.) seigneurs（「老爺」、「大人」）。*Seignor*（< *lat.* seniores）此處為第三類陽性名詞正格複數（CS pl.）的形式，在句子中擔任呼語（apostrophe）功能，*Seignor* 的正格單數形式為 *sire*。*Seignor* 原為古典拉丁文形容詞 *senex* 的比較級形式 *senior/ seniorem*，意即「較老的」、「較年長的」，在羅馬帝國時期此詞變為一個表示帶有「資深的」、「著名的」、「首領」、「家長」意義的敬語（terme de respect）。之後 *seignor* 取代了拉丁文 *dominus*（「主人」、「大人」、「家長」）。臣子可以稱其封建君主為 *seigneur*（「主上」、「君上」），女人稱其丈夫為 *seigneur*（「夫君」、「郎君」），基督徒也可對上帝（Dieu）稱之為 *seigneur*（「上主」）。此處吟遊詩人使用 *seignor* 一詞是對聽眾的禮貌性稱呼，故將其翻譯為「看倌老爺」。

[3] *Dex* : (n.m.) Dieu（「上帝」、「天主」）。中世紀手稿中手抄員常在字尾用字母 *-x* 標示 *-us*，是故 *Dex* 等於 *Deus*，為第一類陽性名詞正格單數（CS sing.）的形式，其偏格單數的形式為第 8 行的 *Dé* 或是 *Deu*。

[4] *croisse* : acroisse, fasse croître（「增加」、「增長」）。*croisse* 為動詞 *croistre* 虛擬式現代時（présent du subjonctif）的 p3 形式。此處的虛擬式是表示祝願（souhait）之意，現代法文中通常會由連接詞 *que* 將句子帶出，然而在古法文的語法並未硬性要求連接詞要出現在句首，此處的連接詞並未出現。

[5] *bonté* : (n.f.) valeur, mérite（「功德」、「德性」）。*bonté* 是第二類陰性名詞偏格單數（CR sing.）的形式。冠詞（une/ la）在古法文中並不常使用，尤其是抽象名詞，此處便是一例。

古法文原文	現代法文譯文	中文譯文
Li glorïeus, li rois[6] de majesté[7] !	le glorieux, le roi de majesté, acroisse votre valeur !	榮耀的天主——莊嚴尊貴的君王增長您們的德行！
Bone chançon[8] plest[9] vous a escouter[10]	Vous plaît-til d'entendre une bonne chanson	您們樂意聆聽一首
del[11] meillor[12] home[13] qui ainz[14] creüst[15] en Dé ?	au sujet du meilleur homme qui ait jamais cru en Dieu ?	內容關於一位曾經對天主深信不疑的至善之人的精釆武勳之歌嗎？

---

6 *rois*：（n.m.）roi（「國王」、「君王」）。*rois*為第一類陽性名詞正格單數（CS sing.）的形式。

7 *majesté*：（n.f.）majesté（「威嚴」、「莊嚴」）。*majesté*是第二類陰性名詞偏格單數（CR sing.）的形式。*Majesté*與介係詞*de*組成名詞補語用以修飾名詞*li rois*。*Li rois de majesté* 此處為主詞*Dex*的同位語（apposition du sujet）。

8 *chançon*：（n.f.）chanson de geste（「武勳之歌」）。*Chançon*（< *lat.* cantionem）是第二類陰性名詞偏格單數（CR sing.）的形式。

9 *plest*：plaît（「樂意」）。*plest*是非人稱動詞*plere/ plaire*的直陳式現在時（présent de l'indicatif）p3的形式。此處*escouter*的直接受詞*bone chançon*占據了句首的位置，再加上疑問句本來就應該是主詞位於動詞之後，是故我們原本期待*plest*的人稱代名詞虛主詞*il*應該出現在動詞之後，然而在古法文中，當人稱代名詞位於動詞之後往往會被省去不用，所以此處的*il*不意外地被省略。

10 *escouter*：（infinitif）entendre avec attention（「聆聽」）。*Escouter*比第1行的*oïr*語意更強與更確切，*escouter*強調全神貫注地聽。

11 *del*：（＝de + le）au sujet de, à propos de（「關於」）。*del*是介係詞*de*與定冠詞*le*的合併形式。如同現代法文*au*（＝à le），*aux*（＝à les）一樣，古法文常將介係詞與定冠詞或人稱代名詞合併為一個詞，此處的第二個元素*le*由於失去重音，致使*e*不再發音，所以最後演變為*del*。這種合併現象（enclise）十三世紀後便不再盛行。此處的介係詞*de*為「關於」之意。

12 *meillor*：（adj.）meilleur（「較好的」、「更好的」）。*meillor*屬於第三類形容詞變格，此處*meillor*為偏格單數（CR sing.）的形式。此類的變格基本上都是源自拉丁文中的綜合比較級，此類變格的特色是不論陰陽性，正格單數（*mieudre/ mieldre*）和其他的三格（*meillor, meillors*）會有一個音節之差別。綜合比較級形容詞*meillor*和定冠詞*le*組成形容詞最高級（superlatif）。

13 *home*：（n.m.）homme（「人」）。*home*此處是第三類陽性名詞偏格單數（CR sing.）的形式。

14 *ainz*：（adv.）jamais（「曾經」）。

15 *creüst*：crût（「相信」）。*creüst*是動詞*croire*的虛擬式未完成過去時（imparfait du subjonctif）p3的形式。

古法文原文	現代法文譯文	中文譯文
5 C'est de Guillelme[16], le marchis[17] au cort[18] nes[19],	Il s'agit de Guillaume, le marquis au court nez,	歌曲講述的那位至善之人便是短鼻子藩侯紀堯姆，
Comme[20] il prist Nymes par le charroi[21] mener[22],	et de la manière dont il prit Nîmes en menant le charroi,	他如何引領了大車隊將尼姆城拿下，
Aprés conquist Orenge la cité[23]	plus tard il conquit la cité d'Orange,	隨後又如何攻占了奧朗日城，

---

[16] *Guillelme*：Guillaume（「紀堯姆」）。手稿中手抄員在作品的一開始便將主角紀堯姆 *Guillelme* 用縮寫.G.方式呈現，可能是此作品直接位於《國王路易一世的加冕禮》（*Le Couronnement de Louis*）之後，主角也是同一人，所以認為讀者不會有混淆之疑慮。*Guillelme* 本為源自於日耳曼語的名字（**Willhelm*），日耳曼語字首的子音[w]進入到法語發音系統時演變為[gw]，十一世紀時第二個半子音[w]消失只剩下[g]。捷羅尼的紀堯姆（Guillaume de Gellone）為一位真實存在的歷史人物，他是查理‧馬特（Charles Martel）的外孫，查理曼大帝（Charlemagne, 742-814）的表弟。歷史上的紀堯姆在西元812或815年便已去世，所以不可能輔佐在西元814年查理曼大帝死後的繼承者路易一世，或稱其為虔誠的路易（Louis le Pieux）。中世紀創作了以紀堯姆為主角的一系列武勳之歌，內容皆純屬杜撰，與歷史相距甚遠。

[17] *marchis*：（n.m.）marquis（「藩侯」、「總督」）。*marchis* 屬於第四類陽性名詞無格變化，此處為偏格單數形式。*Marchis* 此詞由源自於日耳曼語的 *marche* 和詞綴 *-is* 所組成。*Marche* 在古法文的意思為「邊境省」（province frontière），由此推論，*marchis* 意指掌管邊境省的伯爵或總督。現代法文的 *marquis* 是在十五世紀時從義大利文借入，因為 *marchis* 在當時已不再使用，用以表示義大利的貴族頭銜。

[18] *cort*：（adj.）court（「短的」）。*cort* 為第一類形容詞偏格單數的形式。在此文本中作者用 *cort*（「短的」）替代在其他文本中修飾紀堯姆鼻子的形容詞 *corb*（「彎曲的」、「鉤狀的」），紀堯姆之所以會被稱為短鼻子，是因為他與敵軍決鬥時被敵人削去一部分鼻子，戰場上戰士肢體受的創傷皆是光榮的勳章。

[19] *nes*：（n.m.）nez（「鼻子」）。*Nes*（< *lat.* nasum）由於字根中便帶有 *s*，所以屬於第四類陽性名詞無格變化，此處為偏格單數的形式。

[20] *comme*：（adv. interrogatif）comment（「如何」）。*Comme* 與 *comment* 一樣都可以帶出直接或間接問句。

[21] *charroi*：（n.m.）convoi de charettes（「大車隊」）。*Charroi* 此處為第一類陽性名詞偏格單數的形式，集合名詞。

[22] 手稿的原文為 *par le charroi monté*，此處採用手稿C的動詞 *par le charroi mené*，但是將其更正為原形動詞 *mener*。因為Paul Meyer（1874, 237）建議在介係詞 *par* 後動詞應用原形動詞 *mener*，原形動詞的受詞（*le charroi*）則位於原形動詞之前，此類型的詞組在現代法文中仍零星地被保留下來，例如 *sans coup férir*（未遇抵抗，輕而易舉）。

[23] *cité*：（n.f.）（「城」）。*cité*（< *lat.* civitatem）此處為第二類陰性名詞偏格單數的形式，*cité* 一詞在十一世紀出現，源自於拉丁文 *civitas/-atis*，原本意指「政體」、「政府」、「住在城

古法文原文	現代法文譯文	中文譯文
Et fist Guibor[24] baptizier et lever[25]	et fit baptiser Guibourc	並且命人將從異教國王諦波處擄來
Que il toli[26] le roi Tiebaut[27] l'Escler[28] ;	Qu'il avait enlevée au roi païen Tibaut ;	的姬卜爾受洗為基督教徒，
10 Puis l'espousa a moillier[29] et a per[30]	par la suite il l'épousa en mariage légitime.	之後娶其為合法妻子，

中的所有居民」。古法文中*cité*主要意指市中心最古老的區域，四周被城牆或其他軍事防禦建築所圍繞，而*vile*（= ville）則是指城中的新建的區，呈現開放式狀態，不像*cité*一樣被防禦建築所守護；另外，根據Guy Raynaud de Lage（1970, 28）的解釋，*cité*通常是主教管轄區所在地（siège d'un évêché），所以是極富盛名的歷史古城，此處的奧朗日城便是著名古城。現代法文中*cité*意指舊城區，特別是有主教座堂的區。

[24] *Guibor*：*Guibourc*（「姬卜爾」）。*Guibor*是*Guibourc*的偏格形式。*Guibourc*在歷史上是紀堯姆的第二任合法妻子，但是在《攻克奧朗日城》（*La Prise d'Orange*）中作者卻把姬卜爾改寫成撒拉遜人，原為異教國王諦波之妻，因愛慕紀堯姆而助其攻下奧朗日城，之後改信基督教嫁給紀堯姆。根據Guy Raynaud de Lage的猜測（1970, 28），*Guibourc*（< *Witburge）是來自日耳曼語的名字，所以姬卜爾很可能出身於一個法蘭克或薩克遜家族，此作品中幾乎所有的名字皆是源自於日耳曼語。

[25] *baptizier et lever*：baptiser et tenir sur les fonts（「受洗」）。古法文常將*baptizier*和*lever*連用，兩個詞都意指受洗儀式。

[26] *toli*：enleva, ravit（「搶走」、「劫走」）。*toli*是動詞*tolir*的直陳式簡單過去時（passé simple）p3的形式。

[27] *Tiebaut*：Tibaut（「諦波」）。根據Guy Raynaud de Lage的解釋（1970, 30），*Tiebaut*源自於日耳曼語的名字 *Theod(o)baldo，在故事中卻為撒拉遜國王。

[28] *Escler*：（n.m.）païen（「異教徒」）。Guy Raynaud de Lage（1970, 31）認為*Escler*此詞在其他的武勳之歌中並無明確的解釋，能確定的是*escler*與*esclave*、*Esvlavon*、*Slave*是同一系列的類似用語。克雷蒂安・德・特魯瓦（Chrétien de Troyes）寫的《愛黑克與艾妮德》（*Érec et Énide*）中*Tiebaut*就被稱之為*li Esclavons*。這些詞來自於拜占庭（Byzance）或是威尼斯（Venise），因為在卡洛林王朝時期奴隸是由地中海港口出口，大多數的奴隸是斯拉夫人（Slaves），之後*Slave*這個專有名詞變為普通名詞*esclave*（「奴隸」）。此處根據上下文將*escler*翻譯成「異教徒」，武勳之歌中並沒有特地將來自南方、北方與東方的異教徒做區別。

[29] *moillier*：（n.f.）épouse（「妻子」）。*moillier*（< *lat.* mulierem）是陰性名詞偏格單數的形式。約莫十五世紀時*moillier*從法語中消失，其後被 *femme*（< *lat.* femina）所取代。

[30] *per*：（n.f.）compagnonne, égale（「伴侶」、「同等的人」）。*per*是第二類陰性名詞偏格單數的形式。*per*原本源自於拉丁文形容詞*parem*，意思是「同樣的」，當名詞時常與*moillier*合用。

古法文原文	現代法文譯文	中文譯文
Et desoz Rome ocist[31] Corsolt es prez[32].	Sous les murs de Rome, il tua Corsolt dans la prairie.	在羅馬城牆下,他在草原上殺死了高赫索肋,
Molt[33] essauça[34] sainte crestïentez[35].	Il rehaussa beaucoup la sainte chrétienté.	他將神聖基督教世界的地位大大地提升,
Tant fist en terre qu'es ciex[36] est coronez.	Il fit tant sur terre qu'il est couronné aux cieux.	他在世時所做的諸多貢獻使得他得以在天上接受加冕。

---

[31] *ocist*:tua(「殺」)。*ocist* 是動詞 *ocire* 的直陳式簡單過去時p3的形式。

[32] *prez*:(n.m. pl.) prés(「草原」)。*prez*(< *pratos)源自於拉丁文的中性名詞,進入法文只有陰陽性的系統後被歸列為陽性名詞,此處為第一類陽性名詞偏格複數的形式。

[33] *Molt*:(adv.) beaucoup(「很多」、「大大地」)。

[34] *essauça*:rehaussa, exalta(「提高」、「增高」、「宣揚」)。*essauça* 是動詞 *essaucier* 的直陳式簡單過去時(passé simple de l'indicatif)p3的形式。*Essaucier* 源自於民間拉丁文 *exaltiare,後者源自於由拉丁文形容詞 *altus*(= haut「高的」)字根所組成的動詞。*Essaucier* 在古法文中不僅包含了現代法文 *exhausser*(「加高」、「增高」)的具體意義,以及 *rehausser*(「提高(地位)」、「加強」)精神上或抽象的意義,還包括了現代法文 *exalter*(「歌頌」、「頌揚」)之意。現代法文的 *exaucer* [ɛgzose](「應允」、「使滿足」、「使如願」)和 *exhausser* 皆是源自同一字源 *exaltiare,儘管發音相同,卻發展為不同意義的兩個詞,*exaucer une prière*(「應允禱告」),依照字源 *altus*(= haut「高的」)的意思,可將其片語直譯為「將禱告傳達給在上面的上帝」。

[35] *crestïentez*:(n.f.) chrétienté, christianisme(「基督教世界」、「基督教」)。第9行至17行的內容皆是回憶紀堯姆對抗撒拉遜人的戎馬生涯,而未提及紀堯姆於西元804年創建捷羅尼修道院(abbaye de Gellone),並且於此隱居,潛心修行。西元1066年紀堯姆被教宗亞歷山大二世(Alexandre II)封聖為聖吉揚(Saint-Guilhem)。*Molt essauça sainte crstïentez* 這個慣用語在許多武勳之歌之中亦常常出現,主要是為了突顯騎士對其信仰之虔誠,騎士主要的任務便是侍奉上帝和弘揚基督教。*Crstïentez* 為第二類陰性名詞正格單數的形式,由於此詞在句子中擔任的是直接受詞(COD)的功能,按照古法文文法來說,此處應該使用偏格單數形式 *crstïenté*。

[36] *es ciex*:(n.m. pl.) aux cieux(「在天上」)。*es* 是介係詞 *en* 與定冠詞複數 *les* 的合併形式。*Ciex*(< *lat.* caelos)則是陽性名詞偏格複數的形式。

古法文原文	現代法文譯文	中文譯文
Ce fu en mai, el nouvel tens[37] d'esté[38] :	C'était en mai, au renouveau de l'été,	那時正值5月，夏季回歸大地，
15 fueillissent[39] gaut[40], reverdissent[41] li pré,	les bois se garnissent de feuilles, les prés reverdissent,	樹木長滿了葉子，草原返青，
Cil oisel[42] chantent belement et soé[43].	les oiseaux chantent doucement et suavement.	鳥兒優美又溫婉悦耳地鳴囀著，

---

[37] *el nouvel tens*：au renouveau de, au retour de（「回到……時期」）。*el*是介係詞*en*與定冠詞陽性單數*le*的合併形式。*Nouvel*（< *lat.* novellum）為第一類形容詞陽性偏格單數的形式。*Tens*與*pré*一樣源自於拉丁文中性名詞，進入法文被分配至陽性名詞，由於*tens*在拉丁文中性主格（nominatif）與賓格（accusatif）單數的形式皆為*tempus*，所以*tens*屬於第四類無格變化，此處為偏格單數形式。

[38] *esté*：(n.m.) été（「夏季」）。*esté*（< *lat.* aestatem）此處為偏格單數形式。中世紀文學中幾乎只分夏季與冬季兩季。5月為春末夏初時節，此時正是大地復甦，白畫加長，樹木草原返青，花朵盛開，水流鳥語的時期。十二與十三世紀的文學作品中常會在開頭或是在推動劇情時插入萬物復甦、大地回春（reverdie）的敘述場景，尤其在抒情詩中。本版本為了保留原文*esté*「夏季」，不將*el nouvel tens d'esté*此句翻譯為「大地回春」，而是翻譯為「夏季回歸大地」。

[39] *fueillissent*：se garnissent de feuilles, verdissent（「長滿了葉子」）。*fueillissent*是動詞*fueillir*的直陳式現在時（présent de l'indicatif）p6的形式。

[40] *gaut*：(n.m. pl.) bois（「森林」、「樹木」）。*gaut*源自於日耳曼語的*wald，此處為正格複數（CS pl.）的形式。

[41] *reverdissent*：reverdissent（「返青」、「重新變綠」）。*reverdissent*是動詞*reverdir*的直陳式現在時（présent de l'indicatif）p6的形式。

[42] *Cil oisel*：（syntagme nominal）ces oiseaux（「這些鳥兒」）。*oisel*（< *lat. pop.* *aucelli*）此處為第一類陽性名詞正格複數的形式。指示形容詞（adjectif démonstratif）*cil*被稱之為「絕對指示詞」（démonstratif absolu）、「眾所周知指示詞」（démonstratif de notoriété），*cil*通常運用在傳統的描寫場景中，意指某個熟悉已知的人事物，就如同此處描述大地回春、鳥語爭鳴的景象。由於這個指示詞的特殊用法常出現於武勳之歌裡，所以也被稱之為「史詩指示詞」（démonstratif épique）。此處的指示形容詞*cil*可以被定冠詞*les*替代。此外*cil*在此種用法時比較常出現在複數名詞前。

[43] *soé*：(adv.) doucement, suavement（「溫婉地」、「悦耳地」、「美妙地」）。

古法文原文	現代法文譯文	中文譯文
Li cuens[44] Guillelmes reperoit[45] de berser[46]	Le comte Guillaume revenait de chasser	紀堯姆伯爵正從一座逗留甚久
D'une forest ou[47] ot grant piece[48] esté[49].	dans une forêt où il était resté longtemps.	的森林打獵歸來。
Pris ot .ii. cers[50] de prime gresse assez,	Il avait pris deux cerfs de bonne graisse,	他獵到兩隻很肥美的公鹿，
20 .iii. muls[51] d'Espaigne chargiez et trossez[52].	Il en avait bien chargé trois mulets d'Espagne.	並讓三隻西班牙騾子將其馱在背上。
.iiii. saietes[53] ot li bers[54] au costé ;	Le baron avait quatre flèches au côté ;	爵爺身側帶有四支箭，

---

[44] *cuens*：（n.m.）comte（「伯爵」）。*cuens*源自於拉丁文*cómes*，為第三類陽性名詞正格單數的形式。

[45] *reperoit*：revenait, retournait（「回來」、「歸來」）。*reperoit*為動詞*reperier/ repairier*的直陳式未完成過去時（imparfait de l'indicatif）的p3形式。

[46] *berser*：（inf.）chasser（「打獵」）。

[47] *ou*：（adv. relatif）où（「在……地方」）。

[48] *grant piece*：longtemps（「長久地」、「很久」、「很長一段時間」）。*piece*（< lat. pop. *pettia）為第一類陰性詞偏格單數的形式，*pettia此詞則源自於賽爾特語，意思是「塊」、「片」、「段」。由於*grant*屬於第二類陰陽性皆為同形態的形容詞，所以儘管它修飾陰性名詞*piece*，仍然保持*grant*的形式。

[49] *ot esté*：eut été（「待」、「逗留」）。*ot esté*為動詞*estre*的直陳式先過去時（passé antérieur de l'indicatif）p3的形式。

[50] *cers*：（n.m. pl.）cerfs（「雄鹿」、「公鹿」）。*cers*（< lat. cervos）此處為第一類陽性名詞偏格複數的形式。字根中的唇齒子音*f*或*v*，在遇到尾子音-*s*時會消失不見，但在偏格單數與正格複數時會又復出現：*cerf*。

[51] *muls*：（n.m. pl.）mulets（「騾子」、「公騾」）。*muls*（< lat. mulos）此處為第一類陽性名詞偏格複數的形式。

[52] *trossez*：（participe passé）chargés（「背負」、「馱在背上」）。*trossez*為動詞*trosser*過去分詞形式。

[53] *saietes*：（n.f. pl.）flèches（「箭」）。*saietes*（< lat. sagittas）此處為第一類陰性名詞偏格複數的形式。

[54] *bers*：（n.m.）baron（「大貴族」、「爵爺」）。*bers*（< lat. baro）此處為第三類陽性名詞正格單數的形式，原本*ber*正格單數的變格不應該出現尾子音-*s*，然而第三類名詞屬於少數，漸漸地被第一類陽性名詞變格法所同化，此字母-*s*稱為類推字母（s analogique）。

古法文原文	現代法文譯文	中文譯文
Son arc[55] d'aubor[56] raportoit de berser ;	Il rapportait de la chasse son arc de cytise ;	他將打獵時使用的金雀花長弓帶回；
En sa compaigne[57] .xl. bacheler[58],	En sa compagnie se trouvaient quarante jeunes nobles,	他身邊有四十名年輕貴族公子哥伴隨在側，
Filz[59] sont a contes[60] et a princes chasez[61],	Fils de comtes et de princes pourvus de fiefs ,	他們皆是擁有采邑的伯爵以及親王之子，
25 Chevalier furent de novel [62] adoubé[63] ;	Ils étaient depuis peu adoubés chevaliers ;	他們不久前才剛受冊封成為騎士；

---

[55] *arc*：(n.m.) arc（「弓」）。*arc*（< *lat.* arcum）此處為第一類陽性名詞偏格單數的形式。

[56] *aubor*：(n.m.) cytise（「金雀花」）。*aubor*（< *lat. pop.* *alburnum）此處為第一類陽性名詞偏格單數的形式。

[57] *compaigne*：(n.f.) compagnie（「陪同」、「結伴」）。*compaigne*（< *lat. pop.* *compagniam）此處為第一類陰性名詞偏格單數的形式。

[58] *bacheler*：(n.m. pl.) jeunes hommes（de famille noble）（「出身貴族的年輕人」）。*bacheler*（< *lat. médiéval* *baccalari）此處為第一類陽性名詞正格複數的形式，此詞通常意指出身貴族，想要受冊封成為騎士的年輕貴公子哥。

[59] *Filz*：(n.m. pl.) fils（「兒子」）。*Filz*（< *lat.* filios）此處為第一類陽性名詞偏格複數的形式。然而*Filz*在句子中擔任上一行主詞*bacheler*的表語（attribut du sujet），所以我們本來期待此處的變格形式為正格複數 *fil*，而不是 *filz*，十三世紀的手稿，由於尾子音[s]在十三世紀時已不再發音，在口語中已無法分辨名詞在句中的功能，此時的雙格變格法逐漸失去其重要性，本版本保留文本錯誤用以彰顯十三世紀起變格系統逐漸混淆之特色。然而下一行的 *chevalier* 則保持正確的正格複數形式。

[60] *contes*：(n.m. pl.) comtes（「伯爵」）。*contes*（< *lat.* comites）此處為第三類陽性名詞偏格複數的形式。

[61] *chasez*：（participe passé）pourvus d'un fief（「擁有采邑的」、「擁有封地的」）。*chasez*是動詞*chaser*的過去分詞陽性偏格複數的形式。

[62] *de novel*：tout récemment, depuis peu（「剛剛」、「不久以前」）。

[63] *adoubé*：（participe passé）armés chevaliers（「授予（騎士）兵器與盔甲」）。*adoubé*是動詞*adouber*的過去分詞陽性正格複數的形式。*Adouber*源自於法蘭克語 *dubban，意思是「敲打」（frapper），因為在騎士受封儀式時領主會將手掌或長劍平放在未來的騎士脖子上拍擊三下，這個象徵性動作叫做 *colée* 或 *accolade*，之後還會領到騎士的全副盔甲和兵器。

古法文原文	現代法文譯文	中文譯文
Tienent oiseaus[64] por lor cors deporter[65],	Ils tenaient (sur le poing) des oiseaux pour se divertir,	為了消遣娛樂，他們手腕皆有禽鳥停站其上，
Muetes[66] de chiens font avec els[67] mener,	Et faisaient mener avec eux des meutes de chiens,	他們還命人帶上一眾獵犬，
Par Petit Pont sont en Paris entré.	Ils sont entrés dans Paris par le Petit Pont.	由小橋進入巴黎。
Li cuens Guillelmes fu molt gentix[68] et ber[69] :	Le comte Guillaume était fort noble et vaillant ;	紀堯姆伯爵十分高貴和驍勇，
30 sa venoison[70] fist a l'ostel[71] porter.	Il fit porter sa venaison à son logis.	他命人將自己獵到的野味送去他的下榻處。

---

[64] *oiseaus*：（n.m. pl.）oiseaux（「禽鳥」）。*oiseaus*此處為第一類陽性名詞偏格複數的形式。第30與31行詩提及的是中世紀貴族最喜歡的娛樂——打獵。打獵時貴族通常會帶上獵犬與如鷹或隼等馴服過的禽鳥用以協助狩獵。

[65] *por lor cors deporter*：pour se divertir（「為了消遣故」）。*cors*（= corps < *lat.* corpus，意即「身體」）為第四類無變格陽性名詞。*Deporter*（< *lat.* deportare）意即「使消遣」、「逗樂」。

[66] *Muetes*：（n.f. pl.）meutes（「（追捕獵物的）獵犬群」）。*Muetes*此處為第一類陰性名詞偏格複數的形式。

[67] *els*：（pron. personnel）eux（「他們」）。*els*為第三人稱代名詞陽性複數重音形式。

[68] *gentix*：（adj.）noble（「高貴的」）。

[69] *ber*：（adj.）vaillant, noble（「勇敢的」、「高貴的」）。

[70] *venoison*：（n.f.）venaison（「野味」、「獵物」）。*venoison*此處為第二類陰性名詞偏格單數的形式，此詞源自於拉丁文 *venationem*，原意為「打獵」（chasse），之後轉義為「大型獵物的肉」（chair de grand gibier）。

[71] *ostel*：（n.m.）logement, logis（「住所」、「下榻處」）。*ostel*（< *lat.* hospitalem）此處為第一類陽性名詞偏格單數的形式。

古法文原文	現代法文譯文	中文譯文
En mi[72] sa voie[73] a Bertran[74] encontré,	En chemin il a rencontré Bertrand,	途中遇見了貝特朗，
Si li demande : « Sire niés[75], dont[76] venez ? »	Et lui demande : « Seigneur neveu, d'où venez-vous ? »	便向他詢問道：「賢侄，你打從哪兒來？」
Et dist Bertrans : « Ja orroiz[77] verité :	Il lui répond : « Vous allez entendre la vérité :	貝特朗答道：「您馬上就會知曉事實的真相了：
De cel palés[78] ou grant piece ai esté ;	Je viens de ce palais où je suis resté longtemps.	我打從這座我待了許久的皇宮來。
35 Assez i[79] ai oï et escouté.	J'y ai beaucoup entendu et écouté.	我在那兒聽聞甚多。
Nostre empereres[80] a ses barons fievez[81] :	Notre empereur a pourvu de fiefs ses barons,	我們的皇帝依據臣子的能力來

---

[72] *En mi*：（prép.）au milieu de（「在……中間」）。*En mi* 是由拉丁文 *in + *medium* 所組成，此介係詞一直沿用到十六世紀。現代法文中只剩下 *parmi*（= par + mi，意即「在……中間」）保留著和 *enmi* 一樣的組成結構。

[73] *voie*：（n.f.）route, chemin（「道路」）。*voie*（< *lat.* viam）此處為第一類陰性名詞偏格單數的形式。*En mi sa voie* 意即「途中」（en cours de route, en chemin）。

[74] *Bertran*：Bertrand（「貝特朗」）。古法文的人名如名詞一樣也會依照格位於句子中的功能而有格的變化，此處 *Bertran*（< *lat.* Bertram）在句子中擔任間接受詞（COI）的功能，所以使用偏格形式。第33行的 *Bertrans* 則是正格的形式。*Bertrand* 也如同 *Guillaume* 一樣源自日耳曼語。

[75] *niés*：（n.m.）neveu（「姪子」、「外甥」）。*niés*（< *lat.* nepos）此處為第三類陽性名詞正格單數的形式。

[76] *dont*：（adv. interrogatif）d'où（「從何處」）。

[77] *Ja orroiz*：vous allez entendre（「您馬上就會聽到」）。*Ja* 本為時間副詞，意思是「從前」（jadis）、「已經」（déjà），當 *ja* 後面跟隨直陳式簡單未來時（futur simple de l'indicatif）的動詞 *orroiz* 時，標示行動在即，所以現代法文的譯文在此應用即將發生未來式（futur proche）來翻譯。

[78] *palés*：（n.m.）palais（「皇宮」）。*palés*（< *lat.* palatium）屬於第四類無格變化，此處為偏格單數形式。

[79] *i*：（adv. de lieu）y（「這兒」、「那兒」）。

[80] *empereres*：（n.m.）empereur（「皇帝」）。*empereres*（< *lat.* imperator）此處為第三類陽性名詞正格單數的形式，原本正格單數不應有尾子音 -s，但被第一類陽性名詞變格同化，所以在此處出現類推字母 -s。

[81] *a fievez*：a pourvu（qqn）d'un fief（「授予（某人）采邑」）。

古法文原文	現代法文譯文	中文譯文
[33d] Cel done te̠rre, cel chastel, cel citez,	À l'un il donne une terre, à l'autre un château, à celui-ci une cité,	分封采邑，他東賜一位臣子一塊領土，西賜另一位臣子一座城堡，
Cel done vile[82] selonc[83] ce que il set ;	À celui-là une ville, selon sa compétence,	他左賜一個城池，右賜一個市邑，
Moi et vos, oncle[84], i somes oublié.	Vous et moi, mon oncle, nous sommes oubliés.	我的伯父，您和我，我們卻在這次的分封裡被遺漏了。
40 De moi ne chaut[85], qui sui .i. bacheler[86],	Peu importe pour moi, qui suis un bachelier,	對我來說還沒什麼，因為我不過是一個騎士見習生，
Mes de vos, sire, qui tant par estes ber	Mais pour vous, seigneur, qui êtes si vaillant	然而伯父大人您是如此地英勇神武，

---

82 *vile*：（n.f.）ville（「市邑」、「市鎮」）。根據Guy Raynaud de Lage（1970, 28, 95）的解釋，*vile*此處為第一類陰性名詞偏格單數的形式，此詞源自於拉丁文*villam*，原意為「農莊」（ferme）、「鄉村的房屋」（maison de campagne），在高盧羅馬時期與墨洛溫王朝時期意指位於有軍事防禦城池（cité）外圍的村落聚集處，其後現代法文的*ville*被運用在泛指城市與郊區的中性總稱，而「鄉村」這個詞義則被十四世紀出現的*village*所取代，*cité*現今專指城市裡的舊區部分，尤指大教堂區（quartier de la cathédrale）。從*vile*中「鄉村」這個詞義衍生出名詞*vilain*（<*lat.* villanu），意思是「住在鄉村的人」，即「農民」（paysan）。

83 *selonc*：（prép.）selon（「根據」）。

84 *oncle*：（n.m.）oncle（「伯父」、「叔父」）。*oncle*（< *aunculum < avunculum）此處為第一類陽性名詞偏格單數的形式，然而由於*oncle*在句中扮演呼語（apostrophe）的功能，我們原本期待的是正格單數*oncles*，之所以在此處會使用偏格單數，很有可能是因為受到位於句首的第一人稱代名詞偏格單數重音形式*moi*的影響，當*moi*破例用於正格單數位置時，有強調之意。

85 *chaut*：（verbe impersonnel）importe（「對……重要」）。*chaut*是動詞*chaloir*的直陳式現在時p3的形式。

86 *bacheler*：（n.m.）jeune homme noble, bachelier（「年輕人」、「騎士見習生」）。*bacheler*源自於中世紀拉丁文（latin médiéval）*baccalarium*，後者則有可能來自高盧語（gaulois）或塞爾特語（celte）中的*baccalarem，意思是「擁有農村叫做*baccalaria*土地類型的持有者」、「農奴」或「鄉下人」。在古法文中此詞常意指尚未成為騎士，想要受封成為騎士跟在大領主身邊學習的年輕貴族，此詞常在武勳之歌和宮廷文學小說中出現。此處*bacheler*為陽性名詞偏格單數的形式，然而原本應該使用的是正格單數*bachelers*，此文本中當名詞擔任主格表語時，時常會使用偏格而非正格。

| --- | --- | --- |
Et tant vos estes traveilliez[87] et penez[88]	Qui vous êtes tant fatigué et dépensé	而且您殫精竭慮，不辭辛勞，
De nuiz[89] veillier[90] et de jorz[91] jeüner[92]. »	À veiller la nuit et jeûner le jour ! »	終夜不寢，終日不食！」
Ot le Guillelmes, s'en a .i. ris[93] gité[94] :	Guillaume l'a entendu, et en a éclaté de rire.	紀堯姆聽了便放聲大笑起來。
45 « Niés, dit li cuens, tot ce lessiez ester !	« Mon neveu, dit le comte, laissez tout cela,	伯爵說道：「賢侄，先別管這件事了！
Isnelement[95] alez a vostre ostel.	Allez rapidement à votre logis,	快去你的住處，
Et si vos fetes gentement[96] conraer[97],	Et équipez-vous noblement,	體面地裝扮一番，
Et ge irai a Looÿs[98] parler.»	Et j'irai parler à Louis. »	我去和路易談一談。」
Dist Bertran : « Sire, si com vos commande.»	Bertrand dit : « Seigneur, à vos ordres. »	貝特朗答道：「伯父大人，侄兒遵命。」

---

[87] *vos estes traveilliez* : vous vous êtes tourmenté, vous vous êtes fatigué（「您苦惱」、「您辛勞」）。*vos estes traveilliez* 為動詞*soi traveillier*的直陳式複合過去時（passé composé de l'indicatif）p5的形式。

[88] *penez* :（participe passé）peiné, supplicié（「操勞」、「痛苦」）。

[89] *nuiz* :（n.f. pl.）nuits（「夜晚」）。*nuiz*（< *lat.* noctes）此處為第二類陰性名詞偏格複數的形式。

[90] *veillier* :（inf.）ne pas dormir（「不睡覺」）。

[91] *jorz* :（n.m. pl.）jours（「白天」）。*jorz*（< *lat.* diurnos）此處為第一類陽性名詞偏格複數的形式。

[92] *jeüner* :（inf.）jeûner（「不進食」、「挨餓」）。

[93] *ris* :（n.m.）rire（「笑」）。*ris*屬於第四類無變格的陽性名詞。

[94] *gité* :（participe passé）jeté, lancé（「投入」、「投身」）。

[95] *Isnelement* :（adv.）rapidement, vite（「快速」、「迅速」）。

[96] *gentement* :（adv.）noblement（「莊嚴地」、「體面地」）。

[97] *conraer* :（inf.）préparer, équiper, apprêter（「準備」、「打扮」、「裝扮」）。

[98] *Looÿs* : Louis（「路易」）。*Looÿs*屬於無格變化的人名，原為日耳曼語中的人名 **Hludhawic*，羅馬化後變為*Ludovicus*，之後由於語音變化而發展為*Lodovis*與*Looïs*、*Loïs*，現代法文的拼寫法為*Louis*。

古法文原文	現代法文譯文	中文譯文
50 Isnelement repaire a[99] son hostel.	Rapidement il retourne à son logis.	隨後他火速回到自己的住處。
Li cuens Guillelmes fu molt gentix et ber ;	Le comte Guillaume était fort noble et vaillant ;	紀堯姆伯爵十分高貴和驍勇,
Trusqu[100]'au palés ne se volt arester ;	Il ne voulut s'arrêter jusqu'au palais ;	他馬不停蹄直達皇宮,
A pié descent[101] soz[102] l'olivier ramé[103],	Sous l'olivier branchu il met pied à terre.	在枝繁葉茂的橄欖樹下下了馬。
Puis en monta tot le marbrin[104] degré[105].	Puis il gravit l'escalier de marbre.	接著他爬上了大理石樓梯。
55 Par tel vertu[106] a le plancchié[107] passé	Il a foulé le plancher de la salle avec une telle impétuosité	他用力地踩著大殿的地板,力度之大

---

[99] *Isnelement repaire a*：il retourne rapidement à(「他火速地回到」)。古法文中,當副詞位在句首時,主詞如果是人稱代名詞通常會出現在動詞後面,然而由於可以根據前文便可清楚知曉所指之人為何人,是故常常省略不出現,此處 *isnelement repaire*(*il*)所省略的人稱代名詞 *il* 所指的是前一句的主詞貝特朗(Bertrand)。*repaire* 為動詞 *repairier*(< *bas lat.* repatriare)的直陳式現在時(présent de l'indicatif)p3 的形式。

[100] *Trusque*:(prép.)jusque(「直到」)。

[101] *A pié descent*：descend de cheval, met pied à terre(「下馬」、「腳著地」)。*pié*(< *lat.* pedem)意即「腳」(pied),此處為第一類陽性名詞偏格單數的形式。*Descent* 則是動詞 *descendre* 的直陳式現在時 p3 的形式。*A pié descent*(= il descend à pied)如果以現代法文的文法解釋,意思是「他徒步走下來」,不使用電梯、汽車以及其他交通工具,然而此處的上下文只是想表達騎士下了馬,腳著地而已。

[102] *soz*:(prép.)sous(「在……之下」)。

[103] *ramé*:(adj.)rameux, branchu(「枝杈多的」、「多枝的」)。*ramé* 此處為第一類陽性形容詞偏格單數的形式,修飾位於其前的陽性名詞 *olivier*。

[104] *marbrin*:(adj.)de marbre(「大理石材質的」)。形容詞 *marbrin* 是由名詞 *marbre* 以及後綴詞(suffixe)-*in* 所組成,用以標示材質。現代法文中已經很少使用後綴詞 -*in*,然而直至十六世紀七星詩社(Pléiade)的詩人仍然時興用此後綴詞與名詞組成此類的形容詞。

[105] *degré*:(n.m.)escalier(「樓梯」)。*degré*(< *lat.* *de -gradum)此處為第一類陽性名詞偏格單數的形式。*Degré* 為集合名詞。

[106] *vertu*:(n.f.)vigueur, force(「精力」、「力量」)。

[107] *planchié*:(n.m.)plancher(「地板」)。

古法文原文	現代法文譯文	中文譯文
Rompent les hueses[108] del cordoan[109] soller[110] ;	Qu'il rompt les tiges de ses souliers de cuir de Cordoue ;	導致他穿著的柯爾多瓦皮鞋護脛斷裂，
N'i ot baron qui n'en fust esfraez[111].	Il n'y a pas de baron qui n'en soit effrayé.	為此所有大臣無不膽戰心驚。
Voit le li rois, encontre[112] s'est levez,	Le roi le voit, s'est levé à sa rencontre,	國王見到紀堯姆，連忙起身相迎，
Puis li a dit : « Guillelmes, quar seez[113].	Puis lui a dit : « Guillaume, asseyez-vous donc.	隨後對他說：「紀堯姆，快快請坐。」
60 —— Non ferai, sire, dit Guillelmes le ber,	—— Non, seigneur, dit Guillaume le vaillant,	驍勇的紀堯姆答道：「不用了，陛下，
Mes .i. petit[114] vorrai a vos parler.»	Mais je veux vous dire quelques mots. »	臣只是想和陛下您說幾句話。」
Dist Looÿs : « Si com vos commandez.	Louis dit : « À vos ordres !	路易說道：「聽憑愛卿吩咐。
Mien escïent[115], bien serez escoutez.	À mon avis, vous serez bien écouté.	依朕之見，愛卿的話朕必洗耳恭聽。」

---

[108] *hueses* :（n.f. pl.）jambières, tiges（「護脛」、「綁腿」）。*Huese*源自於法蘭克語 *hosa，原意為「靴子」（botte），此處的意思為「護脛」。

[109] *cordoan* :（adj.）de cuir de Cordoue（「來自西班牙柯爾多瓦城皮的」）。自從查理曼大帝起，柯爾多瓦城出口昂貴精緻的皮鞋，現代法文的鞋匠（cordonnier）一詞等同於古法文的 *cordoannier*，後者由 *cordoan* 以及表示從事某種職業的人的後綴詞-*ier*所組成，意思是「對柯爾多瓦城出產的皮加工的人」。

[110] *soller* :（n.m. pl.）souliers（「鞋」、「皮鞋」）。

[111] *esfraez* :（participe passé）effrayé（「害怕」、「驚恐」）。

[112] *encontre* :（adv.）en face, à l'encontre（「在……面前」、「在……對面」）。

[113] *quar seez* : asseyez-vous donc（「快快請坐」）。*seez*為動詞*seoir*的命令式現在時p5的形式，搭配上副詞意義的並列連接詞（conjonction de coordination）*quar*，表達出邀請（invitation）或催促的命令（ordre pressant）語氣。

[114] *un petit* : un peu（「一下」、「一點兒」）。

[115] *Mien escïent* : par ma foi, à mon avis, à ce que je sache（「我保證」、「依我之見」、「據我所知」）。

古法文原文	現代法文譯文	中文譯文
── Looÿs, frere, dit Guillelmes le ber,	─ Louis, frère, dit Guillaume le vaillant,	驍勇的紀堯姆說道：「路易，兄弟，
65 Ne t'ai servi[116] par nuit de tastoner[117],	Je ne t'ai pas servi en te massant la nuit,	我並沒有用為你夜晚推拿的諂媚方式來侍奉你，
De veves[118] fames, d'enfanz desheriter[119] ;	Ni en déshéritant des veuves ou des enfants ;	也沒有以剝奪孤兒寡母封地繼承權的方式來報效你，
Mes par mes armes t'ai servi comme ber,	Mais je t'ai servi par mes armes comme un vaillant chevalier,	然而我卻是如一位英勇的騎士一般以自身的功勳來效忠你，
Si t'ai forni maint[120] fort estor champel[121],	Pour toi, j'ai livré mainte dure bataille rangée,	為了你，我投入過許多激烈的會戰，
Dont ge ai morz[122] maint gentil bacheler[123],	Où j'ai tué maint noble jeune homme,	戰場上我誅殺過許多年輕的貴族公子，
70 Dont le pechié[124] m'en est el cors entré.	la suite de quoi le péché est entré en moi.	為此我身負殺業。

---

[116] *Ne t'ai servi* : je ne t'ai pas servi（「我沒有伺奉你」）。在第61行詩時紀堯姆還對路易國王使用*vous*的尊稱，然而從這一行詩開始使用*tu/ te*，這個稱呼是在上級對下級之間、平輩之間或比較親近的人對話時所使用的較為親暱的用法，紀堯姆先稱路易王為兄弟（frère），然後開始用*tu/ te*稱呼路易王，但是路易王由始至終皆使用*vous*來稱呼紀堯姆。

[117] *tastoner* :（inf.）masser（「按摩」、「推拿」）。在中世紀按摩可以取代安眠藥，幫主子按摩討主子歡心是屬於上流社會的社交禮儀習俗。此處紀堯姆所說的是他不屑做如同佞臣和寵臣所做的逢迎諂媚行為。

[118] *veves* :（adj.）veuves（「寡居的」）。*veves*（＜ *lat.* viduas）此處為第一類陰性形容詞偏格複數的形式，修飾位於其後的陰性名詞複數 *fames*。

[119] *desheriter* :（inf.）déshériter（「剝奪（某人的）繼承權」）。

[120] *maint* :（adj.）maint（「許多」、「很多」）。*maint*此處為陽性偏格單數的形式。

[121] *fort estor champel* : dure bataille rangée（「激烈的會戰」）。*fort*（＜ *lat.* fortem）與*champel*皆為第二類形容詞，陰陽性皆為同形態，此處皆為偏格單數的形式。*Estor*源自於日耳曼語的 *sturm*，意思是「暴風雨」，在古法文中 *estor*意指「戰鬥」、「戰役」。

[122] *ai morz* : ai tué（「我殺了」）。*ai morz*為動詞*morir*的直陳式複合過去時（passé composé de l'indicatif）p1的形式。

[123] *gentil bacheler* : noble jeune homme（「年輕的貴族公子」）。

[124] *pechié* :（n.m.）péché（「罪」、「罪過」）。

| --- | --- | --- |
Qui que il fussent, si les ot Dex formé[125].	Quels qu'ils fussent, Dieu les avait créés.	無論他們是誰，好歹都是天主所創造出來的生命。
Dex penst[126] des ames[127], si le me[128] pardonez !	Que Dieu prenne soin de leur âmes, et qu'il me le pardonne !	但願天主眷顧他們的靈魂，也祈願天主寬恕我所造下的罪愆。」
—— Sire Guillelmes, dist Looÿs le ber,	—— Seigneur Guillaume, dit Louis le vaillant,	英勇的路易說道：「紀堯姆愛卿，
Par voz merciz[129], .i. petit me soffrez[130].	Je vous en supplie, patientez un peu :	朕懇求您再耐心等候一段時間，
75 Ira yvers[131], si revenra[132] estez ;	L'hiver passera, et l'été reviendra.	冬去夏來，

---

[125] *formé*：（participe passé）créés（「創造」）。

[126] *penst*：（+ de）s'occupe de（「照顧」、「眷顧」）。*penst*為動詞*penser*虛擬式現在時（subjonctif présent）p3的形式。*Penser*之加上介係詞*de*，意思是「照顧」、「關心」，由於古法文的拼寫法尚未規範化，一個詞可以同時有好幾個異體字（variantes）共同存在。*penser*和*panser*在古法文中可以在同一文中交替出現，之後從 *penser de* 「關心」這個詞義漸漸發展出兩個獨立意思的詞：*penser*「思考」、「想」和*panser*「包紮」。

[127] *ames*：（n.f. pl.）âmes（「靈魂」）。*ames*（< *lat.* animas）此處為第一類陰性名詞偏格複數的形式。

[128] *le me*：me le（「我這件事」）。古法文中當兩個人稱代名詞偏格輕音形式位於動詞之前時，兩者的順序位置取決於在句子中的功能，而不是如現代法文的人稱（*ma, te, nous, vous, se/ le, la, les/ lui, leur*）來排序，是故直接受詞（*le*）一定位於間接受詞（*me*）之前。

[129] *Par voz merciz*：de grâce, je vous en prie（「我請求您」、「我請您」）。*merciz*（< *lat.* mercedes）此處為第二類陰性名詞偏格複數的形式。*Merci* 在古法文中的意思接近於 「恩惠」（grâce），這個客套慣用語*Par voz merciz*直譯的意思為「您大發慈悲」、「如果您同意的話」。

[130] *soffrez*：patientez, attendez（「耐心等待」）。*soffrez*為動詞*soffrir* 命令式現代時p5的形式。

[131] *yvers*：（n.m.）hiver（「冬天」）。*yvers*此處為第一類陽性名詞正格單數的形式。*Yvers*是由拉丁文*hibernus*而來，然而噓子音[h]自第一世紀起便不再發音，然而當*i*位於字的首位時，手抄員在謄寫手稿時有時會不在*i*字母上加上一點或一撇，所以*iv-*的三豎筆劃很可能會被誤讀為*vi-*、*ui-*、*-in*、*-iu*，正因如此當有手稿誤讀疑慮時，手抄員會使用字母 *y* 來替代*i*。

[132] *revenra*：reviendra（「回來」）。*revenra*為動詞*revenir*直陳式簡單未來時（futur simple de l'indicatif）p3的形式。*Revenra*的拼寫法呈現出古皮卡第方言（picard）的特色，因為在法蘭西島方言（francien）中，在子音*n*與*r*之間會衍生出一個插音（épenthèse）*d*，然而古皮卡第方言卻不會出現插音 *d*。

古法文原文	現代法文譯文	中文譯文
.I. de cez jorz morra[133] .i. de voz pers[134] ;	Un de ces jours mourra l'un de vos pairs ;	有一天您的同輩中會有一人先死去，
[34a] Tote la terre vos en vorrai doner,	Je vous donnera alors toute sa terre,	屆時朕會將他的封地全部賜於您，
Et la moillier, se prendre la volez.»	Et sa femme, si vous voulez la prendre. »	還有他的妻子，如果您願意娶她的話。」
Ot le Guillelmes, a pou[135] n'est forsenez[136] :	Guillaume l'entend, il s'en faut de peu qu'il soit fou de colère :	紀堯姆聽完他的話，差點沒氣瘋，
80 « Dex, dist li cuens, qui en croiz[137] fus penez[138],	« Dieu, dit le comte, toi qui fus supplicié sur la croix,	伯爵答道：「天主耶穌，在十字架上被處死的你，
Com longue attente a povre bacheler	Quelle longue attente pour un pauvre garçon,	這對一個可憐的小夥子來說是個多漫長的等待啊，
Qui n'a que[139] prendre ne autrui que doner !	Qui n'a rien à prendre pour lui, ni rien à donner aux autres.	他什麼也沒拿到，也沒有什麼東西可以贈予他人。
Mon auferrant[140] m'estuet[141] aprovender[142] ;	Il me faut nourrir mon cheval,	我得餵養我的戰馬，

---

133 *morra*：mourra（「死亡」）。*morra*為動詞*morir*直陳式簡單未來時 p3的形式。

134 *pers*：（n.m. pl.）pairs, égaux（「同輩」、「身分相同的人」）。

135 *a pou*：peu s'en faut, près de（「差點」、「近乎」）。

136 *forsenez*：（participe passé）fou de colère, hors de sens（「氣瘋」、「失去理智」）。

137 *croiz*：（n.f.）croix（「十字架」）。*croiz*（< *lat.* crucem）為第四類無變格的陰性名詞偏格單數形式。

138 *penez*：（participe passé）supplicié（「被處決」、「被處死」）。

139 *que*：（pron. interrogatif）que, quoi（「什麼事情」）。

140 *auferrant*：（n.m.）cheval de bataille, coursier（「戰馬」、「駿馬」）。

141 *estuet*：faut（「應該」）。*estuet*為非人稱動詞*estovoir*直陳式現在時p3的形式。

142 *aprovender*：（inf.）nourrir（「餵養」）。

古法文原文	現代法文譯文	中文譯文
Encor ne sai ou grain[143] en doi trover.	Je ne sais pas ecnore où trouver son grain.	我都還不知道要到哪去找牠的穀糧。
85 Dex ! com grant val li estuet avaler[144]	Dieu ! quelle vallée profonde il lui faut dévaler,	天主啊！那位在等待他人死後財產的人，
Et a grant mont li estuet amonter[145]	Et quelle haute montagne il lui faut monter,	他得爬下多麼深幽的山谷，
Qui d'autrui mort atent la richeté[146] ! »	Celui qui attend la richesse de la mort d'autrui ! »	和攀上多麼高聳的山嶺啊！」

---

[143] *grain*：（n.m.）grain（「穀糧」）。

[144] *avaler*：（inf.）descendre, dévaler（「下來」、「跑下來」）。

[145] *amonter*：（inf.）monter（「攀登上」、「爬上」）。

[146] *richeté*：（n.f.）richesse（「財產」）。*richeté*（< *lat.**riki-tate）此處為第二類陰性名詞偏格單數的形式。

古法文原文	現代法文譯文	中文譯文
1 « **D**ex! dit Guillelmes, <u>com</u> ci a longue atente	Dieu, dit Guillaume, comme l'attente est longue ici	紀堯姆說道：「天主啊，對一個如同我一般年紀的青春少年郎來說，
A <u>bacheler</u> <u>qui</u> est de ma jovente[147]!	Pour un homme de mon âge !	這是個多麼漫長的等待！
N'a <u>que</u> <u>doner</u> ne a son hués[148] <u>que</u> <u>prendre</u>.	Il n'a rien à donner à autrui, ni rien à prendre pour son propre usage.	他沒有任何東西可以贈予他人，也沒有得到任何東西的自身使用權。
<u>Mon</u> <u>auferrant</u> m'estuet livrer[149] provende[150] ;	Il me faut donner sa provende à mon cheval :	我還得給我的戰馬供應飼料，

---

[147] *jovente*：（n.f.）jeune âge（「年輕」、「青春」）。*jovente*（＜ *lat.**juventa）此處為第一類陰性名詞偏格單數的形式。

[148] *hués*：（n.m.）usage, emploi（「使用」、「運用」）。*hués*（＜ *lat.* opus）此處為第四類無變格之陽性名詞偏格單數的形式。片語 *a son hués* 意思是「在他需要時」、「供他使用」（à son besoin, à son usage）。*Hués* 源自於拉丁文的 *opus*，在辭源中原本字首並沒有子音 *h*（h initial）存在，然而在手稿中字首如果是 *u* 或 *v*，手稿習慣一律用 *v* 來謄寫 *u* 與 *v*，手抄員為了讓讀者不會誤將 *u* 誤讀為 *v*，是故在字母 *u* 前加上 *h*。現代法文在一些詞彙中仍能找到辭源中無 *h*，然而卻在 *u* 之前加上多餘的子音 *h*（h parasite），例如 *huis*（＜ *lat.* ostium）、*huit*（＜ *lat.* octo）、*huile*（＜ *lat.* oleum）、*huître*（＜ *lat.* ostrea）等等。以上的詞如果沒有加上字首子音 *h*，手稿中很有可能會導致兩種讀法：*uis/ vis*、*uit/ vit*、*uile/ vile*、*uitre/ vitre*。這個原本是手抄員用以避免在手稿中閱讀上的混淆所加上的贅子音 *h*，在現代法文拼寫法規範化後仍然被保留下來。

[149] *livrer*：（inf.）pourvoir, donner（「供應」、「供給」、「提供」）。

[150] *provende*：（n.f.）provende, nourriture（「飼料」、「食物」）。

古法文原文 ‖	現代法文譯文 ‖	中文譯文 ‖
5 Encor ne sai[151] ou le grain en doi[152] prendre. Cuides[153] tu, rois, que ge ne me demente[154] ? »	Je ne sais pas encore où prendre le grain. Crois-tu, roi, que je ne me lamente pas ?	我都還不知道要到哪裡去取得牠的穀糧。 王上,你認為我能不感到悲傷嗎?」

---

[151] *sai* : sais(「知道」、「知曉」)。*sai*為動詞*savoir*的直陳式現在時(présent de l'indicatif)p1的形式。

[152] *doi* : dois(「應該」、「要」)。*doi*為動詞*devoir*的直陳式現在時p1的形式。

[153] *Cuides tu* : te figures-tu, crois-tu(「你認為……嗎?」、「你能想像……嗎?」)。*Cuides*(< *lat.* *cugitas* < cogitas)為動詞*cuidier*的直陳式現在時p2的形式。此手稿的原文為*cuide*,此處根據手稿A2更正為*cuides*。

[154] *me demente* : me désole, me lamente(「悲傷」、「哀嘆」)。*me demente*為動詞*soi dementer*的虛擬式現在時(présent du subjonctif)p1的形式。從句中動詞使用虛擬式是由於主句中有表達主觀意見的動詞(*Cuides tu*),以及當句子為疑問語氣時,從句中的動詞常常使用虛擬式。

古法文原文 ⫶⫶⫶	現代法文譯文 ⫶⫶⫶	中文譯文 ⫶⫶⫶
1 « Looÿs, sire, dit Guillelmes li fers[155], Ne me tenissent[156] mi per[157] a losangier[158], Bien a .i. an que t'eüsse lessié[159], Que de Police[160] me sont venu li briés[161]	« Sire Louis, dit Guillaume le fier, Si mes pairs n'avaient pas dû me tenir pour un fourbe, Il y a bien un an que je t'aurais laissé, Quand de Spolète m'est parvenu le message	粗野傲慢的紀堯姆說道：「路易陛下， 假如我當初不是怕被同袍當作是背信棄義之叛徒的話， 一年前我早就離你而去了， 當我收到強大的蓋依菲耶國王從

---

[155] *fers*：（adj.）fier, terrible, farouche（「傲慢的」、「粗魯的」）。*fers*（< *lat.* ferus）此處為第一類形容詞陽性正格單數的形式。

[156] *Ne me tenissent a*：si（…）ne me tinssent pour（「假如……不把我當作」）。*tenissent* 為動詞 *tenir* 的虛擬式未完成過去時（imparfait du subjonctif）p6 的形式。此處的假設句連接詞 *se/ si* 並未出現，這種句型結構在現代法文的文學用法中仍被使用，通常從屬句如同此處為否定句。手稿中的原文為 *Ja me tenissent*，此處根據手稿 B 與 C 更正之。

[157] *mi per*：（n.m. pl.）mes pairs（「我的同袍們」）。*per* 此處為陽性正格複數的形式。

[158] *losangier*：（n.m.）traître, fourbe（「叛徒」、「背信棄義的人」）。根據 Claude Lachet（1999, 177）雙語對照本的解釋，*losangier* 在古法文中最常的詞義為「奉迎諂媚之人」（flatteur）、「誘騙者」（enjôleur）、「說謊者」（menteur），從而衍生成「叛徒」、「背信棄義的人」之意。在宮廷的風雅抒情詩（lyrique courtoise）中，*losengiers* 往往是指一群愛誹謗他人之角色，他們出於惡意與忌妒，監視並窺探情侶們的行蹤、詆毀情侶們或是揭露告發情侶的祕密戀情等。*Losangier* 是由日耳曼語的 **lausinga* 與加在字根後將形容詞名詞化的拉丁文詞綴 *-ariu*（= FM -ier）所組成。

[159] *lessié*：（participe passé）laissé（「離去」、「拋下」）。

[160] *Police*：Spolète（「斯波萊托城」）。*Police*「波里斯城」即「斯波萊托城」，位於義大利中部翁布里亞大區（Ombrie）佩魯賈省（province de Pérouse）的一座城市。

[161] *li briés*：（n.m. pl.）le message, la lettre（「信件」）。*li briés* 此處為第一類陽性名詞正格複數的形式。*Briés/ brief* 原本在拉丁文中屬於第二類陰陽性同形態的形容詞變格，意思是「簡短的文件」（court écrit），其後此形容詞名詞化，通常以單數形式出現。現代法文中 *bref* 只用在意指某些教皇的文書。此處的 *briés* 為複數形式，會使用複數很可能是受到 *lettres* 常以複數形式出現影響，但是 *lettres* 卻是意指一封文書而已，是故此處的 *briés* 也是意指一封信件。

古法文原文	現代法文譯文	中文譯文
5 Que me tramist[162] li riches[163] rois Gaifier[164]	Que m'envoya le puissant roi Gaifier ;	斯波萊托城寄來給我的信件時，
Que de sa terre me dorroit[165] .i. quartier[166]	Il m'informait qu'il me donnerait une part de sa terre,	其內容告知我他會將他領土的一部分贈於我，
Avec sa fille tote l'une moitié.	toute la moitié avec sa fille.	這塊領土足足有他領土的一半之多，另外還會將他的女兒賞賜給我，
Le roi de France peüsse guerroier[167]. »	J'aurais pu faire la guerre contre le roi de France. »	這樣一來我那時就有實力可以和法蘭克國王交戰了。」
Ot le li rois, le sens cuide changier[168].	Le roi l'entend, il croit perdre le sens ;	國王聽罷差點失去理智。

---

[162] *tramist*：envoya（「寄」、「送」）。*tramist*此處為動詞*trametre*的直陳式簡單過去時（passé simple de l'indicatif）p3的形式。

[163] *riches*：（adj.）puissant（「有權有勢的」、「強大的」）。*riches*為第一類形容詞變格陽性正格單數（CS sing.）的形式。*Riches*出現在十一世紀左右，此詞源自於法蘭克語 *riki，其後拉丁化成為*rikkus*，意思是「有權有勢的」、「強大的」。自十一世紀起，*riches*已經含有現代法文中「富有的」、「奢華的」、「貴重的」之意。

[164] *Gaifier*：Gaifier（「蓋依菲耶」）。*Gaifier*此處為正格單數的形式，源自於日耳曼語中的 *Waifer，原本我們期待的形式應為帶有-s字尾，不過我們仍然保留手稿中的形式。*Gaifier*這個人物在《國王路易一世的加冕禮》（*Le Couronnement de Louis*）中已經出現過，但其名字為*Gaifier d'Espolice*（Spolète）「斯波萊托的蓋依菲耶」和 roi de Chapres（Capoue）「卡普阿的國王」。紀堯姆在此作品中將蓋依菲耶從撒拉遜人手中救出，蓋依菲耶想要將他的女兒以及他領土的一半贈給紀堯姆，並且承諾在他死後紀堯姆繼承他的領地與頭銜。*Spolète*「斯波萊托城」在《尼姆大車隊》中被作者稱之為*Police*「波里斯城」或者*Apolis*「阿波里斯城」。

[165] *dorroit*：donnerait（「給」、「贈予」）。*dorroit*此處為動詞*doner*的條件式現在時（conditionnel présent）p3的形式。在法國西部方言（ouest）和盎格魯－諾曼（anglo-normand）方言中，*donroit*中的子音群組*nr*會被同化為*rr*，所以此處*dorroit*的拼寫方式呈現出西部方言的特色。

[166] *Un quartier*：（n.m.）une part（「一分」、「一部分」）。*quartier*一詞的本義為「四分之一」（un quart），此處不能以詞彙的原義來理解，因為後面的*tote l'une moitié*「足足一半」已經將此份額定義出來，所以此處應該翻譯為「一部分」（une part），而非「四分之一」。

[167] *guerroier*：（inf.）guerroyer contre, faire la guerre contre（「向……開火」、「與……作戰」）。

[168] *changier le sens*：perdre l'esprit, devenir hors de soi（「失去理智」）。

古法文原文 Ⅲ	現代法文譯文 Ⅲ	中文譯文 Ⅲ
10 Dist tex paroles que bien deüst lessier[169].	Il dit des paroles qu'il aurait bien dû retenir.	紀堯姆說了他本該忍住不說的話。
Par ce commence li maus[170] a engreignier[171],	Par là le mal commence à s'aggraver,	從這時起兩人的嫌隙開始加深，
Li maltalanz[172] entr'eus a enforcier[173].	La colère commence à s'accroître entre eux.	怨怒也開始在他們之間累積滋長開來。

---

[169] *lessier*：（inf.）taire, retenir（「忍住」、「不說」）。

[170] *li maus*：（n.m.）le mal, le désaccord（「不合」、「嫌惡」）。

[171] *engreignier*：（inf.）augmenter（「增加」、「增大」）。

[172] *Li maltalanz*：（n.m.）l'hostilité, la colère（「仇視」、「憤怒」）。*Maltalanz*為第一類陽性名詞正格單數的形式。

[173] *enforcier*：（inf.）se renforcer（「變強」、「變得堅固」）。

古法文原文 IV	現代法文譯文 IV	中文譯文 IV
1 « Sire Guillelmes, dit li rois Looÿs,	« Seigneur Guillaume, dit le roi Louis,	路易國王說道：「紀堯姆愛卿，
Il n'a nul home en trestot[174] cest païs,	Il n'y a personne en tout ce pays,	放眼這整個地區，還沒有任何一個人，
Gaifier ne autre, ne li rois d'Apolis[175],	Ni Gaifier, ni un autre, ni le roi de Spolète,	不論是蓋依菲耶、或者是另一位仁兄、抑或是斯波萊托城的國王，
Qui de mes homes[176] osast[177] .i. seul tenir[178]	Qui oserait retenir un seul de mes hommes,	膽敢留住朕的任何一位家臣，
5 Trusqu'[179]a .i. an qu'il n'en fust mort[180] ou pris,	Sans qu' avant un an il fût tué ou pris,	而他卻沒有在一年之內被殺害或者被逮捕，
Ou de la terre fors[181] chaciez[182] en essil[183].	Ou chassé de sa terre en exil.	抑或是沒有被流放驅逐出他的領地[184]。」

---

[174] *trestot*：（adj.）tout（「整個的」、「全部的」）。

[175] *Apolis*：Spolète（「斯波萊托城」）。*Apolis*「阿波里斯城」即*Spolète*「斯波萊托城」。

[176] *homes*：（n.m. pl.）hommes, sujets（「家臣」、「臣民」）。*homes*此處為第三類陽性名詞偏格複數的形式。

[177] *osast*：osât（「膽敢」）。*osast*為動詞*oser*虛擬式未完成過去時（imparfait du subjonctif）p3 的形式。根據Guy Raynaud de Lage（1970, 141）的解釋，此處的句子根據上下文主要是為了表達可能性（éventualité），所以在現代法文中會傾向使用*oser*的條件式現在時（présent du conditionnel）*oserait*來翻譯，而非手稿中的虛擬式未完成過去時形式*osast*（= osât）。

[178] *tenir*：（inf.）retenir（「留住」）。

[179] *Trusque*：（prép.）jusque（「直到」）。

[180] *mort*：（participe passé）tué（「被殺害」）。

[181] *fors*：（adv. ou prép.）hors（「在……之外」）。

[182] *chaciez*：（participe passé）chassé（「被驅逐」、「被趕走」）。

[183] *essil*：（n.m.）exil（「流放」、「放逐」）。

[184] 根據Claude Lachet（1999, 177）雙語對照版的注解，除非是不同版本的手稿在歷經修改時出現錯誤，路易國王似乎沒有聽懂之前紀堯姆所說的話，因為路易國王把蓋依菲耶（Gaifier）和斯波萊托城的國王（roi de Spolète）誤認為兩個不同的人，然而兩者其實指的是同一個人。再者，路易國王誇口說假如蓋依菲耶或斯波萊托城的國王膽敢帶走他臣子，他必會嚴懲他們，然而路易國王並沒有意識到如果他失去了紀堯姆率領的主力軍，他應該沒有能力可以擊潰蓋依菲耶，所以路易國王說的這一席話只是在賭氣時說出來的話語，不可信之。

古法文原文 IV	現代法文譯文 IV	中文譯文 IV
—— Dex ! dit li cuens, <u>com</u> ge sui mal bailliz[185]	—— Dieu, dit le comte, comme je suis en fâcheuse situation	伯爵答道:「天主,為了五斗米而委身屈就於此的我,
Quant de vïande[186] somes ici conquis[187] !	D'être assujetti ici pour ma subsistance !	是處在一個多麼困窘的境地啊!
Se <u>vos</u> serf[188] mes[189], do<u>nt</u> soie je honiz[190] ! »	Si je vous sers désormais, que je sois déshonoré ! »	倘若我往後還繼續效忠於您,就讓我名譽掃地吧!」

---

[185] *mal bailliz* : en mauvaise posture, maltraité(「困境」、「遭受苛待」)。

[186] *vïande* :(n.f.)vivres, nourriture(「糧食」、「食物」)。*vïande* 此處為第一類陰性名詞偏格單數的形式。*Vïande* 源自於拉丁文 *vivenda*,後者在晚期拉丁文中演變為 **vivanda*。**vivanda* 是拉丁文動詞 *vivere* 的形容詞形式,意思是「用以生存之物」,是故 *vïande* 此詞在古法文中可以應用在意指所有形式的糧食,等同於現代法文 *vivres*「糧食」、「食物」之意。現代法文的 *viande* 意思為「肉」,然而「肉」在古法文的對應詞為 *char*(chair),現代法文的 *charcutier* 一詞由 *char*「肉」的詞根,其後跟隨著 *cuit*「烹煮」與表示做某個動作或操某種職業之人的詞綴 *-ier* 三個元素所組成。此處手稿的原文為 *Quant de demande somes*。

[187] *conquis* :(participe passé)soumis, assujetti(「服從」、「屈從」)。

[188] *vos serf* : vous sers(「服侍您」、「侍奉您」)。*serf*(< *lat.* *servo < *servio)是動詞 *servir* 直陳式現在時p1的形式。此行詩開始使用 *vos*「您」,似乎紀堯姆又想起了與路易王之間的君臣關係,之後紀堯姆對路易國王的稱呼就一直在 *tu* 與 *vos* 之間切換。

[189] *mes* :(adv.)désormais(「往後」、「今後」)。

[190] *honiz* :(participe passé)couvert de honte, déshonoré(「蒙羞」、「名譽掃地」)。*honiz* 是動詞 *honnir*(< *germ.* *haunyan)的過去分詞形式。過去分詞 *honiz* 現今已經過時不用,原形動詞 *honnir* 亦不再使用。只有名詞 *honte*(< *germ.* *haunita)在現代法文中仍被繼續使用。

古法文原文	現代法文譯文	中文譯文
1 « Gentill mesnie[191], dit Guillelmes le ber,	« Nobles compagnons, dit Guillaume le vaillant,	驍勇的紀堯姆說道：「高貴的同袍們，
Isnelement en alez a l'ostel	Allez-vous-en rapidement au logis,	迅速前往下榻處，
[34b] Et si vos fetes gentement conraer	Faites-vous noblement équiper,	體面地裝扮起來，
Et le hernois[192] sor les somiers[193] trosser[194],	Et chargez les bagages sur les bêtes de somme :	然後將輜重裝在役畜背上，
5 Par maltalent[195] m'estuet de cort torner[196] ;	De colère, il me faut quitter la cour ;	我因為氣憤難平要離開朝廷，
Quant por vïande somes au roi remés[197],	Quand nous sommes restés avec le roi pour notre subsistance,	正是為了五斗米我們才留在國王身邊，

---

[191] *mesnie*：（n.f.）suite accompagnant un chevalier（「陪伴在騎士身邊的隨從」）。*mesnie*為集合名詞，泛指所有住在同一個家裡的人，不管是否有血緣關係。這個詞也可意指「國王或大領主身邊的隨從」、「所有的親信或僕人」。*mesnie*屬於第一類陰性名詞變格法，此處是偏格單數的形式。根據Guy Raynaud de Lage（1970, 144）的解釋，*mesnie*在古典拉丁文還原的形式為*mansionata*，後者又為*mansionem*的派生詞，依照正常的語音流變，*mansionata*應該會演變為*maisniee*，然而*mesnie*這個形式在中世紀手稿中很常遇到，由於中世紀的拼寫法尚未規範化，所以手抄員可以自由使用*ai*與*e*來標示[ɛ]。此外，在法國北部與東部的方言中，*-iee*（< *lat.* *-ata*）結尾常會被簡化為*-ie*，由於這個拼寫法的使用非常普遍，到後來也傳到奧依語（oïl）的中部地區和當時的文學語言中。

[192] *hernois*：（n.m.）bagage（「行李」、「輜重」）。*hernois*此處為偏格單數形式。*Hernois*源自於日耳曼語字根*hern*（意即「武器」）與名詞詞綴*-iscu*組合而成。當首音節中的母音*e*位在子音*r*+子音之前時，母音*e*傾向於變為母音*a*，至於詞綴*-iscu*，則一開始演變為*-eis*，之後變為*-ois*。此處*hernois*並非意指「套畜生的鞍韉」（harnois），而是「行李」、「輜重」之意。

[193] *somiers*：（n.m. pl.）bêtes de somme（「役畜」）。根據Claude Lachet（1999, 178）雙語對照譯注版的注釋，*somier*源自於晚期拉丁文*sagmarium*，意思是「役畜」，通常意指「役馬」而非「乘坐馬」，可以馱帳篷、箱子、行李和武器裝備。讓一位騎士騎在役馬上是一種侮辱性的懲罰，例如在《羅蘭之歌》之中（1827-1828行詩），當查理曼大帝深信是加尼隆伯爵（Ganelon）背叛同胞時，讓人將其畫像捆熊一樣鎖住，再放在役畜上羞辱他。

[194] *trosser*：（inf.）charger（「裝載」、「使負載」）。

[195] *maltalent*：（n.m.）colère（「氣憤」）。

[196] *torner*：（inf.）partir, s'en aller（「離開」、「出發」）。

[197] *remés*：（participe passé）restés（「待在」）。*remés*為動詞*remanoir*的過去分詞形式。

古法文原文	現代法文譯文	中文譯文
Dont puet il dire que il a tot trové[198] ! »	Alors il peut dire qu'il a fait des miracles ! »	所以路易王可以說他已經撿到寶了。」
Et cil responent[199] : « Si com vos commandez. »	Et ils répondent : « À vos ordres ! »	同袍們答道:「遵命!」
Sor .i. foier[200] est Guillelmes montez ;	Guillaume est monté sur un foyer,	紀堯姆站上一個壁爐邊的石塊上,
10 Sor l'arc d'aubor s'est .i. pou acoutez[201]	S'est appuyé un peu sur l'arc de cytise,	身體微微地倚靠在他打獵時帶回來的
Que il avoit aporté de berser,	Qu'il avait apporté de la chasse,	金雀花長弓上,
Par tel vertu[202] que par mi est froez[203],	Avec tant d'énergie qu'il s'est brisé par le milieu,	他施力極猛導致金雀花長弓從中間折斷,
Que les tronçons[204] en volent trusqu'as trez[205];	Et que les morceaux en volent jusqu'aux poutres du plafond ;	隨後斷裂長弓的碎片飛濺至牆梁,
Li tronçon chïent[206] au roi devant le nes.	Les morceaux tombent devant le nez du roi.	掉落到國王的鼻子前。

---

[198] *il a tot trové* : il a fait des miracles(「他創造了奇蹟」、「他撿到寶」)。

[199] *responent* : répondent(「回答」)。*responent*為動詞*respondre*的直陳式現在時p6的形式。

[200] *foier* :(n.m.)foyer(「壁爐」)。根據Jean Frappier(1965, t. II, 203, note 1)的解釋,紀堯姆站上的是用來界定壁爐範圍的石頭框架,有一定的高度,此處紀堯姆把壁爐當作講台來使用。壁爐的煙是從屋頂散去,而非從煙囪飄散。

[201] *s'est acoutez* : s'est appuyé(「倚靠」)。*acoutez*為動詞*acouter*的過去分詞形式。

[202] *Par tel vertu* : avec une telle force(「力道如此之大」)。*Vertu*(< *lat.* virtutem)是第二類陰性名詞偏格單數的形式。

[203] *froez* :(participe passé)brisé(「斷裂」、「折斷」)。*froez*為動詞*froer*的過去分詞形式。

[204] *tronçons* :(n.m. pl.)morceaux(「碎片」)。*Tronçon*(< *trunctione)此處為第一類陽性名詞偏格複數的形式。由於*tronçon*在此處擔任的是主詞功能,我們原本期待的形式為*li tronçon*,而非*les tronçons*,所以Guy Raynaud de Lage(1970, 144)將其更正為*li tronçon*,此處保留原手稿的錯誤而不更正。

[205] *trez* :(n.m. pl.)poutres(「梁」)。*trez*(< *lat.* trabes)此處為第一類陽性名詞偏格複數的形式。

[206] *chïent* : tombent(「掉落」)。*chïent*為動詞*cheoir*直陳式現在時p6的形式。

古法文原文 ∨	現代法文譯文 ∨	中文譯文 ∨
15 De grant outraige[207] commença a parler	D'une manière outrageuse il commença à parler	紀堯姆仗著曾為路易立下諸多汗馬功勞，
Vers Looÿs, quar[208] servi l'ot assez[209].	À Louis, car il l'avait beaucoup servi.	便開始對他肆無忌憚地說話。
Si grant[210] servise seront ja reprové[211],	Ses grands services vont lui être reprochés,	他指責路易國王，他所參加的激烈戰鬥與會戰，
Les granz batailles[212] et li estor champel[213].	Ses grands combats et ses batailles rangées.	他所立下的赫赫戰功終究是被路易國王辜恩負義了。
« Looÿs sire, dit Guillelmes le ber,	« Louis, sire, dit Guillaume le vaillant,	驍勇的紀堯姆說道：「路易陛下，

---

[207] *outraige*：（n.m.）excès（「過分」）。

[208] *quar*：（conj.）car（「因為」）。

[209] *assez*：（adv.）beaucoup（「很多」）。

[210] 手稿中的原文為*Mi grant*，此處根據*ms. C*更正之。

[211] *reprové*：（participe passé）reproché（「被辜恩負義」、「罔顧恩義」）。*reprové*為動詞*reprover*（< *lat.* reprobare）的過去分詞形式。*Reprover*在此處被翻譯為現代法文的*reprocher*，然而此處要採用*reprocher*在古典法文（français classique）中的特殊意思去理解：*reprocher un bienfait, un service à quelqu'un*（意即「提醒某人他所受過的恩惠，並指責他忘恩負義」）。

[212] *batailles*：（n.f. pl.）combats（「戰鬥」、「格鬥」）。*bataille*源自於拉丁文*battalia，原意為「劍術」（escrime）、「士兵和格鬥士的訓練」（exercice des soldats et des gladiateurs）。在古法文中*bataille*包含多種詞義，最常使用在指「一對一的格鬥」（combat singulier），另外*bataille*也有「作戰部隊」（unité combattante）或「部隊」之意。

[213] *estor champel*：（n.m. pl.）batailles rangées（「會戰」、「對陣戰」）。*estor*陽性名詞，源自於日耳曼語*sturm*，原意為「暴風雨」（tempête），在古法文中，*estor*意思是「混戰」。*Champel*則為形容詞，意思是「在平原上的」、「田野的」。*estor champel*直譯的意思是「在平原上的激烈戰爭」。

古法文原文	現代法文譯文	中文譯文
20 Dont ne te membre[214] del grant[215] estor champel Que ge te fis par desoz[216] Rome es prez ?	Ne te souviens-tu pas de la rude bataille Que j'ai livrée pour toi sous les murs de Rome dans les prés ?	你難道忘記了我在羅馬城下的 草原上為了你所投入的嚴峻戰役？
La combati[217] vers[218] Corsolt l'amiré[219],	Là je combattis contre l'émir Corsolt,	在那裡我與基督教國家
Le plus fort home de la crestïenté	L'homme le plus fort que l'on pût	或者異教徒世界中所能找出的最強之人 ——

---

[214] *membre*：（v. impersonnel）souvient（「記得」）。*membre*為*membrer*直陳式現在時p3的形式。古法文中表達情感，尤其是表達記憶的動詞，通常會使用非人稱動詞（verbe impersonnel），法文古老的用法中仍然保有非人稱動詞的用法：*te souvient-il ?*（「你還記得嗎？」）。

[215] *grant*：（adj.）（「嚴峻的」、「激烈的」）。根據Claude Lachet（1999, 179）的注釋，作者在第17、第18與第20行詩中重複使用形容詞*grant*修飾紀堯姆的赫赫戰功，似乎可以和海克力斯的十二大豐功偉業（les Douze Travaux d'Hercule）相提並論。

[216] *desoz*：（prép.）sous（「在……之下」）。根據Guy Raynaud de Lage（1970, 33）的解釋，*desoz* 是由拉丁文的介係詞*de*與副詞*subtus*所組成，口語拉丁文（latin parlé）很常使用複合式介係詞（prépositions composées），然而古典拉丁文則比較常使用簡單形式的介係詞（例如：*in*、*de*、*ab*、*per*、*ex*）。古法文並未區分副詞與介係詞之差別，往往是根據此詞在句子中的功能來界定詞類，一直要等到十七世紀時古典主義時期的文法家才嘗試將兩種詞類分別出來，也就是說將簡單形式（formes simples）如*sous*歸類為介係詞，而複合形式（formes composées）如*dessous*則被歸類為副詞。

[217] *combati*：combattis（「搏鬥」、「格鬥」）。*combati*為動詞*combatre*直陳式簡單過去時（passé simple）p1的形式。

[218] *vers*：（prép.）vers（「朝向」、「對」）。在古法文中，此處的介係詞*vers*用於動詞*combatre*之後，強調方向，然而現代法文中*combatre*之後則是慣用介係詞*contre*。

[219] *amiré*：（n.m.）émir（「統帥」、「元帥」、「司令」）。*amiré*源自於阿拉伯文*amīr*，原意為「下命令的人」。古法文中*amiré*通常意指「撒拉遜人的軍事首領」或是「撒拉遜人首領」。

古法文原文 ∨	現代法文譯文 ∨	中文譯文 ∨
N'en paiennisme[220] que l'en[221] peüst trover[222].	Trouver dans la chrétienté ou chez les païens.	高赫索勒元帥搏鬥，
25 De son brant[223] nu me dona .i. cop[224] tel	De sa lame d'épée nue il me donna un tel coup	他用拔出的劍刺在

[220] *paiennisme*：（n.m.）pays de païens, des Sarrasins（「異教徒國度」、「異教徒世界」、「撒拉遜人的國度」）。根據Guy Raynaud de Lage（1970, 150）的解釋，現代法文的*paganisme*一詞出現於十四世紀，此一時期法語開始重新引進教士所使用的拉丁文*paganisu(m)*，但是僅為抽象的「異教」意思，*paiennisme*則是意指「異教徒世界」。

[221] *l'en*：（pronom indéfini）l'on（「人們」、「我們」、「大家」）。*en*是*on*的異體字，源自於拉丁文陽性名詞正格單數（CS sing.）*hŏmo*「人」，語法上被引進於法文中變泛指示代名詞（pronom indéfini），泛指不確定之人。拉丁文的*hŏmo*，在第一世紀時字首子音[h]已不再發音，重音節的母音短音[ŏ]在晚期拉丁文時變為開口[ǫ]，第四世紀時羅曼語型自然性二合母音化（diphtongaison romane）為[uǫ]，第七世紀時兩個母音的發音開口距離縮小為[uǫ]，到了十一至十二世紀之間，將兩個母音的發音部位更改為一個軟顎音（vélaire）與一個硬顎音（palatal）[uę]；至於尾母音[o]，在七至八世紀時已消失不再發音，所以古法文中「人」的陽性名詞正格形式通常拼寫法為*(h)uem*，然而泛指代名詞卻將[m]去唇音化（délabialisation），亦即將[m]變為[n]；十一世紀時，當[ę]遇上鼻子音[n]，母音也鼻音化為[ẽn]，其後鼻母音[ẽ]持續張開到最大的鼻母音[ã]，演變為[ãn]，直到十七世紀時鼻子音[n]才不再發音，成為現代法文的發音[ã]，由於古法文中拼寫法尚未規範，字根中的鼻子音*m*與去唇音化的鼻子音*n*可以任意替代對換而不影響意思，是故呈現此處的拼寫法*en*。泛指示代名詞*en*也常和定冠詞*l'*連用，也就是此處所出現的*l'en*形式。

[222] *Le plus fort home de la crestïenté/ N'en paiennisme que l'en peüst trover*：L'homme le plus fort que l'on pût trouver dans la chrétienté ou chez les païens（「基督教或者異教徒世界中所能找出的最強之人」）。根據Claude Lachet（1999, 179-180）雙語對照版的注解，此處的誇張慣用語法（formule hyperbolique）是為了強調紀堯姆的對手高赫索勒異常強大。其後在第二十二章第12-13行處，也有類似的誇張句型形容歐拉蓓拉（Orable）之美貌豔壓所有基督教與異教徒世界之群芳：*c'est la plus bele que l'en puisse trover/ En paienie n'en la crestïenté*.

[223] *brant*：（n.m.）lame de l'épée（「劍身」）。*brant*源自於古德文，原意為「沒有燒盡的木柴」、「燒焦的木柴」，隨後被隱喻為「劍」。*Brant*此處為第一類陽性名詞偏格單數形式。

[224] *cop*：（n.m.）coup（「擊」）。*cop*（＜*lat.* *colpum）此處為第一類陽性名詞變格之偏格單數（CR sing.）形式。

古法文／現代法文／中文對照　95

古法文原文	現代法文譯文	中文譯文
Desor[225] le heaume[226] que oi[227] a or[228] gemé[229]	Sur mon heaume aux pierres serties d'or,	我鑲有黃金寶石的圓柱形尖頂頭盔上，
Que le cristal en fist jus avaler.	Qu'il en fit tomber le cristal par terre,	力道之大導致頭盔上的水晶掉落在地，
Devant le nes me copa le nasel[230] ;	Devant le nez il me coupa le nasal ;	他在貼近我的鼻尖處切斷了我頭盔上的護鼻，
Tresqu'es narilles[231] me fist son brant coler[232] ;	Et fit glisser sa lame jusqu'à mes narines,	並且任他的劍身游進至我的鼻孔之中，
30 A mes .ii. mains le m'estut relever	Il me fallut ramasser mon nez avec mes deux mains,	我還得用我的雙手捧住鼻子，

---

[225] *Desor*：（prép.）sur（「在⋯⋯之上」）。此介係詞*Desor*是由*de*加上*super/ supra*所組成。

[226] *heaume*：（n.m.）heaume（「圓柱形尖頂頭盔」）。*heaume*源自於法蘭克語的*helm，此處為第一類陽性名詞變格之偏格單數形式。*Heaume*為一種圓錐形的鋼製頭盔，在頭盔的前方配有一塊鐵片以保護鼻子。頭盔常常會飾以金光閃閃的黃金或寶石。

[227] *oi*：j'eus（「我所擁有的」）。*Oi*（< *lat.* habui）此處為*avoir*的直陳式簡單過去時p1的形式。*le heaume que oi* 直譯為「我擁有的頭盔」（*le heaume que j'eus*），所以在現代法文譯文處翻譯為*mon heaume*「我的頭盔」。按照Guy Raynaud de Lage（1970, 153）的解釋，古法文和現代法文使用時態不同，現代法文中，在過去時要表示「擁有」意思時，應該使用的時態為未完成過去時（imparfait），而非如此處古法文中所呈現的簡單過去時。

[228] *a or*：avec de l'or（「帶有黃金的」）。*a*（< *lat.* ad）此處為介係詞，意思是「和」、「帶有」（avec）。*or*（< *lat.* aurum）此處為第一類陽性名詞變格之偏格單數形式。

[229] *gemé*：（participe passé）orné de pierres précieuses（「飾以寶石的」）。*Gemé*（< *lat.* gemmatum）是動詞*gemer*的過去分詞形式。

[230] *nasel*：（n.m.）nasal du heaume（「騎士頭盔上的護鼻」）。

[231] *narilles*：（n.f. pl.）narines（「鼻孔」）。*Narilles*（< *lat.* *nariculas）此處為第一類陰性名詞變格之偏格複數（CR pl.）形式。

[232] *coler*：（inf.）faire glisser, tomber（「任⋯⋯滑進」、「任⋯⋯鑽進」、「掉進」）。*Coler/couler*源自於拉丁文的*colare*，原意為「滲透」、「穿過」（filtrer），此原意在現代法文的*coulis*一詞中仍被保留下來，意指一種被布過濾過的「醬汁」或「濃汁」。至於古法文中「滑」（glisser）的意思仍可在現代法文中找到其派生詞（dérivés），例如陰性名詞*coulisse*（意即「滑槽」）與動詞*coulisser*（意即「配置滑槽」、「（在滑槽中）滑動」）二詞。此處的*coler*具有施動意義的動詞，所以翻譯為「任⋯⋯滑進」（faire glisser）。

古法文原文	現代法文譯文	中文譯文
Grant fu la boce qui fu au renoer[233].	Il y eut une grande bosse lors du rajustement.	在整修復位時鼻子還腫了一大塊，
Mal soit del mire[234] qui le me dut saner[235] !	Maudit soit le médecin qui dut me le soigner !	那個治療我鼻子的大夫真是該死！
Por ce m'apelent Guillelmë au cort nes[236].	C'est pour cela que l'on m'appelle Guillaume au nez court.	正因如此我才被叫做短鼻子紀堯姆。
Grant honte en ai quant vieng entre mes pers[237]	J'en ressens une grande honte quand j'arrive au milieu de mes compagnons,	當我來到同袍之中，以及晉見國王，

---

[233] *au renoer* : au rajustement, à la remise en place（「修整復位」）。依照Guy Raynaud de Lage（1970, 154）的解釋，古法文中常常會在一個原形動詞（finifitif）前面加上定冠詞*le*，此時這個原形動詞便可直接名詞化，然後再依照第一類陽性名詞的變格法形式變格即可。此處的*renoer*就是原形動詞名詞化（infinitif substantivé）的偏格單數（CR sing.）形式。至於*au*，與現代法文一樣是古法文介係詞*a*與定冠詞*le*的縮合形式（forme contractée）。

[234] *Mal soit del mire* : maudit soit le médecin（「但願那位醫生受到詛咒」）。*Mal soit del mire*此處為詛咒時使用的慣用語，直譯為「但願厄運降臨在那位醫生身上」。根據Claude Lachet（1999, 181）雙語對版的注釋解釋，古法文中有兩個詞意指「醫生」，第一個詞為*mire*，此詞源自於拉丁文的*medicus*；第二個詞則為*fisicien*，此詞是以*fisique*（< *lat.* physica）所組成。在某些古法文的文章中，例如《狐狸的故事》（*Roman de Renart*），便將此兩詞做細微的區分：*fisicien*意指「博學又經驗老到的醫生」，而*mire*則是專指「缺乏經驗的蹩腳醫生」。

[235] *saner* :（inf.）soigner（「治療」）。

[236] *Guillelmë au cort nes* : Guillaume au court nez（「短鼻子紀堯姆」）。根據Jean Frappier（1955, t. I, 92-94）的解釋，紀堯姆的鼻子有傳奇性的演變過程。一開始在紀堯姆的傳奇故事中，用以形容他的鼻子詞彙為*corb*（= recourbé「鈎狀的」、「鷹嘴型的」），尤其在《紀堯姆之歌》（*La Chanson de Guillaume*）中，作者常用*al curb niés*（= au nez recourbé「鷹勾鼻」）來形容紀堯姆。之所以會從「鷹勾鼻紀堯姆」轉變至「短鼻子紀堯姆」，是因為《國王路易一世的加冕禮》（*Le Couronnement de Louis*）的作者想要將主角不討好的身體特徵「鷹勾鼻」轉變為在為基督教犧牲奉獻時所留下的光榮創傷。然而《尼姆大車隊》（*Le charroi de Nîmes*）的作者又自行創新了另一個版本將前兩個版本紀堯姆鼻子的特徵結合在一起，他想像紀堯姆的鼻子之所以會突起一塊，是因為蹩腳醫生在修整復位主角的鼻子時，由於經驗不足而留下的後遺症，所以鼻子才會變短和突起。

[237] *pers* :（n.m. pl.）pairs, compagnons（「同袍」、「同伴」）。

古法文原文 ∨	現代法文譯文 ∨	中文譯文 ∨
35 Et vers[238] le roi en nostre seignoré[239].	Et devant le roi, au sein de notre assemblée de seigneurs,	身處大臣聚會之時，我為此感到十分羞恥，
Et dahé ait qui[240] onc[241] en ot espié[242],	Et jamais personne n'y a gagné lance,	從沒有任何人從君上處獲得長矛、

---

[238] 手稿中的*Et*並未出現，這樣的話這行詩只有九個音節，所以此處根據*ms. A4*復原之。

[239] *seignoré*：（n.m.）assemblée des seigneurs（「大臣的聚會」）。

[240] *dahé ait qui...*：maudit soit qui, au diable qui, nul…ne（「……的都該死」、「……的都見鬼去」、「……的都受到詛咒」、「沒有任何人……」）。*dahé ait*原本為詛咒時的慣用語（formule de malédiction），直譯的意思為「但願他受到上帝的憎恨」（qu'il ait la haine de Dieu），所以遇到此句型通常會翻譯為*maudit soit qui...*「……的都該死」。此處以*maudit soit qui...*引導出來的句子可以隱射為「得到君上長矛、頭盔、盾牌等賞賜的人都會受到詛咒而死去」（Maudit soit qui jamais a obtenu du roi lance, casque, bouclier, *etc.*），因為他從未從君上那得到任何好處。最後這個原本詛咒時用的慣用語變成表示強烈否定意義的慣用語，通常翻譯為「沒有任何人……」（nul ne…），此類的慣用語在武勳之歌（chanson de geste）和小說（roman）中頻繁出現。

[241] *onc*：（adv.）jamais（「曾經」）。

[242] *espié*：（n.m.）lance（「長矛」、「長槍」）。*Espié/ espiet*源自於法蘭克語的**speut*，為長槍（lance）多種名稱中的其中一種，此處為第一類陽性名詞偏格單數的形式，*espié*的拼寫法是因為字尾子音[t]在九至十一世紀時便已不再發音，在十二世紀時在很多文本中手抄員已經不再將尾子音[t]拼寫出來，是故為此處的拼寫法*espié*。*Espié*在手稿中，字尾的母音並沒有尖音符號（accent aigu）*é*，此處之所以會使用尖音符號，是因為訓詁學家在謄抄手稿時為了方便讀者理解，用尖音符號標示此處的母音*é*的發音為[e]，而非[ə]，這樣一來名詞*espié*就可以和動詞*espier*的直陳式現代時第三人稱單數*espie*做一區分。*Espié*在現代法文中演變為*épieu*。

古法文原文	現代法文譯文	中文譯文
Heaume n'escu[243] ne palefroi[244] ferré, Son brant d'acier o le pont[245], conquesté[246] ! »	Heaume, écu ou palefroi ferré, Lame d'acier avec son pommeau ! »	頭盔、盾牌、上了馬蹄鐵的乘用馬、 抑或劍柄上配有球飾的鋼劍之類的賞賜！」

---

[243] *escu*：（n.m.）écu（「盾牌」）。*Escu* 源自於拉丁文 *scutum*，為一種防禦性武器，其頂部呈橢圓型狀，底部成尖狀方便插入土地中，「盾」可以用木頭或金屬製成，騎士在平時會用皮帶將盾懸掛在脖子上，但在作戰時會緊抓著盾。

[244] *palefroi*：（n.m.）palefroi（「乘用馬」）。*palefroi* 源自於晚期拉丁文（bas latin）*paraveredum*，意思是「（難走的路上）補充的馬匹」（cheval de renfort）。*palefroi* 是由希臘文的前綴詞 *para*（= auprès de 意即「在……旁邊」）與高盧語（gaulois）*veredum*（= cheval 意即「馬」）所組成。*Palefroi* 在中世紀時是在遊行、旅行或散步時所乘用的馬，而 *destrier* 則為「戰馬」，*roncin* 意指騎士身邊的侍從所使用馱輜重的役馬（cheval de charge）。

[245] *pont*：（n.m.）poignée ou pommeau de l'épée（「劍柄」、「（劍柄上的）球飾、圓頭」）。*pont* 此處為第一類陽性名詞變格之偏格單數（CR sing.）形式。此處 *pont*（< *lat.* pomum）的拼寫法容易造成與另一詞 *pont*「橋」（< *lat.* pontem）的拼寫法有所混淆，其實「（劍柄上的）球飾」在手稿中的正常拼寫法為 *pom*，因為這個名詞源自於拉丁文的中性名詞單數 *pomum*，意思為「果實」（fruit），*pomum* 的複數形式為 *poma*，後者之後演變為現代法文的 *pomme*「蘋果」。古法文的 *pom* 一詞在現代法文中已不復使用，取而代之的是一個由詞根 *pom* 加上包含有「小」的意思之後綴詞（suffixe）*-eau* 所組成的指小詞（diminutif）*pommeau*。

[246] *conquesté*：（participe passé）gagné（「贏得」、「獲得」）。*Conquesté* 為動詞 *conquester* 的過去分詞形式，此處的 *conquesté* 與第36行的助動詞 *avoir* 之直陳式簡單過去時（passé simple de l'indicatif）p3 的形式 *ot* 組成先過去時（passé antérieur）。

古法文原文 VI	現代法文譯文 VI	中文譯文 VI
1 « Looÿs rois, dit Guillelmes li sages[247], Droiz[248] empereres, ja fustes vos filz Kalle[249],	« Roy Louis, dit Guillaume le sage, Légitime empereur, vous êtes le fils de Charles,	睿智的紀堯姆說道：「路易王上，具有合法繼承身分的皇帝，您是查理之子，

---

[247] *sages*：（adj.）sage（「明智的」、「睿智的」）。*Sages*（< *lat. pop.* *sabius）為第一類形容詞變格正格單數的形式。

[248] *Droiz*：（adj.）légitime（「合法的」、「正當的」）。依照Guy Raynaud de Lage（1970, 159）的注解，*droiz*源自於拉丁文的*diréctus*，此處為第一類形容詞變格正格單數的形式。在古法文中，當字首音節[di]為非重音音節時，其音節的母音若位於子音[r]之前的話，通常會消失不見，所以[dir]演變為[dr]。*ēc* [ek]則在第三世紀時音變為[ej]，十二世紀時演化為*oi* [ɔi]，十三世紀時繼續音變為[wɛ]，至現代法文時演變為[wa]，拼寫法（graphie）則一直保留著十二世紀時發音的狀態*oi*。至於尾子音的拼寫形式 *-z*，則是因為在謄抄手稿時手抄員習慣將 *ts* [ts]拼寫為*-z*。根據Guy Raynaud de Lage的解釋（1970, 159），儘管中世紀時期不乏叛變篡位者，此處的形容詞*droiz*強調的概念是如同法國君主專制制度下的王位世襲制度，而非透過選舉而產生的君王制度，是故路易身為合法的王位繼承人，至於他的道德品行是否能配其位並不重要。

[249] *filz Kalle*：fils de Charles（「查理之子」）。按照Guy Raynaud de Lage（1970, 159）的解說，*Kalle*源自於日耳曼語的*Karl*，之後被拉丁化為*Carolus*，手稿此處的拼寫法保留了*k*而非*c*標示日耳曼語字首的子音[k]，然而[r]卻被後面的子音[l]同化為[l]，這個被後面子音同化（assimilation）的語音現象在古法文中很常見，在十二世紀後甚至還在十六世紀的文法中也持續出現。其他的例子還有*chambellan*「（王室的）侍從、內侍」（< *AF* chamberlenc）、*beffroi*「警鐘、鐘樓」（< *AF* berfroi）等。*filz Kalle*的*Kalle*在此詩句中擔任名詞補語（complément de nom）的功能，但是名詞前面卻沒有使用介係詞，在古法文中，表示從屬關係（appartenance）的名詞詞組是可以省略專有名詞（nom propre）前的介係詞*de*或*a*，所以此處應該使用偏格的形式，然而*Kalle*此專有名詞屬於第三類名詞變格：*Charles/ Kalles*（CS）、*Charlon/ Kallon*（CR），我們原本期待的變格形式為*Kallon*，由於此詩段的諧元韻（assonance）為*a_e*，如*sages*、*armes*、*justifisable*，是故作者為了配合韻腳將*Kallon*縮減為*Kalle*。此外，很多源自日耳曼語的專有名詞皆屬於第三類名詞變格，如*Gui(s)/ Guion*、*Guene(s)/ Ganelon*、*Ote(s)/ Oton*等。

古法文原文 VI	現代法文譯文 VI	中文譯文 VI
Au meillor roi[250] qui onques[251] portast armes[252]	Du meilleur roi qui jamais ait porté les armes,	他是歷來最會帶兵打仗的君王，
Et au plus fier[253] et au plus justisable[254].	Du plus fier et du plus juste.	也是最勇猛凶悍，令人聞風喪膽又最公正不阿的君王。
5 [34c] Rois, quar te membre d'une fiere[255] bataille	Roi, souviens-toi donc d'une dure bataille	王上，請你回想一下，我為了你

---

[250] *Au meillor roi*：（complément de nom）du meilleur roi（「最好國王的」）。*Au meillor roi*為上一行名詞補語*Kalle*的同位語（apposition），但是此處名詞補語的同位語之前卻出現了介係詞*a*，其實*Kalle*也是可以在之前加上介係詞*a*的。

[251] *onques*：（adv.）jamais（「曾經」）。副詞*onques*源自於拉丁文的*unquam*，原本按照正常的語音變化，此詞是沒有尾子音-*s*的，然而此處的尾子音-*s*，又稱為「副詞-*s*」（s adverbial）為一個類推現象（fait d'analogie），因為很多有-*s*的副詞在拉丁文詞源中就有[s]，例如*mais*（＜*lat.* magis）、*tres*（＜*lat.* tra(n)s）、*aprés*（＜*lat. tardif* *ad pressum），所以為了方便識別詞類，會傾向於在詞源中無尾子音-*s*的副詞詞尾加上-*s*。在古法文中*onques*通常用在過去，而*jamais*則用於未來。

[252] *portast armes*：portât les armes, fît la guerre（「打仗」）。*portast*為虛擬式未完成過去時（imparfait du subjonctif）p3的形式，位在由*qui*帶出來的附屬關係子句中，原本是和上一行的主要子句中的直陳式簡單過去時（passé simple de l'indicatif）p5的形式*fustes*（＝fûtes）的時態配合，但是由於現代法文譯文 *fustes* 用直陳式現在時*êtes*翻譯，*portast*（＝portât）則用虛擬式過去時（passé du subjoncif）*ait porté*來替換此處的時態。

[253] *fier*：（adj.）fier, farouche, terrible（「威猛的」、「殘暴的」、「驍勇的」、「令人聞風喪膽的」、「驚桀不遜的」）。*Fier*源自於拉丁文的 *ferum*，原意為「野蠻的」、「凶猛的」。然而此詞卻有正面及負面的雙重意思，根據上下文來判斷，*fier*可以翻譯為「威猛的」、「驍勇的」、「大膽的」，同時又可以翻譯為「殘忍的」、「殘暴的」以及「令人聞風喪膽的」。

[254] *justisable*：（adj.）juste（「公正的」）。

[255] *fiere*：（adj.）dure, terrible（「激烈的」）。

古法文原文 VI	現代法文譯文 VI	中文譯文 VI
Que ge te fis au gué[256] de Pierrelate[257] :	Que je livrai pour toi au gué de Pierrelate.	在皮埃爾拉德淺灘那所投入的激烈戰役。
Pris Dagobert[258] qui vos iert demorable[259].	Je fis prisonnier Dagobert qui restera auprès de vous.	那時我將以後待在您身旁的達緱倍爾生擒俘虜。
Veez le vos a ces granz peaus[260] de martre[261] ;	Voyez-le avec ces grandes peaux de martre.	您瞧瞧他現在這一身的華麗貂皮大衣。

---

[256] *gué*：（n.m.）gué（「淺灘」）。*Gué*一詞源自於古法蘭克語（vieux francique）*wad*，相對應的拉丁文為*vadum*，通常來說，字首子音（consonne initiale）[w]在第三世紀口語拉丁文中便已演變為[v]，但拉丁文中[w]的拼寫法為v-（例如拉丁文的*vinu* [winu]，在第三世紀時的發音為[vinu]）。然而由於古法蘭克語屬西日耳曼語支，受到其他源自於日耳曼語詞彙的影響，所以*wad*字首的子音[w]進入法語發音系統時並不會演變為[v]，而是一開始演變為[gw]，其後至十一世紀時再簡化為[g]，在法文拼寫法中，當[g]位於[i]或[e]之前時，仍保留gu-拼寫方式來標示[g]，相同的語音現象也出現在*guêpe*（< *francq.* *wapsa*，意思是「胡蜂」）、*guivre*（< *germ.* *wipera*，原意為「蛇」）等詞中。此處的*gué*為第一類陽性名詞偏格單數的形式。

[257] *Pierrelate*：Pierrelate（「皮埃爾拉德」）。*Pierrelate*有可能是一個位於法國東南方德隆省（Drôme）的村莊名，又或者按照 Ernest Langlois（2013, 161）在《國王路易一世的加冕禮》（*Le Couronnement de Louis*）校注版中的解釋，*Pierrelate*一詞曾出現在第四十九章2026行詩中，此地名可以有*Pierrelarge*以及*Piereplate*另外兩種拼寫法，是紀堯姆攻占下的城市之一，位於西班牙的佩雷拉達（Peralada）市鎮。

[258] *Dagobert*：Dagobert（「達緱倍爾」）。*Dagobert*在《國王路易一世的加冕禮》（*Le Couronnement de Louis*）一書中為西班牙卡塔赫納城（Carthagène）的撒拉遜國王，被紀堯姆打敗後，歸順路易一世為臣。

[259] *iert demorable*：qui demeurera, qui restera（「以後將待在」）。此處的形容詞*demorable*是由*demorer*與後綴詞（suffixe）*-able*所組成，但是*demorable*此詞並沒有受到現代法文中後綴詞（suffixe）*-able*（「可以……」或「能夠……」）詞意的影響，意即「可以停留的」，反倒是和*estre*（= être）的直陳式未來時p3的形式 *iert*（= sera）結合，表示*demorer*發生在未來的動作，意即「以後將停留在」。

[260] *peaus*：（n.f. pl.）peaux（「皮」）。*Peaus*（< *lat.* pelles）此處為第二類陰性名詞變格偏格複數的形式。

[261] *martre*：（n.f.）martre（「貂」）。根據 Guy Raynaud de Lage（1970, 161）的解釋，*martre*源自於日耳曼語*marthor*，此處為第一類陰性名詞變格偏格複數的形式。

古法文原文 VI	現代法文譯文 VI	中文譯文 VI
S'il le deffent[262], bien en doi avoir blasme[263].	S'il le conteste, je veux bien être blâmé.	假如他敢拒不承認此事，我願意為此受到譴責。
10 Aprés celui[264] vos en fis ge une autre :	Après ce combat, j'en livrai un autre pour vous :	在此戰役後，我又為了您投身到了另一場鬥爭中：
Quant Kallemaines[265] volt ja de vos roi fere[266],	Quand Charlemagne voulut vous faire roi,	當查里曼想要立您為王時，

---

[262] *deffent* : conteste, nie（「否認」）。*deffent*為動詞*deffendre*的直陳式現在時p3的形式。

[263] *avoir blasme* : encourir un blâme（「受到譴責」）。古法文的名詞*blasme*（= blâme）為動詞*blasmer*去動詞化（déverbal）的衍生詞，動詞*blasmer*源自於希臘文，傳入拉丁文時的形式為*blasphemare*，後者進入高盧時卻是以民間拉丁文（latin populaire）*blastemare*出現。*Blasmer*在希臘文與拉丁文的原意為「詛咒」、「誹謗」，至古法文時原意削弱成「指責」、「譴責」之意，這也是為何在十二世紀末時，另一源自於同一個拉丁文*blasphemare*的詞以*blasphémer*的拼寫形式再次被借入回法文來，意思和希臘文與拉丁文原意相近，意即「說咒罵的話」、「說辱罵的話」，是故現代法文的*blâmer*與*blasphémer*為同源對似詞（doublet）。

[264] *Aprés celui* : Après ce combat（「在此戰役後」）。根據 Guy Raynaud de Lage（1970, 162）的解釋，原本我們在介係詞*Aprés*後所期待的為陰性指示代名詞重音形式*celi*，因為是代替第5行的陰性名詞*bataille*，*Aprés celui*文後也用陰性不定冠詞和不定代名詞組成的詞組*une autre*（*bataille*），可見手抄員在此處把陰性指示代名詞重音形式*celi*和陽性指示代名詞重音形式*celui*混淆。不過此處的陽性指示代名詞重音形式*celui*也可以意指在皮埃爾拉德戰役中第7行的男性名字Dagobert，所以也可以翻譯為*Aprés lui*「在其（戰役）後」。

[265] *Kallemaines* : Charlemagne（「查里曼」）。*Challemaines*此處為正格的形式。

[266] *Quant Kallemaines volt ja de vos roi fere* : Quand Charlemagne voulut vous faire roi（「當查里曼想要立您為王時」）。此處在回憶《國王路易一世的加冕禮》（*Le Couronnement de Louis*）一書中在艾克斯教堂（chapelle d'Aix）內所發生的情節，當時由於查里曼已經垂垂老矣，便希望能將皇位讓出給兒子繼承。

古法文原文 VI	現代法文譯文 VI	中文譯文 VI
Et la corone fu sus l'autel[267] estable[268],	Alors que la couronne était placée sur l'autel,	那時王冠就安放在壇城上，
Tu fus a terre lonc tens[269] en ton estage[270].	Tu restas longtemps par terre sans bouger.	你卻良久待在原地不動，
François le virent que ne valoies gaire[271] :	Les Français virent que tu ne valais guère :	法蘭西人看出你不堪大任非治世之才，
15 Fere en voloient clerc[272] ou abé[273] ou prestre[274],	Ils voulaient faire de toi un clerc, un abbé ou un prêtre,	就想著讓你成為神職人員即可，修道院院長或教士也罷，

---

[267] *autel*：（n.m.）autel（「壇城」）。*autel*源自於拉丁文的*altare*，原意為「用以祭祀的桌子」，按照正常的語音演變，在古法文中應該拼寫為*alter*或是*auter*。*auter*的拼寫方式是反映出十一世紀時，當子音[l]位於另一個子音如[t]時會母音化為[u]的語音現象，*auter* [auter] 的字首音節[au]於十六世紀演變為[o]，拼寫法仍保留十一世紀時的發音狀態；至於為何會由*auter* [otɛr]演化為現代法文的*autel* [otɛl]拼寫法，很有可能是受到近音詞*ostel* [otɛl]影響，由於在十二世紀時，當子音[s]位於另一個子音之前時已不再發音，再加上*ostel*（< lat. hospitalem）在十三世紀時和*Dieu*組成複合詞(*h*)*ostel-Dieu*（= hôtel-Dieu），原意為「上帝的住所」，在古法文中意指「宗教建築物」、「提供窮困之人或病人暫時棲息與糧食的地點」，與*auter*皆為與宗教相關的詞彙，是故將*auter*拼音法更改為*autel*。

[268] *estable*：（adj.）placée fermement, posée fermement（「安放」）。

[269] *lonc tens*：longtemps（「很久」、「良久」）。

[270] *en ton estage*：à ta place（「在原處不動」）。在《國王路易一世的加冕禮》（*Le Couronnement de Louis*）一書中的第87行詩中提到年輕的路易因為害怕不敢移步上前靠近皇冠：*Ot le li enfes, ne mist avant le pié*（年輕人聽罷並未向前移動腳步）。

[271] *ne valoies gaire*：tu ne valais guère（「你不大中用」、「不堪重任」）。*valoies*為動詞*valoir*的直陳式未完成過去時（imparfait de l'indicatif）p2的形式。表示否定的*Ne... gaire*等於現代法文的*ne... guère*，意即「不怎麼……」。

[272] *clerc*：（n.m.）clerc（「神職人員」）。*Clerc*（< lat. clericum）此處為第一類陽性名詞變格偏格單數的形式。

[273] *abé*：（n.m.）abbé（「修道院院長」）。*Abé*（< lat. abbátem）此處為第三類陽性名詞變格偏格單數的形式，*abé*的正格單數變格形式為*abes*（< lat. ábbas）。

[274] *prestre*：（n.m.）prêtre（「教士」、「神父」）。*Prestre*（< lat. présbyter）此處為第三類陽性名詞變格正格單數的形式，原本此處我們期待的是如同*clerc*與*abé*一樣的偏格單數形式，然而*prestre*的偏格單數形式為*provoire*（< lat. *probýterum），比正格形式多出一個音節，這樣導致第15行詩比其他行詩多出一個音節，所以才使用正格形式讓音節數符合十音節詩的規格。

古法文原文 VI	現代法文譯文 VI	中文譯文 VI
Ou te feïssent en aucun leu[275] chanoine[276].	Ou bien ils t'auraient nommé chanoine quelque part.	抑或是在某處任命你為議事司鐸了事。
Quant el[277] moustier[278] Marie Magdalaine[279]	Lorsque dans l'église Marie Madeleine	當時在瑪麗‧瑪德蓮教堂內，
Et Herneïs[280] por son riche[281] lignage[282]	Herneïs en raison de son puissant lignage	艾赫納伊斯仗著他背後權勢強大的家族勢力
Volt la corone par devers lui atrere[283],	Voulut tirer à lui la couronne.	想要將王位占為己有。

---

[275] *en aucun leu* : quelque part, en quelque lieu（「在某處」）。不定形容詞（adj. indéf.）*aucun*源自於古典拉丁文的*aliquem unum*，之後在通俗拉丁文（LV）的形式為*al(i)cúnu*，意思是「某個」（un certain），所以此詞的原意並沒有否定之意。*Leu*（< *lat.*locum）此處為第一類陽性名詞變格偏格單數的形式，意即「地方」、「地點」（lieu）。

[276] *chanoine* :（n.m.）chanoine（「議事司鐸」）。在《國王路易一世的加冕禮》（*Le Couronnement de Louis*）一書中的第95-98行詩中查理曼因為對路易膽小懦弱失望不已，是故想找人把路易的頭髮剃了，然後幫他在教會中安排一個本堂區財產管理員兼敲鐘員的職位，這樣他至少不會淪落在大街上乞討。根據Claude Lachet（1999, 183）的注釋，騎士與神職人員兩個階層在中世紀時常常處在敵對狀態，神職人員譴責戰士們暴力又野蠻嗜血，缺乏內心靈性世界；騎士則認為這些神職人員是好吃懶做的寄生蟲，貪吃、好色又懦弱無能。

[277] *el* : dans（「在……之內」）。古法文中，當介係詞*en*之後跟隨定冠詞*le*與名詞（如moustier）時，介係詞*en*與定冠詞*le*常會省略為*el*。

[278] *moustier* :（n.m.）église（「教堂」）。*moustier*源自於民間拉丁文（lat. pop.）的*mon(i)-sterium*，然而由於現代法文*moustier*中的子音[s]已不再發音，所以也可以拼寫為*moutier* ；*moustier/ moutier*在現代法文中幾乎都只出現在城市名中，例如*Jouy-le-Moutier*、*Moustiers-Sainte-Marie*等等。其後神職人員從希臘文詞源中的*monachos*（意即「單身的人」、「孤獨的人」），而*monachos*又為*monos*（= moine）「單獨的」之衍生詞，再次借入回教會所使用的拉丁文*monasterium*，即現代法文的*monastère*。

[279] *Marie Magdalaine* : Marie-Madeleine（「瑪麗‧瑪德蓮」、「抹大拉的瑪利亞」）。此處說的瑪麗‧瑪德蓮教堂（*église Marie-Madeleine*）意指位於埃克斯‧拉‧夏貝爾（Aix-la-Chapelle）皇宮的教堂，路易一世在西元813年時就在此教堂正式加冕即位，當時的路易一世已經三十五歲，並非如史詩中所說的十五歲。

[280] *Herneïs* : Herneïs（「艾赫納伊斯」）。*Herneïs*這個人物在《國王路易一世的加冕禮》（*Le Couronnement de Louis*）第九節（laisse IX）中的同一個情景出現過。

[281] *riche* :（adj.）puissant（「有權有勢的」、「勢力強大的」）。

[282] *lignage* :（n.m.）lignage, famille（「家族」）。

[283] *atrere* :（inf.）tirer（「獲得」、「奪取」）。

	古法文原文 VI	現代法文譯文 VI	中文譯文 VI
20	Quant ge le vi[284], de bel ne m'en fu gaire[285] ;	Quand je le vis, cela ne me plut guère ;	當時我見狀,便不怎麼不樂意了,
	Ge li donai une colee[286] large[287],	Je lui donnai un grand coup sur le cou,	我朝他頸項給了他一記重拳,
	Que tot envers[288] l'abati sor le marbre ;	Si bien que je l'abattis à la renverse sur le sol de marbre ;	力道之大將他仰面朝天地打翻在大理石地板上,
	Haïz en fui de son riche lignage.	Pour cela je fus haï de son puissant lignage.	為此我被他的權貴家族所憎恨。
	Passai avant si com la cort[289] fu large,	Je m'avançai de toute la largeur de la cour,	由於皇宮寬闊廣大,我得向前走去,

---

[284] *vi*:je vis(「我看到」)。*Vi*為動詞*veoir*的直陳式簡單過去時p1形式。

[285] *gaire*:(adv.) guère(「許多」)。*Gaire*(= guère)源自於日耳曼語*waigaro,這個副詞原意為「許多」(beaucoup),由於時常和否定副詞*ne*連用,意思為「不怎麼」、「很少」;當現代法文的guère用於非否定句時,意思為「很少」(peu)。

[286] *colee*:(n.f.) coup sur la nuque, coup porté sur le cou(「後頸一擊」、「朝頸子一擊」)。*colee*為*col*(= cou)的衍生詞,此處的意思為「打在頸上的一擊」,在《國王路易一世的加冕禮》中艾赫納伊斯被紀堯姆重擊頸部後死亡。在 Alain Corbellari(2012, 226)探討紀堯姆驕傲性格的一篇論文中提及,Jean Frappier(1955, t. 1, 95)認為紀堯姆在脖子上的一擊應該位於後頸部位,由於力道太大將對手的腦頸椎打斷導致死亡;然而Jean Rychner(1999, 138)則理解為擊碎臉部骨頭,Henri Roussel(1982, 599)在諮詢過醫生的意見後認為打斷頸部的前方、兩側甚至是下頸骨頭直接會導致心臟驟停進而死亡。由於中世紀學者對這個詞的理解仍然有爭議,此處中文譯文只翻出頸子部位。

[287] *large*:(adj.) grand(「強勁的」)。

[288] *envers*:(adj.) à la renverse(「仰面朝天」、「四腳朝天」)。

[289] *cort*:(n.f.) cour(「皇宮」)。

古法文原文 VI	現代法文譯文 VI	中文譯文 VI
25 Que bien le virent et li un et li autre,	Si bien que tous le virent,	就在眾目睽睽之下，
Et l'apostoile[290] et tuit li patriarche[291] ;	Le pape et tous les patriarches ;	教皇以及所有主教的注視下，
Pris la corone, sor le chief[292] l'en portastes.	Je pris la couronne, vous l'avez portée sur la tête.	我拿起了您現已戴在頭上的皇冠，
De cest servise ne vos membre il gaires,	Vous ne vous souvenez guère de ce service,	您卻在分封領土時忘了分我一份，
Quant vos sanz moi departistes[293] voz terres.»	Quand vous distribuez vos terres sans moi. »	您不記得我的這份功勞了。」

---

[290] *apostoile*：（n.m.）pape（「教皇」）。*Apostoile*（＜*lat.* apostolicu）此處為正格單數的形式，此處的名詞意指「教皇」，源自於教會希臘文（grec ecclésiastique）中的形容詞*apostolos*，引進到拉丁文時的意思為「使徒的繼承者」（successeur des apôtres）。

[291] *patriarche*：（n.m.pl.）évêques（「主教」）。

[292] *chief*：（n.m.）tête（「頭」）。*Chief* 此處為第一類陽性名詞變格偏格單數的形式。當紀堯姆當著查理曼大帝與教皇面前將皇冠戴在路易王頭上時，已經表明自己願為皇室守護者。

[293] *departistes*：distribuâtes, répartîtes（「分配」、「分派」）。*departistes*為動詞*departir*的直陳式簡單過去時p5的形式，此處現代法文譯文使用直陳式現在時 distribuez、répartissez 取代簡單過去時的形式。

古法文原文 VII	現代法文譯文 VII	中文譯文 VII
1 « Looÿs sire, dit Guillelmes li prouz[294], Dont ne te membre du cuvert[295] orgueillous[296] Qui deffïer[297] te vint ci[298] en ta cort ? « N'as droit en France », ce dist il, oiant toz.	« Sire Louis, dit Guillaume le vaillant, Ne te souviens-tu pas donc de l'infâme orgueilleux Qui vint te défier ici dans ta cour ? « Tu n'as aucun droit en France », dit-il devant tous.	驍勇的紀堯姆說道：「路易陛下，你難道不記得那位來到你宮廷中，就在這裡向你挑戰的傲慢自大的卑鄙傢伙？他在所有人面前宣告：『你在法蘭西國土內沒有任何權利可言。』
5 En ton empire[299] n'eüs .i. seul baron, Droiz empereres, qui deïst o[300] ne non,	Dans ton empire tu n'eus pas un seul baron, Légitime empereur, pour dire oui ou non,	具有合法繼承權的皇帝，在你的帝國境內當時沒有一位大臣敢出來表態，

---

[294] *prouz* : (adj.) preux, vaillant（「驍勇的」、「英勇的」）。*Prouz* 源自於晚期拉丁文 **prodis*，然而卻在文獻中以其中性形式 **prode* 出現，原意為「有利的」、「有用的」。此處的 *prouz* 為第一類陽性形容詞正格單數形式，通常 *prouz* 用在形容戰士的優點時，意思為「勇敢的」、「英勇的」。

[295] *cuvert* : (n.m.) infâme（「卑鄙的傢伙」）。根據 Claude Lachet（1999, 184）的解釋，*cuvert* 源自於拉丁文 *collibertum*，原意為「被同一個主人解放的奴隸」。然而儘管這些 *colliberti* 在第十世紀時比農奴（serfs）擁有更多的自由度，也可以被領主解放，但是由於 *cuvert* 出身卑微之故，此詞演變為「農奴」的同義詞，抑或者強調某人行為卑劣以及出身低賤的侮辱詞。

[296] *orgueillous* : (adj.) orgueilleux（「驕傲的」、「自大的」）。*cuvert orgueillous* 此處意指的是在《國王路易一世的加冕禮》（*Le Couronnement de Louis*）中出現過的 *Acelin l'orgoillos*（「高傲的亞斯蘭」），為諾曼第的理察（Richard de Normandie）之子，本想在查里曼死時篡奪王位，卻被紀堯姆殺死。

[297] *deffier* : (inf.) défier（「向……挑戰」）。按照 Guy Raynaud de Lage（1970, 169）的解釋，*deffier* 源自於拉丁文 *dis-fidare*，原意為「不信任……」，此詞在古法文中還有包含解除封建制度中的君臣關係之意，意即臣子公開對主君宣布不再對其效忠，然後伴隨一個象徵解除主從關係的動作，例如將一根棒子、一根麥稈或一隻手套扔擲在主君的腳下。要知道法國國王是諾曼第公爵的主君，他身為臣子卻否定了路易君主的身分。

[298] *ci* : (adv.) ici（「這兒」、「此地」）。

[299] 手稿中的原文為 *emperere*，此處根據 *ms. A4*、*ms. B* 以及 *ms. C* 更正之。

[300] *o* : (adv.) oui（「是的」）。*o* 源自於拉丁文 *hoc*，表示肯定語氣的副詞。

古法文原文 VII	現代法文譯文 VII	中文譯文 VII
Quant me membra de naturel seignor.	Quand je me souvins de mon seigneur naturel.	而我卻想著我那具有合法繼承權的主上。
Passai avant, tant fis plus que estolt[301],	Je m'avançai et j'agis plus que follement,	我向前走去，接著以比瘋子還要瘋癲的方式對待那個傲慢傢伙，
Si le tuai[302] a .i. pel[303] com felon[304] ;	Je le tuai avec un pieu comme un félon.	我以對待叛臣的方式用一根木椿誅殺了他。
10 Puis fu tele[305] houre[306] que[307] g'en oi grant peor[308],	Puis il y eut un moment où j'eus une grande peur,	之後有片刻我感到非常害怕，

---

[301] *tant fis*（ge）*plus que estolt*（feïst）: je fais beaucoup plus qu'un fou（n'aurait fait）（「我做了比瘋子更瘋的事」）。*estolt*源自於拉丁文*stultum*，意思為「愚笨的」、「瘋狂的」。

[302] 手稿的原文為*Si le loai*，此處根據*ms. B*與*ms. D*更正之。根據Duncan McMillan（1978, 136）的注釋中指出*ms. B*與*ms. D*皆一致確定紀堯姆殺了那個傲慢的傢伙:（*ms. B : Je le tuai a un pel conme un ours/ ms. D : Si pris un pel, so tuai conme lous*）。

[303] *pel*:（n.m.）pieu（「椿」、「木椿」）。*Pel*（< *lat.* pálum）此處為第一類陽性名詞變格偏格單數的形式。

[304] *felon*:（n.m.）félon（「叛臣」）。*Felon*（< *lat.* *fellóne）此處為第三類陽性名詞變格偏格單數的形式。

[305] *tele*:（adj. indéf.）telle（「某個」）。*Tele*原本屬於第二類陰陽性同形態的形容詞，也就是說陰性變格時並沒有結尾-e，所以原本我們期待的變格形式為*tel*，然而由於屬於此變格法的詞彙並不多，漸漸地追隨第一類變格法的形式，重新創造帶有結尾-e的陰性形容詞變格形式，此處的*tele*便是重創形式。

[306] *houre*:（n.f.）heure（「時」、「小時」）。*Houre*（< *lat.* hóra）此處為第一類陰性名詞變格偏格單數（CR sing.）的形式。

[307] *que*:（adv. relatif）où（「在……時間」）。根據Guy Raynaud de Lage的解釋（1970, 171），在現代法文中，關係副詞*que*並不用於代替先前出現過的關於「時間」的名詞（*moment*、*jour*、*heure*），其後所引導出修飾時間的子句，通常在口語中更常用的是*où*，但是在十七世紀的古典文學中，*que*卻非常廣泛的被使用於代替「時間」的關係副詞，例如在拉封登的寓言故事（Fables de La Fontaine）中便有例子出現 : *Du temps **que** les bêtes parlaient*（Le lion amoureux）。

[308] *peor*:（n.f.）peur（「害怕」）。*Peor*（< *lat.* pavórem）此處為第二類陰性名詞變格偏格單數的形式。

古法文原文 VII	現代法文譯文 VII	中文譯文 VII
Quant reperai[309] de Saint Michiel del Mont[310]	Quand, au retour du Mont Saint Michel,	當我從聖米歇爾山歸來之時，
Et j'encontrai Richart[311] le viel[312], le ros[313].	Je rencontrai Richard le vieux, le roux,	我去面見了紅棕髮的宿老理察，
Icil iert[314] peres[315] au Normant[316] orgueillous.	C'était le père de l'orgueilleux Normand.	他就是那位傲慢無禮的諾曼第人之父親。
Il en ot .xx. et ge n'en oi que dos[317].	Il avait vingt hommes avec lui, et moi je n'en avais que deux.	宿老理察當時有二十個人隨身在側，而我身邊只有兩個人。
15 Ge tres[318] l'espee, fis que chevaleros[319],	Je tirai l'épée, j'agis courageusement.	我拔出劍勇敢反擊，

---

[309] *reperai* : je retournai, je revins（「我回來」）。*reperai* 為動詞 *reperier* 直陳式簡單過去時 p1 的形式。

[310] *Saint Michiel del Mont* : Mont Saint-Michel（「聖米歇爾山」）。聖米歇爾山位於諾曼第的邊緣地帶，但卻位於理察公爵領土境內。在大天使聖米歇爾顯靈之後，阿夫朗什的奧伯特主教（évêque Aubert d'Avranches）便在大約西元709年左右建造了供奉聖米歇爾的小教堂。在西元966年時諾曼第公爵理察一世在此處修建了一座聖本篤修道院，自十一世紀開始，聖米歇爾山便成為朝聖聖地。在《國王路易一世的加冕禮》（*Le Couronnement de Louis*）中，紀堯姆為了收服叛臣而四處征戰，曾在聖米歇爾山落腳兩天。

[311] *Richart* : Richard（「理察」）。理察為 *Acelin l'orgoillos*（「高傲的亞斯蘭」）的父親。

[312] *viel* :（adj.）vieux（「年長的」、「資歷深的」）。*viel* 此處為第一類陽性形容詞變格偏格單數的形式。

[313] *ros* :（adj.）roux（「紅棕色髮的」）。根據 Claude Lachet 的解釋（1999, 185），紅棕色（*ros*）在中世紀時為地獄之火的顏色，所以如果有人的身上有這個顏色即是醜陋的人，甚至象徵「背信棄義」之意，因為在聖經裡猶大的頭髮顏色便是紅棕色。

[314] *iert* : était（「是」）。*Iert*（< *lat.* erat）為動詞 *estre* 的直陳式未完成過去時（imparfait de l'indicatif）p3 的形式。

[315] *peres* :（n.m.）père（「父親」）。*Peres*（< *lat.* páter）此處為第二類陽性名詞變格正格單數的形式，照理來說第二類陽性名詞正格單數並沒有詞尾 -s，但受到第一類陽性變格法同化的影響，也在正格單數時出現詞尾 -s，此字母 -s 稱為類推字母（s analogique）。

[316] *Normant* :（n.m.）Normand（「諾曼第人」）。*Normant* 此處為偏格單數的形式，此詞源自於日耳曼語 *Nortmán*，意即「北方人」，原為法蘭克人對斯堪地那維亞人的稱呼。

[317] *dos* :（numéral cardinal）deux（「兩」）。*dos* 此處為陽性偏格形式。

[318] *tres* : tirai（「拔出」）。*tres* 為動詞 *traire* 直陳式簡單過去時 p1 的形式。

[319] *fis*（ce）*que chevaleros*（feïst）: je fis ce qu'un vaillant aurait fait（「我做了勇敢的人會做的事」）。*chevaleros* 此處為正格單數的形式。

| --- | --- | --- |
[34d] A mon nu brant en ocis .vii. des lor,	Avec ma lame nue, je tuai sept des leurs,	我用我的劍殺死了七個他們的人，
Voiant lor euz[320], abati[321] lor seignor.	Sous leurs yeux, j'abattis leur seigneur.	我在他們的眼前打敗了他們的主子。
Gel[322] te rendi[323] a Paris en ta cort. ;	Je te le livrai à Paris, en ta cour ;	我把他帶來到巴黎，你的皇宮之中交由你處置，
Aprés fu mort par dedenz ta grant tor[324].	Par la suite il mourut dans ta grande tour.	之後他就去世在你的高聳塔樓裡。
20 De cel servise ne vos membre il prou[325],	De ce service-là, tu ne te souviens guère	當你進行分封領土遺漏我之時，
Quant vos sanz moi des terres fetes don.	Quand tu fais don des terres sans penser à moi.	你卻沒怎麼想起我的這份功勞。
Rois, quar te membre de l'Alemant Guion[326] :	Roi, souviens-toi donc de Gui l'Allemand :	王上，請你回憶起阿拉曼人吉榮：
Quant tu aloies a saint Perre au baron[327],	Quand tu te rendais à l'église du vénérable saint Pierre,	當你前往尊貴的聖彼得教堂時，

---

[320] *euz*：（n.m. pl.）yeux（「眼睛」）。*Euz*（< *lat.* óculos）此處為第一類陽性名詞變格偏格複數（CR pl.）的形式。

[321] *abati*：abattis（「擊敗」）。*abati*為動詞*abatre*直陳式簡單過去時p1的形式。

[322] *Gel*：je le（「我把他」）。*Gel*為第一人稱主詞*ge*與第三人稱輕音形式*le*合併為*gel*的省略形式。

[323] *rendi*：livrai（「交給」）。*rendi*為動詞*rendre*直陳式簡單過去時p1的形式。

[324] *tor*：（n.f.）tour（「塔樓」）。*Tor*（< *lat.* turrim）此處為第二類陰性名詞變格偏格單數的形式。

[325] *prou*：（adv.）beaucoup（「很多」）。*prou*源自於拉丁文名詞*prode*，原意為「好處」、「利益」，之後被當作副詞使用時，拼寫法為*prou*，意思為「很多」。在現代法文中存在於幾個固定片語中：*peu ou prou*（「或多或少」）、*ni peu ni prou*（「一點不」、「絕對不」）。

[326] *l'Alemant Guion*：Gui l'Allemand（「阿拉曼人吉榮」）。此處會將*Alemant*翻譯為阿拉曼人，是特意指住在美因河南方的日耳曼人。*Guion*此處為正格*Gui*的偏格形式。

[327] *saint Perre au baron*：l'église du vénérable saint Pierre（「尊貴的聖彼得教堂」）。*au baron*此處為修飾*saint Perre*之詞，通常位在名詞後方，用以形容聖人或耶穌高貴的德行。

Chalanja[328] toi François et Borgueignon[329],	Il te réclama les Français et les Bourguignons,	他向你討要了法蘭西人、勃艮第人、
25 Et la corone et la cit[330] de Loon[331].	Et revendiqua la couronne et la cité de Laon.	王位還有拉昂城。
Jostai[332] a lui, quel[333] virent maint baron ;	Je combattis contre lui, de sorte que maints barons le virent ;	我與他對戰，眾多大臣皆在一旁觀戰。
Par mi le cors li mis le confenon[334],	Je lui passai ma lance avec la gonfanon au travers du corps,	我用旌旗長槍刺穿了他的身體，

---

[328] *Chalanja*：réclama, revendiqua, disputa（「討要」、「要求得到」、「爭奪」）。*Chalanja*為動詞*chalangier*直陳式簡單過去時p3的形式。

[329] *Borgueignon*：Bourguignons（「勃艮第人」）。*Borgueignon*此處為偏格複數形式，本應如同*François*一樣*Borgueignons*有結尾 *-s*，本處手抄員可能由於為了與上下行的諧元韻*baron*、*Loon*相呼應，故省略變格法偏格複數中的*-s*。勃艮第人（Bourguignons）此名稱源自於日耳曼的部落民族名 *Burgondes*，後者在第五世紀時於隆河山谷安居落腳。

[330] *cit*：(n.f.) cité（「城」）。*Cit*（< *lat.* civitem）此處為*cité*（< *lat.* civitatem）的偏格單數縮寫形式。

[331] *Loon*：Laon（「拉昂城」）。拉昂城在武勳之歌中常被提及為查理曼大帝與路易一世的府邸。拉昂城也曾於卡洛林王朝時期成為過首都，並且皇族在第十世紀時於此處建立了皇宮。

[332] *Jostai*：combattis（「戰鬥」、「作戰」）。*Jostai*為動詞 *joster*直陳式簡單過去時p1的形式。

[333] *quel*：de sorte que…le（「以至於……他」）。*quel*為從屬連接詞*que*與第三人稱輕音形式*le*合併為*quel*的省略形式。

[334] *confenon*：(n.m.) gonfanon（「旌旗」）。根據Guy Raynaud de Lage的解釋（1970, 178-179），*confenon*由日耳曼語的*gundfano*（= *gundja*「戰鬥」+ *fano*「旗子」）與後綴詞*-one*所組成，*gundfano*原意為「戰旗」（étendard de combat），*confenon*在古法文中意指長槍頂端飄揚的小旗子，比較常出現的拼寫法為*gonfanon*，之後為*gonfalon*。現代法文的*fanion*與*gonfanon*為同一詞源，只是*fanion*為簡單詞，*gonfanon*為複合詞。由*gonfanon/ gonfalon*衍生出另一個名詞*gonfanonier/ gonfalonier*，意即「旗手」。

古法文原文	現代法文譯文	中文譯文
Gitai[335] le el Toivre[336], sel[337] mengierent[338] poisson[339].	Je le jetai dans le Tibre, et les poissons le mangèrent.	然後將他扔進台伯河中，魚兒將他吃進肚中。
De cele chose me tenisse a bricon[340],	De cette affaire, je me serais tenu pour fou,	因為這件事，我很有可能被人視為瘋子而懊悔不已，
30 Quant ge en ving a mon hoste Guion	Quand j'arrivais chez mon hôte Gui,	當我回到我的東道主居依家，
Qui m'envoia par mer en .i. dromon[341].	Qui me fit partir par mer sur un grand navire.	他把我送離到海上的一艘大船上。
Rois, quar te membre de la grant ost[342] Oton[343] :	Roi, souviens-toi donc de la grande armée d'Oton :	王上，請你回想一下那支奧東大軍：

---

[335] *Gitai*：jetai（「扔」、「擲」）。*Gitai*是動詞*giter*直陳式簡單過去時p1的形式。

[336] *Toivre*：（n.m.）Tibre（「台伯河」）。

[337] *sel*：et le（「接著……他」）。*sel*為連接副詞（adverbe coordonnant）*si*（< *lat.* sic）與人稱代名詞的第三人稱輕音形式*le*合併為*sel*的省略形式。*Si*此處為虛詞（particule），這個詞有時在現代法文譯文中很難被譯出來，此處將其譯為et（「接著」）。

[338] *mengierent*：mangèrent（「吃」、「食」）。*Mengierent*（< *lat.* manducauerunt）為動詞*mengier*直陳式簡單過去時p6的形式。在拉丁文詞彙中，應該是動詞*edere*意指「吃」的意思，只可惜現代法文中卻沒有保留下來這個詞，反倒是另一個古典拉丁文動詞*manducare*，原意為「咀嚼」（mâcher），卻被民間拉丁文（lat. pop.）用來取代*edere*，在歷經語音的演變後即為現代法文的*manger*。

[339] *poisson*：（n.m. pl.）poissons（「魚」）。*poisson*此處為正格複數的形式，為複合詞（*pois(s)* + *-on*）。*Poisson*源自於拉丁文*píscem*，原本按照正常的法文語音流變會演變為*pois*，然而*pois*在古法文中除了「魚」的意思之外，還有「碗豆」（pois < *lat.* pisum）以及「重量」（poids < *lat.* pe(n)sum）皆是相同的拼寫法，為了避免三個詞彙混淆，故將*pois(s)*加上後綴詞*-on*用以與其他兩個詞區分之。

[340] *bricon*：（n.m.）fou, sot（「傻子」、「瘋子」）。*Bricon*為第三類陽性名詞偏格單數的變格形式。

[341] *dromon*：（n.m.）navire, dromon（「大船」）。*dromon*源自於希臘文，大約十二世紀時由拜占庭帝國的海軍詞彙中借入，拜占庭帝國當時在地中海擁有很強大的海軍船隊，拜十字軍東征之賜，*dromon*這個詞被廣為流傳入古法文中。

[342] *ost*：（n.f.）armée（「軍隊」）。*ost*源自於拉丁文*hostem*，原意為「敵人」，隨後此詞演變為「敵軍」之意。在古法文（AF）與中法文（MF）中，*ost*意指「軍隊」。*Ost*的詞性可以是陰性或陽性，是視上下文而決定其詞性，此處*de la grant ost*由於有陰性定冠詞位於*ost*之前，所以此處的*ost*為陰性名詞偏格單數的形式。

[343] *Oton*：Oton（「奧東」）。人名*Oton*為正格*Ote*的偏格形式。*Oton*這個人物在《國王路易一

古法文原文 VII	現代法文譯文 VII	中文譯文 VII
O[344] toi estoient François et Borgoignon,	Avec toi se trouvaient les Français, les Bourguignons,	法蘭西人、勃艮第人、
Et Loherenc[345] et Flamenc[346] et Frison[347].	les Lorrains, les Flamands et les Frisons.	洛林人、佛來米人與佛里斯人當時與你在一起。

世的加冕禮》（*Le Couronnement de Louis*）中並不存在，所以大部分的訓詁學家推論作者是為了押諧元韻 -*on*而臨時創造了一個名字。

[344] *O*：（prép.）avec（「和……在一起」）。根據Guy Raynaud de Lage（1970, 180）的解釋，介係詞*o*（< *lat.* apud）可以有*a*（「往……」、「向……」、「在……」）與*avec*（「和……」、「同……」、「與……」）兩種用法，只可惜至中法文時已不復使用，儘管在十六世紀時龍沙（Ronsard）意欲將*o*在豐富法語時將其保留下來。

[345] *Loherenc*：（n.m. pl.）Lorrains（「洛林人」）。*Loherenc*此處為正格複數的形式。根據Guy Raynaud de Lage（1970, 180）的注解，*Loherenc*源自於日耳曼語*Lotharingi*。洛林（Lorraine）源自於日耳曼語*Lotharingen*，後者由專有名詞路易一世長子洛泰爾一世*Lothar*與後綴詞-*ingen* 所組成，意即「洛泰爾的領域」（domaine de Lothaire）。至於*Loherenc*（Lorrains），則由*Lothar* + 後綴詞-*ingi*所組成，意即「住在洛泰爾領域的居民／人」。日耳曼語的後綴詞-*ing*在進入到古法文中，經過語音的演變，成為-*enc*，現代法文中很少詞彙保留此後綴詞，反而是被其他的後綴詞所取代：1. 後綴詞-*an*（< *lat.* -anus，意思為「某地方的人／居民」），例如現代法文的拼寫法為*paysan*「農民」、*chambellan*「內侍」的兩個詞，在古法文中的拼寫法分別為*paisenc*、*chamberlenc*；2. 後綴詞-*and*，例如現代法文中的*tisserand*「織布工人」與*Flamand*「佛來米人」，在古法文中的拼寫法則為*tisserenc*、*Flamenc*；3. 後綴詞-*ant*，例如現代法文中的*flamant*「紅鶴」，在南方奧克語（occitan）的拼寫法為*flamenc*，原意為「火焰的顏色」，意指鳥的顏色為火紅色；4. 後綴詞-*er*（< *lat.* -arius，意思為「從事……行業的人」、「做……動作的人」），例如現代法文中的*boulanger*，在皮卡第方言（picard）中的拼寫法為*boulenc*（< *francq.* *bolla + -ing），意即「做圓球形狀麵包的人」（celui qui fabrique du pain en boules），*boulenc*是由*boule*與後綴詞-*enc*所組成，*boulanger*在十二世紀時的中世紀拉丁文時的形式為*bolengárius*，為詞根*bolenc* + 後綴詞-*árius*（= er）組成，*c* [k]在語音流變過程中由清音[k]變為濁音[g]，當[g]位於與重音節母音[a]之前時，十三世紀時會演變為[ʒe]。值得注意的是*boulanger*一詞是由源自兩個同樣意思的後綴詞，即日耳曼語 -*ing*以及拉丁文-*arius* 加上詞根 *bolla所形成。

[346] *Flamenc*：（n.m. pl.）Flamands（「佛來米人」）。*Flamenc*此處為正格複數的形式，意即居住在佛蘭德勒（Flandre）的居民。

[347] *Frison*：（n.m. pl.）Frisons（「弗里斯人」）。*Frison*此處為正格複數的形式，意即居住在弗里斯蘭（Frise）的居民。

	古法文原文 VII	現代法文譯文 VII	中文譯文 VII
35	Par sus Monjeu[348] en aprés Monbardon[349],	Par-delà le Petit Saint-Bernard, après Monbardon,	你們穿越了小聖貝赫納，隨後又經過了蒙巴爾東鎮，
	De si qu'a Rome, qu'en dit en pré Noiron[350] ;	Vous allâtes jusqu'à Rome, au lieu-dit le parc de Néron ;	直到了羅馬城，在叫做尼祿花園的地方，
	Mes cors meïsmes tendi ton paveillon[351],	Je dressai moi-même ta tente,	我親自搭起了你的大營帳，
	Puis te servi de riche venoison. »	Puis je te servis une venaison de qualité. »	然後拿了獵到的上等野味孝敬你。」

---

[348] *Monjeu* : le Petit Saint-Bernard（「小聖貝赫納」）。*Monjeu*（< *lat.* Mons Jovis）原意為「宙斯山」（Mont de Jupiter），位於法國東南部，即現今的「小聖貝赫納」。

[349] *Monbardon* : Monbardon（「蒙巴爾東鎮」）。在Duncan McMillan（1978, 137）的校注版提及一位叫做Gaston Tuaillon的學者解釋道蒙巴爾東為位於義大利西北部普雷勝迪迪耶（Pré-Saint-Didier）下游，瓦萊奧斯塔大區（Val d'Aoste）的一個市鎮名。

[350] *pré Noiron* : parc de Néron（「尼祿花園」）。*pré Noiron*「尼祿花園」這個詞組表達的意思為羅馬的聖彼得大教堂（Saint-Pierre de Rome）以及梵蒂岡（Vatican），因為第一座基督教教堂就是建在尼祿花園（*pratum Neronis*），尼祿在此處決了很多基督徒，聖彼得也在此處殉道。

[351] *paveillon* :（n.m.）tente（「帳篷」）。*Paveillon* 此處為第一類陽性名詞偏格單數的形式，此詞源自於拉丁文*papilióne*，原意為「蝴蝶」（papillon），隨後演變為「帳篷」之意。根據Claude Lachet的解釋（1999, 187），此處的帳篷非一般的帳篷，是一種頂端為圓錐形的華麗大帳。

古法文原文 VIII	現代法文譯文 VIII	中文譯文 VIII
1 « Quant ce fu chose que[352] tu eüs mengié,	Quand tu eus terminé ton repas,	「當你用完膳後，
Ge ving encontre[353] por querre[354] le congié[355].	Je vins devant toi pour te demander congé.	我來到你跟前請求先行告退，
Tu me donas de gré[356] et volentiers	Tu me l'accordas bien volontiers	你欣然應允，
Et tu cuidas que m'alasse couchier	Et tu pensas que j'allais me coucher	你一定以為我會去帳中
5 Dedenz mon tref por mon cors aesier[357].	sous ma tente pour me reposer.	躺下休憩，
Ge fis monter .ii. mile[358] chevaliers ;	Je fis mettre en selle deux mille chevaliers,	實則我派了兩千名騎士騎上馬，
Derriers[359] ton tref te ving eschaugaitier[360]	Derrière ta tente je vins veiller à ta sûreté,	來到你的大帳後方，在松樹與

---

[352] *Quant ce fu chose que*：Quand il arrive que（「當發生⋯⋯事情」）。根據Guy Raynaud de Lage（1970, 182-183）的注解，*ce fu chose que*這類的慣用語句型在古法文中被頻繁使用，這個慣用語本身無意義，直譯為「事情是⋯⋯」，*chose*「事情」在此句型中只是為了引出 *que*之後的子句，所以此處現代法文與中文譯文並不將其翻譯出來，只將*tu eüs mengié*翻譯出來。

[353] *encontre*：（adv.）en face（「當面」）。

[354] *querre*：（inf.）demander（「請求」）。*querre*源自於拉丁文*quáerere*，原意為「找尋」（chercher），現代法文的*quérir*形式是在中法文（MF）時所重新創造的形式。

[355] *congié*：（n.m.）permission de se retirer, congé（「（對離開的）允許」）。*Congié*（< lat. commeátum）此處為第一類陽性名詞偏格單數的形式，原是軍中詞彙，原意等同於「許可」。根據中世紀封建制度傳統，臣子在未得到領主的許可前不得擅自離開。

[356] *de gré*：（locution adverbiale）volentiers（「樂意地」）。

[357] *aesier*：（inf.）mettre à l'aise（「放鬆」）。*Mon cors aesier*在此直譯為「放鬆我的身體」，意即「休憩」。

[358] 手稿中的原文為*mile*的縮寫形式 *m.*，此處將其還原以利閱讀。

[359] *Derriers*：（prép.）Derrière（「在⋯⋯後方」）。在古法文中副詞同時也可以擔任介係詞的功能，*derriers*這個詞是由 *de、*-retro與標示副詞詞類的詞尾 -s（-s dit adverbial）所組成。

[360] *eschaugaitier*：（inf.）monter la garde（「站崗」）。動詞*eschaugaitier*為陰性名詞*eschaugaite*去名詞化的形式，*eschaugaite*源自於法蘭克語 *skarwahta，意思為「守夜」、「夜間值勤」，此動詞在此處主要表達的是一個軍隊在夜間的巡邏和警戒。

古法文原文 VIII	現代法文譯文 VIII	中文譯文 VIII
En .i. bruillet[361] de pins et de loriers[362],	Dans un taillis de pins et de lauriers,	月桂樹叢中夜間站崗守護你的安全。
Ilueques[363] fis les barons enbuschier[364].	C'est là que je fis les vaillants guerriers s'embusquer.	我讓英勇的戰士在那裡埋伏著，
10 De ceus de Rome ne te daignas gaitier[365] ;	Tu ne daignas pas te garder de ceux de Rome ;	你卻不屑於防備羅馬士兵。
Monté estoient plus de .xv. millier,	Ils étaient plus de quinze mille en selle,	他們當時有著超過一萬五千名士兵騎在馬背上，
Devant ton tref s'en vinrent por lancier[366],	Ils vinrent devant ta tente pour lancer leurs traits,	來到你的大帳前丟擲投射武器，

---

[361] *bruillet*：（n.m.）fourré, taillis, petit bois（「矮樹叢」）。*bruillet*此處為第一類陽性名詞偏格單數的形式，此詞為*breuil*的指小詞（diminutif），*breuil*則源自於塞爾特語（celte）*brogilu，原意為「被圍起來的小樹林」，*bruillet*為*breuil*與表示「小」的意思之後綴詞-*et*所組成，當[j]位於詞尾的拼寫法為-*il*，然而當[j]位於母音之間（intervocalique）時，拼寫法則為-*ill*-，所以此處的*bruillet*中多出的一個 -*l*- 便是由於位於兩個母音之間之故。

[362] *loriers*：（n.m. pl.）lauriers（「月桂樹」）。*loriers*此處為第一類陽性名詞偏格複數的形式。

[363] *Ilueques*：（adv.）là（「在那裡」）。*Ilueques*是由 *illoque與標示副詞詞類的詞尾 -*s*所組成。當副詞位於句首時，第一人稱單數代名詞正格*ge*（= je）本應該出現在動詞 *fis* 之後，然而自第6行詩起（*ge fis monter...*），主詞皆是*ge*，直陳式簡單過去時p1的動詞變化形式 *fis* 已足以幫助理解主詞為*ge*，是故人稱代名詞此處並未出現。

[364] *enbuschier*：（inf.）s'embusquer, monter une embuscade（「埋伏」）。根據Guy Raynaud de Lage（1970, 185）的注解，*enbuschier*是由詞根*busche/ bûche* 加上前綴詞-*en/-em*與表示原形動詞的後綴詞-*(i)er*所造成的詞，*busche/ bûche*源自於日耳曼語*buscum，原意為「森林」（forêt），動詞*enbuschier*已有現代法文動詞*s'embusquer*「埋伏」之意，然而*enbuschiér*的重音節拼寫法反映出十三世紀時當軟顎子音（consonne vélaire）[k]位於[a]會顎音化（palatalisation）為硬顎子音（consonne palatale）[ʃ]，其相對應的拼寫法為*ch*，而重音節自由的母音（a accentué libre）[a]則因為巴次定律（loi de Bartsche）之故，至十三世紀演變為[je]，拼寫方式為*ie*。現代法文*embusquer*的拼寫法顯示出*qu*-[k]並未顎音化為[ʃ]，所以很可能是從皮卡第方言或義大利文借入的詞，使得古法文*enbuschier*被淘汰不用，但是在現代法文中[k]顎音化為[ʃ]的同字根詞*embûche*（意即「埋伏」、「圈套」）仍在文學用語中被保留下來。

[365] （*te*）*gaitier*（*de*）：（inf.）（te）garder（de）（「提防」、「防備」）。

[366] *lancier*：（inf.）lancer des traits（「丟擲投射武器」）。此處的動詞*lancier*後並無受詞出現在後，所以是獨立使用，通常在最初開始發動軍事攻擊時，會先使用箭、標槍、長矛等武器打先鋒。

古法文原文 VIII	現代法文譯文 VIII	中文譯文 VIII
Tes laz[367] derompre[368] et ton tref trebuchier[369],	Rompre ses câbles et renverser ta tente,	他們弄斷你大帳的營繩，之後又弄塌你的大帳，
Tes napes trere, espandre[370] ton mengier[371] ;	Tirer tes nappes et répandre ta nourriture,	扯掉你的桌布，把你的食物散落一地，
15 Ton seneschal[372] vi prendre et ton portier[373] ;	Je vis capturer ton sénéchal et ton portier,	我看到你的總管與門衛被俘，
D'un tref en autre t'en fuioies a pié[374]	d'une tente à l'autre tu t'enfuyais à pied,	你徒步地在一個帳篷又一個的帳篷中，

---

367 *laz*：（n.m. pl.）cordes de tente, amarres（「營繩」）。*laz*（< *lat.* laqueos）此處為第四類無格變化的陽性名詞偏格複數的形式，此類的變格無論是正格或偏格，單數或複數字尾都會有-*s*伴隨出現。現代法文中只剩下古法文 *las/ lacs*的指小詞*lacet*，意即「鞋帶」、「（衣服的）束帶」）仍然被使用。

368 *derompre*：（inf.）rompre, briser, déchirer（「弄斷」、「扯斷」）。

369 *trebuchier*：（inf.）faire chanceler, abattre（「使搖搖欲墜」、「使倒塌」）。

370 *espandre*：（inf.）répandre（「使散落」）。

371 *mengier*：（n.m., inf. substantivé）nourriture, manger（「食物」）。*mengier*此處為原形動詞名詞化的偏格單數形式，所有原形動詞名詞化皆屬於第一類陽性名詞變格。

372 *seneschal*：（n.m.）sénéchal（「總管」）。*seneschal*源自於法蘭克語 *siniskalk*，原意為「年序最長的僕人」（serviteur le plus âgé）、「總管」。*Seneschal*在不同時期職責的內容也有所不同，在墨洛溫王朝時期*seneschal*負責膳食補給，在卡洛林王朝時期，他則負責宮廷內僕役的管理任用，到了卡佩王朝時期，也就是說大約十一世紀與十二世紀間，*seneschal*的權力已經大到可以以君主的名義指揮軍隊和行使審判權，甚至監督國家的行政部門，腓力二世·奧古斯都（Philippe II Auguste）由於忌憚此職位的權力過大，便於西元1191年廢除此職位。

373 *portier*：（n.m.）portier（「門衛」）。

374 *a pié*：à pied（「徒步地」）。這個片語*a pié*在此處要表達的是國王路易一世此時的狼狽狀，國王通常是以騎在馬上威猛的姿態出現在屬下面前。*Pié*源自於拉丁文*pédem*，此處為第一類陽性名詞偏格單數的形式。在《國王路易一世的加冕禮》（*Le Couronnement de Louis*）一書中的第2311至2315行詩已經提及路易國王因為怯懦到處逃竄於帳篷中以及對紀堯姆與貝特朗呼救的情境：*Et Looïs s'en vait fuiant a pié,*（路易徒步逃亡，）/ *De tref en autre se vait par tot mucier ;*（從一個帳篷到另一個帳篷到處躲藏；）/ *A sa voiz crie : « Bertrans, Guillelme, ou iés ?*（他高聲叫喊：「貝特朗、紀堯姆，你們在哪？」）/ *Fils a baron, car me venez aidier.*（大臣之子，前來護駕。）/ *Si Deus m'aït , or en ai grant mestier. »*（但願天主保佑，我需要您的幫助。」）。

古法文原文 VIII	現代法文譯文 VIII	中文譯文 VIII
En la grant presse[375], com chetif[376] lïemier[377].	Dans la grande foule, comme un pauvre chien.	像一隻可憐的獵犬一般在紛紜雜沓的人群中竄逃。
[35a] A haute voiz[378] forment[379] escriiez :	Tu criais à voix très haute :	你高聲使勁地喊著：
"Bertran, Guillelmes, ça venez, si m'aidiez !"	"Bertrand, Guillaume, venez ici, aidez-moi ! "	『貝特朗、紀堯姆，來此救駕！』
20 Lors oi de vos, dans rois[380], molt grant pitié.	Alors, seigneur roi, j'eus grand pitié de vous.	國王陛下，當時我很憐憫你。
La joustai ge a .vii. mile[381] enforciés[382],	Là je combattis contre sept mille guerriers solides,	在那裡我隻身與七千名勇猛戰士奮戰，

---

[375] *presse* :（n.f.）foule où l'on se presse les uns les autres（「擁擠的人群」）。

[376] *chetif* :（adj.）pauvre, malheureux（「可憐的」）。*chetif*源自於塞爾特語*cactos*，原意為「俘虜」（prisonnier, captif），其後轉義為「可憐的」、「不幸的」，此處為第一類形容詞偏格單數的形式。

[377] *lïemier* :（n.m.）limier（「獵犬」）。

[378] *voiz* :（n.f.）voix（「聲音」）。*voiz*源自於拉丁文*vocis*，屬於第四類無格變化的陰性名詞偏格單數的形式。

[379] *forment* :（adv.）fort, fortement（「用力地」、「使勁地」）。副詞 *forment*（< *lat.* forti + mente）由古法文的第二類陰陽性同形的形容詞 *fort*，其後加上後綴詞*-ment* 組成 *forment*。然而當一個詞中包含連續三個子音如*-rtm-*時，位於中間的子音最微弱，是以*-t-*最終消失成為兩個子音*-rm-*的組合。中法文（MF）時期，第二類形容詞變格被第一類變格同化，開始出現如第一類在陰性形容詞變格字尾帶*-e*的形式，是故如現代法文 *fortement*的形式由此出現，之後取代 *for(t)ment*。

[380] *dans rois* :（n.m.）seigneur roi（「國王陛下」）。*dans*源自於拉丁文的*dominus*，意思為「主人」、「大人」、「老爺」，常與頭銜（titre）或人名（nom de personne）配合使用，用以尊稱對方；*dans*與*rois*在此處皆為第一類陽性名詞正格單數的形式。

[381] *.vii. mile* : sept mille（「七千」）。在手稿中大多數的數字是以羅馬數字呈現，然後在數字前後皆加上一點用以告知讀者此處為數字而非文字。至於*mile*「千」，手稿中是以縮寫形式*m*直接寫於*ii*之上，而 cent「百」則以縮寫形式*c*標示，例如後2行的三百，便是以*.ccc.*形式呈現。

[382] *enforciés* :（adj.）vigoureux, forts（「強壯的」、「精力充沛的」）。*Enforciés*為過去分詞當形容詞使用。手稿中的原文為正格複數的形式*enforcié*，然而此處我們期待的是第一類陽性形容詞偏格複數的形式，所以此處跟隨Paul Meyer（1874, 247）與Guy Raunaud de Lage（1970, 182）的建議，將其修改為*enforciés*。

| --- | --- | --- |
Et si conquis[383] a vous[384] de chevaliers	Et je fis prisonniers pour vous	我為您虜獲了超過三百名
Plus de .ccc. as auferranz destriers[385].	Plus de trois cents chevaliers avec leurs destriers rapides.	騎士與他們疾馳如兔的駿馬。
Delez[386] .i. mur[387], vi lor seignor bessié[388] ;	À côté d'un mur, je vis leur seigneur baissé,	在一處牆邊我看見了他們俯著身軀的主上,
25 Bien le connui au bon heaume vergié[389],	Je le reconnus bien à son bon heaume renforcé de bandes,	我從他以金屬條強化過的堅固圓柱形尖頂頭盔

---

[383] *conquis* : je gagnai（「我獲得」、「我贏得」）。*conquis*為動詞*conquerre*直陳式簡單過去時 p1 的形式。

[384] *a vous* : pour vous（「為了您」）。根據Guy Raynaud de Lage（1970, 187）的注解，作者此處特意使用介係詞*a*加上人稱代名詞重音形式*vous*的詞組使得語氣更加強烈，不然原本可以使用人稱代名詞輕音形式位於動詞前面的*et vous conquis*結構形式即可，是故作者想要表達紀堯姆所做的一切都是為了路易國王，正因如此，紀堯姆在這一節中如同前幾章節一樣，又重複交替使用*vous*（您）和*tu*（你），也透露出紀堯姆對主上路易國王的不滿與怨懟。

[385] *destriers* :（n.m. pl.）destriers（「戰馬」、「駿馬」）。*Destrier*一詞源自於古法文的*destre*或*dextre*，後者則源自於拉丁文*dextera*，意思為「右方」，因為服侍騎士的侍從（écuyer）會用左手牽自己的次等坐騎（roncin），當領主沒有騎他的駿馬時，侍從同時會用右手牽領主的駿馬。*Destrier*通常意指「戰馬」或「精力充沛的馬」。*destriers*此處是第一類陽性名詞偏格複數的形式。

[386] *delez* :（prép.）à côté de, près de（「在……旁邊」）。根據Guy Raynaud de Lage（1970, 187）的注解，介係詞*delez*是由由拉丁文的*de*與*latus* 所組成，只可惜這個介係詞(de)lez在現代法文中並未保存下來，目前僅在幾個地名中還依稀看的到lez的痕跡，例如位在法國東北部的城市La Madeleine-les-Lille（拉瑪德萊納‧來‧里爾）或Marquette-lez-Lille（馬凱特‧來‧里爾），這兩個地名中的les/ lez並非定冠詞複數les，而是介係詞lez「在……旁邊」，所以這兩個地名分別的意思是「在里爾旁邊的拉瑪德萊納」（La Madeleine près de Lille）和「在里爾旁邊的馬凱特」（Marquette près de Lille）。

[387] 手稿中的原文為*marbre*，而非*mur*，此處根據*ms. B* 修正之。

[388] *bessié* :（participe passé）baissé, penché（「俯身」、「彎腰」）。

[389] *vergié* :（participe passé）renforcé de bandes（「用金屬條強化的」）。在戰場上騎士們穿上盔甲和頭盔後很難被辨識出來，紀堯姆卻在混亂中單憑敵人頭盔的細節特徵認出敵人，足見紀堯姆的洞察力極強。

古法文原文 VIII	現代法文譯文 VIII	中文譯文 VIII
A l'escharbocle[390] qui luisoit[391] el nasel.	Et à l'escarboucle qui brillait sur le nasal.	與他護鼻上閃閃發光的紅寶石認出了他。
Tel[392] li donai de mon tranchant espié[393]	Je lui donnai un tel coup de ma lance tranchante	我用我的銳利長槍給了他強力一擊，力道之大
Que l'abati sor le col[394] del destrier.	Que je l'abattis sur l'encolure de son destrier.	導致我在他戰馬的頸上將他擊落。
Merci cria, por ce en oi pitié :	Il cria grâce, et pour cela j'en eus pitié :	他大聲求饒，我因此心生憐憫：
30 " Ber, ne m'oci, se tu Guillelmes ies !"	"Baron, ne me tue pas, si tu es Guillaume !"	『大人，別殺我，假如你是紀堯姆的話！』
Menai le vos[395], onc n'i ot delaié[396].	Je te l'amenai sans délai.	我毫無延遲地將他帶來給你。

---

[390] *escharbocle*：（n.f.）escarboucle（「發出紅色光芒的寶石」）。根據 Claude Lachet（1999, 188）雙語對照譯注版的解釋，*escharbocle* 源自於拉丁文的*carbunculum*，意思為「小塊木炭」（petit charbon），是*carbonem*的指小詞（diminutif）。*escharbocle*g是一種帶有如燒紅木炭的光彩奪目的寶石。在《羅蘭之歌》第2632至2635行詩以及第2643至2644行詩中提到，來救援馬爾希留（Marsile）國王的巴比倫的埃米爾（émir de Babylone）巴利貢（Baligant）大軍的船隊在桅杆（mâts）的尾端和船頭（proues）放置此種寶石用以夜間照明。*Escharbocle*也常用於裝飾騎士的尖形頭盔。

[391] *luisoit*：brillait（「閃亮」、「發光」）。*Luisoit*為動詞*luire*直陳式未完成過去時p3的形式。

[392] *Tel*：（adv.）tant（「如此」、「那麼多」）。Guy Raynaud de Lage（1970, 188）認為原文中的*tel* 並沒有名詞可以修飾，有些文法家認為文中省略了名詞*coup*，此處我們可以將*tel*當作副詞使用，表示強度之意，等同於 *tant*。

[393] *espié*：（n.m.）lance, épieu（「長槍」、「矛」）。*espié*此處為第一類陽性名詞偏格單數的形式。

[394] *col*：（n.m.）cou, encolure（「脖子」、「頸項」）。*Col*源自於拉丁文 *collum*，此處為第一類陽性名詞偏格單數的形式，*cos* 為正格單數的形式。

[395] *le vos*：vous le（「把他給你」）。古法文中，當兩個人稱代名詞輕音形式位於動詞前面時，直接受詞位於間接受詞前面，所以此處的人稱代名詞的順位是*le vos*，現代法文的人稱代名詞順序則是*vous le*。

[396] *delaié*：（participe passé）retardé（「耽擱」、「延遲」）。

古法文原文 VIII	現代法文譯文 VIII	中文譯文 VIII
Encore en as de Rome mestre fié[397] ;	De ce fait, tu as encore un maître fief à Rome ;	也因如此,你在羅馬尚有一塊主要領地,
Tu es or riche[398] et ge sui po[399] proisié[400].	Maintenant tu es puissant, alors que moi je suis peu estimé.	現在你位高權重,而我卻是人微權輕。
Tant com servi vos ai tenu le chief[401],	Tant que je vous ai servi, je vous ai protégé,	只要我效忠您的一天,我便會護您周全,
35 N'i ai conquis vaillissant[402] .i. denier[403],	Je n'y ai gagné un denier vaillant,	我並未從中賺取分文,
"Dant[404] muse[405] en cort", m'apelent li Pohier. »[406]	Les Picards m'appellent "Monseigneur le flâneur de la cour". »	皮卡第人給我取了個『宮廷閒散大爺』的綽號。」

---

[397] *mestre fié* : maître fief(「主要領地」、「主要采邑」)。

[398] *riche* :(adj.)puissant(「有權有勢的」、「位高權重的」)。

[399] *po* :(adv.)peu(「少」、「不太」)。

[400] *proisié* :(participe passé)estimé(「受尊重」、「受重視」)。

[401] *vos ai tenu le chief* : je vous ai protégé, je vous ai soutenu(「我保護您」、「我擁護您」、「我扶持您」)。

[402] *vaillissant* :(participe présent)de la valeur de(「等同於……價值的」)。

[403] *denier* :(n.m.)denier(「德尼耶」)。按照Claude Lachet(1999, 189)的解釋,*denier*源自於拉丁文*denarium*,銀製錢幣,一個德尼耶等同於十個阿斯(as)。德尼耶自查里曼統治時期起便成為貨幣制度中的基礎單位。法國古斤里弗爾(livre),約490克左右的銀可以鑄造出約兩百四十枚德尼耶幣,所以一里弗爾(livre)相當於二十個蘇(sou),而一枚蘇又等同於十二枚德尼耶(denier)。銀製的德尼耶幣發行於九至十三世紀中期,為當時的記帳貨幣。現代法文中仍然保留幾個含有*denier*的固定用法,例如*les trente deniers de Judas*「猶大的三十枚德尼耶」(意思是猶大為了三十枚德尼耶背叛耶穌)、*les deniers publics*「公款」、*le denier du culte*「信徒奉獻給教會的捐款」以及*acheter de ses propres deniers*「用自己的錢買」等等。在手稿中,此處的*denier*是以縮寫形式*d.*呈現。

[404] *Dant* :(n.m.)monseigneur, messire(「閣下」、「老爺」)。*Dant*為第一類陽性名詞偏格單數的形式。

[405] *muse* :(n.f.)amusement, perte de temps(「消磨時間」、「消遣」、「遊樂」)。

[406] 手稿中的原文為*Dont nus en cort m'apelast chevalier*(「反倒是因此落得了一個『宮廷騎士』的稱號」)。此處是按照*ms. C*的文本修正之,由於大多數的評論家認為手*ms. A*此處的原文並沒有很有說服力,反倒是*ms. C*此行應該保留了作者原文的意思。*li Pohier*為「皮卡第人」(les Picards)之意。

法文原文 IX	現代法文譯文 IX	中文譯文 IX
1 « Looÿs sire, Guillelmes a respondu,	« Sire Louis, a répondu Guillaume,	紀堯姆繼續答道：「路易陛下，
Tant t'ai servi que le poil[407] ai chanu[408].	Je t'ai servi si longtemps que j'ai les cheveux blancs.	我長久以來效忠於你，久到我的白頭髮都長出來了。
N'i[409] ai conquis vaillissant .i. festu[410],	Je n'y ai gagné un fétu vaillant,	我卻沒有因為效忠於你而賺到一毛錢，
Dont[411] en ta cort en fusse mielz vestu ;	De quoi être mieux vêtu à ta cour ;	好讓我能在你的宮廷裡穿得更為體面；
5 Encor ne sai quel part[412] torne mes huis[413].	Je ne sais pas encore de quel côté tourne ma porte !	我現在都還不知道我家的大門會轉向哪邊呢！

---

[407] *poil*：（n.m.）cheveu（「頭髮」）。*poil*源自於拉丁文*pīlum*，此處為第一類陽性名詞偏格單數的形式，儘管*poil*為單數形式，意義上為複數的集合名詞，現代法文的*poil*普遍意指動物的毛髮。

[408] *chanu*：（adj.）devenu blanc par l'âge（「因為年齡而變白」）。

[409] *i*：（adv.）y（「效忠你這件事」）。此處的*i*並非代替某個名詞，而是上一行動詞*servi*（「效忠」）中包含的概念。

[410] *festu*：（n.m.）fétu（「麥稈」、「稻草稈」）。根據Guy Raynaud de Lage（1970, 191）的注解，古法文常會無分別地使用一些字詞來表示「毫無價值的事物」，例如*bille*（「彈子」）、*clou*（「釘子」）、*goutte*（「水滴」）、*mie*（< *lat. mica*：miette「麵包屑」、「碎片」）、*pas*（「步」）、*point*（「點」）、*fétu*（「麥稈」）等等，搭配否定副詞*ne*一起連用同時表達否定之意。現代法文只保留*ne... pas*與*ne... point*兩個組合最常使用，但是*pas*與*point*原本具體的名詞意義已經消失。

[411] 原文為*Ne*，此處根據*ms. B*修正之。

[412] *quel part*：de quel côté（「哪邊」）。*part*源自於拉丁文*partem*，此處為第二類陰性名詞偏格單數的形式。疑問形容詞（adjectif interrogatif）*quel*（< *lat.* qualem）屬於第二類陰陽性同形態的形容詞（adjectifs épicènes），所以此處並沒有因為修飾的名詞為陰性而有形態上的變化。根據Guy Raynaud de Lage（1970, 192）的注解，古法文中表示方向的補語常常沒有搭配介係詞一起使用，所以此處的*quel part*之前並未出現介係詞。現代法文中這個無介係詞所組成的語法結構仍保留在含有*part*的幾個副詞片語中，例如*aller quelque part*（「去某處」）、*aller nulle part*（「無處可去」）。

[413] *mes huis*：（n.m.）ma porte（「我的門」）。原文為*mon huis*，然而我們此處期待的是主有詞第一人稱單數陽性正格的輕音形式*mes*，是故依照*ms. B*修正之。*Huis*屬於第四類無格變化的陽性名詞，此處為正格單數形式。此行詩紀堯姆想要表達的是他對路易國王忠心不二，到頭來卻連個房子都沒有。

法文原文 IX	現代法文譯文 IX	中文譯文 IX
Looÿs sire, qu'est vo sens[414] devenuz ?	Sire Louis, qu'est devenu votre esprit ?	路易陛下，您的理智去哪了？
L'en soloit[415] dire que g'estoie voz druz[416].	On avait coutume de dire que j'étais votre intime.	人們習於說我是您的親信，
Et chevauchoie les bons chevaus crenuz[417],	Je chevauchais les bons chevaux à la longue crinière,	我一直騎著長鬃毛的駿馬，
Et vos servoie par chans[418] et par paluz[419].	Je vous servais par les champs et les marais.	在田野與泥沼各處我都一直侍奉著您，
10 Maldahé[420] ait qui onques mielz en fu,	Jamais personne ne s'en trouva mieux,	然而卻從沒有人因為侍奉您而得到過好處，
Ne qui .i. clo[421] en ot en son escu	Et n'obtint un clou dans son bouclier	更沒有人在他的盾牌裡得到過一根釘子，
Se d'autrui lance ne fu par mal feru !	À moins d'avoir reçu un mauvais coup d'une lance ennemie !	除了得到敵軍長槍的攻擊之外。

---

[414] *sens*：（n.m.）raison, bon sens（「理智」、「通情達理」）。*Sens*和*huis*一樣皆屬於第四類無格變化的陽性名詞。

[415] *soloit*：avait l'habitude de, avait coutume de（「習慣於」）。*soloit*為動詞*soloir*直陳式未完成過去時p3的形式。

[416] *druz*：（n.m.）ami de confiance, ami intime, favori（「親信」、「心腹」、「寵臣」）。*Druz*源自於高盧語（gaulois）的*druto，可以是形容詞也可以是名詞，當形容詞使用時，意思為「忠誠的」、「強的」、「勇猛的」；當名詞使用時，意思則是「朋友」、「親信」、「情人」。

[417] *crenuz*：（adj.）à longs crins（「長鬃毛的」）。

[418] *chans*：（n.m. pl.）champs（「田野」、「鄉村」）。*chans*源自於拉丁文*campos*，此處為第一類陽性名詞偏格複數的形式。

[419] *paluz*：（n.m. pl.）marais（「沼澤」、「沼澤地帶」）。*paluz*源自於拉丁文*paludes*，此處為第一類陽性名詞偏格複數的形式。詞組*par chans et par paluz*意思是「在所有場所」，也就是「各處」之意。

[420] *Maldahé*：（n.m.）malheur, malédiction（「不幸」、「詛咒」）。*Maldahé ait qui*為詛咒時所使用的慣用詞組，和第五章第36行的*dahé ait qui*皆是「……都該死」、「沒有任何人……」（maudit soit., nul…ne）的意思，只是在*dahé*前加上*mal*，用以加強語氣。

[421] *clo*：（n.m.）clou（「釘子」）。*Clo*源自於拉丁文*clavum*，此處為第一類陽性名詞偏格單數的形式。

法文原文 IX	現代法文譯文 IX	中文譯文 IX
Plus de .xx. mile[422] ai tué de faus[423] Turs ;	J'ai tué plus de vingt mille perfides Turcs ;	我殺了兩萬以上背信棄義的土耳其人，
Mes, par celui qui maint[424] el ciel lasus[425],	Mais, par Celui qui demeure là-haut dans le ciel,	但是，我對在天上的主起誓，
15 Ge tornerai le vermeil de l'escu[426].	Je me retournerai contre mon suzerain !	我要轉變陣營反對我的主君，
Fere porroiz que n'ere mes vo dru !»	Vous pourrez faire en sorte que je ne sois plus votre intime ! »	您可以繼續努力做一些事情好讓我不再是您的親信！」

---

[422] 手稿中的 *mile*「千」，是以縮寫形式 *m* 直接寫於 *.xx.* 之上。

[423] *faus*：（adj.）perfides, infidèles（「背信棄義的」、「不信基督教的」）。此處的 *faus* 源自於拉丁文 *falsus* 的賓格複數形式 *falsos*，屬於第一類形容詞陽性偏格複數形式。

[424] *maint*：demeure, reste, habite（「住」、「在」）。*maint* 為動詞 *manoir* 直陳式現在時 p3 的形式。

[425] *lasus*：（adv.）là-haut（「在天上」）。

[426] *Ge tornerai le vermeil de l'escu*：je me retournerai contre mon suzerain（「我要反對我的主君」）。根據 John Fox（1955, 315-317）的解釋，片語 *tourner le vermeil de l'escu* 的意思是「反對某人」（être hostile à quelqu'un）、「起而反對某位需要對他克盡義務的人」（se retourner contre quelqu'un envers qui on a eu des obligations）。第16行詩的手稿原文為 *Fere porroi et que n'en mes vo dru*，此處根據 *ms. A2* 更正之。

古法文原文 X	現代法文譯文 X	中文譯文 X
1 « **D**ex, dit Guillelmes, qu'issis[427] de Verge[428] gente[429],	« Dieu, dit Guillaume, toi qui naquis de la douce Vierge,	紀堯姆說道:「天主耶穌,你是溫柔慈悲的聖母所生,
Por c'[430] ai ocis tante[431] bele jovente[432],	Pourquoi ai-je tué tant de beaux jeunes gens,	為何我要殺戮那麼多的帥氣年輕小夥子?
Ne por qu'ai fet tante mere dolante[433],	Et pourquoi ai-je rendu tant de mères affligées,	我又為何要讓那麼多的母親悲痛心碎?

---

[427] *issis*:naquis, sortis(「出生」、「出自」)。*issis*為動詞*issir*(< *lat.* exire)直陳式簡單過去時p2的形式。

[428] *Verge*:(n.f.) Vierge(「聖母瑪利亞」)。*Verge*源自於拉丁文*virginem*,此處為第一類陰性名詞偏格單數的形式。

[429] *gente*:(adj.) douce, noble(「溫柔的」、「高貴莊嚴的」)。*gente*(< *lat.* genitam)為第一類陰性形容詞偏格單數的形式。

[430] *Por c'*:pourquoi(「為什麼」)。此處原本位在介係詞*por*之後表示疑問的代名詞*c'*(= que)應該是要使用重音的形式(forme tonique)*quoi* 或是*coi*,但是有時也會遇到輕音形式 *que*,此處的*c'*是因為後面後面的詞*ai*是母音開頭,所以省略(élision)為*c'*或是如下一行*qu'*的形式。

[431] *tante*:(adj.) un si grand nombre de, si nombreuse(「如此多的」)。*tante*源自於拉丁文 *tantam*,形式上為單數,但意義上為複數的形容詞,修飾名詞*jovente*。

[432] *jovente*:(n.f.) jeunes gens, jeunesse(「年輕人」、「青年」)。*jovente*為第一類陰性名詞偏格單數的形式。

[433] *dolante*:(adj.) malheureuse, affligée(「難過的」、「悲傷的」)。*Dolante*現代分詞,原本屬於第二類陰陽性同形態的形容詞(adjectifs épicènes),然而此類現代分詞很早就被第一類形容詞影響,依照第一類形容詞*bon*(< *lat.* bonus),*bonne*(< *lat.* bona)變格法重新創造陰性形容詞有詞尾 *-e*的變格形式 *dolante*(< *lat.* *dolentam)。

古法文原文 X	現代法文譯文 X	中文譯文 X
Dont li pechié[434] me sont remés[435] el ventre[436] ?	Péché qui est resté dans mon cœur ?	這些罪一直都保留在我的內心深處。
5 Tant ai servi cest mauvés roi de France,	J'ai servi si longtemps ce mauvais roi de France,	我長久以來一直效忠於這位無道的法蘭西國王，
[35b] N'i ai[437] conquis vaillant un fer de lance[438].»	Et je n'y ai gagné la valeur d'un fer de lance.»	我在效忠他的過程中連等同於一個長槍頭價值的報酬都沒有得到過。」

---

[434] *pechié*：（n.m. pl.）péchés, fautes（「罪孽」、「過錯」）。*pechié*源自於拉丁文*peccati*，此處為第一類陽性名詞正格複數的形式。

[435] *remés*：（participe passé）restés, demeurés（「留在」、「存在」）。*remés*為動詞*remanoir*過去分詞陽性複數的形式。

[436] *el ventre*：dans le cœur, au plus profond de lui-même（「在內心深處」）。*el*為介係詞*en*與定冠詞*le*結合而成的省略形式。*Ventre*（< *lat.* ventrem）此處為第二類陽性名詞偏格單數的形式，此類的名詞變格法在正格單數時沒有詞尾 -s，因為正格單數*ventre*在拉丁文相對應的主格形式（nominatif）*venter*中便沒有詞尾 -s。此外，*ventre*意思為「腹部」、「肚子」，在中世紀時期，人們認為心臟位於腹部之中，而非在胸腔中，所以*ventre*「腹部」可以意指「勇氣」、「精力」，在現代法文中*ventre*表示「勇氣」的詞意仍被保留在通俗片語（locution familière）*avoir du cœur au ventre* 中，意思是「有勇氣」（avoir du courage）。

[437] 手稿中的原文為*N'i a*，根據*ms. A2*修正之。

[438] *fer de lance*：（n.m.）fer de lance（「長槍尖頭」、「矛頭」）。

古法文原文 XI	現代法文譯文 XI	中文譯文 XI
1 « **S**ire Guillelmes, dit Looÿs le ber,	« Seigneur Guillaume, dit Louis le vaillant,	英勇的路易說道：「紀堯姆愛卿，
Por cel apostre[439] qu'en quiert[440] en Noiron pré[441],	Par l'apôtre qu'on implore dans le parc de Néron,	朕以人們都對之祈禱的那名位於尼祿花園的使徒之名起誓，
Encor ai ge .lx. de vos pers[442]	J'ai encore soixante de vos pairs	朕還有六十位和你一樣等級的重臣，
A qui ge n'ai ne promis ne doné. »	à qui je n'ai pas fait promesse ni don. »	朕都還沒有應允和封賞他們什麼。
5 Et dit Guillelmes : « Dan rois, vos i mentez.	Et Guillaume dit : « Siegneur roi, vous mentez en cela.	紀堯姆說道：「國王陛下，您在說謊。
Il ne sont mie en la crestïenté	Je n'ai pas de pair dans le pays chrétien,	在基督教世界裡我還沒有遇到和我一樣等級的人，
N'i a fors vos qui estes coroné.	Il n'y a que vous qui êtes couronné,	除了已經加冕即位的您以外，

---

[439] *apostre*：（n.m.）apôtre（「使徒」）。*apostre*源自於拉丁文*apóstolum*，而後者則是向古希臘文*apóstolos*借入的詞彙，在古希臘文的原意為「使者」（envoyé）、「信使」（messager），此處為第一類陽性名詞偏格單數的形式。拉丁文中*apóstolum*的流音（liquide）[l]在古法文被舌尖牙槽音（apico-alvéolaire）[r]所取代，之後十七世紀起[r]演變為舌背軟顎音（dorso-vélaire）[R]，這種用[r]代替另一個子音的語音現象稱為rhotacisme，在拉丁文中十分常見。然而，含有詞源[l]的拼寫法*apostle*，意思為「使徒」的形式在《羅蘭之歌》文中仍被保留下來。現代法文與「使徒」詞意相關的詞彙中仍然保留著詞源中的子音[l]：*apostolat*（「使徒的職務或使命」、「傳教」）、*apostolicité*（「與使徒教義的一致」）、*apostolique*（「來自使徒的」、「來自教廷的」）。此處的使徒指的是聖彼得（saint Pierre）。

[440] *quiert*：implore, invoque la protection（「祈求保佑」、「祈禱」）。*quiert*為動詞*querre*直陳式現在時p3的形式。

[441] *Noiron pré*：parc de Néron（「尼祿花園」）。*Noiron pré*「尼祿花園」這個沒有介係詞的名詞詞組（groupe nominal）通常的詞序應該是如第七章第36行（*pré Noiron*）將名詞補語*Noiron*位在*pré*之前，然而我們在第九章第12行也有出現過限定詞（déterminant）位在被限定詞（déterminé）前*d'autrui lance*（= lance d'autrui）的詞序。現代法文中還保留著少數名詞補語位於名詞前的古代詞組，例如*Dieu merci*（= miséricorde de Dieu「上帝垂憐」、「謝天謝地」）。

[442] *pers*：（n.m. pl.）pairs, égaux（「身分地位相同的人」、「同等級的人」）。

古法文原文 XI	現代法文譯文 XI	中文譯文 XI
Par desus vos ne m'en quier[443] ja vanter.	Je ne cherche pas à me vanter à vos dépens.	我並非想要吹噓自己貶低您，
Or prenez cels que vos avez nomez.	À présent prenez ceux que vous avez nommés,	現在您去把那些您指定的人挑選出來，
10 Tot .i. a .i. les menez en cel pré	Conduisez-les l'un après l'autre dans ce pré,	把他們一個一個帶到這個草地上，
Sor les chevaus garniz[444] et conraez ;	Sur les chevaux armés et équipés,	披甲執兵，全副武裝地騎在馬上，
Se tant et plus ne vos ai devïez[445]	Si je ne vous ai pas tué tant et plus,	倘若我沒有殺掉您選中的全部將領和其他更多的將士的話，
Ja mar avrai riens de tes heritez[446],	Que je ne possède jamais rien de vos biens,	但願我永遠得不到您的任何封賞。
Et vos meïsmes, se aler i volez.»	Et je lutterai contre vous-même, si vous voulez y aller. »	假如您想要上場的話， 我也願與您對戰一回。」

XI ～ XX

---

[443] *quier* : desire, veux（「想要」、「希望」）。*quier*為動詞*querre*直陳式現在時p1的形式。

[444] *garniz*：（participe passé）équipés（「全副武裝的」）。

[445] *devïez*：（participe passé）tués（「殺掉」）。*devïez* 為動詞*devïer*的過去分詞形式；*devïer*源自於拉丁文*devitare，意即「奪取性命」、「殺掉」。

[446] *heritez*：（n.f. pl.）possessions, héritages, propriétés（「產業」、「財產」）。*heritez*此處為第二類陰性名詞偏格複數的形式。

古法文原文 XI	現代法文譯文 XI	中文譯文 XI
15 Ot le li rois, s'est vers lui enclinez[447] ; Au redrecier[448] l'en a aresonné[449].	Le roi l'entend, il s'est incliné devant lui, En se redressant, il lui a adressé la parole.	國王聽完，向紀堯姆深深地鞠了一躬， 當他重新豎直身子時，便開口和紀堯姆說話。

---

[447] *s'est enclinez* : s'est incliné（「鞠躬」、「彎腰」）。根據Guy Raynaud de Lage（1970, 199）的注解，自反代動詞*soi incliner*在古法文中並不常使用，但是這個動詞表示上半身的傾斜，幾乎是對大人物的行禮致敬。路易國王對紀堯姆鞠躬這個舉動表現出路易國王的妥協行為，也就等於承認了紀堯姆無人可及的地位，和他之前說有六十位和紀堯姆一樣的重臣不符。

[448] *redrecier* :（inf. substantivé）le geste de se redresser（「重新挺直身子的動作」）。*Redrecier*此處的原形動詞擔任名詞的功能，由於所有的原形動詞名詞化變格皆屬於第一類陽性名詞變格中，所以此處的*redrecier*為第一類陽性名詞偏格單數的形式。

[449] *aresonné* :（participe passé）adressé la parole à（「對……說話」）。

古法文原文 XII	現代法文譯文 XII	中文譯文 XII
1 « Sire Guillelmes, dit Looÿs li frans[450], Or voi ge bien, plains es de mautalant[451]. —— Voir[452], dit Guillelmes, si furent mi parent[453]. Ensi vet d'ome qui sert a male gent :	« Seigneur Guillaume, dit Louis le noble, À présent je le vois bien, tu es plein de colère. —— C'est vrai, dit Guillaume, mes parents furent tels. Il en va ainsi quand on sert de mauvaises gens :	高貴的路易說道：「紀堯姆愛卿， 現在朕看得出來你充滿怒氣。」 紀堯姆說道：「的確，我的性格和我的父母一樣。 當我們侍奉到壞人時，事情就是這樣發展的：
5 Quant il plus fet, n'i gaaigne neant, Einçois en vet tot adés[454] enpirant[455]. »	Plus on fait, moins on y gagne, Mais les choses ne cessent d'empirer. »	我們做得越多，得到得越少， 而且事態不斷每況愈下。」

---

[450] *frans* :（adj.）noble（「高貴的」）。*Frans*此處為第一類陽性形容詞偏格單數的形式。

[451] *mautalant* :（n.m.）colère, irritation, dépit（「憤怒」、「生氣」）。

[452] *Voir* :（adv.）vraiment, c'est vrai（「的確」、「確實」）。

[453] *parent* :（n.m. pl.）parents（「雙親」、「父母」）。*parent*此處為第一類陽性名詞正格複數的形式。

[454] *adés* :（adv.）sans cesse, toujours（「不停地」、「一直」）。

[455] *vet enpirant* : cela va en empirant（「事態將會越來越糟糕」）。aler + V-ant是一個在古法文中很常見的詞組，尤其在史詩中的應用最為普遍，通常表達的是動作的持續（valeur durative）或動作正在進行（valeur progressive）的迂迴形式。*vet*為非人稱動詞*aler*的直陳式現在時p3的形式，*enpirant*則是動詞*enpirer*的副動詞（gérondif）形式，位在*vet*之後，沒有伴隨介係詞*en*。

古法文原文 XIII	現代法文譯文 XIII	中文譯文 XIII
1 « **S**ire Guillelmes, dit Looÿs li prouz, / Or voi ge bien, mautalent avez molt. / —— Voir, dit Guillelmes, s'orent mi ancessor[456]. / Einsi vet d'ome qui sert mauvés seignor :	« Seigneur Guillaume, dit Louis le preux, / À présent je le vois bien, vous êtes très en colère. / —— C'est vrai, dit Guillaume, comme mes ancêtres. / Il en va ainsi quand on sert un mauvais seigneur :	英勇的路易說道：「紀堯姆愛卿，/ 現在朕看得出來您十分憤怒。」/ 紀堯姆說道：「的確如此，我的性格就如同我的先祖一般。/ 當我們侍奉到昏庸的主子時事情就是這樣發展的：
5 Quant plus l'alieve[457], si i gaaigne pou. / —— Sire Guillelmes, Looÿs li respont, / Gardé m'avez et servi par amor / Plus que nus hom[458] qui soit dedenz ma cort. / Venez avant, ge vos dorrai beau don :	Quand on l'élève en dignité, on n'y gagne que peu. / —— Seigneur Guillaume, lui répond Louis, / Vous m'avez protégé et servi avec affection / Plus que personne qui soit à ma cour. / Avancez, je vous donnerai un beau don :	當我們將他扶植到高位時，我們卻只獲得甚少的報酬。」/ 路易答道：「紀堯姆愛卿，/ 您一直比我宮中的任何人都 / 更真摯地守護著朕和效忠於朕，/ 上前聽封，朕將賜給愛卿您一個絕佳封賞：

---

[456] *ancessor*：（n.m. pl.）ancêtres（「祖先」、「先輩」）。*ancessor*源自於拉丁文*antecessóri* 此處為第三類陽性名詞正格複數的形式。*Ancessor*的正格單數的形式為*ancestre*（＜ lat. antecéssor），通常現代法文保存下來的是偏格單數與複數的變格形式，此詞是少數法文詞彙中棄偏格形式而僅保留正格單數形式。

[457] *alieve*：élève en dignité（「扶植……到高位」）。*alieve*為動詞*alever*直陳式現在時p3的形式。

[458] *nus hom*：nul homme, personne（「任何人」）。*hom*此處為第三類陽性名詞正格單數的形式，不定形容詞*nus*則是屬於第一類陽性形容詞正格單數的形式。

古法文原文 XIII	現代法文譯文 XIII	中文譯文 XIII
10 Pernez[459] la terre au preu conte Foucon[460] ;	Prenez la terre du vaillant comte Foucon ;	愛卿您就接管英勇的傅恭伯爵之領地吧,
Serviront toi[461] .iii. mile[462] compaignon[463].	Trois mille compagnons vous serviront.	三千名同袍將會聽您的號令。」
—— Non ferai, sire, Guillelmes li respont.	—— Non, sire, lui répond Guillame.	紀堯姆答道:「陛下,我拒絕這個封賞,
Del gentill conte .ii. enfanz[464] remés sont	Le noble comte a laissé deux enfants	這位高貴的伯爵留下了兩個孩兒,
Qui bien la terre maintenir[465] en porront.	Qui pourront gouverner la terre convenablement.	他們未來可以順理成章地統治這塊領地。
15 Autre me done, que de cestui[466] n'ai soing[467]. »	Donne m'en une autre, car je ne me soucie pas de celle-ci.»	賜與我另一塊領地吧,因為我並不想打這塊領地的主意。」

[459] *Pernez*:prenez(「拿」)。*Pernez*為*prenez*將子音r與母音e位置前後變換後的形式,這種r子音變位現象(métathèse)在法國東北部地區非常普遍。

[460] *Foucon*:Foucon(「傅恭」)。*Foucon*為*Fouque*的偏格形式。

[461] *Serviront toi*:te serviront(「聽你指揮」、「聽你號令」)。在古法文中,當第一人稱與第二人稱代名詞單數位於動詞之後時,通常會使用重音形式 *moi*、*toi*,而非輕音形式 *me*、*te*。此處根據原本本應該翻譯為「你」(te),而非「您」(vous),然而根據前文路易國王一直對紀堯姆使用「您」的稱謂,所以現代法文譯文此處統一使用「您」(vous)翻譯之。

[462] 手稿中的*mile*「千」,是以縮寫形式m直接寫於 .iii.之上。

[463] *compaignon*:(n.m. pl.)compagnons(「同袍」、「同伴」)。*compaignon*此處為第三類陽性名詞正格複數的形式。

[464] *enfanz*:(n.m. pl.)enfants(「兒童」、「小孩」)。*Enfanz* 此處為第三類陽性名詞偏格複數的形式。

[465] *maintenir*:(inf.)gouverner(「統治」、「治理」)。*Maintenir*是由拉丁文的manu(= main)與tenere(= tenir)所組成的複合詞,意思是「掌握在手中」(tenir en main),所以此處的意思偏向於「統理」(gouverner)。在古法文中,通常在附屬子句中動詞的直接受詞會位於動詞之後,此處*maintenir*的直接受詞*la terre*卻位於動詞之前。

[466] *cestui*:(pron. démonstratif)celle-ci(「這塊領土」)。*Cestui*為指示代名詞陽性重音形式(forme tonique),等同於現代法文的*celui-ci*,然而我們原本期待的是陰性重音形式*cesti*(= FM celle-ci),因為代換的是陰性名詞*terre*,此處雖然有文法錯誤,本版本仍保留手稿原文,不做更正。

[467] *N'ai soing de*:je ne me soucie pas de(「我不打……的主意」、「我不動……的腦筋」)。*soing*可能源自於日耳曼語 *sunni,意思為「憂慮」、「關心」(souci),但是這個詞源

古法文原文 XIV	現代法文譯文 XIV	中文譯文 XIV
1 « Sire Guillelmes, dit li rois Looÿs,	« Seigneur Guillaume, dit le roi Louis,	路易國王說道:「紀堯姆愛卿,
Quant ceste terre ne volez retenir	Puisque vous ne voulez pas prendre cette terre,	既然您不願意接收這塊領地,
[35c] Ne as enfanz ne la volez tolir[468],	Ni l'enlever aux enfants,	也不願意奪走他孩子的領地繼承權,
Pernez la terre au Borgoing[469] Auberi[470]	Prenez la terre du Bouguignon Auberi,	那就收下勃艮第人奧白里的領地吧,
5 Et sa marrastre[471] Hermensant de Tori,	Et épousez sa belle-mère Hermensant de Tori,	然後再將他的繼母多利的嬡爾夢頌娶進門好了,
La meillor[472] feme qui onc beüst[473] de vin[474] ;	La meilleure femme qui ait jamais bu de vin ;	她可是喝過葡萄酒、見多識廣、舉世無雙的女人,

---

的假設在語音和語義的演變上可能會產生一點問題,所以出現了第二種假設,這個假設則是soing源自於拉丁文的動詞somniare,這個詞源衍生出現代法文的動詞songer(意即「做夢」、「有……念頭」)與soigner(意即「照料」、「細心注意」)。

[468] tolir:(inf.) ôter, enlever(「奪走」、「拿走」)。

[469] Borgoing:(n.m.) Bourguignon(「勃艮第人」)。手稿的原文為 Borgong,此處根據ms. A2 更正之。

[470] Auberi:Auberi(「奧白里」)。Auberi這個專有名詞源自於日耳曼語的Alberic,此處為偏格的形式。

[471] marrastre:(n.f.) belle-mère(「繼母」、「後母」)。Marrastre源自於口語拉丁文(latin parlé)*matrástra,此詞取代了古典拉丁文(latin classique)的同義詞noverca。Marrastre在此處並沒有貶意,但是在古法文中的其他文本中常帶有「壞繼母」的意思。

[472] meillor:(adj.) meilleure(「比較好的」)。Meillor屬於第三類形容詞變格,此類的變格法大多源自於拉丁文中的綜合比較級,此類變格的特色是不論陰陽性,形態都相同無差異(formes épicènes)。還有正格單數(mieudre)和其他的三格(mellor, mellors)會有一個音節之差別(imparisyllabiques)。此處的meillor為陰性偏格單數的形式,與定冠詞la連用表示最高級之意。

[473] beüst:bût(「喝」)。Beüst(< lat. *bebuisset)為動詞boivre的虛擬式未完成過去時(subjonctif imparfait)p3的形式。

[474] La meillor feme qui onc beüst de vin:la meilleure femme qui ait jamais bu de vin(「曾喝過葡萄酒、舉世無雙的女人」)。這個「曾喝過葡萄酒」慣用語表達出此人的行為活動,此外,「喝葡萄酒」在中世紀文明中也意味著此人出生貴族,見多識廣,所以此句可以等同於「見多識廣、舉世無雙的女人」。

古法文原文 XIV	現代法文譯文 XIV	中文譯文 XIV
Serviront toi [475].iii. mille fervesti[476].	Trois mille soldats vêtus de fer vous serviront.	三千鐵甲士兵將聽令於您。」
—— Non ferai, sire, Guillelmes respondi.	—— Non, sire, répondit Guillaume,	紀堯姆答道：「我拒絕這個封賞，陛下，
Del gentill conte si est remés .i. fill[477] ;	Le noble comte a laissé un fils,	這位高貴的伯爵留下了一個兒子，
10 Roberz[478] a nom, mes molt par est petiz,	Il se nomme Robert, mais il est tout petit,	名叫羅貝爾，他年紀尚小，
Encor ne set ne chaucier[479] ne vestir[480].	Il ne sait pas encore se chausser ni se vêtir.	他還不懂得穿衣穿鞋，
Se Dex ce done qu'il soit granz et forniz[481],	Si Dieu lui accorde de devenir grand et solide,	倘若天主願意讓他長大成人，身體健壯，
Tote la terre porra bien maintenir. »	Il pourra gouverner comme il faut toute la terre. »	他便可以順理成章地統領整個領地。」

---

[475] *Serviront toi*：te serviront（「聽你指揮」、「聽你號令」）。如同前一章第11行一般，路易國王在對紀堯姆使用禮貌稱謂*vous*「您」後，卻在他說話的最後一句使用*tu*「你」。此處現代法文譯文為了統一稱謂，將此處的*toi*翻譯為*vous*「您」。

[476] *fervesti*：（adj. substantivé）soldats vêtis de fer（「鐵甲兵士」）。*Fervesti*此詞為形容詞名詞化的形式，由名詞*fer*與*vestir*的過去分詞*vesti*所組成，此處為第一類陽性名詞正格複數的變格形式。

[477] *fill*：（n.m.）fils（「兒子」）。*fill*此處為第一類陽性名詞偏格單數的形式。

[478] *Roberz*：Robert（「羅貝爾」）。*Roberz*此名字源自於日耳曼語 *Hrodberht，後者是由hrōd-（意即「勝利」、「名聲」）與-berht（意即「閃耀的」、「輝煌的」）所組成，之後引進至拉丁文變為*Robertus*。*Roberz*此處為正格之變格形式，因其源自於拉丁文的*Robértus*，由於位於非重音節的尾母音*u*在第七至第八世紀時便消失不再發音，這時子音-*t*與尾子音-*s*相遇，*ts*在法蘭西島方言中的拼寫法為-*z*。

[479] *chaucier*：（inf.）se chausser（「穿鞋」）。

[480] *vestir*：（inf.）se vêtir（「穿衣服」）。

[481] *forniz*：（adj.）robuste, bien bâti（「強壯的」、「結實的」）。*Forniz*為動詞*fornir*的過去分詞形式，此處為過去分詞當形容詞使用。根據Guy Raynaud de Lage（1970, 208）的注解，動詞 *fornir*源自於日耳曼語的*frumjan，意思為「完成」（accomplir）、「執行」（exécuter），當此詞進入到法文時，一開始歷經子音*r*的位置換至母音*u*之後，變為*furmjan*，之後鼻子音*n*取代了*m*，成為法文的形式。

古法文原文 XV	現代法文譯文 XV	中文譯文 XV
1 « Sire Guillelmes, dit Looÿs le fier[482],	« Seigneur Guillaume, dit Louis le fier,	唯我獨尊的路易說道:「紀堯姆愛卿,
Quant cel enfant ne veus desheritier[483],	Puisque tu ne veux pas dépouiller cet enfant,	既然你不願剝奪這孩子的領土繼承權,
Pren dont la terre au marchis Berengier[484].	Prends donc la terre du marquis Béranger.	那麼就接收貝朗杰侯爵的領地吧。
Morz est li cuens, si prenez sa moillier ;	Le comte est mort, épouse sa femme ;	伯爵現已逝去,你就迎娶他的妻子吧;
5 Serviront toi .ii. mile chevalier	Deux mille chevaliers te serviront,	兩千名身著閃閃發亮的武裝以及胯下騎著疾行戰馬
A cleres[485] armes et as coranz[486] destriers ;	Aux armes brillantes et aux destriers rapides ;	的騎兵將聽你的號令。
Del tuen[487] n'avront vaillissant .i. denier. »	Ils n'auront pas un denier vaillant de ton bien. »	他們不會從你的財產中拿取分文。」
Ot le Guillelmes, le sens cuide changier[488] ;	Guillaume l'entend, il pense perdre la raison ;	紀堯姆聽罷,差點失去理智;
A sa voiz clere commença a huichier[489] :	De sa voix claire, il commença à crier :	隨即開始以清晰的聲音大聲說話:

[482] *fier*:(adj.)fier(「驕傲自大的」、「妄自尊大的」)。

[483] *desheritier*:(inf.)déshériter, dépouiller(「剝奪(某人的)繼承權」)。

[484] *Berengier*:Béranger(「貝朗杰」)。*Berengier* 此處為偏格形式。根據Guy Raynaud de Lage(1970, 211)的注解,*Berengier*這個男子的名字源自於日耳曼語的*Beringer。然而根據Chantal Tanet et Tristan Hordé(2006, 73-74)合著的人名辭典中解釋,*Bérenger*或*Béranger*這個名字源自於日耳曼語 *Beringari*,後者是由ber-(意即「熊」)與-gari(意即「長槍」)所組成,這個名字在中世紀時非常流行,但是自從十六世紀開始漸漸被放棄不再使用,只剩下相對應的女性名字*Bérengère*或*Bérangère*只在某些有限的場合下還是被保存下來。

[485] *cleres*:(adj. pl.)brillantes(「發光的」、「閃亮的」)。

[486] *coranz*:(adj.)vif, rapide(「精力充沛的」、「疾行的」)。

[487] *Del tuen*:de ton bien(「從你的財產」)。

[488] *Changier le sens*:perdre la raison(「失去理智」)。

[489] *huichier*:(inf.)crier(「大聲喊叫」)。

古法文原文 XV	現代法文譯文 XV	中文譯文 XV
10 « Entendez moi, nobile[490] chevalier,	« Écoutez-moi, nobles chevaliers,	「聽我說，高貴的騎士們，
De Looÿs, mon seignor droiturier[491],	Voilà comment celui qui le sert volontiers,	這就是心甘情願效忠我的正統君上——路易的人
Comme est gariz[492] qui le sert volantiers[493].	est récompensé par Louis, mon légitime seigneur.	所得到的代價。
Or vos dirai del marchis Berengier :	Je vais vous parler du marquis Béranger :	我來和你們談談這位貝朗杰侯爵吧：
Ja fu il nez[494] enz el val[495] de Riviers[496] ;	Il était né dans le val de Riviers ;	貝朗杰侯爵生於赫維耶山谷，
15 Un conte ocist dont ne se pot paier[497] ;	Il tua un comte, meurtre dont il ne put s'acquitter par composition ;	他殺了一位伯爵，但是無法透過給予金錢的方式達成和解，

---

[490] *nobile* : (adj. pl.) nobles (「高貴的」、「莊嚴的」)。*Nobile*（< *lat.* *nóbili）此處是正格複數的形式。*nobile*此處的拼寫法反映出拉丁文中*nóbili 倒數的第二個非重音音節-*bi*-中的母音[i]被保留下來，而現代法文則將此音節的母音刪除演變為*noble*，但是母音[i]仍然在現代法文中的*nobiliaire*（意即「貴族的」、「貴族譜」）一詞中被保留下來。

[491] *droiturier* : (adj.) légitime (「合法的」、「正統的」)。*Droiturier*此處是陽性偏格單數的變格形式。

[492] (*est*) *gariz* : (participe passé) récompensé (「（被）獎勵、報酬」)。*gariz*此處是動詞*garir*（< *francq.* *warjan）的過去分詞形式。

[493] *volantiers* : (adv.) volontiers (「心甘情願地」、「自願地」)。

[494] *nez* : (participe passé) né (「出生」)。*Nez*為動詞*nasitre*的過去分詞正格單數的形式。

[495] *enz el val* : dans le val (「在山谷中」)。在古法文中時常將表示地點的副詞*enz*（< *lat.* intus）與介係詞*en*（< *lat.* in）連用。*El*是介係詞*en*與定冠詞*le*的省略形式。*Val*（< *lat.* vallem）此處為第一類陽性名詞偏格單數的形式，*vaus*則是正格單數的形式。

[496] *Riviers* :（「赫維耶」）。根據Duncan McMillan（1978, 169）與Joseph Louis Perrier（1982, 75）的校注版中的專有名詞索引解釋，*Riviers*是荷蘭的一個省份名。

[497] *Soi paier* : s'acquitter de la composition (「以支付一筆金額來償還犯下的罪行」)。根據Guy Raynaud de Lage（1970, 212）的注解，*paier*（< *lat.* pacare）這個動詞源自於拉丁文的名詞 *pax*，*pacis*，意即「和睦」、「和平」（paix），而動詞*payer/ paier*原本意指「講和」（faire sa paix）、「滿足某人需求」（satisfaire quelqu'un），正是由此詞義讓*payer/ paier*的詞義轉變為「還清欠債主的債務」。此處的*dont ne se pot paier* 應該理解為貝朗杰因為殺了那位伯爵，但無法和受害者家族達成以賠償金的方式和解（composition），在中世紀時期日耳曼的

古法文原文 XV	現代法文譯文 XV	中文譯文 XV
A Monloon[498] en vint corant au sié[499],	Il vint en courant à la résidence royale de Montlaon,	於是他跑去位於蒙拉昂的皇家邸宅，
Iluec[500] chaï[501] l'empereor au pié,	Là, il tomba aux pieds de l'empereur,	在那裡，他跪倒在皇帝腳下，
Et l'empereres le reçut volantiers,	Et l'empereur le reçut de bon gré,	皇帝好心接納了他，
Dona li terre et cortoise moillier.	Lui donna une terre et une courtoise épouse.	賞賜他一塊領地和一位端莊文雅的妻子。
20 Cil le servi longuement[502] sanz dangier[503].	Le marquis le servit longtemps sans réticence.	貝朗杰侯爵毫無保留地效忠皇帝良久。

古代法律裡就有針對不同的罪刑制定不同的賠償價格，之後，這種贖罪的方式一直保存下來，並且贖罪金額是由法庭判決決定讖。*dont ne se pot paier* 此句並未給關係代名詞 *dont* 明確的前置詞（antécédent），因為古法文中前置詞可以是意指前面一整句的意思，意即「他殺了一位伯爵」，是故我們可以總結為「謀殺」（meurtre）一詞，所以可以直譯為 *meurtre dont il ne put acquitter l'amende* 「他無法用繳罰金的方式來贖清他的謀殺罪」。

[498] *Monloon*：Montlaon（「蒙拉昂」）。*Monloon* 其實就是 *Montlaon*，意思是「位於拉昂城的山上」（mont de Laon），是卡洛林王朝時期的首都。

[499] *sié*：（n.m.）résidence royale, siège du gouvernement（「皇家邸宅」）。*Sié* 和動詞 *seoir* 的重音形式（sié, siez, siet）有關，此處為偏格單數形式；如同去動詞化的名詞一般，古典拉丁文字根中的 *sĕdere* 重音節的短母音[ĕ]，在第二世紀晚期拉丁文時演變為[ε]，其後在第三世紀時二合母音化（diphtongaison）為[íɛ]，第七世紀時兩個母音[íɛ]發生發音部位開張同化現象（assimilation d'aperture），第二個母音[ɛ]發音往前一個張開部位，變為[e]；到了十三世紀時，二合母音[íe]的重音由母音[i]移轉至開口較大的母音[e]，這時失去重音位置的母音[i]則子音化為[j]，之後再也沒有二合母音，只剩下半子音（semi-consonne）與母音（voyelle）的組合[je]。根據 Guy Raynaud de Lage（1970, 213）的注解，*sié* 此詞在《羅蘭之歌》中意指查理曼大帝的首都亞琛（Aix-la-Chapelle），此外 *sié* 這個詞比較常意指「主教府」（siège épiscopal），*sié* 的本義為「皇位」（trône royal）。Paul Meyer（1887, 251）將 *sié* 謄寫為 *fié*，應該是誤讀，所以此處並不採用他的版本。

[500] *Iluec*：（adv.）là（「這裡」、「此處」）。Claude Lachet（1999, 72）的雙語對照譯注版將 *Iluec* 謄寫為 *Illuec*，有可能為作者誤讀或是打字錯誤。

[501] *chaï*：tomba（「倒下」）。*chaï* 為動詞 *cheoir* 直陳式簡單過去時 p3 的形式。

[502] *longuement*：（adv.）longtemps（「長久地」、「很久」）。

[503] （*sanz*）*dangier*：（n.m.）sans faute, sans réserve, sans réticence（「毫無保留地」）。*dangier* 源自於晚期拉丁文（bas latin）*dominiarium*，後者則是源自於古典拉丁文 *dominium*，意即「所有權」（propriété）、「統治權」、「王權」（souveraineté），此處為偏格單數的形

古法文原文 XV	現代法文譯文 XV	中文譯文 XV
Puis avint[504] chose[505], li rois se combatié[506]	Puis il arriva que le roi se battit	之後發生了國王與
As Sarrazins, as Turs et as Esclers[507].	Contre les Sarrasins, les Turcs et les Slaves.	撒拉遜人、土耳其人與斯拉夫人交戰之事。
Li estors[508] fu merveilleus et pleniers[509] ;	La mêlée fut terrible et acharnée,	當時龍戰魚駭，鏖戰正酣，
Abatuz fu li rois de son destrier,	Le roi fut jeté à bas de son destrier.	國王從他的戰馬上被打落下來，
25 Ja n'i montast a nul jor desoz ciel,	Jamais, au grand jamais, il n'y serait remonté,	他本來無論如何絕對不會再有騎上馬背的一天，

式。根據Guy Raynaud de Lage（1970, 214）的注解，*dangier*是由拉丁文名詞*dominus*（意即「主人」、「領主」）所派生出來的詞，*dangier*在古法文中原意為「權力」（pouvoir）、「權威」（autorité），甚至發展出負面詞義，例如「暴力」（violence）、「反對」（opposition）、「反抗」（résistance）、「困難」（difficulté）、「缺乏」（manque）、「精打細算」（parcimonie）等等。現代法文中的「危險」（péril）之意要到中法文（moyen français）時期才出現，此處應理解為侯爵全心全意毫無保留地效忠國王，所以依照上下文*dangier*是要以第二種衍生詞義來解讀。

504 *avint*：il arriva（「發生」）。*Avint*（< *lat.* advenit）是非人稱動詞*avenir*的直陳式簡單過去時p3的形式。根據Guy Raynaud de Lage（1970, 214）的注解，*avint*在現代法文的拼寫形式為*advint*；*advint*此拼寫法可追溯到十七世紀古典時期時，文法家將原本在拉丁文中位於母音[a]後的原本早已不再發音的子音[d]還原在拼寫法與發音中，但是在拉封丹（La Fontaine）的文章中仍然使用*avint*。

505 *chose*：(n.f.) la chose que（「……的事情」）。原本我們期待的是在*chose*後會出現*que*，但是古法文中的從屬連接詞*que*並非一直都會出現在句子中。

506 *se combatié a*：combattit contre, se battit contre（「與……交戰」）。*combatié*為動詞*combatre*直陳式簡單過去時p3的形式。

507 *Esclers*：(n.m. pl.) peuple païen, Slaves（「異教徒民族」、「斯拉夫人」）。

508 *estors*：(n.m.) combat, mêlée（「戰鬥」、「混戰」）。*estors*此處為第一類陽性名詞正格單數的形式。*Estors*源自於日耳曼語的*sturm*，原意為「暴風雨」（tempête）。在古法文中，*estors*可以意指「戰鬥時的嘈雜聲」或「混戰」。

509 *pleniers*：(adj.) violent（「激烈的」、「正酣」）。根據Guy Raynaud de Lage（1970, 215）的注解，形容詞*pleniers*（< *lat.* plenariu）此處為正格單數的形式。*Pleniers*這個詞包含著「頂點」（comble）之意。第25行詩的 *desoz ciel*，手稿中的原文為*desor ciel*，此處根據手稿*A2*、*A3*與*A4*更正之。

古法文原文 XV	現代法文譯文 XV	中文譯文 XV
Quant i sorvint li marchis Berengier.	Quand survint là le marquis Béranger.	這時貝朗杰侯爵出現在那裡。
Son seignor vit en presse[510] mal mener :	Il vit son seigneur en mauvaise position dans la cohue,	他看見他的主君在熙攘雜沓的人群中處於劣勢，
Cele part vint corant tot eslessié[511] ;	Il se précipita de ce côté à toute vitesse,	他策馬疾馳火速朝這個方向衝了過來，
En son poing tint le brant forbi[512] d'acier.	Tenant à son poing la lame d'acier éclatante.	手中握著光閃閃的利劍。
30 [35d] La fist tel parc[513] comme as chiens[514] le sanglier[515],	Il fit là le vide autour de lui comme le sanglier au milieu des chiens,	在那裡他就像身處在獵犬群中的野豬一般在其四周展開廝殺，
Puis descendi de son corant destrier	Puis il descendit de son destrier rapide	然後他為了救助他的主君，
Por son seignor secorre[516] et aïdier.	Pour secourir et aider son seigneur.	從自己的迅捷戰馬上跳了下來。

---

[510] *presse* :（n.f.）presse, foule, cohue（「密集的人群」、「嘈雜擁擠的人群」）。

[511] *eslessié* :（participe passé）à toute vitesse, à bride abbatue（「快速地」、「疾馳地」）。過去分詞*eslessié*中有包含原形動詞*laissier*（意即「任憑」），所以 *eslessier*的意思是「放任馬匹馳騁」，其過去分詞*eslessié*也根據「任馬馳騁」之意在此處的意思為「飛速地」。

[512] *forbi* :（participe passé）éclatant（「閃閃發光的」）。

[513] *fist parc* : il fit le vide autour de lui, il fit un carnage autour de lui（「他在四周展開廝殺」、「他殺戮了身邊的所有人」）。

[514] *chiens* :（n.m. pl.）chiens（「狗」、「犬」）。*Chiens*（< *lat.* canes）此處為第一類陽性名詞偏格複數的形式。

[515] *sanglier* :（n.m.）sanglier（「野豬」）。*sanglier*此處是第一類陽性名詞偏格單數的形式。*sanglier*源自拉丁文*porcum singularem*，意思是「離群索居的豬」（porc solitaire），之後由於形容詞*singularem*（「離群索居的」、「孤獨的」）承載了這個詞的意義，所以演變為名詞；此外，原本歷經正常的語音流變後會變為*sangler*，但是之後卻用詞綴（suffixe）*-ier*代替原來的*-er*成為現代法文的*sanglier*。現代法文的形容詞*singulier*（「獨特的」、「單數的」）也和*sanglier*一樣都是源自於拉丁文的*singularem*。

[516] *secorre* :（inf.）secourir（「救援」）。

古法文原文 XV	現代法文譯文 XV	中文譯文 XV
Li rois monta et il li tint l'estrier[517],	Le roi se mit en selle, tandis que le marquis lui tenait l'étrier,	當侯爵幫國王抓住馬鐙時，國王騎上了馬，
Si s'en foui[518] comme coart[519] levrier[520].	Et il s'enfuit comme un lévrier couard,	然後像一隻夾著尾巴的怯懦獵兔犬般逃之夭夭，
35 Einsi remest[521] li marchis Berangier ;	C'est ainsi que le marquis Béranger resta sur place ;	就這樣將貝朗杰侯爵留在原地；
La le veïsmes ocirre[522] et detranchier[523],	Là, nous le vîmes tuer et tailler en pièces,	就在那裡我們看到他被殺死並且被大卸八塊，
Ne li peüsmes secorre ne aïdier.	Sans pouvoir le secourir ni l'aider.	卻無法救助他。
Remés en est .i. cortois heritier :	Il a laissé un noble héritier,	侯爵留下了一位高貴的繼承人，

---

[517] *estrier*：（n.m.）étrier（「馬鐙」）。根據Guy Raynaud de Lage（1970, 217）的注解，*estrier* 源自於日耳曼語*streup，此處為第一類陽性名詞偏格單數的形式。*Estrier*按照其詞源的正常 語音演變，本來應該會變為*estreu/ estrieu*，但是之後卻用詞綴（suffixe）*-ier*代替原來的*-eu/ -ieu*成為*estrier*。此處侯爵將自己的戰馬讓給被擊落下馬的路易國王，然後在戰場上服侍國 王上馬，這個舉動充分顯現出侯爵在主君面臨危難時選擇自我犧牲護主性命的高貴情操，和 路易國王騎上馬後棄他而去的怯懦行為形成強烈對比。

[518] *s'en foui*：s'enfuit（「逃之夭夭」）。*s'en foui* 為自反動詞*soi foïr*（en）的直陳式簡單過去時 p3的形式。

[519] *coart*：（adj.）couard, peureux（「夾著尾巴的」、「怯懦的」）。*coart*此處為第一類形容詞 陽性偏格單數的形式。*Coart*是由拉丁文名詞*cauda*（意即「尾巴」）與帶有貶意的後綴詞 （suffixe）*hard*（意即「堅硬的」、「強的」）所組成，直譯的意思為「（某隻動物）夾 著尾巴的」（un animal qui porte la queue basse），此處*coart*透過比喻同時表達此詞的本義 與轉義。

[520] *levrier*：（n.m.）lévrier（「獵兔犬」）。根據Guy Raynaud de Lage（1970, 218）的注解， *levrier*源自於拉丁文 *leopárium*，意思是「用來獵兔子的犬」，此處為第一類陽性名詞偏格單 數的形式。

[521] *remest*：resta（「留」）。*remest*為動詞*remanoir*直陳式簡單過去時p3的形式。

[522] *ocirre*：（inf.）tuer（「殺」）。

[523] *detranchier*：（inf.）tailler en pièces, dépecer（「大卸八塊」、「砍成幾段」）。

古法文原文 XV	現代法文譯文 XV	中文譯文 XV
Icil a nom le petit Berangier.	Ce dernier s'appelle le petit Béranger.	名叫小貝朗杰。
40 Molt par est fox[524] qui l'enfant veult boisier[525],	Celui qui veut faire tort à l'enfant, il est complètement fou,	想要和這個孩子過不去的人真的是瘋了,
Si m'aïst Dex, que fel[526] et renoiez[527].	Par Dieu, je vous l'assure, c'est un traître et un renégat.	但願天主保佑我,會做這種事的人一定是個背恩忘義的叛徒。
Li empereres me veult doner son fié :	L'empereur veut me donner son fief:	皇帝想要將侯爵的采邑賞賜給我,
Ge n'en vueill mie, bien vueill que tuit[528] l'oiez.	Je n'en veux pas, et je veux absolument que vous l'entendiez tous.	我可不要,但是我絕對要讓你們全部的人都聽聽皇帝說的話。
Et une chose bien vos doi acointier[529] :	Et je dois bien vous faire savoir une chose :	我必須讓你們知道一件事:
45 Par cel apostre qu'en a Rome requiert[530],	Par cet apôtre que l'on invoque à Rome,	我以人們都對之祈禱的那名位於羅馬的使徒名義起誓,
Il n'a en France si hardi chevalier,	Il n'y a pas en France si hardi chevalier	在法蘭西境內還沒有如此膽大包天的騎士
S'il prent la terre au petit Berangier,	Qui, s'il prend la terre du petit Béranger,	能夠不立刻被我的這把劍砍掉頭顱,

---

[524] *fox*:(adj.)fou(「瘋狂的」)。*fox*源自於拉丁文 *follis*,此處為第一類形容詞陽性正格單數的形式。*fox*原意是「充滿了空氣的球或羊皮袋」,所以瘋子在拉丁文中被比喻為「頭腦注滿了空氣的人」。

[525] *boisier*:(inf.)faire tort à(「對…不利」、「傷害」)。

[526] *fel*:(n.m.)félon(「不忠不義的人」、「叛徒」)。*Fel*(< *lat.* *féllo)為第三類陽性名詞正格單數的形式。

[527] *renoiez*:(n.m.)renégat(「叛徒」)。

[528] *tuit*:(pron. indéf.)tous(「所有」)。不定代名詞*tuit*此處為正格複數的形式。

[529] *acointier*:(inf.)faire savoir, informer, apprendre(「告知」、「告訴」)。

[530] *requiert*:prie, invoque(「祈禱」、「祈求保佑」)。*requiert* 為動詞*requerre*的直陳式現在時p3的形式。

古法文原文 XV	現代法文譯文 XV	中文譯文 XV
A ceste espee tost ne perde le chief. —— Granz merciz, sire », dïent li chevalier	Ne perde aussitôt sa tête de cette épée. —— Grand merci, seigneur », disent les chevaliers	假使他膽敢奪取小貝朗杰的領地。」 與小貝朗杰有親屬關係的
50 Qui apartienent a [531]l'enfant Berangier.	Apparentés au jeune Béranger.	騎士們說道:「萬分感謝,大人。」
.c. en i a qui li clinent[532] le chief[533],	Il y en a cent qui inclinent leur tête devant lui,	一百名騎士向他行點頭禮,
Qui tuit li vont a la jambe et au pié.	Qui se pressent contre sa jambe et son pied.	並且一齊衝向他的腿腳邊對他行吻腳禮。
« Sire Guillelmes, dit Looÿs, oiez :	« Seigneur Guillaume, dit Louis, écoutez :	路易說道:「紀堯姆愛卿,聽朕旨意:
Quant ceste henor[534] a prendre ne vos siet,	Puisqu'il ne vous convient pas de prendre ce domaine,	既然您不樂意接收這塊領土,
55 Se Dex m'aïst, or vos dorrai tel fié,	Que Dieu m'aide, je vais vous donner un fief tel	願天主幫助朕,朕將賜予一個會讓您
Se saiges[535] estes, dont seroiz sorhaucié[536].	Que vous serez très puissant, si vous êtes raisonnable.	變得十分有權勢的采邑,倘若您是個通情達理之人。

---

[531] *Qui apartienent a* : apparentés à(「和…有姻親關係的」、「與…有親屬關係的」)。

[532] *clinent* : inclinent de l'avant(「向前傾」)。*clinent*為動詞*cliner*的直陳式現在時p6的形式。

[533] *chief* :(n.m.) tête(「頭」)。*Chief*(< *lat.* capum)此處為第一類陽性名詞偏格單數的形式。

[534] *henor* :(n.f.) fief, domaine(「采邑」、「領地」)。*Henor*此處為第二類陰性名詞偏格單數的形式。根據Guy Raynaud de Lage(1970, 222)的注解,*henor*和現代法文的*honneur*(意即「榮譽」、「名譽」、「尊敬」)為同一詞源,皆源自於古典拉丁文*honorem*,只是現代法文保留下來此詞的抽象道德意義部分,然而在古法文中*henor/ onor*除了抽象意義外,還包含有具體價值的詞義,也就是此處國王賜與其臣子「采邑」之意。由於*henor*在古法文中可以是陽性或陰性名詞,所以其詞性得視上下文而定,此處會定義為陰性名詞是因為位於*henor*之前的指示形容詞*ceste*為陰性偏格單數的形式,如果*henor*是陽性的話,應該會是用相對應的*cest*與之做詞性配合。

[535] *saiges* :(adj.) raisonnable(「明白事理的」、「通情達理的」)。

[536] *sorhaucié* :(participe passé) élévé, rendu plus puissant(「身分或權勢的提高」、「變得更有

古法文原文 XV	現代法文譯文 XV	中文譯文 XV
Ge vos dorrai de France .i. quartier[537],	Je vous donnerai un quart de la France,	朕將法蘭西王國的四分之一賞賜給您，
Quarte[538] abeïe[539] et puis le quart marchié[540],	Le quart des abbayes et le quart des marchés,	四分之一的修道院與四分之一的集市所抽得之稅金賜給您，
Quarte cité et quarte archeveschié[541],	Le quart des cités et le quart des archevêchés,	四分之一的城市與四分之一的大主教區所得之稅金賜給您，
60 Le quart serjant[542] et le quart chevalier,	Le quart des hommes d'armes et le quart des chevaliers,	四分之一的兵士與四分之一的騎士賜給您，

權勢的」）。

[537] *quartier*：（n.m.）quatrième part（「第四份」）。

[538] *Quarte*：（adj.）quatrième（「第四的」）。此處的序數詞*quarte*呈現出史詩中的幽默感，也就是國王將所有他想到的財產粗略劃分成四分，第四份就賞給紀堯姆。在古法文中四分之一這個抽象概念尚未出現。

[539] *abeïe*：（n.f.）abbaye（「修道院」）。*abeïe*此處為第一類陰性名詞偏格單數的形式。

[540] *marchié*：（n.m.）marché（「市場」、「集市」）。*Marchié*源自於拉丁文 *mercatum*，此處為第一類陽性名詞偏格單數的形式。

[541] *archeveschié*：（n.f.）archevêché（「大主教區」）。*Archeveschié*是由拉丁文前綴詞*archi-*與*episcopatum*所組成，此處為第一類陰性名詞偏格單數的形式。此行詩在手稿原文中缺少了*cité*一詞，此處根據手稿*A2*、*A3*與*A4*更正之。

[542] *serjant*：（n.m.）homme d'armes（「兵士」）。根據 Roland Guillot（2008, 457-459）的解釋，*serjant*源自於拉丁文動詞*servire*之現代分詞*servitem*，原意為「家僕」，然而因為語音的不同演變方式，*servitem*在現代法文中演變為兩個不同拼寫形式的單詞：*servant*（意即「侍從」）與*sergent*（意即「士官」、「（古代的）執達吏」）。*Serjant*在古法文中可以意指「在一位主子家中擔任某個職位之人」（serviteur），這個人可以是自由民也可以是奴隸身分，通常出身平民，他可以擔任文職、軍職或提供手藝之服務。*Sergent*也可以意指「在戰鬥時騎士的助手」（auxiliaire du chevalier au combat）、「士兵」（soldat）或「步兵」（fantassin），一開始他不在馬上戰鬥，所以和「騎士」形成對比，偶而也可以騎在馬上（*serjent a cheval*）。

古法文原文 XV	現代法文譯文 XV	中文譯文 XV
Quart vavassor[543] et quart garçon[544] a pié,	Le quart des vavasseurs et le quart des valets,	四分之一的封臣之附庸與四分之一的僕從賜給您，
Quarte pucele[545] et la quarte moillier[546],	Le quart des jeunes filles et le quart des femmes,	四分之一的年輕女孩與四分之一的婦女賜給您，
Et le quart prestre[547] et puis le quart moustier[548] ;	Le quart des prêtres et le quart des églises ;	四分之一的教士與四分之一的教堂賜給您，
De mes estables[549] vos doing le quart destrier ;	Je vous donne le quart des destriers de mes écuries ;	朕會賜與您朕馬廄裡四分之一的戰馬，

---

[543] *vavassor*：（n.m.）vavasseur, vassal mineur, arrière-vassal（「附庸的附庸」、「封建小貴族」、「封臣的封臣」）。根據Guy Raynaud de Lage（1970, 224）的注解，*vavassor*源自於賽爾特語 **vassus vassorum*，意思是「附庸的附庸」（vassal des vassaux），意思是在封建制度下的小貴族，自身統管一個領地，並不富有，但是這個領地也屬於另一個附庸之領地。*vavassor*此處為第一類陽性名詞偏格單數的形式。中世紀文學中，吟遊詩人非常欣賞這類權位不高但是卻行為謙恭有禮以及品德高尚又好客的人物。

[544] *garçon*：（n.m.）valet（「僕從」）。*garçon*此處為第三類陽性名詞偏格單數的形式，*gars*則是正格單數的形式。*garçon*源自於法蘭克語 **wrakkjo*（意即「流浪者」、「被放逐者」）。*Garçon*最普遍的意思為「僕從」，偶而會有「年輕人」的意思，需要視上下文來判斷。

[545] *pucele*：（n.f.）jeune fille（「年輕女子」）。*pucele*源自於晚期拉丁文 **pulicellam*，後者是 *pullus/ pulla*（意即「動物的崽兒」）的指小詞（diminutif），但是*pucele*的形式和古典拉丁文的*puella*有關，意思為「年輕女子」（jeune fille）。*pucele*在古法文中強調的是年輕的女生，沒有限制女子的社會地位，可以是出身貴族，也可以是出身平民。

[546] *moillier*：（n.f.）femme（「已婚婦女」）。*moillier*源自於拉丁文第三類變格法*mulier/ mulierem*，後者為*mulier*的賓格（accusatif）形式，原意為「女性」，此處為偏格單數的形式。

[547] *prestre*：（n.m.）prêtre（「教士」、「神父」）。古法文中*prestre*（< *lat.* présbyter）為第三類陽性名詞正格單數的形式，但是此處我們期待的是偏格單數 *provoire*（< *lat.* *prosbýterum）的形式，然而假如使用*provoire*的話，此行詩會多出一個音節，出於音節之考量，此處採用正格單數的形式。

[548] *moustier*：（n.m.）église（「教堂」）。*moustier*源自於民間拉丁文**monisterium*，這個詞相對應於古典拉丁文的*monasterium*，意思為「修道院」（monastère, couvent）、「教堂」（église），以上下文來看此處應該理解為「教堂」。根據 Claude Lachet（1999, 194）的雙語對照譯注版解釋，*moustier*在現代法文中不復存在，只在一些地名如*Moustiers-Sainte-Marie*、*Verneuil-Moustiers*與*Noirmoutier*中仍被保存下來。

[549] *estables*：（n.f. pl.）écuries（「馬廄」）。*estables*源自於古典拉丁文中性名詞*stabula*，

	古法文原文 XV	現代法文譯文 XV	中文譯文 XV
65	De mon tresor[550] vos doing le quart denier ;	Je vous donne le quart des deniers de mon trésor ;	朕會賜與您朕國庫裡四分之一的錢財，
	La quarte part vos otroi[551] volantiers	Je vous accorde volontiers le quart	朕很樂意賜給您
	De tout l'empire que ge ai a baillier[552].	De tout l'empire que j'ai à gouverner.	朕所統治帝國的四分之一。
	Recevez le, nobile chevalier.	Acceptez-le, noble chevalier.	收下這份采邑吧，高貴的騎士。」
	—— Non ferai, sire, Guillelmes respondié.	—— Non, sire, répondit Guillaume.	紀堯姆答道：「斷難從命，陛下，
70	[36a] Ce ne feroie por tot l'or desoz ciel,	Je ne l'accepterais pas avec l'or du monde,	就算將全世界的黃金賞賜給我，我也不會接受這份采邑。
	Que ja diroient cil baron chevalier :	Car ces vaillants chevaliers diraient aussitôt :	因為這些英勇的騎士們一定馬上會說：

之後在民間拉丁文時變為陰性名詞，此處為第一類陰性名詞偏格複數的形式。根據 Claude Lachet（1999, 194）的雙語對照譯注版解釋，*stabula*在拉丁文的原意為「逗留地」（séjour）、「住所」（demeure）、「客棧」（auberge）、「畜生棚」（étable）、「馬廄」（écurie）、「羊圈」（bergerie）。在中世紀時期，*estable*泛指「動物的住所」，尤其是「馬匹的住所」；到了十七世紀時，*étable*變成「牛棚」的意思，而écurie 則專指「馬廄」之意。

[550] *tresor*：（n.m.）trésor（「寶庫」、「國庫」）。*Tresor*（< lat. *thesáurum*）此處為第一類陽性名詞偏格單數的形式。

[551] *otroi*：accorde（「給予」）。*Otroi*（< lat. **auctorizo*）為動詞otroier直陳式現在時p1的形式。

[552] *baillier*：（inf.）gouverner（「統治」）。位於第70行詩中的手稿原文為*desor ciel*，此處根據手稿A2、A3與A4更正為 *desoz ciel*。

古法文原文 XV	現代法文譯文 XV	中文譯文 XV
" Vez[553] la <u>Guillelme</u>, le marchis au vis[554] fier,	" Voyez Guillaume, le marquis au fier visage,	『瞧這個一臉狂妄自負的紀堯姆侯爵，
<u>Comme</u> il a ore son droit seign<u>or</u> boisié[555] ;	Comme il a fait tort à son seigneur légitime !	他是怎樣地傷害他的合法主子啊！
Demi son regne[556] li a tot otroié,	Louis lui a accordé la moitié de son royaume,	路易都已經賜給他一半的江山了，
75 Si ne l'en rent[557] vaillissant .i. <u>denier</u>.	Et Guillaume ne lui en paie pas un denier vaillant d'intérêt ;	紀堯姆卻連一毛錢的利息都沒有回報他，
<u>Bie</u>n li a ore son vivre[558] retaillié[559]." »	Maintenant il lui a bien rogné ses revenus. " »	現在他還大大削減了路易的國庫收入。』」

XX～IX

---

[553] *Vez*：voyez（「瞧啊」）。*Vez*為動詞*veoir*命令式現在時p5的*veez*縮減形式。

[554] *vis*：(n.m.) visage（「臉」、「面孔」）。*Vis*源自於拉丁文*visum*，此處為第四類陽性名詞無格變化偏格單數的形式，是現代法文*visage*的古字寫法，其後被*visage*所取代，因為這個名詞*vis*的形態和動詞*voir*以及*vivre*部分時態的動詞變化同形，為了減少過多的同形異義詞造成文章理解之困難，所以*visage*漸漸取代了*vis*。

[555] *boisié*：(participe passé) fait tort à（「傷害」）。*boisié*為動詞*boisier*（< *francq.* *bausjan）的過去分詞形式。

[556] *regne*：(n.m.) royaume（「王國」）。

[557] *rent*：paie un intérêt（「付利息」）。

[558] *vivre*：(inf. substantivé) subsistance, revenu（「收益」、「所得」）。*Vivre*此處為原形動詞名詞化的偏格單數形式，所有原形動詞名詞化皆屬於第一類陽性名詞變格法。

[559] *retaillié*：(participe passé) rogné（「削減」、「減少」）。*retaillié*為動詞*retaillier*過去分詞的形式。

XI～XX

古法文原文 XVI	現代法文譯文 XVI	中文譯文 XVI
1 « Sire Guillelmes, dit Looÿs le ber,	« Seigneur Guillaume, dit Louis le vaillant,	英勇的路易說道：「紀堯姆愛卿，
Par cel apostre qu'en quiert en Noiron pré,	Par cet apôtre qu'on invoque au pré de Néron,	朕以人們都對之祈禱的那名位於尼祿花園的使徒之名起誓，
Quant ceste hennor reçoivre[560] en volez,	Puisque vous ne voulez pas accepter ce fief,	既然您不願意接受這份采邑，
En ceste terre ne vos sai que doner,	Je ne sais que vous donner sur cette terre,	朕也不知道在這世上還能賜與您何物了，
5 Ne de nule autre ne me sai porpenser[561].	Je ne suis pas capable de s'aviser d'un autre don.	朕左思右想也不知道還能想出什麼其他的賞賜了。」
—— Rois, dit Guillelmes, lessiez le dont ester ;	—— Roi, dit Guillaume, laissez donc cela ;	紀堯姆答道：「王上，就此打住吧，

---

[560] *reçoivre*：（inf.）recevoir（「接受」）。原形動詞*reçoivre*源自於拉丁文*recĭpere*。

[561] *porpenser*：（inf.）penser à（「深思」、「細思」）。根據 Claude Lachet（1999, 194）的雙語對照譯注版與Guy Raynaud de Lage（1970, 226-227）的解釋，*porpenser*是由前綴詞（préfixe）*por-/ pour-*與*penser* 所組成。前綴詞*por-/ pour-* 源自於拉丁文的*pro-*，由於字母 r 與*o* 易位（métathèse）而變成*por-*，這個前綴詞可以帶給動詞在完成度（achèvement）、時間的持續長度（durée）、強度（intensité）上有些許細微的差異。以此處的動詞*porpenser*來說，強調的是動作的持續性，所以意思為「持續思考」（continuer à méditer）、「深度思考」（penser profondément）、「醞釀」、「策劃」（comploter）；這個*por-/ pour-*前綴詞的「動作之持續性」詞義在現代法文的其他兩個動詞中更明顯地被突顯出來：*pourchasser*（「追蹤」、「尋求」）和*poursuivre*（「追逐」、「繼續」）。只可惜*pro-*這個前綴詞在現代法文中不再被廣泛運用於創造新的複合詞中，我們只能從幾個古法文動詞*pourtraire*、*pourpoindre*、*pourprendre*的過去分詞名詞化（participes substantivés）詞彙中找到古文的痕跡：*portrait*（「肖像」、「描繪」）、*pourpoint*（「男式緊身短上衣」）、*pourpris*（「用牆或籬圍起來的地方」、「住所」）。至於動詞*penser*，它與另一個動詞*peser*皆源自於古典拉丁文*pensare*，原意為「秤」、「過磅」（peser），其後轉義為「估計」（apprécier）、「評價」（évaluer）、「估價」（estimer），*penser* 為*peser*的同源相似詞（doublet）。動詞*penser*從詞源的原本詞義「估計重量」中衍生出在心裡的活動現象，也就是說在內心反覆掂量與權衡論據的輕與重或利與弊，所以意思為「思索」、「考慮」。

古法文原文 XVI	現代法文譯文 XVI	中文譯文 XVI
A ceste foiz[562] n'en quier or plus[563] parler.	Pour cette fois, je ne désire pas en parler davantage.	這次我不想再討論下去了。
Quant vos plera, vos me dorroiz assez[564]	Quand il vous plaira, vous me donnerez en grand nombre	待您欣悦之時，再賞賜我諸多的
Chastiaus[565] et marches[566], donjons[567] et fermetez[568]. »	Châteaux et provinces, donjons et forteresses. »	城堡、邊境省分、城堡主塔與堡壘吧。」
10 A cez paroles s'en est li cuens tornez[569] ;	Sur ces paroles, le comte est parti ;	語畢，伯爵便轉身離去。
Par maltalent avale les degrez.	Plein de rancœur, il descend l'escalier.	紀堯姆滿懷怨恨地走下階梯，
En mi sa voie a Bertran encontré	En chemin, il rencontre Bertrand	途中遇到了貝特朗，

---

[562] *foiz*：(n.f.) fois（「次」、「回」）。*foiz*（< *lat.* vīces）此處為第四類無格變化陰性名詞偏格單數（CRS）的形式。

[563] *plus*：(adv.) davantage（「更多」）。

[564] *assez*：(adv.) beaucoup, en grand nombre（「很多」、「諸多」）。

[565] *Chastiaus*：(n.m. pl.) châteaux（「城堡」）。*Chastiaus*（< *lat.* castellos）此處為第一類陽性名詞偏格複數的形式。

[566] *marches*：(n.f. pl.) terres, provinces（「領土」、「邊境省分」）。*Marche* 源自於法蘭克語 *marka，意即「邊境」（frontière），*marches* 此處為第一類陰性名詞偏格複數的形式。

[567] *donjons*：(n.m. pl.) donjons（「城堡主塔」）。*donjon* 源自於拉丁文 *dominionem*，意思為「主塔」。

[568] *fermetez*：(n.f. pl.) forteresses（「堡壘」、「要塞」）。*fermetez* 源自於拉丁文賓格複數（accusatif pluriel）*firmitátes*，為第二類陰性名詞偏格複數的形式，從此詞的「堅固」、「穩固」（ferme）本義，發展出「堡壘」（forteresse）以及「堅強的決心」（ferme résolution, fermeté）的詞義。其實按照傳統的語音流變，賓格複數 *firmitátes* 的單數形式為 *firmitátem*，其位於重音節 [ta] 的前一個音節 [mi] 原本應該會消失不見，最後演變為 *ferté*，是故這個普通名詞仍然被保存於現代法文的專有名詞中，尤其是地名，例如 *La Ferté-Bernard*（「貝爾納堡」）、*La Ferté-Milon*（「米隆堡」）、*Ville-sous-la-Ferté*（「維爾蘇拉費泰」，直譯為「堡壘下的城市」）、*Laferté-sur-Aube*（「奧布河畔拉費泰」，直譯為「奧布河畔上的堡壘」）等。

[569] *s'en est torné*：il s'en est allé, il est parti（「離開」、「離去」）。

古法文原文 XVI	現代法文譯文 XVI	中文譯文 XVI
Qui li demande : « Sire oncle, dont venez ? »	Qui lui demande : « Seigneur, mon oncle, d'où venez-vous ?	貝特朗問他：「伯父大人，您打從哪兒來？」
Et dit Guillelmes : « Ja orroiz verité :	Et Guillaume répond : « Vous allez entendre la vérité :	紀堯姆答道：「你馬上就會知曉事實的真相了：
15 De cel palés ou ai grant piece esté.	Je viens de ce palais où je suis resté longtemps.	我打從待了許久的這座皇宮出來，
A Looÿs ai tencié[570] et iré[571] ;	Je me suis querellé et disputé avec Louis ;	我和路易爭吵動怒，
Molt l'ai servi, si ne m'a riens doné. »	Je l'ai beaucoup servi, mais il ne m'a rien donné. »	我對他忠心耿耿，然而他卻什麼賞賜也沒給我。」
Et dit Bertran : « A maleïçon[572] Dé !	Bertrand dit : « Malédiction de Dieu !	貝特朗說道：「您這樣會遭到天主的詛咒的！
Vo droit seignor ne devez pas haster[573],	Vous ne devez pas importuner votre légitime seigneur,	您不應當挑釁冒犯您的正統主君，

---

[570] *tencié*：（participe passé）querellé（「吵架」、「爭吵」）。

[571] *iré*：（participe passé）parlé coléreusement à（「怒氣沖沖地和……說話」）。

[572] *maleïçon*：（n.f.）malédiction（「詛咒」、「惡運」）。

[573] *haster*：（inf.）harceler, provoquer, importuner（「煩擾」、「挑釁」、「冒犯」）。

XI ～ XX

古法文原文 XVI	現代法文譯文 XVI	中文譯文 XVI
20 Ainz le devez servir <u>et</u> hennorer, <u>Contre</u> toz homes garantir[574] <u>et</u> tenser[575]. ── Diva[576], fet il, ja m'a il si mené Qu'a lui s<u>e</u>rvir ai mon tens si usé[577] ; N'en ai eü vaillant .i. oef[578] pelé[579]. »	Mais vous devez le servir et l'honorer, Le protéger et le défendre contre tous les hommes. ── Allons donc, répond Guillaume, il m'a amené à tel point Que j'ai perdu mon temps à le servir, Et je n'en ai pas obtenu de lui la valeur d'un œuf sans coquille. »	您反倒是要效忠他與禮敬他， 護他周全並且捍衛他免於遭受所有人的欺侮。」 紀堯姆答道：「得了吧！他把我弄到現在這個地步， 我耗費了我人生的時光來侍奉他， 但是我卻連一個等同於去殼蛋價值的報酬都沒得到。」

XIX ～ XX

---

[574] *garantir*：（inf.）protéger, défendre（「保護」、「防衛」）。

[575] *tenser*：（inf.）protéger（「保護」、「庇護」）。

[576] *Diva*：（interjection）allons donc（「得了吧！」、「少來了！」）。這個感嘆詞*diva*是由古法文的動詞*dire*，以及*aller*的第二人稱單數命令式*di*（= dis）+ *va*（= va）兩個詞並置（juxtaposition）所組成，此處用以表示反對之意。

[577] （*ai mon tens*）*usé*：（participe passé）j'ai passé ma vie, j'ai perdu mon temps（「我耗盡我一生的時間」、「我浪費我的時光」）。

[578] *oef*：（n.m.）œuf（「蛋」）。*oef*源自於拉丁文*ovum*，此處為第一類陽性名詞偏格單數的形式。

[579] *pelé*：（participe passé）dépouillé（「去了殼的」、「剝了殼的」）。*pelé* 為動詞*peler*（< lat. pilare）的過去分詞形式。

古法文原文 XVII	現代法文譯文 XVII	中文譯文 XVII
1 Et dit Guillelmes : « Sire Bertran, beaux niés,	Et Guillaume dit : « Seigneur Bertrand, cher neveu,	紀堯姆說道:「貝特朗大人,好賢侄,
Au roi servir ai mon tens emploié,	J'ai employé mon temps à servir le roi,	我花了我人生的時光來侍奉這位國王,
Si l'ai par force levé et essaucié ;	Je l'ai vigoureusement levé et exalté ;	我傾盡全力讓他的地位提升並且歌頌他,
Or m'a de France otroié l'un quartier	Maintenant il m'a accordé un quart de la France,	現在他要將法蘭西王國的四分之一賞賜給我,
5 Tot ensement com[580] fust en reprovier[581].	Exactement comme on ferait un reproche.	這根本就像是一種指責。
Por mon servise me velt rendre loier[582] ;	En échange de mon service, il veut me donner un salaire ;	他想要給我一份報酬來報答我的忠心侍奉。
Mes, par l'apostre qu'en a Rome requiert,	Mais par l'apôtre qu'on invoque à Rome,	但是我以人們都對之祈禱的那名位於羅馬的使徒之名起誓,
Cuit li abatre la corone del chief :	Je pense lui faire tomber la couronne de la tête :	我打算要奪走他頭上的皇冠:
Ge li ai mis, si la vorrai oster[583]. »	Je la lui ai mis, et je veux la lui ôter. »	當初是我將皇冠放在他頭上,現在我想摘掉他的皇冠。」

---

[580] *ensement com* : exactement comme, de la même manière que si(「完全就如同」、「根本就像是」)。

[581] *reprovier*:(n.m.)reproche(「指責」、「非難」)。

[582] *loier*:(n.m.)salaire(「報酬」、「報答」)。根據 Claude Lachet(1999, 195)雙語對照譯注版的解釋,*loier* 源自於拉丁文 *locarium*,原意為「一個場地的價格」(prix d'un emplacement),這個名詞在古法文中意指「報酬」(salaire)、「獎賞」(récompense),自十三世紀起 *loier* 開始有「租金」(prix de location)之意思,這個詞義一直保留於現代法文的 *loyer* 中。

[583] *si la vorrai oster* : et je veux la lui ôter(「我想要將他的皇冠摘下」)。根據 Claude Lachet(1999, 195)雙語對照注版的解釋,此處的 *vorrai* 為古法文動詞 *vouloir* 的直陳式未來時p1 的形式,在Philippe Ménard(1994, 136)的《古法文句法》(*Synatexe de l'ancien français*)

	古法文原文 XVII	現代法文譯文 XVII	中文譯文 XVII
10	[36b] Dist Bertran : « Sire, ne dites pas que ber.	Bertrand dit : « Seigneur, vous ne parlez pas en chevalier vaillant.	貝特朗說道：「大人，您現在不是以驍勇的騎士身分說話。
	Vo droit seignor ne devez menacier,	Vous ne devez pas menacer votre légitime seigneur,	您不應該威脅您的正統主君，
	Ainz le devez lever et essaucier,	Mais vous devez l'élever et l'exalter,	您反倒是應該提升他的地位和歌頌他、
	Contre toz homes secorre[584] et aïdier. »	Le secourir et l'aider contre tous les hommes. »	支援他、幫助他對抗所有人。」
	Et dit li cuens : « Vos dites voir[585], beau niés ;	Et le comte répond : « vous dites vrai, cher neveu,	伯爵答道：「你說的是實話，好賢侄，
15	La leauté[586] doit l'en toz jorz amer.	On doit toujours aimer la loyauté.	我們應該一直保持忠誠。
	Dex le commande, qui tot a a[587] jugier. »	Dieu l'ordonne, lui qui doit tout juger. »	天主自有安排，是祂才有必要對所有的事物有所評判定奪。」

XIX ～ XX

一書中解釋，有時動詞vouloir為直陳式未來時的形式，其後跟隨著原形動詞（infinitif）的情況，這時說話者在他的腦中提前預想他的願望在未來的實現狀況。

[584] *secorre*：（inf.）secourir（「救援」、「支持」）。

[585] *voir*：（adv.）vrai（「真實地」、「老實地」）。

[586] *leauté*：（n.f.）loyauté（「忠誠」、「忠實」）。*Leauté*此處為第二類陰性名詞偏格單數的形式。

[587] *a a*：doit（「應當」、「必要」）。*a a*為迂迴說法（périphrase）*avoir a*（= avoir à）的形式，第一個a為直陳式現在時p3的形式，而第二個a則為介係詞，這個迂迴說法可以表達「義務」與「必要」之意。

	古法文原文 XVIII	現代法文譯文 XVIII	中文譯文 XVIII
1	« Oncle Guillelmes, dit Bertran li senez[588], Quar alons ore a Looÿs parler, Et moi et vos en cel palés plenier[589], Por querre .i. don dont me sui porpensé.	« Oncle Guillaume, dit Bertrand le sage, Allons donc parler maintenant à Louis, Vous et moi, dans ce vaste palais, Pour solliciter un don auquel j'ai pensé.	明智的貝特朗說道：「紀堯姆伯父，您和我，我們現在就去那間宏偉的皇宮找路易談談，向他請求我深思熟慮過的賞賜。」
5	—— Quiex seroit il ? » dit Guillelmes le ber. Et dit Bertran : « Ja orroiz verité.	—— Quel serait-il ? » demande Guillaume le vaillant. Et Bertrand répond : « Vous allez entendre la vérité.	驍勇的紀堯姆問道：「是什麼賞賜呢？」貝特朗答道：「您馬上就會知曉答案了。
	Demandez li Espaigne le regné[590], Et Tortolouse[591] et Porpaillart sor mer[592], Et aprés Nymes, cele bone cité,	Demandez-lui le royaume d'Espagne, Tortolouse et Porpaillart-sur-mer, Puis Nîmes, cette puissante cité,	您向他討要西班牙王國、多羅托魯茲市與濱海波赫巴亞市，其後尼姆——這座富強的城市，
10	Et puis Orenge qui tant fet a loer[593] :	Et encore Orange qui mérite tant d'être louée,	再來是十分值得稱道的奧朗日城，

---

[588] *senez*：（adj.）sage, sensé（「明智的」、「有見識的」）。

[589] *plenier*：（adj.）vaste, grand（「宏偉的」、「寬廣的」）。

[590] *regné*：（n.m.）royaume（「王國」）。

[591] *Tortolouse*：Tortolouse（「多羅托魯茲市」）。根據Duncan McMillan（1978, 169）的校注版解釋，*Tortolouse*為一座西班牙的城市，很有可能是西班牙的托爾托薩市（Tortosa）。

[592] *Porpaillart sor mer*：Porpaillart-sur-mer（「濱海波赫巴亞市」）。根據Duncan McMillan（1978, 168）的校注版解釋，*Porpaillart sor mer*為一座位於西班牙的城市，很有可能是索爾特市（Sort），是帕拉爾斯伯爵領地（comté de Pallars）中的最重要地點，坐落於諾格拉帕利亞雷薩河谷（vallée de la Noguera Pallaresa）的上方。

[593] *loer*：（inf.）louer（「稱讚」、「表彰」）。*Loer*源自於拉丁文 *laudare*，意思為「讚美」、「頌揚」。

古法文原文 XVIII	現代法文譯文 XVIII	中文譯文 XVIII
S'il la vos done, n'i afiert mie grez[594],	S'il vous accorde ce domaine, il n'y a pas de quoi le remercier,	倘若他賞賜給您這塊領地，您也沒什麼好對他感恩戴德的，
C'onques escuz n'en fu par lui portez,	Car jamais il n'y a porté de bouclier,	因為他從來沒有在征戰中扛起過盾牌
Ne chevalier n'en ot ensoldeez[595] ;	Ni enrôlé de chevaliers ;	也沒有為此招募過騎士；
Assez vos puet cele terre doner,	Il peut bien vous donner ce domaine,	他大可以在沒有損害到他的王國利益情況下
15 Ne son reaume[596] n'en iert gaires grevez[597]. »	Sans nuire à son royaume. »	賜與您這塊領地。」
Ot le Guillelmes, s'en a .i. ris gité :	À ces mots, Guillaume a éclaté de rire :	語畢，紀堯姆放聲大笑了起來，
« Niés, dit Guillelmes, de bone heure fus nez,	« Mon neveu, dit Guillaume, tu es né sous une bonne étoile,	紀堯姆說道：「賢侄，你天生好命，
Que tot ausi l'avoie ge pensé,	Car j'y avais pensé aussi,	因為我和你想到一塊去了，
Mes ge voloie avant a toi parler. »	Mais je voulais t'en parler auparavant. »	但是我想事先和你談過。」
20 As mains se prennent[598], el palés sont monté,	Se prenant par la main, ils sont montés au palais,	他們手牽著手，登上皇宮，
Tresqu'a la sale ne se sont aresté.	Sans s'arrêter jusqu'à la salle du trône.	未作停留直達大殿。

---

[594] *grez* :（n.m.）remerciement, reconnaissance（「感謝」、「感激」）。

[595] *ensoldeez* :（participe passé）enrôlé, pris à ses gages（「募兵」、「入伍」）。

[596] *reaume* :（n.m.）royaume（「王國」）。*reaume*源自於拉丁文*reginem*，意即「王國」。

[597] *grevez* :（participe passé）nui à（「損害」、「危害」）。*grevez*為動詞*grever*（< *lat.* gravare）的過去分詞形式。

[598] *As mains se prennent* : ils se prennent par la main（「他們手牽著手」）。根據Claude Régnier（1978, t. II, 1191）的解釋，騎士們互相手牽手的這個行為是一種良好修養的表現。

古法文原文 XVIII	現代法文譯文 XVIII	中文譯文 XVIII
Voit le li rois, encontre s'est levé,	Les voyant, le roi s'est levé à leur rencontre,	國王見到他們，起身相迎，
Puis li a dit : « Guillelmes, quar seez.	Puis il lui dit : « Guillaume, asseyez-vous donc.	然後對紀堯姆說道：「紀堯姆，快快請坐。」
—— Non ferai, sire, dit li cuens naturez[599],	—— Non, sire, répond le comte bien né,	出生高貴的伯爵答道：「不了，陛下，
25 Mes .i. petit vorroie a vos parler	Mais je voudrais vous dire quelques mots	不過我有幾句話想對您說，
Por querre .i. don dont me suis porpensez. »	Pour vous demander un don auquel j'ai réfléchi. »	是為了向您請求我深思熟慮過的賞賜一事。」
Et dit li rois : « A beneïçon[600] Dé !	Le roi s'exclame : « Bénédiction de Dieu !	國王驚呼：「天主保佑！
Se vos volez ne chastel ne cité,	Si vous voulez château, cité,	假如愛卿您想要城堡、城池、
Ne borc ne vile, donjon ne fermeté,	Bourg, ville, donjon, ou forteresse,	村鎮、市邑、城堡主塔或是堡壘，
30 Ja vos sera otroié et graé[601].	Je vous l'accorde aussitôt très volontiers.	朕都很樂意立刻賞賜與您，
Demi mon regne[602], se prendre le volez,	Si vous voulez prendre la moitié de mon royaume,	假如您想要朕的一半江山，
Vos doin[603] ge, sire, volantiers et de grez ;	Je vous la donne, seigneur, de plein gré ;	愛卿，朕也很心甘情願地贈送給您；

---

599 *naturez* :（adj.）bien né（「出身高貴的」）。

600 *beneïçon* :（n.f.）bénédiction（「恩惠」、「祝福」）。

601 *graé* :（participe passé）agréé, accordé volontiers（「同意」、「接受」）。*Graé* 為動詞 *graer* 的過去分詞形式。

602 *regne* :（n.m.）règne, royaume（「王國」）。*regne* 源自於拉丁文 *regnum*，意即「王國」、「國家」。此處路易國王繼續加碼他的賞賜到贈予紀堯姆他一半的王國，在之前路易國王曾開出過要將四分之一的江山賞賜給他。

603 *doin* : donne（「給予」、「贈予」）。*doin* 為動詞 *doner* 的直陳式現在時（présent de l'indicatif）p1 的形式。

古法文原文 XVIII	現代法文譯文 XVIII	中文譯文 XVIII
Quar de grant foi vos ai toz jorz trové	Car je vous ai toujours trouvé très fidèle envers moi,	因為朕覺得您一直以來都對朕忠心不二，
[36c] Et par vos sui roi de France clamé. »	Et c'est grâce à vous que j'ai été proclamé roi de France. »	也是因為您朕才被宣告即位為法蘭西國王。」
35 Ot le Guillelmes, s'en a .i. ris gité ;	Guillaume l'a entendu, et a éclaté de rire ;	紀堯姆聽罷，放聲大笑了起來；
Ou voit le roi[604], si l'a araisonné :	Sans plus attendre, il s'est adressé au roi :	隨即對國王說道：
« Icestui don par nos n'iert ja rové[605] ;	« je ne vous demanderai jamais un tel don,	「我絕對不會向您要求這樣的賞賜，
Ainz vos demant[606] Espaigne le regné,	Mais je sollicite auprès de vous le royaume d'Espagne,	然而我要向您請求西班牙王國、
Et Tortolose et Porpaillart sor mer ;	Tortolouse et Portpaillart-sur-mer ;	多羅魯茲城與濱海波赫巴亞城，

---

[604] *Ou voit le roi* : sans plus attendre, aussitôt（「立刻」、「馬上」）。根據Claude Lachet（1999, 196）的雙語譯注版解釋，*Ou voit le roi*這個片語直譯為*dès qu'il voit le roi*「他一見到國王」，*ou voit*本是在史詩中常會出現的固定詞組，之後這個詞組的原意消失，被翻譯為「立刻」之意。

[605] *rové* :（participle passé）demandé（「要求」、「祈求」）。*rové*為動詞*rover*的過去分詞形式，*rover*源自於拉丁文*rogare*，意即「要求」（demander）、「請求」（prier）。

[606] *demant* : demande（「要求」、「請求」）。*demant*為動詞*demander*的直陳式現在時p1的形式。

	古法文原文 XVIII	現代法文譯文 XVIII	中文譯文 XVIII
40	Si vos demant Nymes cele cité,	Je vous demande la cité de Nîmes,	我向您索求尼姆城，
	Aprés Orenge qui tant fet a loer.	Puis Orange qui mérite tant d'être louée.	然後是十分值得稱道的奧朗日城。
	Se la me dones, n'i afiert mie grez,	Si vous m'accordez ce domaine, il n'y a pas de quoi vous remercier,	倘若您賜與我這塊領地，我沒什麼要感激您的，
	C'onques escuz n'en fu par toi portez,	Car jamais vous n'y avez pas porté de bouclier,	因為您從未在征戰中扛起過盾牌，
	N'ainz chevalier n'en eüs au digner,	Ni pris en charge de chevalier,	也未曾承擔過照顧騎士的責任，
45	N'apovrïez[607] n'en est vostre chatel[608]. »	Et votre patrimoine n'en sera pas appauvri. »	何況您的祖上家業也並未因此而變少。」
	Ot le li rois, s'en a .i. ris gité.	À ces mots, le roi a éclaté de rire.	國王聽罷，放聲大笑了起來。

[607] *apovrïez*：（participle passé）appauvri（「變貧窮」）。*apovrïez* 為動詞 *aprovrïer* 的過去分詞形式。

[608] *chatel*：（n.m.）ensemble des biens, patrimoine（「財產」、「祖產」）。

古法文原文 XIX	現代法文譯文 XIX	中文譯文 XIX
1 « Looÿs sire, dit Guillelmes le fort,	« Seigneur Louis, dit Guillaume le fort,	雄壯威武的紀堯姆說道：「路易陛下，
Por Deu, me done d'Espaigne toz les porz[609] ;	Au nom de Dieu, donne-moi tous les cols d'Espagne,	我以天主之名起誓，將西班牙的所有山口賜給我吧，
Moie[610] est terre, tuens[611] en iert li tresorz[612] ;	La terre est à moi, le trésor sera à toi ;	土地歸我所有，金銀財寶歸你所有，
Mil chevalier t'en conduiront en ost[613]. »	Mille chevaliers t'accompagneront en campagne. »	千名騎士以後也將隨你一同征戰沙場。」

XI～XX

---

[609] *porz*：（n.m. pl.）cols, défilés（「山口」、「山坳」）。*Porz* 源自於拉丁文 *portus*，此處為第一類陽性名詞偏格複數的形式。

[610] *Moie*：（possessif）mienne（「我的」）。*Moie* 此處為第一人稱單數（p1）主有詞陰性正格的重音形式（forme tonique）。

[611] *tuens*：（possessif）tien（「你的」）。*tuens* 此處為第二人稱單數（p2）主有詞陽性正格的重音形式。

[612] *tresorz*：（n.m.）trésor（「財寶」、「珍寶」）。*tresorz* 源自於拉丁文 *thesaurus*，此處為第一類陽性名詞正格單數的形式。

[613] *conduiront en ost*：accompagneront en campagne（「跟隨上戰場」、「跟隨出征」）。*ost* 源自於拉丁文 *hostum*，原意為「敵人」（ennemi），之後引申義為「敵軍」（armée ennemie）或「軍隊」（armée），*ost* 此處的意思為「軍隊」（armée）或「戰場」（campagne）。

古法文原文 XX	現代法文譯文 XX	中文譯文 XX
1 « **D**one moi, rois, Naseüre[614] la grant	« Donne-moi, sire, Naseüre la grande ville,	「陛下，就將那座納瑟宇赫大城市賜給我吧，
Et avec Nymes et le fort mandement[615],	Et avec elle, Nîmes et sa place forte,	還有連帶一塊兒也把尼姆城以及其要塞賞賜與我好了。
S'en giterai le mal paien Otrant[616]	J'en délogerai le mauvais païen Otrant,	我會將那卑劣的異教徒奧特朗逐出尼姆城，
Qui tant François a destruit[617] por neant[618],	Qui a tué tant de Français sans raison,	他毫無緣由地殘殺了那麼多的法蘭西人，
5 De maintes terres les a fet defuiant[619].	Et les a fait fuir de maintes terres.	以及害得法蘭西人從諸多地方逃走。
Se Dex me veult aidier, par son commant[620],	Si Dieu veut m'aider, par sa volonté,	倘若上帝願意幫助我的話，依照他的旨意，
Ge autre terre, sire, ne vos demant. »	Je ne vous demande pas d'autre terre, sire. »	我是不會向您要求其他的領地的，陛下。」

---

[614] *Naseüre* : Naseüre（「納瑟宇赫城」）。根據Duncan McMillan（1978, 168）的校注版解釋，*ms. A3*與*ms. A4*的拼寫法為*Vauseüre*，為一座撒拉遜人占據的城市，紀堯姆要求路易國王將其賞賜與他。

[615] *mandement* :（n.m.）place forte, lieu fort（「要塞」、「堡壘」）。

[616] *Otrant* : Otrant（「奧特朗」）。奧特朗為尼姆城的撒拉遜國王，為阿爾班（Harpin）的兄弟。

[617] *destruit* :（participe passé）tué, massacré（「殺戮」、「殺害」）。

[618] *por neant* : sans motif, sans raison（「沒來由地」、「無緣無故地」）。

[619] *defuiant* : fuyant（「逃走」、「逃離」）。手稿中的原文為*definant*，此處根據*ms. A4*更正之。

[620] *commant* :（n.m.）commandement, volonté（「命令」、「意願」）。

古法文原文 XXI	現代法文譯文 XXI	中文譯文 XXI
1 « **D**onez moi, sire, Valsoré <u>e</u>t Valsure,	« Donnez-moi, sire, Valsoré et Valsure,	「陛下，請將伐勒索黑城與伐勒旭赫城賞賜給我吧，
Donez moi Nymes o les gra<u>n</u>s[621] tors aguës[622],	Donnez-moi Nîmes avec ses grandes tours pointues,	請將尼姆城和其宏大高聳的尖塔也一併賞賜與我吧，
Aprés Orenge, cele cité cremue[623],	Puis Orange, cette cité redoutable,	接下來再賞賜給我奧朗日——這座令人生畏的城市，
<u>E</u>t Neminois <u>e</u>t tote la pasture[624],	Et le pays de Nîmes et tous ses pâturages,	以及尼姆城的整個區域和這個地區的所有牧場，
5 Si <u>com</u> li Rosnes li cort par[625] les desrubes[626]. »	Là où le Rhône coule au fond des ravins. »	在那裡有隆河在溝壑底流淌著。」

---

[621] *grans* :（adj. pl.）grandes, hautes（「高大的」、「高聳的」）。*grans*是屬於第二類陰性或陽性皆為同形態的變格法（adjectifs épicènes），此處的*grans*為陰性偏格複數（CR pl.）的形式，修飾陰性複數名詞*tors*。此處的*grans*源自於拉丁文第二類形容詞*grandes*，以正常的語音發展是尾音節[des]中的母音[e]在七至八世紀時便不再發音，濁子音（consonne sonore）[d]則演變為相對應的清子音（consonne sourde）[t]，當[t]遇上尾子音[s]時，原本的拼寫方式應該是-z，然而自十三世紀起，[ts]演變成[s]，拼寫法也簡化為-s，手稿中的手抄員在此處將*granz*謄寫為*grans*，但是*granz*這個拼寫法也在此手稿中交替出現（V, 18；VI, 8；XIV, 12；XV, 49）。

[622] *aguës* :（adj. pl.）pointues（「尖的」、「尖頂的」）。形容詞*aguës*此處為陰性偏格複數的形式，*aguës*源自於拉丁文*actas*，原意為「尖的」（aigues）、「尖銳的」（tranchantes），此處為「尖頂的」之意。

[623] *cremue* :（participe passé et adj.）redoutable（「令人生畏的」、「令人害怕的」）。*Cremue*為動詞*criembre*的過去分詞陰性單數的形式，此處當形容詞使用，修飾第二類單數陰性名詞*cité*。*criembre*源自於高盧－羅曼語（gallo-roman）*cremere，相對應於古典拉丁文的*tremere*，原意為「發抖」（trembler）、「顫慄」（frémir），古法文中的意思為「害怕」（craindre）。

[624] *pasture* :（n.f.）pâturage（「牧場」）。*pasture*源自於晚期拉丁文*pastura*，原意就是「牧場」（pâture），此處為第一類陰性名詞偏格單數的形式。

[625] 手稿此處的原文為*por*，此處根據*ms. A2*、*ms. A3*、*ms. A4*更正之。

[626] *desrubes* :（n.f. pl.）ravins（「溝壑」、「絕壁」）。

古法文原文 XXI	現代法文譯文 XXI	中文譯文 XXI
Dist Looÿs : « Beau sire Dex, aiüe !	Louis dit : « Cher seigneur Dieu, aidez-moi !	路易說道:「親愛的天主大人,請幫助朕!
Par un seul home iert cele honor tenue ? »	Ce fief sera-il gardé par un seul homme ? »	這份封邑可以只由單獨一人守衛嗎?」
Et dit Guillelmes : « De sejorner[627] n'ai cure.	Et Guilllaume dit : « Je ne me soucie pas de m'attarder,	紀堯姆答道:「我不想在此多做耽擱,
Chevaucherai au soir et a la lune,	Je chevaucherai le soir et au clair de lune,	我將會在夜晚就著月光策馬前行,
10 De mon hauberc[628] covert l'afeutreüre[629],	Revêtu de la pièce rembourrée de mon haubert,	在我的鎖子甲上再穿上有填塞羊毛氈墊料的衣物,
S'en giterai la pute[630] gent[631] tafure[632]. »	J'en délogerai la sale race sarrasine. »	我定會把這個卑鄙的撒拉遜民族趕出這個地區的。」

[627] *sejorner* :(inf.) s'attarder, se reposer(「耽擱」、「逗留」、「休息」)。

[628] *hauberc* :(n.m.) haubert(「鎖子甲」)。*hauberc*源自於法蘭克語 **halsberg*,原意為「保護頸項之物」(ce qui protège le cou),*berg*意即「保護……的」(ce qui protège),*hals* 則是「頸項」(cou)之意。根據Claude Lachet(1999, 197)的雙語譯注版解釋,*hauberc*「鎖子甲」為騎士們穿著的一種長度及膝之內長衣(tunique),通常是配有袖子與帽子,這個內長衣的前後皆有開衩,主要是為了戰士方便上馬而設計之。

[629] *afeutreüre* :(n.f.) pièce rembourrée, garniture de feutre(「(有填塞羊毛、木棉、鬃毛、氈子等墊料的)衣物」、「加毛氈墊料」)。*Afeutreüre*是由字根 *feutre*(意即「氈子」、「羊毛氈」)加上前綴詞*a-*與後綴詞*-üre* 所組成,意思為「加上氈子墊料」,此處要修飾的是在鎖子甲上加上一層保暖的衣物以便夜晚騎行,然而在 Duncan McMillan(1978, 153)校注版的生難字表中,他針對*afeutreüre*這一詞給出的詞義為「馬鞍有加墊料的部位」(partie rembourrée de la selle)。

[630] *pute* :(adj.) sale, infâme(「卑鄙的」、「壞的」)。*Pute*屬於第一類形容詞陰性偏格單數的形式,*pute*源自於拉丁文*putidam*,原意為「腐爛的」、「發臭的」,其後轉義為辱罵意義的詞彙,通常根據上下文意即「卑劣的」、「齷齪的」、「下流的」。

[631] *gent* :(n.f.) race(「民族」、「種族」)。*Gent*(< lat. gentem)為第二類陰性名詞偏格單數的形式。

[632] *tafure* :(adj.) sarrasine(「撒拉遜的」)。

古法文原文 XXII	現代法文譯文 XXII	中文譯文 XXII
1 « Sire Guillelmes, dit li rois, entendez.	« Seigneur Guillaume, dit le roi, écoutez.	國王說道:「紀堯姆愛卿,聽朕說。
Par cel apostre qu'en quiert en Noiron prez,	Par cet apôtre qu'on implore au parc de Néron,	朕以人們都對之祈禱的那名位於尼祿花園的使徒之名起誓,
El n'est pas moien ne la vos puis doner ;	Cette terre n'est pas à moi, je ne puis vous la donner ;	這塊疆土並不屬於朕,朕無法賞賜於您;
Einçois la tienent Sarrazin et Escler,	Mais ce sont les Sarrasins et les Slaves qui la possèdent,	目前是撒拉遜人和斯拉夫人占領了這塊領土,
5 Clareaus d'Orenge et son frere Acéré,	Clareau d'Orange et son frère Acéré,	奧朗日的克拉侯與他的兄弟阿瑟黑,
[36d] Et Golïas et li rois Desramé,	Golias et le roi Desramé,	戈力亞與德拉梅國王,
Et Arroganz et Mirant et Barré,	Arrogant, Mirant et Barré,	阿洛剛、米朗、霸黑、
Et .xv. paumes et son frere Gondré,	Quinzepaumes et son frère Gondré,	甘茲虢姆與他的兄弟恭德黑、
Otrans de Nimes et li rois Murgalez.	Otrant de Nîmes et le roi Murgalé.	尼姆的奧特朗以及牧赫佳列國王統治著它。
10 Le roi Tiebaut i doit l'en coroner ;	On doit y couronner le roi Tibaut ;	諦波國王應會在那裡接受加冕,
Prise a Orable, la seror[633] l'amiré :	Il a épousé Orable, la sœur de l'émir :	並且迎娶元帥的姊妹歐拉蓓蕾:
C'est la plus bele que l'en puisse trover	C'est la plus belle femme que l'on puisse trouver	她是在異教徒與基督教世界中

---

[633] *seror*:(n.f.) soeur(「姐姐」、「妹妹」)。*Seror* 此處為第三類陰性名詞偏格單數的變格形式。

古法文原文 XXII	現代法文譯文 XXII	中文譯文 XXII
En paienie⁶³⁴ n'en la crestïenté.	Chez les païens et les chrétiens.	所能找出的最美女子。
Por ce crien⁶³⁵ ge, se entr'eus vos metez,	C'est pourquoi je crains que, si vous vous précipitez sur eux,	這是為何朕會擔心您若是冒然闖進他們的地盤裡，
15 Que cele terre ne puissiez aquiter⁶³⁶.	Vous ne puissiez libérer cette terre.	未必能夠解放這塊領土。
Mes, s'il vos plest, en cest remanez⁶³⁷ ;	S'il vous plaît, restez dans mon royaume,	假如您願意的話，就留在朕的王國裡吧，
Tot egalment⁶³⁸ departons⁶³⁹ noz citez :	Partageons également nos cités :	就讓我們一齊平分我們的城邑吧：
Vos avroiz Chartres et Orliens me lerez,	Vous aurez Chartres et vous me laisserez Orléans,	您可以擁有沙特爾城，但是要留給朕奧爾良城
Et la corone, que plus n'en quier porter.	Et la couronne, car je n'en souhaite pas davantage.	以及王位，朕再無其他所求。」
20 —— Non ferai, sire, dit Guillelmes le ber,	—— Non, sire, répond Guillaume le vaillant,	驍勇的紀堯姆答道：「我拒絕這個提議，陛下，

634 *paienie*：（n.f.）terre des païens, des Sarrasins（「異教徒領土」、「撒拉遜人國土」）。此章節中的12至13行詩專注於吹噓歐拉蓓蕾（Orable）的美麗，在《攻克奧朗日城》（*La Prise d'Orange*）的第254-255行詩中也有類似的內容：*Il n'a si bele en la crestïenté/ n'en paienie qu'en i sache trover*。

635 *crien*：crains（「害怕」、「擔心」）。Crien為動詞*criembre*的直陳式現在時p1的形式。

636 *aquiter*：（inf.）libérer, délivrer（「解放」）。

637 *remanez*：restez（「留下」）。*remanez*為動詞*remanoir*的命令式現在時p5的形式。

638 *egalment*：（adv.）également（「相等地」、「一樣地」）。

639 *departons*：partageons（「平分」、「分享」）。*departons*為動詞*departir*的命令式現在時p4的形式。

古法文原文 XXII	現代法文譯文 XXII	中文譯文 XXII
Que ja[640] diroient cil baron[641] naturel[642] :	Car les barons bien nés diraient bientôt :	因為那些出身尊貴的大臣們馬上會說：
"Vez ci Guillelme, le marchis au cort nes,	"Regardez Guillaume, le marquis au court nez,	『瞧瞧我們這位短鼻子侯爵紀堯姆，
Comme il a ore son droit seignor monté[643] :	Comme il vient de servir les intérêts de son seigneur légitime,	由於他侍奉了他的正統主君，將其地位提升，
Demi son regne li a par mi doné,	Le roi lui a donné la moitié de son royaume,	國王因此賜與他一半的江山，
25 Si ne l'en rent .i. denier monnoié[644].	Et il ne lui en paie pas un denier de rente.	而紀堯姆卻沒有給他半毛錢的回報。
Bien li a ore son vivre[645] recopé[646]." »	Il lui a bien rogné ses revenus. " »	他還大大瓜分了陛下的收入。』」

---

[640] *ja*：（adv.）bientôt, aussitôt（「立刻」、「馬上」）。

[641] *baron*：（n.m. pl.）barons（「大臣」）。*baron*（< *lat.* *baroni）此處為第三類陽性名詞正格複數（CS pl.）的變格形式。

[642] *naturel*：（adj. pl.）bien nés（「出身尊貴的」）。*naturel*（< *lat.* *naturali）此處為第二類形容詞正格複數的變格形式。

[643] *monté*：（participe passé）servi les intérêts de, rehaussé（「為……的利益服務」、「提升……的地位」）。

[644] *monnoié*：（participe passé）frappé（「（錢幣的）軋製」）。*monnoié* 為動詞 *monnoier* 的過去分詞形式。

[645] *vivre*：（inf. substantivé）revenus, patrimoine（「收益」、「財產」）。*Vivre* 為原形動詞名詞化的偏格單數形式，屬於第一類陽性名詞變格。

[646] *recopé*：（participe passé）coupé, rogné, diminué（「分割」、「瓜分」、「削減」）。*recopé* 為動詞 *recoper* 的過去分詞形式。在第十五章71-76行中紀堯姆已經表露過相同的憂慮，他擔心朝中大臣會視他為隨時準備叛離路易國王的臣子，甚至會危害法蘭西王國利益之人。

古法文原文 XXIII	現代法文譯文 XXIII	中文譯文 XXIII
1 « Sire Guillelmes, dist li rois, frans guerrier,	« Seigneur Guillaume, dit le roi, noble guerrier,	國王說道:「紀堯姆愛卿,高貴的戰士,
Et vos que chaut de mauvés reprovier ?	Que vous importent de méchants reproches ?	您又何必在乎那些惡意的責難呢?
En ceste terre ne quier que me lessiez.	Je ne veux pas que vous me laissiez seul dans mon royaume.	朕不希望您將朕獨自留在朕的王國裡。
Vos avrez Chartres et me lessiez Orliens,	Vous aurez Chartres et laissez-moi Orléans,	您可以擁有沙特爾城,但要把奧爾良城
5 Et la corone, que plus ne vos en quier.	Ainsi que la couronne, je ne vous en demande pas plus.	和王位留給朕,朕再別無所求。」
—— Non ferai, sire, Guillelmes respondié ;	—— Non, sire, répondit Guillaume,	紀堯姆答道:「陛下,不可,
Ge nel[647] feroie por tot l'or desoz ciel.	Je ne le ferais pas pour tout l'or du monde.	就算把全世界的黃金賞賜給我,我也不會接受這份采邑的。
De vostre hennor ne vos quier abessier[648].	Je ne veux pas amoindrir votre domaine,	我不願意削減您的領土,
Ainz[649] l'acroistrai[650] au fer et a l'acier ;	Au contraire, je l'accroîtrai par le fer et l'acier,	相反地,我會率領金戈鐵馬以征戰的方式來擴張您的領土,
10 Mes sires estes, si ne vos quier boisier.	Vous êtes mon seigneur, et je ne veux pas vous porter tort,	您是我的主君,我並不想做損害您利益的事情,

---

[647] *nel*：ne le(「不……這件事」)。*Nel* 是 *ne* 和 *le* 結合的省略形式。

[648] *abessier*：(inf.) amoindrir(「減少」、「變小」)。

[649] *Ainz*：(adv.) au contraire, plutôt(「相反地」、「反倒是」)。

[650] *acroistrai*：accroître, augmenterai(「增加」、「擴大」)。*Acroistrai* 為動詞 *acroistre* 直陳式簡單未來時(futur simple de l'indicatif)p1 的形式。

古法文原文 XXIII	現代法文譯文 XXIII	中文譯文 XXIII
10a Ne savés pas por coi vos voel laissier[651] ?	Ne savez-vous pas pourquoi je veux vous laisser ?	您不知道為何我要離您而去嗎？
Ce fu au tens a feste saint Michiel[652] :	C'était au moment de la saint Michel :	那時正值聖米歇爾主保日，
Fui a Saint Gile[653], reving par Monpellier[654] ;	Je me rendis à Saint-Gilles, revins par Montpellier,	我前往聖吉勒城，回程時經過蒙比利埃城，
Herberja[655] moi un cortois chevalier[656],	Un courtois chevalier m'hébergea,	一位謙遜有禮的騎士接待我留宿，

*Ne savés pas por coi vos voel laissier*這一行詩是從*ms. C*借入，此手稿並未有這一行詩。*voel*為動詞*voloir*直陳式現在時p1的形式。

Ce fu au tens a feste saint Michiel：C'était au moment de la saint Michel（「那時正值聖米歇爾主保日」）。根據 Claude Lachet（1999, 198）的解釋，大天使聖米歇爾的主保日為9月29日，聖米歇爾為天兵天將之統帥，為上帝子民的守護者。根據寫基督教聖人傳記《黃金傳說》（*La Légende dorée*）的作者雅各·德·佛拉金（Jacques de Voragine）的描述，聖米歇爾幫助西旁托居民（les Sipontins）對抗當時仍是信奉異教的那不勒斯居民（les Napolitains）；他還將龍（dragon）趕出天庭；他每天都與惡魔爭戰；他在世界末日之時會在反基督的戰役中得勝歸來。文中特地提及聖米歇爾大天使主保日，是否意味著紀堯姆將如大天使一般為了對抗異教徒撒拉遜人而投身於無情的戰爭之中？

Saint Gile：Saint-Gilles（「聖吉勒城」）。根據 Claude Lachet（1999, 198）的解釋，聖吉勒是一座位於加爾省（Gard）的市鎮，為中世紀時期法國基督教徒前往西班牙北部聖雅各·德·孔波斯特爾朝聖（pèlerinage de Saint-Jacques-de-Compostelle）之四大路線中，其中一條名叫「土魯斯之路」（*via Tolosana*）的重要必經城市，此路線起始於阿萊城（Arles），途中經過聖吉勒城（Saint-Gilles）、蒙比利埃城（Montpellier）、土魯斯城（Toulouse），最後穿越庇里牛斯山到達西班牙。小隆河（Petit Rhône）曾流經聖吉勒城，十字軍東征時期曾是出發前往巴勒斯坦的登船港。在《國王路易一世的加冕禮》（*Le Couronnement de Louis*）一書中，紀堯姆已經攻占過聖吉勒城。

此處從*ms. C*借入*reving par Monpellier*來取代手稿中的原文*lors fui ge chiés .i. ber*，主要是因為這行的諧元韻（assonance）[e]與其他行詩的[ie]／[je]不符合。

Herberja：hébergea（「留宿」、「給……提供住宿」）。*Herberja*為動詞*herbergier*直陳式簡單過去時p3的形式。*Herbergier*源自於法蘭克語 *heribergon*，原意為「給……提供住宿」（donner un gîte），古法文中的意思為「留宿」（loger）、「接待」（donner l'hospitalité）。在中世紀時，雲遊四海的流浪騎士與朝聖者通常都會受到人民的接待，下一行詩中位在句首的副詞*Molt*（= beaucoup）表示接待紀堯姆的東道主十分慷慨好客，不僅款待紀堯姆吃喝，甚至馬匹的糧草也一應俱全。

手稿中的原文為**_le_** *cortois chevalier*，此處也是採用*ms. C*的**_un_** *cortois chevalier*更正之。

XXI ~ XXX

古法文／現代法文／中文對照　167

古法文原文 XXIII	現代法文譯文 XXIII	中文譯文 XXIII
Molt me dona a boivre et a mengier,	Il me donna aondamment à boire et à manger,	他大方款待我吃喝，
15 Fain[657] et avaine[658] a l'auferrant corsier[659].	Ainsi que du foin et de l'avoine à mon fougueux coursier.	同時也餵了我那矯健的戰馬乾草與燕麥。
Quant ce fu chose que eüsmes mengié,	Quand nous eûmes terminé notre repas,	當我們吃飽喝足，
Il s'en ala es prez esbanoier[660],	Le noble chevalier alla se divertir	高貴的騎士和他的隨從
18 O sa mesnie, le gentill chevalier.	Dans les prés, avec sa suite,	跑去草原上消遣玩耍[661]，
18a Tot mon chemin voloie repairier[662],	Je voulais reprendre ma route,	正當我想要繼續啟程時，
Quant par la resne me saisi sa moillier.	Quand sa femme me saisit par les rênes de mon destrier.	騎士的夫人抓住了我戰馬的韁繩。
20 [37a] Ge descendi, elle me tint l'estrier,	Je descendis de cheval, alors qu'elle me tenait l'étrier,	當她幫我抓住馬鐙時，我下了馬，

XXI～XXX

---

[657] *Fain*：（n.m.）foin（「乾草」）。*Fain* 源自於拉丁文 *fenum*，此處為第一類陽性名詞偏格單數的形式。

[658] *avaine*：（n.f.）avoine（「燕麥」）。*Avaine*源自於拉丁文*avena*，此處為第一類陰性名詞偏格單數的形式。

[659] *corsier*：（n.m.）coursier（「戰馬」、「駿馬」）。

[660] *Soi esbanoier*：se divertir, s'amuser（「消遣」、「娛樂」）。

[661] 根據 Claude Lachet（1999, 199）的解釋，此行詩與上一行詩提及騎士和他的隨從出去草原消遣的這件事情似乎不大可能，因為這個區域已被撒拉遜人摧殘蹂躪，所以敘述者此處故意將多餘的騎士丈夫支開，好方便穿插之後男主角與騎士夫人的曖昧誘惑情節。

[662] *Tot mon chemin voloie repairier*此行詩在此手稿中並不存在，是故從*ms. C*處借入。根據 Claude Lachet（1999, 199）的解釋，這行詩主要是要強調紀堯姆心思純正，並未趁騎士丈夫不在之時抱有非分之想，勾引其妻，反倒是想要直接離去。但是這段插曲其實有點模稜兩可，一方面紀堯姆表現出一副純潔無辜的朝聖者形象，卻又在之後的幾行詩中給騎士妻子獨處的機會。

古法文原文 XXIII	現代法文譯文 XXIII	中文譯文 XXIII
Puis me mena aval[663] en .i. celier[664],	Puis elle me fit descendre dans un cellier,	隨後她帶我往下走到一間地下食物貯藏室，
Et del celier amont[665] en .i. solier[666] ;	Et ensuite du cellier monter dans une chambre haute ;	之後又從那間地下食物儲藏室往上走至一間位於高處的房間，
Ainz n'en soi mot, si me chaï[667] as piez.	Aussitôt elle se jeta aux pieds.	忽然她跪倒在我腳下。
Cuidai, beau sire, qu'el queïst amistiez	Je pensai, cher seigneur, qu'elle recherchait mon amitié,	親愛的陛下，我那時以為她想要尋求我的友誼，
25 Ou itel chose que feme a home quiert.	Ou ce qu'une femme demande à un homme.	抑或是女人對男人的那種關係。
Se gel seüsse, ne m'en fusse aprochiez.	Si j'en avais été sûr, je ne me serais pas approché d'elle,	早知道是這樣的話，就算給我金錢萬貫，

---

663 *aval*：（adv.）en bas, en descendant（「往下」）。

664 *celier*：（n.m.）cellier, caveau（「食物貯藏室」、「小地下室」）。*celier*源自於拉丁文 *cellarium*，此處為第一類陽性名詞偏格單數的形式。

665 *amont*：（adv.）en haut（「往上」、「向上」）。

666 *solier*：（n.m.）chambre haute（「位於高處的房間」）。根據 Claude Lachet（1999, 199）的解釋，騎士夫人從上一行詩到這一行詩中表現出她行為上的諸多矛盾處，她一會兒將紀堯姆往下（*aval*）帶至地下室（*celier*），一會兒又把他往上（*amont*）引領至頂樓的房間（*solier*），在紀堯姆看來，這些矛盾的舉動反映出騎士夫人的心緒處於慌亂狀態，因為她到處尋覓一個僻靜處好引誘紀堯姆。可是，事實上騎士夫人只是想要展現給紀堯姆看撒拉遜人對這個地區所造成的損害，她將紀堯姆帶至地下室是為了讓他看糧食所剩無幾，隨後又將他帶至頂樓房間是為了讓紀堯姆俯瞰附近區域受災的大致狀況。此外，Reine Mantou（1980, 275-278）認為紀堯姆與騎士夫人取道的地下室很有可能是祕密地道或是戰壕。

667 *chaï*：elle se jeta, elle tomba（「她撲倒」）。*Chaï*為動詞*cheoir/ chaier*的直陳式簡單過去時p3 的形式。根據 Claude Lachet（1999, 199-200）的注解，在傳統的宮廷文學中，往往都是騎士跪倒在貴夫人腳下祈求得到她的愛情，此處恰恰相反，是騎士夫人跪倒在紀堯姆腳下，但是騎士夫人其實只是想請求紀堯姆救援這塊領土，而非尋求愛情，是紀堯姆誤會了騎士夫人下跪的用意。

古法文原文 XXIII	現代法文譯文 XXIII	中文譯文 XXIII
Qui me donast mil livres[668] de deniers.	Même si l'on m'avait donné mille livres de deniers.	我也不會靠近她。
Demandai li : "Dame[669], feme[670], que quiers[671] ?	Je lui demandai : "Madame, femme, que veux-tu ?	我問她：『尊貴的夫人，嫂子，妳意欲何為？』
—— Merci, Guillelmes, nobile chevalier !	—— Pitié, Guillaume, noble chevalier !	『高貴的騎士紀堯姆，求您發發慈悲吧！
30 De ceste terre quar vos praigne pitié,	Prenez donc pitié de cette terre,	看在被釘在十字架上主耶穌的份上，
Por amor Deu qui en croiz[672] fu drecié !"	Pour l'amour de Dieu qui fut mis en croix ! "	您就可憐可憐這塊領土吧！』
Par la fenestre me fist metre mon chief ;	Elle me fit mettre la tête par la fenêtre,	她讓我來到窗前觀看，

---

668 手稿中mil livres的原始形態為縮寫符號 .m. lb.。此處的lb為拉丁文libras的縮寫符號，法國古代重量單位。

668 手稿中mil livres的原始形態為縮寫符號 .m. lb.。此處的lb為拉丁文libras的縮寫符號，法國古代重量單位。

669 *Dame*：（n.f.）Madame（「尊貴的夫人」）。根據Roland Guillot（2008, 136-138）的解釋，*dame*一詞出現於十一世紀，源自於古典拉丁文 *dómina*，原意為「家中女主人」（maîtresse de maison）、「封建女君主」（suzeraine），之後由於第二個非重音音節的母音[i]消失的緣故，拼寫法變為*domna*。在古法文中，*dame*意指「已婚的貴族婦女」，通常出身高門貴族，人們見到她都要對她行禮。*Dame*陽性的相對應詞為*sire/ seigneur*，之後*dame*引申為泛指所有的貴族女子之意。在宮廷文學中，*dame*的意思為「被愛著的女人」（femme aimée），此女子比較常見的是對其封地擁有宗主權，以及對情人擁有主導控制權。當*Dame*的第一個字母為大寫時，意即「聖母瑪利亞」。現代法文中的*dame*可以用來意指「上層的中產階級婦女」，之後亦可意指「平民階級的女子」，「貴族女子」的詞義已然消失不復見。*Madame*在現代法文中主要是用於對已婚或未婚女子的禮貌性稱呼。

670 *feme*：（n.f.）femme, épouse（「人妻」、「嫂子」、「嫂夫人」）。feme源自於古典拉丁文 *fēmĭna*，原意為「雌性動物」（femelle）、「女人」（femme），對立詞為「雄性動物」（mâle），其後引伸出「妻子」（épouse）之意。此處紀堯姆是想要提醒騎士夫人已是身為人妻的身分，所以將feme翻譯為中文泛指已婚婦女的「嫂子」。

671 *quiers*：tu veux, tu désires（「妳想要」）。Quiers為動詞querre的直陳式現在時p2的形式。

672 *croiz*：（n.f.）croix（「十字架」）。此處的croiz源自於拉丁文crucem，為第四類陰性名詞無格變化的偏格單數形式。

古法文原文 XXIII	現代法文譯文 XXIII	中文譯文 XXIII
Toute la terre vi plaine d'aversiers[673],	Je vis tout le pays rempli de démons,	我見到整個地區都充斥著魔鬼，
Viles ardoir[674] et violer moustiers,	Brûler les villes et violer les églises,	他們燒毀城市，破壞教堂，
35 Chapeles fondre[675] et trebuchier[676] clochiers[677],	Détruire les chapelles et renverser les clochers,	摧毀禮拜堂以及推倒鐘樓，
Mameles[678] tortre[679] a cortoise moilliers,	Tordre les seins des femmes courtoises,	他們還搓捻典雅高貴婦女之胸部，
Que en mon cuer m'en prist si grant pitié.	Si bien qu'une grande pitié m'envahit le cœur.	我的心中因此升起了一股強烈的憐憫之心。
Molt tendrement plorai[680] des eulz del chief.	Je pleurai d'atendrissement toutes les larmes de mon corps.	我為此而痛哭流涕。

[673] *aversiers*：（n.m. pl.）démons, diables（「魔鬼」、「惡魔」）。此處的*aversiers*源自於拉丁文 *adversarios*，為第一類陽性名詞偏格複數的形式。*Aversiers*一詞通常用於形容撒旦和魔鬼，此詞在法國十二至十三世紀的文學作品中，常用在意指基督徒的敵人——撒拉遜人。

[674] *ardoir*：（inf.）brûler（「燒毀」、「焚毀」）。

[675] *fondre*：（inf.）faire écrouler, renverser（「使倒塌」、「推倒」）。

[676] *trebuchier*：（inf.）abattre, renverser（「推倒」、「使倒下」）。

[677] *clochiers*：（n.m. pl.）clochers（「鐘樓」）。

[678] *Mameles*：（n.f. pl.）seins, poitrine（「胸部」、「乳房」）。

[679] *tortre*：（inf.）tordre（「捻」、「搓」）。

[680] *Molt tendrement plorai*：je pleurai très fort（「我哭得非常激動」、「我痛哭流涕」、「我嚎啕大哭」）。副詞*tendrement*在此處的意思為「激動地」（vivement），而非現代法文中「溫柔地」、「溫情地」的意思。參見Gilles Roussineau（2015, 1401）在《貝瑟佛黑》第六部的校注版第二冊中的生難詞表之解釋。此處紀堯姆因心生憐憫而痛哭流淚的一幕並非顯示出紀堯姆內心脆弱的一面，相反地此一舉動反映出紀堯姆是個擁有靈魂高貴，至情至性之人。

古法文原文 XXIII	現代法文譯文 XXIII	中文譯文 XXIII
La plevi[681] ge le glorïex del ciel,	Là je fis le serment au roi glorieux du ciel,	在那裡我對榮耀的天主立誓，
40 Et a saint Gile, dont venoie proier,	Et à saint Gilles que je venais de prier,	還有也對我剛祈禱過的聖吉勒起誓，
Qu'en cele terre lor iroie aïdier	De porter secours aux gens de ce pays,	但願他們能讓我率領聽我號令的眾多軍隊來
A tant de gent[682] com porrai justisier[683]. »	Avec autant de troupes que je pourrais commander. »	救援這個地區的人民。」

---

681 *plevi*：je fis serment, je promis（「我發誓」、「我承諾」）。*Plevi*為動詞*plevir*的直陳式簡單過去時p1的形式。

682 *gent*：（n.f.）armée, troupe（「軍隊」、「部隊」）。

683 *justisier*：（inf.）dominer, commander（「支配」、「號令」）。

古法文原文 XXIV	現代法文譯文 XXIV	中文譯文 XXIV
1 « Sire Guillelmes, dist Looÿs li frans,	« Seigneur Guillaume, dit Louis le noble,	高貴的路易說道：「紀堯姆愛卿，
Quant ceste terre ne vos vient a talant[684],	Puisque la terre que je vous offre ne vous plaît pas,	既然朕賜給您的領地未達到您的期望，
Si m'aïst Dex, grainz[685] en sui et dolant.	Que Dieu m'aide, j'en suis triste et navré.	朕為此感到傷心難過，但願天主保佑朕。
Franc chevalier, or venez dont avant,	Noble chevalier, approchez-vous donc,	高貴的騎士，上前領旨，
5 Ge ferai, voir, tot le vostre talant.	J'accéderai, vraiment, à votre désir.	朕是真心實意要滿足您的要求。

---

[684] *talant*：(n.m.) désir, envie, volonté（「願望」、「期望」、「要求」）。*Talant*此處為第一類陽性名詞偏格單數的形式。根據*Littré*大辭典的解釋，*talant*源自於拉丁文 *talentum*，後者則由希臘文*tálanton*借入，原意為「塔蘭」，為古希臘的重量單位及貨幣單位的名稱。對古希臘人來說，「塔蘭」的重量可以根據不同的區域而有所不同，原本的一塔蘭的重量相當於 19,440 克，但在梭倫的經濟改革（réforme de Solon）後，雅典人對於一塔蘭的重量則增至為27,000克。錢幣「塔蘭」有金「塔蘭」與銀「塔蘭」兩種，一個19,440克的銀塔蘭等同於4,140法朗，然而一個27,000克塔蘭則等同於5,750法朗。至於金塔蘭的價值等於銀塔蘭的六倍居多，市面上金塔蘭的流通比較普遍。古法文中，*talant*的意思可以為「希望」（envie）、「想望」（désir），有時也可以意指「想法」、「意見」（avis）。到了十六世紀文藝復興時期，*talant*在中世紀時期的這些詞義已消失不用，反倒是出現了新的詞義，此時的*talant*意指「天賦」（don）、「才幹」（aptitude）、「才能」（capacité），這個詞義是透過隱喻的方式從馬太福音（Évangile de Matthieu, XXV, 14-30）中的塔蘭寓言故事（parabole des talents）引進的，故事的內容大致如下：一位有錢的男子要出遠門，臨行時把他的僕人叫過來分別給他們金錢，男子給了第一位僕人五塔蘭，第二位兩個塔蘭，第三位一塔蘭，之後男子便離去。前兩位僕人都將男子給他的金錢善為利用，把原來的本金贈值為原來的一倍；只有第三位將原來的一塔蘭埋進土中。等到男子返家時，要求看帳，此時前兩位因為善加理財而受到男子褒獎，而第三位因為懶惰而被男子責備，最後追回一塔蘭，將其交給第一位僕人看管。這個寓言故事中的男子可以隱喻為上帝，塔蘭則隱喻為造物主賜與每個人的天賦與才能。此處的片語*venir a talent a*（*qulequ'un*）的意思是「被（某人）想望」（être désiré par quelqu'un），所以*ceste terre ne vos vient a talant*可以翻譯為「您不想要這塊領土」。

[685] *grainz*：(adj.) triste, affligé, désolé（「傷心」、「難過」）。

古法文原文 XXIV	現代法文譯文 XXIV	中文譯文 XXIV
Tenez Espaigne, prenez la par cest gant[686] ;	Recevez l'Espagne en fief, prenez-la par ce gant ;	您就收下西班牙來當作您的采邑吧，以這隻手套為證，您就接受這塊領地吧。
Ge la vos doing[687] par itel convenant[688],	Je vous la donne selon la condition suivante :	我得在以下的條件下才賜與您這塊領地：
Se vos en croist ne paine[689] ne ahan[690],	Si vous éprouvez de la peine ou de la souffrance,	假使您遭遇到困難與苦難，
Ci ne aillors ne t'en serai garant[691]. »	Ni ici ni ailleurs, je ne pourrai vous protéger. »	無論此處或他處，我都無法護您周全。」
10 Et dit Guillelmes : « Et ge mielz[692] ne demant,	Guillaume répond : « Je ne demande rien de plus,	紀堯姆答道：「我除了要求您在七年內救援我一次以外，
Fors seulement .i. secors[693] en .vii. anz. »	Qu'un seul secours en sept ans. »	再別無他求。」

---

[686] *gant*：（n.m.）gant（「手套」）。*gant* 源自於古法蘭克語*want*，原意為「連指手套」（moufle）或「露指手套」（mitaine），此處為第一類陽性名詞偏格單數的形式。根據 Claude Lachet（1999, 201）的解釋，手套在中世紀的典禮儀式中為一常見的象徵性物品。當附庸在受封領地儀式時，領主會遞給他的附庸一隻手套，象徵將他的領地讓給他的附庸。在《紀堯姆之歌》（*La Chanson de Guillaume*）一書中，紀堯姆脫下手套，將其丟到路易腳下，意味著紀堯姆放棄他的采邑。

[687] 手稿中的原文為*vos doig*，此處根據*ms. A2*更正為*vos doing*。

[688] *convenant*：（n.m.）situation（「情況」、「狀況」）。

[689] *paine*：（n.f.）peine, souffrance（「勞苦」、「苦難」）。

[690] *ahan*：（n.m.）peine, tourment, fatigue（「辛苦」、「痛苦」、「辛勞」）。

[691] *ne t'en serai garant*：je ne te protégerai pas（「我無法護您周全」）。

[692] *mielz*：（adv.）plus, davantage（「更多」、「更」）。*Mielz*源自於拉丁文形容詞*bonus*（= bon）的比較級中性 comparatif de l'adjectif *bonus* au neutre）*melius*，為現在法文的*mieux*，*mielz*在古法文中便被當作副詞使用。

[693] *secors*：（n.m.）secours, aide（「援助」、「救援」）。此處路易國王雖然欣然答應七年內援助紀堯姆一次的請求，然而在《紀堯姆之歌》（*La Chanson de Guillaume*）一書中，紀堯姆在拉昂城向路易請求援軍時，路易國王卻拒絕援助紀堯姆的軍隊，路易國王違背了他身為中世紀君王應該保護其附庸的責任與義務。

古法文原文 XXIV	現代法文譯文 XXIV	中文譯文 XXIV
Dist Looÿs : « Ge l'otroi bonement⁶⁹⁴.	Louis dit : « Je vous l'accorde volontiers.	路易說道：「朕欣然允了您的這個請求。
Or ferai, voir, tot le vostre commant⁶⁹⁵.	Je vais faire, vraiment, tout ce que vous voulez.	朕真心願意滿足您的所有請求。」
—— Granz merciz, sire », dit li cuens en riant⁶⁹⁶.	—— Merci beaucoup, seigneur, dit le comte en riant.	伯爵笑著說道：「多謝陛下。」
15 Li cuens Guillelmes s'est regardez atant⁶⁹⁷,	Alors le comte Guillaume a regardé autour de lui,	這時紀堯姆伯爵環顧四周，
Si vit ester⁶⁹⁸ Guïelin et Bertran ;	Il a vu debout Guiélin et Bertrand ;	看見紀耶嵐與貝特朗正直立站著；
Si neveu⁶⁹⁹ furent, fill⁷⁰⁰ Bernart de Breban.	Ils étaient ses neveux, les fils de Bernard de Brébant.	他們都是紀堯姆的侄子，蔀烈傍的貝赫納之子。
[37b] Il les apele hautement en oiant :	Il les appelle à haute voix devant tous :	他在眾人面前高聲呼喊他們的名字：
« Venez avant, Guïelin et Bertran.	« Avancez-vous, Guiélin et Bertrand.	「紀耶嵐與貝特朗，走上前來，
20 Mi ami estes et mi prochain⁷⁰¹ parent ;	Vous êtes mes amis et mes proches parents ;	您們是我的朋友又是我的近親，

---

⁶⁹⁴ *bonement*：（adv.）volontiers, avec joie（「樂意地」、「欣然地」）。

⁶⁹⁵ *commant*：（n.m.）volonté, désir（「願望」、「要求」）。

⁶⁹⁶ 手稿中的原文為*dit li cuens, ore entent*，此處採用*ms. B*的內容*dit li cuens en riant*更正之。

⁶⁹⁷ *atant*：（adv.）alors, à ce moment（「那時」、「當時」）。

⁶⁹⁸ *ester*：（inf.）être debout（「站著」）。動詞*ester*源自於拉丁文*stare*，意即「直立著」、「站立著」。

⁶⁹⁹ *neveu*：（n.m. pl.）neveux（「侄子」、「外甥」）。*Neveu*此處為第三類陽性名詞正格複數（CS pl.）的形式，因為*neveu*在句中扮演被省略的人稱代名詞陽性p6正格複數*il*（= ils）的表語角色（attribut）。

⁷⁰⁰ *fill*：（n.m. pl.）fils（「兒子」）。*fill*此處為第一類陽性名詞正格複數的形式。

⁷⁰¹ *prochain*：（adj. pl.）proches（「親屬或血緣關係近的」）。*Prochain*源自於通俗拉丁文 **propeanum*，後者又源自於古典拉丁文 *prope*，意思為「近」（près）。*prochain*在此處為第一類陽性形容詞正格複數的形式，*prochain* 修飾之後的陽性名詞*parent*，意思是「近親」。

古法文原文 XXIV	現代法文譯文 XXIV	中文譯文 XXIV
Devant le roi vos metez en present ;	Présentez-vous devant le roi ;	過來晉見國王；
De cest hennor que ci vois demandant	Pour ce fief que je sollicite ici,	為了我在此要求的這份采邑，
Ensemble o moi que recevez le gant ;	Recevez le gant avec moi ;	您們和我一齊收下手套吧，
O moi avroiz les biens[702] et les ahans. »	Avec moi vous partagerez les profits et les peines. »	您們和我一起有福同享，有難同當。」
25 Guïelin l'ot[703], si sorrist[704] faintement[705],	À ces mots, Guiélin sourit en cachette,	紀耶嵐聽罷，暗自竊笑了起來，
Et dit en bas, que[706] ne l'entent neant :	Et dit tout bas, de sorte que l'on ne l'entend pas :	接著以旁人聽不見的方式低聲說道：
« Ge ferai, ja mon oncle molt dolant.	« Je vais contrarier fort mon oncle.	「我會讓我的伯父大為光火。」
—— Non feroiz, sire, ce dit li cuens Bertran,	—— Ne faites pas cela, seigneur, dit le comte Bertrand,	貝特朗伯爵說道：「大人，別這樣做，
Que molt est fier[707] Guillelmes le vaillant.	Car Guillaume le vaillant est très farouche.	因為驍勇的紀堯姆天生性格就非常粗暴急躁。」
30 —— Et moi que chaut ? dist Guïelin l'enfant,	—— Et que m'importe ? dit Guiélin, l'adolescent,	年少的紀耶嵐說道：「這與我何干？
Que trop[708] sui juenes, ge n'en ai que .xx. anz ;	Je suis très jeune, je n'ai que vingt ans ;	我還很年輕，我才只有二十歲，

<aside>XXI ～ XXX</aside>

---

[702] *biens*：（n.m. pl.）avantages, profits（「好處」、「利益」）。

[703] 手稿中的原文為*Ot le Bertran*，此處根據*ms. B*與*ms. C*更正為*Guïelin l'ot*，因為在第28行詩時貝特朗對前一位說話者做出了回應，所以不可能此行詩的說話者是貝特朗。

[704] *sorrist*：sourit（「微笑」）。*sorrist*為動詞*sorrire*的直陳式簡單過去時p3形式。

[705] *faintement*：（adv.）en cachette, à la dérobée（「偷偷地」）。

[706] *que*：（conj.）si bien que, de telle sorte que（「以致於」、「因而」）。

[707] *fier*：（adj.）sauvage, farouche（「粗暴的」、「急躁的」）。

[708] *trop*：（adv.）très（「很」、「非常」）。

古法文原文 XXIV	現代法文譯文 XXIV	中文譯文 XXIV
Encor ne puis paine soffrir si grant. »	Je ne peux pas encore supporter un si grand tourment. »	我還不能忍受如此巨大的辛勞。
Ot le Bernart, son pere de Brebant,	Son père, Bernard de Brébant l'entend,	他的父親蔀烈傍的貝赫納聽了他說的話，差點失去理智。
A par .i. pou que[709] il ne pert le sens.	Peu s'en faut qu'il ne perde la raison.	
35 Hauce la paume, si li a doné grant :	Il lève la main et le frappe violemment :	他舉起手來狠狠地打了他。
« Hé ! fox lechierres[710], or m'as tu fet dolant !	« Ah ! stupide vaurien, Tu viens de me fâcher !	「嘿！你這個愚蠢的酒囊飯袋，你氣死為父了！
Devant le roi te metrai en present[711].	Je vais te mettre en présence du roi.	為父現在就帶你去面見國王，
Par cel apostre que quierent peneant[712],	Par l'apôtre qu'implorent les pénitents,	為父以所有懺悔者都對之祈禱的使徒起誓，
S'avec Guillelme ne recevez le gant,	Si tu ne reçois pas le gant avec Guillaume,	假若你不和紀堯姆一起接受那隻手套，
40 De ceste espee avras tu une grant[713] ;	Tu auras un grand coup de cette épée.	你將會受到為父這把劍的重重一擊，

---

[709] *A par un pou que*（＋ind.）：peu s'en faut que（「差點」、「幾乎」）。

[710] *lechierres*：（n.m.）vaurien, canaille（「酒囊飯袋」、「無賴」）。根據 Claude Lachet（1999, 202）的注解，*lechierres* 這個詞和法蘭克語 *lekkon* 相關，*lekkon* 意思為「舔」，所以 *lechierres* 原意為「貪吃美食者」（gourmand），之後轉義為「下流的人」、「生活糜爛荒淫的人」，最後演變為「蠻橫無禮之人」的意思。此外，*lechierres* 很快地變成罵人的用語，相當於「廢物」、「混帳東西」。*Lechierres* 相對於現代法文的 *lécheur*，後者仍保有貶義，有時為 *flagorneur*「逢迎拍馬的人」的近義詞。

[711] *te metrai en present*：je te mettrai en présence（de quelqu'un）（「我把你帶去面見（某人）」）。

[712] *peneant*：（n.m. pl.）pénitents（「懺悔者」、「悔悟者」）。

[713] *grant*：（n.f.）grand coup（「重擊」）。

古法文原文 XXIV	現代法文譯文 XXIV	中文譯文 XXIV
Il n'avra mire de cest jor en avant[714]	Il n'y aura pas de médecin dorénavant,	自此以後，你這一生還會沒有
Qui vos saint[715] mes en tot vostre vivant[716].	Qui te soigne de toute ta vie.	任何醫生來治療你。
Querez hennor, dont vos n'avez neant,	Gagne un fief, puisque tu n'en possèdes pas,	既然你還沒有采邑，就去贏得一份采邑吧，
Si com ge fis tant com fui de jovent[717],	Comme je l'ai fait quand j'étais jeune,	就和為父年輕的時候所做的事情一樣，
45 Que, par l'apostre que quierent peneant,	Car, par l'apôtre qu'implorent les pénitents,	因為為父以所有懺悔者都對之祈禱的使徒起誓，
Ja de la moie n'avroiz mes plain .i. gant,	Tu n'auras jamais la moindre parcelle de ma terre,	你決不會得到我的任何一塊封地，
Ainz la dorrai trestot a mon talant. »	Je la donnerai entièrement à mon gré. »	為父我可以完全按照自己的意願去分封我的領地。」
Avant passerent Guïelin et Bertran.	Guiélin et Bertrand s'avancèrent.	紀耶嵐與貝特朗向前走去。
Sor une table monterent en estant ;	Ils montèrent debout sur une table ;	他們站上一張桌子，
50 A lor voiz cler s'escrïent hautement :	D'une voix claire et haute ils s'crièrent :	並且用高亢清脆的聲音喊著：

---

[714] *de cest jor en avant* : dorénavant（「從此以後」、「今後」）。

[715] *saint* : soigne, guérisse（「治療」、「照料」）。*Saint* 為動詞 *saner* 的虛擬式現在時p3的形式。

[716] *en tot vostre vivant* : de toute votre vie（「你的這一生」）。古法文中的原文為 *tu/ te* 和 *vos*（= vous）交替出現，此處是用 *vostre*（= votre）*vie*，但是為了翻譯的一致性，所以現代法文的譯文處保持使用 *ta vie* 的翻譯。

[717] *jovent* :（n.m.）jeunesse（「青年時期」、「年輕時期」）。片語 *de jovent* 意思為「青春」（d'âge jeune）。

古法文原文 XXIV	現代法文譯文 XXIV	中文譯文 XXIV
« Batuz nos a dan Bernarz de Brebant[718] ;	« Messire Bernard de Brébant nous a battus ;	「蔀烈傍的貝赫納老爺打了我們，
Mes par l'apostre que quierrent peneant,	Mais, par l'apôtre qu'implorent les pénitents,	然而我以懺悔者對之祈禱的使徒起誓，
Ce comparront[719] Sarrazin et Persant.	Les Sarrasins et Persans le paieront cher.	撒拉遜人與波斯人會為此付出巨大的代價。
Bien pueent dire entré sont en mal an ;	Ils peuvent bien dire qu'ils sont entrés dans une année néfaste ;	他們可以說進入到大凶之年，
55 Il en morront a milliers et a cenz[720]. »	Ils mourront par centaines et par milliers. »	他們將會成千成百地死去。」

---

[718] Jean Frappier（1965, t. II, 226-227, note 2）指出此手稿中上下文的不連貫性，因為按照前文來看，貝特朗從未拒絕陪紀堯姆一起征戰撒拉遜人，只有紀耶嵐被他的父親打。這個手稿中的疏失在 *ms. C* 中並未出現，在 *ms. D* 中則是貝特朗因為拒絕接受手套而被父親懲罰。

[719] *comparront* : ils paieront cher（「他們將付出巨大的代價」）。*comparront* 為動詞 *compa(r)rer* 的直陳式簡單未來時（futur simple de l'indicatif）p6 的形式。

[720] 手稿中是以 .c. 的縮寫形式出現，此處將縮寫符號還原為 *cenz*。*cenz* 此處為 *cent* 的複數形式。

古法文原文 XXV	現代法文譯文 XXV	中文譯文 XXV
1 **S**eur une table est Guillelmes montez	Guillaume est monté sur une table,	紀堯姆爬到一張桌子上，
A sa voiz clere commença a crier :	Et commença à crier de sa voix claire :	接著開始以清脆的聲音喊道：
[37c] « Entendez moi, de France le barné[721].	« Écoutez-moi, barons de France.	「聽我說，法蘭西的大臣們，
Se Dex m'aïst, de ce me puis vanter,	Que Dieu m'aide, je peux me vanter	願天主保佑我，我可以誇口說
5 Plus ai de terre que .xxx. de mes pers,	D'avoir plus de terre que trente de mes pairs,	我會擁有比三十名同袍加起來的采邑還要更多，
Encor n'en ai .i. jornel[722] aquité.	Mais je n'ai pas encore libéré un journal.	但是我現在尚未解放一塊領土。
Ice di ge as povres bachelers	Je le dis aux jeunes gens pauvres	我對騎著次等賽馬

XXI～XXX

---

[721] *barné* :（n.m.）ensemble des barons（「大臣」）。*Barné* 為陽性集合名詞，意即「全體大臣」。

[722] *jornel* :（n.m.）journal（「古代土地面積單位」）。*Jornel* 源自於拉丁文 *diurnalem*，是一個土地面積單位，這個單位相當於一個人一天內能耕作的土地面積，此處法文譯文保留古法文原文的意思，中文譯文部分則只翻出「領土」之意。

	古法文原文 XXV	現代法文譯文 XXV	中文譯文 XXV
	As roncins clops[723] et as dras[724] descirez[725],	Qui ont des roussins éclopés et des vêtements déchirés,	與衣衫襤褸的貧窮年輕人說，
	Quant ont servi por neant conquester,	Puisqu'ils ont servi sans rien gagner,	既然他們在軍中服役沒有賺取分文，
10	S'o moi se vueulent de bataille esprover[726],	S'ils veulent faire leurs preuves à la bataille avec moi,	倘若他們願意和我一起接受戰爭的考驗，
	Ge lor dorrai deniers et heritez[727],	Je leur donnerai des deniers, des domaines,	我會贈送他們錢財、財產、
	Chasteaus et marches, donjons et fermetez,	Des châteaux, des terres, des donjons, des forteresses,	城堡、領土、城堡主塔與堡壘，

---

[723] *roncins clops*：roussins éclopés（「蹇馬」、「跛腳馬」）。手稿中的原文為 *As menus cops*，此處根據手稿*A3*更正之，*ms. D*的原文則是 *Aus roncins clos*。根據Roland Guillot（2008, 441-442）的解釋，*roncin*源自於晚期拉丁文**ruccinum/ runcinum*，原意為「劣等馬」（mauvais cheval），在古法文中為一種很健壯的役馬，可以背負四百古斤（livres）的重量，大約是現在的兩百公斤左右；此外，在草原或天氣狀況好的狀況下能日行八至十二法國古里（lieues）的距離，約莫現今的三十二至四十八公里左右。*Roncin*也可以替代*destrier*用作戰馬，通常是給騎士的侍從（écuyer）使用的次等馬匹，Claude Lachet（1999, 203）的注解中有提到，騎士騎的坐騎為戰馬（destrier），假如騎士騎上*roncin*，會被視為奇恥大辱，在《聖杯的故事》（*La Conte du Graal*）中高文（Gauvin）的戰馬葛蘭迦雷（Gringalet）被葛雷歐磊亞（Gréorreas）搶走，高文被迫要騎侍從的*roncin*，所以*roncin*也含有「劣馬」之意。形容詞*clops*在古法文中的意思為「瘸的」（boiteux），現代法文中此詞已不復存在，但是現代法文還是保存下來幾個派生詞，例如動詞*clopiner*（意即「一瘸一拐地走」）、副詞片語*clopin-clopant*（意即「一瘸一拐地」）以及形容詞*éclopé*（意即「瘸的」、「跛的」）。

[724] *dras*：（n.m. pl.）vêtements（「衣服」）。*dras*源自於晚期拉丁文*drappus*，原意為「布」，之後通常以複數形式出現，意思為「衣服」，*dras*在此處為第一類陽性名詞偏格複數的形式，它的偏格單數形式為*drap*。現代法文的*drap*則取代了*linceul* 一詞，最後演變為「床單」之意。

[725] *descirez*：（participe passé）déchirés, lacérés, mis en morceaux（「被撕破的」、「襤褸的」）。

[726] (*soi*) *esprover*：（inf.）faire ses preuves（「歷經考驗」）。

[727] *heritez*：（n.f. pl.）domaines（「財產」、「地產」）。

古法文原文 XXV	現代法文譯文 XXV	中文譯文 XXV
Se le païs m'aident a conquester	S'ils m'aident à conquérir le pays,	倘若他們幫我攻占這個地區，
Et la loi[728] Deu essaucier et monter.	Et à exalter et à glorifier la religion chrétienne.	還有幫我頌揚讚美基督教的話。
15 Ce vueill ge dire as povres bachelers,	Je veux le dire aux jeunes gens pauvres,	我會對貧窮的年輕人
As escuiers[729] qui ont dras depanez[730],	Aux écuyers qui ont des vêtements guenilleux,	與穿著破衣爛衫的騎士侍從說，

---

[728] *loi*：（n.f.）religion（「宗教」）。

[729] *escuiers*：（n.m. pl.）écuyers（「古代騎士的侍從」）。根據Roland Guillot（2008, 176-178）與Claude Lachet（1999, 203-204）的解釋，名詞*escuier*源自於拉丁文的*scutarium*，原意為「盾牌製造者」（fabricant de boucliers）、「皇帝的近衛隊士兵」（soldat de la garde des empereurs）；*scutarium*則是從*scutum*所衍生出來的派生詞，*scutum*意即「盾牌」（écu）。在中世紀的前期，在《羅蘭之歌》一書中，*escuier*常和*garçun*一起出現，通常意指「軍隊中的僕役」，他們通常出身卑微，在軍中專做例如埋葬死者等的低等工作。在十二世紀和十三世紀時，在武勳之歌以及宮廷小說中，*escuier*意指「年輕的貴族公子」，但尚未受封為騎士，在學習成為騎士的見習時期，跟隨在騎士領主身旁擔任許多不同的工作，尤其是幫騎士提盾牌。大致來說，在承平時期，*escuier*負責的工作為照顧和訓練馬匹；此外他也要協助騎士起床、穿衣打扮、洗漱、吃飯等日常的任務；時不時還要陪伴騎士去打獵和比武大會，這時他要洗好馬、將馬套上馬具、餵獵犬和猛禽，不僅如此，他還得保養和準備長矛、長槍、劍、弓與盾牌等騎士的武器配備；有時還要充當信使以及幫忙招待騎士的客人。在戰爭時期，*escuier*不僅要幫助騎士穿卸武器與盔甲、照顧戰馬，還要在戰場上伴隨在側。在十二與十三世紀時，*escuier*由於還不是戰士，所以他還沒有資格拿劍或槍等武器，也不能穿戴鎖子甲和頭盔等騎士裝備。在其他的文學體裁中，*escuier*意指「年輕的僕人」。從十四世紀起，*escuier*可以和騎士一樣穿戴武器裝備上戰場打仗，但是並未授予正式頭銜。另外，十四至十七世紀時，在*escuier*後加上名詞補語用以特別指明專門從事某項工作的僕人（serviteur），例如*écuyer tranchant*（「專管切肉的司膳官」）、*écuyer de bouche*（「司膳官」）、*écuyer de cuisine*（「掌管廚房的官」）、*écuyer d'écurie*（「掌管馬廄的官」）等等。十七世紀古典法文時期，出現了*le grand écuyer de France* 或*Monsieur le Grand*名詞詞組，意指「君王或大領主的馬廄總管」，可能是因為這個官職稱號專門從事與馬相關的職務，所以*escuier*被誤認為與拉丁文的詞源*equus*（意即「馬」）有關，導致現代法文的許多詞義被引導至與馬相關的意思，例如「騎馬的人」、「騎術教練」、「（馬戲團的）馬術演員」等。

[730] *depanez*：（participe passé）déchirés en morceaux（「撕成碎片的」、「破爛的」）。

古法文原文 XXV	現代法文譯文 XXV	中文譯文 XXV
S'o moi s'en vienent Espaigne conquester	S'ils viennent conquérir l'Espagne avec moi,	倘若他們和我一起來攻占西班牙，
Et le païs m'aident a aquiter	Et m'aident à libérer le pays,	以及協助我解放這個地區，
Et la loi Deu essaucier et monter,	A exalter et glorifier la religion chrétienne,	頌揚讚美基督教，
20 Tant lor dorrai deniers et argent cler[731],	Je leur donnerai en abondance des deniers, de l'argent brillant,	我會贈予他們一大堆明晃晃的銀錢、
Chasteaus et marches, donjons et fermetez,	Des châteaux, des terres, des donjons et des forteresses,	城堡、領土、城堡主塔與堡壘、
Destriers d'Espaigne, si seront adoubé. »	Des destriers d'Espagne, et ils seront armés chevaliers. »	西班牙的駿馬，之後他們還會被受封成為騎士。」

XXI～XXX

---

[731] *cler*：（adj.）brillant（「明晃晃的」、「發光的」）。

古法文原文 XXVI	現代法文譯文 XXVI	中文譯文 XXVI
1 Quant[732] cil l'oïrent, si sont joiant[733] et lié ;	Lorsque les jeunes gens pauvres l'entendent, ils sont joyeux et contents ;	當那些貧窮的年輕人聽完紀堯姆的話後，莫不歡欣鼓舞；
A haute voiz commencent a huichier :	Ils commencent à crier à voix haute :	他們開始高聲叫嚷著：
« Sire Guillelmes, por Deu, ne vos targiez[734].	« Seigneur Guillaume, au nom de Dieu, ne tardez pas !	「紀堯姆大人，以天主之名，別磨蹭了，
Qui n'a cheval o vos ira a pié ! »	Celui qui n'a pas de cheval ira à pied avec vous ! »	沒有馬匹的人會與您一同步行前往！」
5 Qui dont veïst les povres escuiers[735],	Ah ! si vous aviez vu alors les écuyers pauvres	啊！假如您們能看見當時貧窮的騎士隨從與貧窮的騎士加入他們陣營的盛況就好了！
Ensemble o els les povres chevaliers !	Et les chevaliers pauvres avec eux !	

---

[732] 此手稿中此處並未有章節的起首的大寫字母（initiale），文章持續連貫，沒有分段，所以此處 *Quant* 的字首字母 *Q* 在本版本中未使用粗體字，用意是讓讀者能知道手稿中的文章持續並未間斷。

[733] *joiant*：(adj.) joyeux（「喜悅的」、「快樂的」）。

[734] *ne vos targiez*：ne tardez pas, ne vous attardez pas（「別耽擱了」、「別磨蹭了」）。*vos targiez* 為動詞 *soi targier* 的命令式現在時 p5 的形式。*Targier* 源自於民間拉丁文 **tardicare*，意思為「耽擱」、「延遲」、「晚到」。

[735] *Qui dont veïst les povres escuiers*[…]: Ah ! si vous aviez vu alors les écuyers pauvres（「啊！假如您們能看見當時貧窮的騎士隨從[……]就好了」）。根據 Philippe Ménard（1994, 89）的解釋，由關係代名詞 *qui* 引導出來無先行詞（sans antécédent）的關係子句（proposition relative）常用於史詩故事中，有時主句（la principale）會被省略，這時由 *qui* 帶出來的整句話帶有感嘆（exclamation）之意，所以在現代法文譯文處加上感嘆詞 *ah* 將感嘆之意翻譯出來。然而關係代名詞 *qui* 此處是帶有假設的語意（valeur hypothétique），等於 *si l'on*（「假如我們」），所以整句直譯可以翻成 *si l'on avait vu alors les écuyers pauvres*「假如我們能看見當時貧窮的騎士隨從[……]就好了」，後面被省略的主句應該是 *c'était là un magnifique événement*「場面熱烈」、「盛況」的意思。*veïst* 此處為動詞 *veoir*（= voir）的虛擬式未完成過去時（subjonctif imparfait）p3 的形式。

古法文原文 XXVI	現代法文譯文 XXVI	中文譯文 XXVI
Vont a Guillelme, le marchis au vis fier.	Ils rejoignent Guillaume, le marquis au visage farouche.	他們加入了有著勇猛凶悍面相的紀堯姆侯爵陣營。
En petit d'eure en ot .xxx. milliers,	En peu de temps, ils sont trente mille hommes,	在很短的時間內就聚集了三萬人，
A lors pooirs[736] d'armes apareillié[737],	Équipés d'armes selon leurs possibilités.	個個都依據自身的能力裝備好武器。
10 Qui tuit en ont juré et afichié[738]	Tous ont promis et juré	所有人都承諾發誓
Ne li faudront[739] por[740] les membres tranchier[741].	De ne pas lui faire défaut même si on devait leur couper les membres.	就算是冒著四肢被砍斷的危險，也不會背棄他。
Voit le li cuens[742], s'en est joianz[743] et liez[744] ;	En les voyant, le comte est joyeux et content ;	伯爵看著他們，內心感到歡欣喜悅。
De Deu de gloire les en a mercïez.	Il les a remerciés au nom du Dieu de gloire.	他以榮耀的天主名義感謝他們。

---

[736] *A lors pooirs* : selon leurs possibilités, selon leurs moyens（「根據他們的能力」）。

[737] *apareillié* :（participe passé）équipés（「裝備好的」）。

[738] *afichié* :（participe passé）affirmé（「證明」、「確認」）。

[739] *Ne li faudront* : ils ne lui feront pas défaut, ils ne le trahiront pas（「他們不會棄他而去」、「他們不會背叛他」）。

[740] *por* :（prép.）même si, même au prix de, au risque de（「就算會……」、「就算用……代價」、「冒著……的危險」）。在否定句（proposition négative）中，當介係詞*por*後引導出原形動詞（infinitif）時，*por*可以表示對立（opposition）或退讓（concession）之意，所以*por*在這類句型中可以翻譯為「就算用……代價」、「冒著……的危險」。此處的主句為帶有否定意義的**Ne li faudront**，之後由介係詞*por*引導出原形動詞詞組 *por les membres tranchier*，是以此處翻譯為「就算冒著四肢被砍斷的危險，他們也不會背叛他」。

[741] *tranchier* :（inf.）couper（「切」、「砍」、「截」）。

[742] 手稿中的原文為*voit le cuens*，引導陽性名詞正格單數*cuens*的定冠詞*li*則被遺漏，所以此處根據ms. A2更正之。

[743] *joianz* :（adj.）joyeux（「愉快的」、「喜悅的」）。*joianz*此處為第二類陰陽性皆為同形態的形容詞（adjectifs épicènes）陽性正格單數的變格形式，尾子音*-z*在法蘭西島方言中為*t + s*的拼寫法（graphie）。此章節第1行的*joiant*為正格複數的形式，為*cil*主詞的表語（attribut du sujet）。

[744] *liez* :（adj.）joyeux, content（「高興的」、「滿意的」）。*liez*此處為第一類形容詞陽性正格單數的變格形式。此章節第1行的*lié*為正格複數的形式。

古法文原文 XXVI	現代法文譯文 XXVI	中文譯文 XXVI
Li cuens Guillelmes fist forment a proisier[745].	Le comte Guillaume mérite bien d'être loué.	紀堯姆伯爵的確值得被讚揚。
15 A Looÿs va prendre le congié ;	Il va prendre congé de Louis ;	他向路易請求離去，
Li rois li done de grez et volantiers :	Le roi le lui donne de grand gré :	國王欣然批准了他的請求：
« Alez, beau sire, au glorïeus del ciel !	« Allez, cher seigneur, au nom du Dieu glorieux du ciel !	「去吧！愛卿，以在天上榮耀的天主之名！
Jhesus de gloire vos doint bien esploitier[746],	Que Jésus de gloire vous accorde de bien réussir,	但願榮耀的耶穌讓您打勝仗，
Et si vos doint sain et sauf repairier ! »	Et de revenir sain et sauf ! »	並且平安歸來！」
20 Vet s'en Guillelmes, le marchis au vis fier,	Guillaume s'en va, le marquis au visage farouche,	有著勇猛凶悍面相的紀堯姆侯爵
[37d] Ensemble o lui maint gentil chevalier.	Et avec lui maints nobles chevaliers.	率領著衆多的高貴騎士一同離去。
Par mi la sale ez vos[747] Aymon le viell ;	Au milieu de la salle, voici que surgit le vieil Aymon ;	這時在大殿中間突然來了個年長的艾蒙；

---

745 *Fist a proisier* : mérita d'être loué（「值得被稱頌」、「值得被讚揚」）。*proisier*意思為「高度評價」（priser）、「賞識」（estimer）。

746 *esploitier*：(inf.) agir（「行動」、「表現」）。

747 *ez vos*：voilà（「這時突然來了個」）。副詞*ez*（= voici）源自於拉丁文的*ecce*，在古法文中常會在*ez*之前加上時間副詞*atant*（= alors），然後在*ez*之後尾隨一個倫理與格（datif éthique）*vos*，此處*atant*並未出現，只有*vos*位在*ez*之後。倫理與格（datif éthique）又稱為贅詞與格（datif explétif）或是注意與格（datif d'intérêt），為一種句型結構，通常應用在人稱代名詞上（pronoms），它們在對話中並非扮演間接受詞的角色，如果此處是第二人稱的話，表示說話者邀請受話者針對某個特定情況當見證人。這個句型會突然地引進一位新的人物，讓聽衆／讀者產生驚訝的感覺。*ez vos*之後的名詞可以使用正格或偏格形式，此處是使用偏格形式。

古法文原文 XXVI	現代法文譯文 XXVI	中文譯文 XXVI
Dex le confonde[748], le glorïeus del ciel !	Que Dieu, le glorieux du ciel, l'anéntisse !	但願天上榮耀的天主將他灰飛煙滅！
Ou voit le roi, sel prist a[749] aresnier[750] :	Sans plus attendre, il s'adresse au roi :	艾蒙迫不及待地開始和國王說話：
25 « Droiz empereres, com estes engigniez[751] !	« Légitime empereur, comme vous êtes trompé !	「正統的皇帝，您被蒙騙了！」
—— Comment, beau sire, Looÿs respondié.	—— Comment, cher seigneur ? répondit Louis.	路易答道：「愛卿，何以見得？」
—— Sire, dist il, ce vos dirai ge bien :	—— Sire, dit Aymon, je vais vous l'expliquer :	艾蒙說道：「陛下，容臣向您解釋事情原委，
Des or s'en vet Guillelmes le guerrier,	Maintenant Guillaume le guerrier s'en va,	現在戰士紀堯姆出發離去，
En sa compaigne maint gentil chevalier.	Maints nobles chevaliers l'accompagnent.	眾多高貴的騎士與之相隨。
30 La flor de France[752] vos a fet si vuidier[753],	Il vous a ainsi privé de la fine fleur de France,	他就這樣掏空了陛下您的法蘭西精銳部隊，
S'il vos saut guerre, ne vos porroiz aidier[754].	Si une guerre éclate contre vous, vous ne pourrez pas vous tirer d'affaire.	一旦有反對陛下的戰事爆發，您就無法脫身自保了。

[748] *confonde* : anéantisse, détruise, tue（「灰飛煙滅」、「摧毀」）。*confonde* 為動詞 *confondre* 的虛擬式現在時（subjonctif présent）p3 的形式。

[749] *prist a* : commença à（「開始」）。*prist* 為動詞 *prendre* 直陳式簡單過去時 p3 的形式。

[750] *aresnier* :（inf.）adresser la parole à（「和……說話」）。

[751] *engigniez* :（participe passé）trompé, pris au piège（「蒙騙」、「掉進陷阱裡」）。*engigniez* 為動詞 *engignier* 的過去分詞形式。

[752] *La flor de France* : la fine fleur de France（「法蘭西的菁英份子」）。

[753] *vuidier* :（inf.）vider（「掏空」）。

[754] （*soi*）*aidier* :（inf.）se tirer d'affaire, se défendre（「脫身」、「自保」）。

古法文原文 XXVI	現代法文譯文 XXVI	中文譯文 XXVI
Et si croi bien qu'il revendra a pié ;	Et je crois bien qu'il reviendra à pied ;	臣以為他之後會徒步回來，
Tuit li autre erent mené a mendïer[755].	Tous les autres seront réduits à mendier.	其他眾將士也將淪為乞丐。」
—— Ne dites[756] preu[757], Looÿs respondié.	—— Vous ne parlez pas raisonnablement, répondit Louis.	路易答道：「休得胡言，
35 Molt est preudon[758] Guillelmes le guerrier :	Guillaume le guerrier est très preux :	紀堯姆戰士非常驍勇善戰，
En nule terre n'a meillor chvealier ;	Nulle part il n'existe un meilleur chevalier.	任何地方都找不到更好的騎士了。
Bien m'a servi au fer et a l'acier.	Il m'a bien servi par le fer et l'acier.	他過去一直執金戈鐵馬盡心效忠於朕。
Jhesus de gloire l'en doint[759] bien reperier[760]	Que Jésus de gloire lui accorde un bon retour	但願榮耀的耶穌能讓他順利平安歸來，
Et si li doint tote Espaigne aquitier ! »	Ainsi que la libération de toute l'Espaigne. »	並且解放整個西班牙國土。」
40 Iluec[761] avoit .i. gentil chevalier	Il y avait là un noble chevalier	這時有位叫做高荻耶・勒・多羅桑
Qu'en apeloit le Tolosant Gautier.	Qu'on appelait Gautier le Tolosant.	的高貴騎士在那裡。

XXI～XXX

755　*mendïer*：（inf.）être dans la détresse, mendier（「行乞」、「討飯」）。

756　手稿中的原文為*ne dit preu*，此處根據*ms. A2*更正為*Ne dites preu*。

757　*preu*：（adj.）raisonnable（「理智的」、「公道的」）。詞組*ne dire preu*意即「說話不公道」、「胡說八道」、「一派胡言」。

758　*preudon*：（adj. ou n.m.）preux, homme loyal（「驍勇善戰」、「忠心可靠的人」）。

759　*doint*：donne（「給予」、「允諾」）。*doint*為動詞*doner*的虛擬式現在時p3的形式。

760　*reperier*：（inf.）revenir, retourner（「歸來」、「返回」）。

761　*Iluec*：（adv.）là, alors（「那裡」、「那時」）。副詞*iluec*源自於拉丁文*illoc*、*illuc*，在古法文中可以為地方副詞（adverbe de lieu），意思為「在此處」（en ce lieu-ci）；也可以為時間副詞（adverbe de temps），意思為「那時」（alors）。

古法文原文 XXVI	現代法文譯文 XXVI	中文譯文 XXVI
Quant il oï Guillelme ledengier[762],	Quand il entendit insulter Guillaume,	當他聽到紀堯姆被人侮辱時，
Molt fu dolant, n'i ot que corrocier[763],	Il fut très affligé et rempli de courroux.	他感到十分難過並且氣憤填膺。
Isnelement avale le planchier[764],	Rapidement il descend l'escalier de la salle,	他迅速走下大殿的樓梯，
45 Vint a Guillelme, sel sesi par l'estrier	Rejoint Guillaume, le saisit par l'étrier	找到了紀堯姆，隨後抓住了他敏捷戰馬
Et par la resne[765] de son corant[766] destrier :	Et par les rênes de son vif destrier :	的馬鐙與韁繩，
« Sire, dist il, molt es buen[767] chevalier,	« Seigneur, dit-il, tu es un excellent chevalier,	說道：「大人，你是一名優秀出色的騎士，
Mes el palés ne vaus tu .i. denier.	Mais au palais tu ne vaux pas un denier.	但是在宮中你卻是一文不值。」
—— Qui dit ce donques ? dit Guillelmes le fier.	—— Qui donc dit cela ? dit Guillaume le farouche.	勇猛凶悍的紀堯姆說道：「這話誰說的？」
50 —— Sire, dit il, ge nel vos doi noier[768] :	—— Seigneur, répond Gautier, je ne dois pas vous le cacher :	高荻耶答道：「大人，不瞞您說，
Foi que doi vos, ç'a fet Aymes le viell[769] ;	Par la foi que je vous dois, c'est le vieil Aymon ;	以我對您的信任做擔保，是年長的艾蒙說的。

---

[762] *ledengier*：（inf.）insulter, injurier（「侮辱」、「辱罵」）。

[763] *corrocier*：（n.m.）colère（「憤怒」、「怒氣」）。

[764] *planchier*：（n.m.）escalier de la salle（「大殿的樓梯」）。

[765] *resne*：（n.f.）rêne（「韁繩」）。*resne*源自於民間拉丁文*retina，後者則出自於拉丁文的動詞retinere，意思為「抓住」、「拉住」。*Resne*為第一類陰性名詞偏格單數的形式。

[766] *corant*：（adj.）vif, rapide（「靈敏的」、「敏捷的」、「精力充沛的」）。

[767] *buen*：（adj.）bon, valeureux（「優秀的」、「英勇的」）。

[768] *noier*：（inf.）nier, dénier（「否認」、「抵賴」）。

[769] *Aymes le viell*：le vieil Aymon（「年長的艾蒙」）。*Aymes*為*Aymon*的正格形式。

古法文原文 XXVI	現代法文譯文 XXVI	中文譯文 XXVI
Envers le roi vos pense d'[770]empirier[771]. »	Il s'efforce de vous dénigrer auprès du roi. »	他竭盡心力地在國王面前詆毀您。」
Et dit Guillelmes : « Il le comparra chier.	Guillaume dit : « Il le paiera cher.	紀堯姆說道:「他會為此付出慘痛的代價。
Se Dex me done que puisse reperier,	Si Dieu m'accorde de pouvoir revenir,	倘若天主允許我能夠歸來,
55 Ge li ferai toz les membres tranchier	Je lui ferai trancher tous les membres,	我會讓人將他全部的四肢砍斷,
Ou prendre as forches[772] ou en eve[773] noier[774]. »	Ou je le ferai pendre au gibet ou noyer dans l'eau.	或是讓人把他吊死在絞刑架上,又或是讓人將他沉入水中淹死。」
Et dit Gautier : « N'ai soing de menacier ;	Gautier répond : « je ne me soucie pas de vos menaces ;	高荻耶答道:「我不在乎您的口頭威脅話語,
Tiex hom menace qui ne vaut .i. denier ;	Tel homme menace qui ne vaut pas un denier ;	只有一文不值的這種人才會用口頭威脅人,
Mes d'une chose vos vorroie proier :	Mais je voudrais vous prier une chose :	然而我想要請求您一件事情:

---

[770] *Pense de*:s'occupe de(「專心於」、「致力於」)。

[771] *empirier*:(inf.)blâmer, dénigrer, desservir(「指責」、「詆毀」、「說壞話」)。

[772] *forches*:(n.f. pl.)gibet(「絞刑架」、「絞刑台」)。

[773] *eve*:(n.f.)eau(「水」)。名詞*eve*源自於拉丁文*aqua*,意思為「水」,古法文由於當時的拼寫法尚未規範化,除了*eve*外,還有如*aigue、ege、ewe、aive、iau、eaue*等異體字等同於現代法文的*eau*。現代法文仍可在辭典中查到單詞*aigue*,仍保留「水」的意思;此外,以*aigue*派生出來的詞彙有*aigue-marine*(「海藍寶石」)、*aiguière*(「水壺」)、*aiguiérée*(「一壺水」)。然而從古法文*eve*拼寫法衍生出來的詞彙只有*évier*(「洗碗槽」)。現代法文中,*eau*的拉丁文*aqua*則演變為前綴詞(préfixe)*aqu-、aqui-*,用來與其他詞素組成新的詞彙,例如:*aquarelle*(「水彩畫」)、*aquatique*(「水生的」、「多水的」)、*aqueduc*(「引水渠」)、*aqueux*(「水性的」)、*aquiculture*(「水產養殖」、「水培法」)、*aquifère*(「含水的」)等等。

[774] *noier*:(inf.)noyer(「把……淹死」、「把……溺死」)。

60 Lonc[775] le servise li rendez son loier.	Payez-lui le salaire selon son service.	就讓他為自己的行為付出等同的代價吧。
[A2 43a] Ici devez la guerre commencier[776] ;	C'est ici que vous devez commencer la guerre ;	您應該由此開始您的戰爭;
Cist a premiers vostre erre[777] chalengié[778]. »	Aymon est le premier à avoir contesté votre expédition. »	艾蒙是第一位質疑您帶兵遠征之人。」
Et dit Guillelmes : « Voir dites, par mon chief. »	Guillaume dit : « Vous dites vrai, sur ma tête. »	紀堯姆說道:「我以我的項上人頭擔保,閣下言之有理。」
Li bers descent et il li tint l'estrier ;	Le baron descend de cheval et Gautier lui tient l'étrier ;	紀堯姆大人下了馬,高荻耶幫他抓住馬鐙,
65 Tot main a main en montent le planchié[779].	Main dans la main, ils gravissent l'escalier de la salle.	他們手牽著手,爬上了大殿的樓梯。
Voit le li rois, encontre s'est dreciez[780],	En les voyant, le roi se lève à leur rencontre,	國王一見到他們,連忙起身相迎,
Endeus[781] ses braz li a au col ploié[782],	Il met ses deux bras autour du cou de Guillaume,	他彎曲雙臂,環繞住紀堯姆的頸項,

---

[775] *Lonc*:(prép.)selon(「根據」、「依照」)。

[776] 從此處開始,有161行詩是透過*ms. A2*的內容補齊,因為原手稿*ms. A1*此處缺頁,所以括號中 [A2 43a]標明的意義為手稿*A2*,頁碼為43頁,[a]則是表示位於43頁的正面左邊欄位。

[777] *erre*:(n.m. et n.f.)expédition(「出征」、「遠征」)。

[778] *chalengié*:(participé passé)contesté(「質疑」、「懷疑」)。

[779] *planchié*:(n.m.)escalier(de la salle)(「樓梯」)。

[780] *s'est dreciez*:s'est levé(「起身」、「站起來」)。

[781] *Endeus*:(adj.)tous les deux(「兩個」)。手稿中的原文的是*En .ii.*,此處將羅馬數字*.ii.*還原為文字 *deus*。

[782] *ploié*:(participe passé)plié(「使彎曲」)。

古法文原文 XXVI	現代法文譯文 XXVI	中文譯文 XXVI
Trois foiz le bese[783] par molt grant amistié.	Et lui donne trois baisers avec une très grande tendresse.	隨後十分親熱地吻了他三次。
Molt belement[784] le prist a aresnier :	Très doucement il lui adresse la parole :	國王很和藹地和他說：
70 « Sire Guillelmes, vos plest il nule rien	« Seigneur Guillaume, y a-t-il quelque chose qui vous plaise,	「紀堯姆愛卿，您還有什麼想要的東西，
D'or ne d'argent que puissë esligier[785] ?	Et que je puisse vous acquérir au prix d'or ou d'argent ?	朕都可以用金銀財寶為您取得，
A vo plesir en avroiz sanz dangier.	Vous l'aurez sans difficulté selon votre plaisir.	您可以毫無困難地隨意擁有這些東西。」
—— Granz merciz, sire, Guillelmes respondié ;	—— Merci beaucoup, sire, répond Guillaume ;	紀堯姆答道：「多謝陛下，
Ge ai assez[786] quanque[787] il m'est mestier[788] ;	J'ai en abondance tout ce dont j'ai besoin ;	臣之全部所需已經充盈無虞，
75 Mes d'une chose vos vodroie proier,	Mais je voudrais vous prier une chose :	但是臣有一事相求：
Que ja gloton[789] n'aiez a conseillier. »	Ne choisissez jamais un canaille comme conseiller. »	絕對不能選奸惡之人做幕僚謀士。」

---

[783] *bese*：embrasse（「吻」、「擁吻」）。*bese*為動詞*besier*的直陳式現在時p3的形式。

[784] *belement*：（adv.）doucement, gentiment（「親切地」、「和藹地」）。

[785] *esligier*：（inf.）acquérir, accorder（「使獲得」、「給予」）。

[786] *assez*：（adv.）beaucoup, en abondance（「很多」、「豐富地」）。

[787] *quanque*：（pron.）tout ce que, tout ce dont（「所有」）。

[788] *il m'est mestier*：j'ai besoin, il m'est nécessaire, il me faut（「我需要」）。

[789] *gloton*：（n.m.）canaille, coquin（「惡棍」、「壞蛋」）。*gloton*（< lat. gluttonem）此處為第三類陽性名詞偏格單數的形式。

古法文原文 XXVI	現代法文譯文 XXVI	中文譯文 XXVI
Lors se regarde dan Guillelmes arrier[790] ;	Alors messire Guillaume regarda derrière lui ;	隨後紀堯姆老爺往身後看去，
En mi la sale choisi[791] Aymon le vieill.	Au milieu de la salle il aperçut le vieil Aymon.	在大殿的正中央瞥見了年長的艾蒙。
Quant il le vit, sel prist a ledengier :	Quand il le vit, il se mit à l'insulter :	紀堯姆一看到他，便開始對他辱罵了起來：
80 « Hé ! gloz[792], lechierres, Diex confonde ton chief !	« Ah ! canaille, vaurien, que Dieu t'anéantisse !	「啊！奸惡之徒、酒囊飯袋，但願天主將你灰飛煙滅！
Por quoi te paines de franc home jugier	Pourquoi te donnes-tu de la peine de juger un homme loyal	我這一生都沒有做過任何傷害你的事情，
Quant en ma vie ne te forfis[793] ge rien ?	Alors que durant ma vie je ne t'ai fait aucun tort ?	為何你要費盡心思評判一個忠誠之人？
Et si te peines de moi molt empirier ?	Pourquoi te donnes-tu de la peine de tant me dénigrer ?	為何你要費盡心思如此地詆毀我？
Par saint Denis[794] a qui l'en vet proier,	Par saint Denis que l'on va prier,	我以人們都對之祈禱的聖德尼起誓，

---

790 *arrier* :（adv.）en arrière, derrière（「往後」、「在後面」）。按照Claude Lachet（1999, 207）的解釋，此處紀堯姆往後看的動作是有其象徵意義的，因為狡猾奸詐的佞臣都是在人的背後使絆子。

791 *choisi* : aperçut（「瞥見」、「看見」）。*choisi*為動詞*choisir*直陳式簡單過去時p3的形式。按照Claude Lachet（1999, 207）的解釋，*choisir*源自於哥特語（gotique）*kausjan*，原意為「感受」（goûter）、「仔細觀看」、「檢查」（examiner）、「體會到」（éprouver）。古法文中，*choisir*有兩種主要的意思，第一個是「瞥見」（apercevoir）、「發現」（découvrir）、「注意」（remarquer）的意思；第二個則是現代法文保留下來的「挑選」、「選擇」之意。此手稿的原文為*choise*，此處根據ms. A3、ms. A4、ms. B更正之。

792 *gloz* :（n.m.）canaille, vaurien（「惡棍」、「流氓」、「酒囊飯袋」）。*gloz*為第76行詩*gloton*的正格單數的形式。

793 *te forfis* : je te fis tort, je te fis du mal（「我傷害你」）。*forfis*為動詞*forfaire*直陳式簡單過去時p1的形式。手稿中*te*被手抄員遺漏抄寫，此處根據ms. A3、ms. A4、ms. B更正之。

794 *saint Denis* : saint Denis（「聖德尼」）。按照Claude Lachet（1999, 207）的解釋，聖德尼，第三世紀的人，為第一位巴黎主教，他也是卡洛林王室的主保聖人，常與希臘人亞略巴古的

古法文原文 XXVI	現代法文譯文 XXVI	中文譯文 XXVI
85 Ainz que t'en partes le te cuit vendre[795] chier. »	Avant que tu ne t'en ailles, je pense te le faire payer cher. »	在你離開前，我要讓你為此付出巨大的代價。」
[A2 43b] Il passe avant quant il fu rebracié[796],	Il s'avance après avoir retroussé ses manches,	紀堯姆捲起袖子，走上前去，
Le poing senestre li a mellé el chief[797],	Du poing gauche, il saisit Aymon par les cheveux,	用左手抓住艾蒙的頭髮，
Hauce[798] le destre, enz el[799] col li asiet[800],	lève le poing droit, le lui assène sur le cou,	然後舉起右手，朝他的脖子猛烈重擊，
L'os de la gueule[801] li a par mi froissié[802] ;	Lui brise la nuque par le milieu ;	他擊碎了艾蒙的頸部正中央，
90 Mort le trebuche[803] devant lui a ses piez.	Et l'abat mort, devant lui, à ses pieds.	隨即當面將艾蒙擊斃在他的腳下。
Li quens[804] Guillelmes l'a sesi par le chief	Le comte le saisit par la tête	伯爵抓住艾蒙的頭，
Et par les jambes li Tolosans Gautier,	Et Gautier le Tolosant par les jambes,	而高狄耶・勒・多羅桑則抓住他的腳，
Par les fenestres le gietent el vergier	Ils le jettent par la fenêtre dans le verger,	他們將艾蒙從窗口丟下果園，

丹尼斯（Denys l'Aréopagite）混淆，亞略巴古的丹尼斯為聖保羅（saint Paul）的門徒。

[795] *vendre*：（inf.）faire payer（「讓……付出代價」）。

[796] *rebracié*：（participe passé）retroussé ses manches（「捲起袖子」）。

[797] *Le poing senestre li a mellé el chief*：il l'a empoigné par les cheveux du poing gauche（「他用左手抓住了他的頭髮」）。

[798] *Hauce*：lève（「舉起」）。*Hauce*為動詞*haucier*直陳式現在時p3的形式。

[799] *Enz el*：sur le（「在……上」）。古法文常將地方副詞*enz*（< *lat.* intus）與介係詞*en*（< *lat.* in）連用。*El*為介係詞*en*與定冠詞*le*的省略形式。

[800] *asiet*：il assène（「他猛烈地給予打擊」）。*asiet*為動詞*aseoir*直陳式現在時p3的形式。

[801] *os de la gueule*：nuque（「後頸」、「頸椎」）。按照Jean Frappier（1971, 238-239）的說法，*os de la gueule*為頸椎（vertèbres cervicales）部位。

[802] *froissié*：（participe passé）brisé（「打碎」、「打破」）。

[803] *trebuche*：abat, étend（「打死」、「擊斃」）。*trebuche*為動詞*trebuchier*直陳式現在時p3的形式。

[804] *quens*：（n.m.）comte（「伯爵」）。*quens*為*cuens*的異體字，此處為第三類陽性名詞正格單數的形式。

古法文原文 XXVI	現代法文譯文 XXVI	中文譯文 XXVI
Sor .i. pomier[805] que[806] par mi l'ont froissié.	Sur un pommier, si bien qu'ils l'ont brisé en deux.	就這樣，在一棵蘋果樹上，他的屍體被他們弄到從中斷成兩截。
95 « Outre, font il, lechierre, pautonier[807] ;	« Va au diable, clament-ils, vaurien, scélérat ;	他們大聲叫著：「你見鬼去吧，酒囊飯袋、無恥之徒；
Ja de losange[808] n'avroiz mes .i. denier !	Tes médisances ne te rapporteront plus un denier !	你進的讒言再也不會給你來任何一毛錢的好處！」
—— Looÿs sire, dit Guillelmes le fier,	—— Seigneur Louis, poursuit Guillaume le farouche,	勇猛凶悍的紀堯姆繼續說道：「路易陛下，
Ne creez[809] ja glouton ne losengier[810],	Ne faites plus confiance aux canailles ni aux calomniateurs,	莫再聽信奸臣與讒臣，
Que vostre pere n'en ot onques .i. chier[811].	Car votre père n'eut jamais d'estime pour aucun d'eux.	因為您的父王從來就沒有尊重過他們任何一個。
100 Ge m'en irai en Espaigne estraier[812] ;	Je vais partir en Espagne à l'aventure,	臣將要出發去西班牙的冒險旅程，

---

[805] *pomier*：(n.m.) pommier（「蘋果樹」）。*pomier*源自於晚期拉丁文 *pomarium*，意即「蘋果樹」，但在古典拉丁文中*pomarium*意思卻是「果園」（verger）。

[806] *Que*：(conj.) si bien que（「因而」、「以至於」）。

[807] *pautonier*：(n.m.) scélérat, coquin（「惡棍」、「壞蛋」、「流氓」、「奸臣」）。在古法文中，*pautonier*當名詞時的意思為「僕人」（valet），當形容詞時的意思為「凶惡的」（méchant）、「蠻橫無理的」（insolent）。然而*pautonier*這個詞常用於辱罵人，所以我們通常會翻成「無賴」（canaille）、「流氓」（voyou）。古法文中存有和*pautonier*相對應的陰性名詞形式，為*pautoniere*，後者意指「妓女」或「放蕩的女人」。

[808] *losange*：(n.f.) médisance（「毀謗」、「讒言」）。

[809] *creez*：faites confiance à, fiez-vous à（「對……信任」、「信賴」）。*creez*為動詞*croire*命令式現在時p5的形式。

[810] *losengier*：(n.m.) calomniateur, médisant（「誹謗者」、「惡意中傷者」、「汙衊者」）。

[811] *ot chier*：eut de l'estime pour, aima（「對……尊重」、「喜歡」）。

[812] *estraier*：(inf.) errer sans maître, errer solitairement, à l'aventure（「四處流浪」、「冒

古法文原文 XXVI	現代法文譯文 XXVI	中文譯文 XXVI
Vostre iert la terre, sire, se la conquier.	La terre sera à vous, sire, si je la conquiers.	陛下，倘若臣攻克西班牙的話，那塊疆土將歸您所有。」
—— Alez, beau sire, a Damedieu[813] del ciel.	—— Allez, cher seigneur, à la grâce de Dieu, le seigneur du ciel.	「去吧，愛卿，聽從天上大人——天主的旨意吧。
Jhesus de gloire vos doint bien esploitier,	Que Jésus de gloire vous accorde de bien réussir,	但願榮耀的耶穌能讓您征戰成功，
Que vos revoie sain et sauf et entier ! »	Que je vous revoie sain, sauf et intact ! »	但願朕再見您時，您能平安無恙、毫髮無傷。」
105 Vet s'en Guillelmes, li marchis au vis fier,	Guillaume s'en va, le marquis au visage farouche,	有著勇猛凶悍面相的侯爵紀堯姆出發離去，
En sa compaigne avoit il maint princier[814],	En sa compagnie il y a de nombreux princes,	身邊跟隨著眾多王爵等級的人物，
Et Guïelin et dan Bertran ses niés ;	Et aussi ses neveux Guiélin et messire Bertrand.	還有他的侄子紀耶嵐以及貝特朗大人。

XXI～XXX

險」）。

[813] *Damedieu* : seigneur Dieu（「天主大人」）。

[814] *princier* :（n.m.）prince（「親王」、「王爵等級的人物」）。

古法文原文 XXVI	現代法文譯文 XXVI	中文譯文 XXVI
Ensemble o els mainnent .iii.ᶜ somiers[815].	Ils mènent avec eux trois cents chevaux de charge.	他們隨行帶著三百匹馱馬。
Bien vos sai dire que porte li premiers :	Je peux bien vous dire ce que portent les premiers :	我可以和您們說說第一批馬帶的東西：
110 Calices d'or et messeaus[816] et sautiers[817],	Calices d'or, missels et psautiers,	金製的聖餐杯、祈禱書、聖詩集、
Chapes[818] de paile[819] et croiz et encensiers[820] ;	Chapes de soie, croix et encensoirs ;	絲質長斗篷、十字架與提爐。
Quant il venront enz el regne essillié[821],	Quand les Français arriveront dans le royaume dévasté,	當法蘭西人到達那個被破壞摧殘的王國時，
Serviront tuit Damedieu tot premier.	ils serviront tous le Seigneur Dieu en premier.	他們全部的人就可以第一時間開始侍奉天主大人。

---

[815] *somiers* :（n.m. pl.）bêtes de somme, chevaux de charge（「馱畜」、「馱馬」）。

[816] *messeaus* :（n.m. pl.）missels, livres de messe（「祈禱書」、「彌撒經本」）。

[817] *sautiers* :（n.m. pl.）psautiers（「詩篇」、「聖詩集」）。

[818] *Chapes* :（n.f. pl.）manteaux longs（「（主教、主祭或唱經班成員穿的）長斗篷」）。

[819] *paile* :（n.m. et n.f.）étoffe de soie（「絲布」）。

[820] *encensiers* :（n.m. pl.）encensoirs（「香爐」、「吊爐」、「手提香爐」）。

[821] *essillié* :（participe passé）dévasté（「被破壞的」、「被摧毀的」）。手稿中的*essillié*被手抄員遺漏抄寫，此處由*ms. A3*、*ms. A4*與*ms. B*更正之。

古法文原文 XXVII	現代法文譯文 XXVII	中文譯文 XXVII
1 **B**ien <u>vos</u> sai dire <u>que</u> reporte[822] li au<u>tres</u> :	Je peux bien vous dire ce que portent les suivants :	我可以和您們說說下一批馬匹所帶的東西：
Vesseau<u>s</u>[823] d'or fin, messeu<u>s</u>[824] et bre<u>v</u>ïaire[825],	Des vases d'or pur, des missels et des bréviaires,	一些純金的器皿、祈禱書、日課經、
Et crucefis[826] et molt riches toailles[827] ;	Des crucifix et de très riches nappes d'autel ;	一些帶有耶穌像的十字架還有十分華麗貴重的祭壇桌布；
<u>Qu</u>ant il ven<u>ront</u> enz el regne sauvage,	quand les Français arriveront dans le royaume sauvage,	當法蘭西人到達那個蠻荒的王國時，
5 S'<u>en</u> serviront Jhesu l'es<u>per</u>itable[828].	Ils serviront Jésus, l'esprit pur.	他們可以侍奉聖潔的神靈——耶穌。

XXI ~ XXX

---

[822] 手稿中的原文為*reportent*，此處根據手稿中第二十六章109行詩的*porte*與第二十七章第1行詩的*reporte*更正之。

[823] *Vesseaus*：（n.m. pl.）vases（「器皿」、「壺」、「瓶」）。

[824] *messeus*：（n.m. pl.）missels, livres de messe（「祈禱書」、「彌撒經本」）。

[825] *brevïaire*：（n.m.）bréviaires（「日課經」）。

[826] *crucefis*：（n.m. pl.）crucifix（「帶有耶穌像的十字架」）。

[827] *toailles*：（n.f. pl.）nappes（「桌布」）。

[828] *esperitable*：（adj.）spirituel, céleste（「精神上的」、「天上的」）。

古法文原文 XXVIII	現代法文譯文 XXVIII	中文譯文 XXVIII
1 **B**ien vos sai dire que reporte li tierz :	Je peux bien vous dire ce que portent les derniers tiers :	我可以和您們說說最後第三批馬所帶的東西：
Poz[829] et paielles[830], chauderons[831] et trepiez[832],	Des pots, des poêles, des chaudrons et des trépieds,	一些壺、長柄平底鍋、小鍋子以及三腳支架；
Et croz[833] aguz[834], tenailles[835] et andiers[836] ;	Des crocs aigus, des tenailles et des landiers ;	一些尖鈎、鉗子以及烤肉鐵扦架；
Quant il venront el regné essilié,	Quand les Français viendront dans le royaume dévasté,	當法蘭西人來到那個遭受蹂躪的王國時，
5 Que bien en puissent atorner[837] a mengier,	Ils pourront bien préparer à manger,	他們能夠準備吃食，
Si serviront Guillelme le guerrier,	Et serviront Guillaume le guerrier,	還有伺候戰士紀堯姆用餐，
Et en aprés trestoz ses chevaliers.	Et ensuite tous ses chevaliers.	然後再服侍所有他的騎士們吃飯。

XXI～XXX

---

[829] *Poz*：（n.m. pl.）pots（「罐」、「壺」）。
[830] *paielles*：（n.f. pl.）poêles（「長柄平底鍋」）。
[831] *chauderons*：（n.m. pl.）chaudrons（「小鍋」）。
[832] *trepiez*：（n.m. pl.）trépieds（「三角支架」）。
[833] *croz*：（n.m. pl.）crocs, crochets（「鈎子」）。
[834] *aguz*：（adj.）aigus（「尖的」、「銳利的」）。
[835] *tenailles*：（n.f. pl.）tenailles（「鉗子」）。
[836] *andiers*：（n.m. pl.）landiers（「烤肉鐵扦架」）。
[837] *atorner*：（inf.）préparer（「準備」）。

	古法文原文 XXIX	現代法文譯文 XXIX	中文譯文 XXIX
1	[A2 43c] Vet s'en Guillelmes a sa compaigne bele ;	Guillaume s'en va avec sa compagnie puissante ;	紀堯姆和他聲勢浩大的隊伍出發離去;
	A Deu commande Francë et la Chapele,	Il recommande à Dieu la France et Aix-la-Chapelle,	他將法蘭西、艾克斯·拉·夏貝爾、
	Paris et Chartres, et tote l'autre terre.	Paris, Chartres et tout le reste du pays.	巴黎、沙特爾以及所有剩餘的其他地區託付給天主。
	Passent Borgoigne et Berri et Auvergne ;	Ils traversent la Bourgogne, le Berry et l'Auvergne ;	他們穿過了勃艮第、貝里以及奧弗涅;
5	Au gué[838] des porz sont venu a .i. vespre[839],	Ils arrivent un soir au passage des cols,	某天晚上他們行經到了山隘處,
	Tendent[840] i tres[841], paveillons[842] et herberges[843].	Ils y dressent les tentes, les pavillons et installent le campement.	他們在此支起了帳篷,並且安起了營,紮起了寨。

---

[838] *gué* : (n.m.) lieu de passage (「行經之地」)。

[839] *vespre* : (n.m. et n.f.) tombée du jour, soir (「夜晚降臨」、「夜晚」)。名詞*vespre*源自於拉丁文*vesper*,意思為「夜晚」(soir),此名詞的詞性可以是陽性或陰性,要視上下文決定。

[840] *Tendent* : dressent, établissent (「搭起」、「支起」)。

[841] *tres* : (n.m. pl.) tentes (「帳篷」)。名詞*tres*(＜*germ*. trœf)此處為第一類陽性名詞偏格複數的形式。

[842] *paveillons* : (n.m. pl.) grandes tentes, rondes ou carrées, terminées en pointe par le haut et servant à camper (「用於紮營的圓形或方形之大型帳篷」)。名詞*paveillons*源自於古典拉丁文*papiliones*,原意為「蝴蝶」,之後在晚期拉丁文轉義為「帳篷」,此處為第一類陽性名詞偏格複數的形式。

[843] *herberges* : (n.f. pl.) campement, cantonnement (「紮營」、「安營」)。名詞*herberges*此處為第一類陰性名詞偏格複數的形式。*Herberge*源自於法蘭克語*heriberga*,後者是由*heri*(意即「軍隊」)與*berga*(意即「保護」)所組成,屬於軍事用語,通常意指「短暫的住處」。

古法文原文 XXX	現代法文譯文 XXX	中文譯文 XXX
1 En cez cuisines ont cez feus alumez ;	Après avoir allumé les feux dans les cuisines,	廚師們在廚房裡生完火之後，
Cil queus[844] se hastent del mengier[845] conraer[846].	Les cuisiniers se hâtent de préparer le repas.	就趕緊準備吃食。
Li quens Giuillelmes estoit dedenz son tref[847] ;	Le comte Guillaume est dans sa tente ;	那時紀堯姆伯爵身處帳中，
Parfondement[848] commence a soupirer,	Il se met à pousser de profonds soupirs,	開始深深地嘆了幾口氣，
5 Del cuer del ventre[849] commença a penser.	Et à se plonger dans une profonde méditation.	內心陷入沉思之中。
Voit le Bertran, sel prent a esgarder :	Bertrand le regarde alors avec attention.	貝特朗留意到紀堯姆的行為舉動，便說道：
« Oncle, dist il, qu'avez a dementer[850] ?	« Mon oncle, dit-il, pourquoi lamentez-vous ?	「伯父，您為何哀嘆？
Estes vos dame qui pleurt ses vevetez[851] ?	Êtes-vous une dame qui pleure son veuvage ?	您是哀嘆喪偶的婦人嗎？」
—— Nenil, voir, niés, einçois pense por el[852],	—— Non, assurément, mon neveu, mais je pense à une autre chose,	「當然不是，侄兒，伯父想的是另一件事情，

---

[844] *queus*：（n.m. pl.）cuisiniers（「廚師」、「炊事員」、「伙夫」）。手稿中的原文為*Cil qui*，此處根據*ms. B*、*ms. C*更正之。

[845] *mengier*：（n.m.）repas（「餐」、「飯菜」）。*mengier*為原形動詞名詞化的形式，此處*mengier*是第一類陽性名詞偏格單數的形式。

[846] *conraer*：（inf.）préparer（「準備」）。

[847] *tref*：（n.m.）tente（「帳篷」）。*tref*此處為第一類陽性名詞偏格單數的形式。

[848] *Parfondement*：（adv.）profondément（「深深地」）。

[849] *del cuer del ventre*：dans son for intérieur（「內心深處」）。

[850] *dementer*：（inf.）se désoler, se tourmenter, se lamenter（「哀嘆」、「呻吟」）。手稿中的原文為*qu'avez a demander*，此處根據 *ms.A3*、*ms. A4*、*ms. B* 更正之。

[851] *vevetez*：（n.f.）veuvage（「喪偶」、「孀居」、「寡居」）。

[852] *el*：（pron. indéfini）autre, autre chose（「另外的」、「其他的事」）。根據Philippe Ménard（1994, 38）的解釋，不定代名詞*el*源自於拉丁文*aliud* 或是*alid*，這個中性代名詞常常意指

古法文原文 XXX	現代法文譯文 XXX	中文譯文 XXX
10 Que diront ore cil baron chevalier :	À ce que vont dire désormais les vaillants chevaliers :	伯父想的是那些英勇的騎士將會如何議論我：
« Vez de Guillelme, le marchis au vis fier,	"Voyez Guillaume, le marquis au visage farouche,	『瞧瞧那個有著勇猛凶悍面孔的紀堯姆侯爵，
Comme il a ore son droit segnor mené :	Comme il a traité son seigneur légitime :	他是怎樣對待他的正主的：
Demi son regne li volt par mi doner ;	Ce dernier voulait lui donner la moitié de son royaume ;	國王本想賜給他一半的江山，
Il fu tant fox[853] qu'il ne l'en sot nul gré[854],	Il fut si insensé qu'il ne lui en sut aucun gré,	而他卻瘋狂到對於國王給他的賞賜之事，他都沒有對其生起任何感恩戴德之心，
15 Ainz prist Espaigne ou n'ot droit herité[855]. »	Mais il préféra prendre l'Espagne où il n'avait aucun droit légitime."	他寧可去攻打國王尚未擁有正當繼承權的西班牙。』
Ne verrai mes .iiii. gent assembler	Je ne verrai plus quatre personnes s'assembler	我再也見不得四個人聚集在一起，
Que je ne cuide de moi doient parler.	Sans m'imaginer qu'elles parlent de moi.	而不會想像他們正在議論我。』
—— Oncle Guillelmes, por ce lessiez ester.	—— Mon oncle Guillaume, laissez cela,	「我的好伯父紀堯姆，別管這事了，

「其他的事」、「另外的事」。

[853] *fox*：(adj.) fou, insensé（「失去理智的」、「發瘋的」）。陽性形容詞 *fox* 此處為正格單數的形式。

[854] *gré*：(n.m.) remerciements, action de grâces（「感謝」、「感恩」）。片語 *savoir gré* 意思為「感恩的」（être reconnaissant）。

[855] *ot droit herité*：il eut le droit d'héritage（「他擁有繼承權」）。片語 *avoir droit herité* 的意思為「擁有繼承權」。

古法文原文 XXX	現代法文譯文 XXX	中文譯文 XXX
De ceste chose ne vos chaut d'aïrer[856] :	Ne vous mettez pas en colère pour un tel sujet :	別為這樣的事情生氣了：
20 De l'aventure vet tot en Damedé ;	Notre avenir dépend entièrement du Seigneur Dieu ;	我們的未來全都聽憑天主大人的安排；
Demandez l'eve, s'aseons au souper.	Demandez l'eau et mettez-vous à table.	命人拿水來並且坐下吃晚飯吧。」
—— Niés, dit il quens, bien fet a creanter[857]. »	—— Mon neveu, dit le comte, j'y consens volontiers. »	伯爵說道：「侄兒，我很贊同你的建議。」
A trompeors[858] ont l'eve fet corner[859] ;	Ils ont fait sonner des cors pour qu'on apporte l'eau ;	他們命人吹號角好讓人送水過來；
Communement[860] s'asieent au souper ;	Ils s'assoient ensemble pour souper,	他們坐在一起吃晚飯，
25 Assez i orent venoison de sengler,	Ils ont en abondance de la venaison de sanglier,	他們有不虞匱乏的野豬肉、
Grues[861] et gentes[862] et poons[863] emprevez[864].	Des grues, des oies sauvages et des paons assaisonnés au poivre.	鶴肉、野生母鵝肉以及孔雀肉，這些菜餚皆輔以胡椒調味。

856 *aïrer*：（inf.）（se）mettre en colère（「生氣」、「發火」）。

857 *creanter*：（inf.）consentir à（「同意」、「贊成」）。

858 *trompeors*：（n.m. pl.）sonneurs（du cor）（「吹號角之人」）。

859 *corner*：（inf.）sonner du cor（「吹號角」）。根據Edmond Faral（1938, 164-165）的解釋，在中世紀的貴族階層中，有個傳統的習俗就是貴族坐在飯桌吃飯前會先讓人吹號角通知賓客飯前洗手，這個片語叫做 *corner l'eau*。這時侍從會端來承有香味水的華麗盆子和毛巾好讓客人洗完手後方便擦拭乾淨。

860 *Communement*：（adv.）ensemble（「一起」、「一齊」、「一塊兒」）。

861 *Grues*：（n.f. pl.）grues（「鶴」）。

862 *gentes*：（n.f. pl.）oies sauvages（「野生母鵝」）。

863 *poons*：（n.m. pl.）paons（「孔雀」）。加上胡椒調味的鶴、野生母鵝與孔雀是中世紀時期廣受好評的幾道菜餚。

864 *emprevez*：（adj. pl.）assaisonnés au poivre（「用胡椒調味」）。

古法文原文 XXX	現代法文譯文 XXX	中文譯文 XXX
Et quant il furent richement[865] conraé[866],	Quand ils sont pleinement rassasiés,	當他們酒足飯飽後，
Li escuier vont les napes oster.	Les écuyers viennent enlever les nappes.	侍從便來撤走桌布。
Cil chevalier repairent as hostiex[867]	Les chevaliers retournent à leurs logements	騎士們回到自己的臨時下榻處，
30 Trusqu'au demain que il fu ajorné[868]	Et y restent jusqu'au lendemain, au lever du jour,	一直待到隔天破曉時分，
Que il monterent es destriers abrivez[869].	Où ils montent sur de fougueux destriers.	他們才騎上了矯捷輕快的戰馬。
Vont a Guillelme le marchis demander :	Ils vont questionner Guillaume le marquis :	他們來到紀堯姆侯爵跟前問訊，說道：
« Sire, font il, que avez en pensé ?	« Seigneur, demandent-ils, qu'avez-vous décidé ?	「大人，您的決意為何呢？
Dites quel part vos vorroiz ore aler.	Dites-nous de quel côté vous voulez aller.	告訴我等您意欲何往。」
35 [A2 43d] —— Franc chevalier, tuit estes effraé[870].	—— Nobles chevaliers, vous êtes tous inquiets.	「高貴的騎士們，您們個個都心焦如焚。
N'a encor gaires que tornasmes d'ostel ;	Il n'y a pas encore longtemps que nous sommes partis de notre demeure ;	我們尚未離家良久，

[865] *richement* :（adv.）amplement（「充分地」）。

[866] *conraé* :（adj.）rassasiés（「吃得飽飽的」、「吃飽喝足」）。

[867] *hostiex* :（n.m. pl.）demeures, logements（「住所」、「住宿處」）。

[868] *il fu ajorné* : le jour fut levé（「天亮」、「破曉」）。

[869] *abrivez* :（adj. pl.）fougueux, rapides, impétueux（「性烈的」、「猛烈的」、「飛快的」）。

[870] *effraé* :（adj. pl.）inquiets（「焦急如焚」、「憂慮不安的」）。

古法文原文	現代法文譯文	中文譯文
XXX	XXX	XXX
Tot droit a Bride le cor saint hennoré[871],	Nous irons tout droit à Brioude, au tombeau du saint qui y est honoré,	我們將會直達布理尤德城，那裡有被供奉著的聖者之墓，
Nos iron la et a La Mere Dé[872] :	Ensuite à Notre-Dame-du-Puy :	然後再去勒皮聖母主教座堂：

---

[871] *a Bride le cor saint hennoré* : à Brioude, au tombeau du saint qui y est honoré（「布理尤德城，那裡有被供奉著的聖者之墓」）。根據Claude Lachet（1999, 210）的解釋，布理尤德城（Brioude）的修道院附屬教堂保存著聖朱利安（saint Julien）之墓。聖朱利安為信奉基督教的羅馬士兵，西元307年時為了逃避羅馬皇帝戴克里先（Dioclétien）的迫害，從維埃納（Vienne）的駐軍逃跑，隨後躲到布理尤德附近的一個小鎮，在那裡他被砍頭身亡。在第五或第六世紀時，在布理尤德建立了以聖朱利安為主保的大教堂，圖爾的格雷古瓦（Grégoire de Tours）喜歡造訪聖朱利安之墓，甚至寫了一本叫《法蘭克人史》（*Histoire des Francs*）的書稱頌他，在書中提到在8月28日聖朱利安主保日時，布理尤德城的旅館與住宿不足以接待來朝聖的信徒，信徒們甚至得在城外搭帳篷露宿。聖朱利安大教堂於西元730年被撒拉遜人焚毀，在一個世紀之後又被重新建立起來。在《紀堯姆修士》（*Moniage Guillaume*）一書中，紀堯姆在他的妻子姬卜爾（Guibourc）去世之後，孤身前往布理尤德的聖朱利安大教堂，並且在那裡的大理石神壇上放上了他的小圓盾牌（targe），所有去聖吉勒（Saint-Gilles）朝聖的信徒行經布理尤德城時都能見到紀堯姆的盾牌。

[872] *La Mere Dé* : la cathédrale Notre-Dame-du-Puy（「勒皮聖母主教座堂」）。勒皮聖母主教座堂為中世紀時期基督教徒前往西班牙北部聖雅各‧德‧孔波斯特爾朝聖（pèlerinage de Saint-Jacques-de-Compostelle）時必經的其中一個教堂。十一世紀時在此出現了顯神蹟的聖母神像。

古法文原文 XXX	現代法文譯文 XXX	中文譯文 XXX
De noz avoirs i devons presenter[873],	Là nous lui ferons offrande de nos biens,	在那裡我們將用自己的錢財捐獻供養聖母，
40 Si proiera por la crestïenté. »	Et elle priera pour la chrétienté. »	她會為了基督教徒祈禱的。」
Et si responnent : « Si com vos commandez. »	Ils répondent : « À vos ordres. »	他們答道：「遵命。」
Lors chevauchierent et rengié et serré,	Alors ils chevauchèrent en rangs serrés,	接著他們緊排成行，策馬前行，
Si ont les tertres[874] et les monz[875] trespassé[876].	Et franchirent les collines et les montagnes.	他們翻過了山，越過了嶺。

---

873 *presenter*：（inf.）faire cadeau à（「送禮物給……」、「捐獻」、「供養」）。

874 *tertres*：（n.m. pl.）collines, tertres（「小丘」、「小山崗」、「高地」）。*tertres*源自於民間拉丁文*termites，此處為陽性名詞偏格複數的形式。

875 *monz*：（n.m. pl.）montagnes（「山」、「峰」）。*monz*源自於拉丁文 *montes*，原意就是指「山」，此處為陽性名詞偏格複數的形式。

876 *trespassé*：（participe passé）traversé, passé à travers（「穿越」、「橫越」）。

古法文原文 XXXI	現代法文譯文 XXXI	中文譯文 XXXI
1 Par le conseil que lor done Guillelmes	Sur le conseil que leur donne Guillaume,	按照紀堯姆給的建議，
Ont trespassé et Berri et Auvergne.	Ils ont traversé le Berry et l'Auvergne.	他們一行人穿過了貝里以及奧弗涅。
Clermont lesserent[877] et Monferent[878] a destre[879].	Ils ont laissé Clermont et Montferrand à main droite.	他們擯棄了位於右手邊的克萊蒙與蒙費朗。
La cit lessierent et les riches herberges[880] ;	Ils évitent la cité et ses riches demeures,	他們還特意避開了百姓聚集的市中心以及城中富麗堂皇的住所，
5 Ceus de la vile ne vorrent il mal fere.	Car ils ne veulent faire de mal aux habitants de la cité.	因為他們並不想要傷害城中的老百姓。

---

[877] *lesserent* : laissèrent, abadonnèrent（「擯棄」、「放棄」）。*lesserent*為動詞*laiss(i)er*的直陳式簡單過去時p6的形式。

[878] *Clermont... Monferent* : Clermont⋯ Montferrand（「克萊蒙⋯⋯蒙費朗」）。*Clermont*「克萊蒙」，原意為「明亮山」，中世紀時為主教城，在那裡教宗烏爾邦二世（Urbain II）於西元1095年在克萊蒙宗教會議（concile de Clermont）時倡導第一次十字軍東征。*Monferent*「蒙費朗」則是西元1120年由奧弗涅的紀堯姆六世伯爵（comte Guillaume VI d'Auvergne）所創建。西元1630年時，國王路易十三頒布特魯瓦詔書（édit de Troyes），明令將「克萊蒙」與「蒙費朗」兩個城市合而為一。手稿中的原文為*et monterent a destre*，此處是根據*ms. B*與*ms. C*的*Monferent*更正之。

[879] *a destre* :（loc. adv.）à droite（「右邊」）。

[880] *herberges* :（n.f. pl.）logements, demeures（「住所」、「住宅」）。

古法文原文 XXXII	現代法文譯文 XXXII	中文譯文 XXXII
1 **La** nuit i jurent[881], au matin, s'en tornerent[882],	La nuit, ils ont couché dans la région, et au matin ils s'en sont allés,	夜晚他們露宿在市郊，清晨隨即開拔離去，
Cueillent[883] les tres, les paveillons doublerent[884],	Ils ont réuni les tentes, plié les pavillons,	他們將帳篷集中在一起，隨後收拾摺疊好大型營帳，
Et les aucubes[885] sor les somiers trosserent[886].	Chargé tout le matériel de campement sur les bêtes de somme.	之後再將所有的露營設備裝在役畜的背上。
Par mi forez et par bois chevauchierent,	Ils chevauchèrent à travers bois et forêts,	他們策馬穿越了樹林與森林，

XXXI～XL

---

[881] *jurent* : couchèrent（「就寢」、「睡覺」、「夜宿」）。*jurent*為動詞*gesir*直陳式簡單過去時 p6的形式。

[882] *s'en tornerent* : s'en allèrent, partirent（「離開」、「出發」）。

[883] *Cueillent* : réunissent, rassemblent（「集中」、「蒐集」）。*Cueillent*為動詞*cueillir/ coillir*直陳式現在時p6的形式。

[884] *doublerent* : plièrent（「折疊」、「收拾」）。根據Caude Lachet（1999, 110）雙語對照本的注解，手稿中的原文為*deublerent*，Claude Régnier將其更正為*doublerent*。Duncan McMillan（1978, 97）的校注版則提及 *ms. B2* 此處為*doublent*。

[885] *aucubes* :（n.m. pl.）sorte de tente（「某種帳篷」）。根據Fabienne Gégou（1977, 89-90）的注解，陽性名詞*aucube*源自於阿拉伯文*al gobbah*，原意為「（放床的）凹室」（alcôve），古法文在此處的意思很有可能是一種「可以睡覺的小型帳篷」，甚至很有可能是「睡袋」之意。此處由於上下文已經出現過兩個近似詞*tres*、*paveillons*，所以我們將其翻譯為「所有的露營設備」。

[886] *trosserent* : chargèrent（「裝上」、「使裝載」）。*trosserent*為動詞*trosser*直陳式簡單過去時p6的形式。

古法文原文 XXXII	現代法文譯文 XXXII	中文譯文 XXXII
5 Par Ricordane[887] outre s'en trespasserent[888], Desi au[889] Pui onques ne s'aresterent.	Passèrent par la voie Regordane, Et ne s'arrêtèrent pas jusqu'au Puy.	取道峆簧赫丹之路， 一路馬不停蹄直到勒皮。

XXXI ～ XL

---

[887] *Ricordane*：voie Regordane（「峆簧赫丹之路」）。根據Fabienne Gégou（1977, 90）的解釋，中世紀時期，朝聖者若要去聖吉勒（Saint-Gilles）的話，需要取道峆簧赫丹之路（voie Regordane），這樣一來他們就可以先去到布理尤德（Brioude）參訪聖朱利安大教堂（basilique de saint Julien）。Jean Frappier（1965, 235）則認為*Ricordane*不僅是一條可以從捷赫緱維（Gergovie）通往尼姆（Nîmes）的道路，而且還意指克萊蒙費朗（Clermont-Ferrand）南部的一個山區部分，所以在Duncan McMillan（1978, 169）校注版的專有名詞索引中可以了解到作者採用了Jean Frappier的見解，認為*Ricordane*為羅馬軍隊修建的一條穿越萊蒙費朗南部山區的道路。

[888] *s'en trespasserent*：passèrent（「經過」、「通過」、「取道」）。

[889] *Desi au*：jusqu'au（「直到」）。

古法文原文 XXXIII	現代法文譯文 XXXIII	中文譯文 XXXIII
1 Li quens Guillelmes vet au mostier orer[890] ;	Le comte Guillaume va prier à l'église ;	紀堯姆伯爵去教堂禱告，
.iii. mars d'argent a mis desus l'autel,	Il a mis trois marcs d'argent sur l'autel,	他在神壇上放了三枚馬克銀幣，
Et .iiii. pailes et .iii. tapiz roez[891].	Quatre étoffes de soie et trois tapis ornés de rosaces.	四匹絲綢布料以及三張飾有圓形圖案的地毯。
Grant est l'offrende que li prince ont doné,	L'offrande que les princes ont donnée est somptueuse,	那些王子們奉獻出的祭品豐盛奢華，
5 Puis ne devant n'i ot onques sa per.	Ni avant ni après il'n en eut de semblable.	空前絕後，無有倫比。
Del mostier ist Guillelmes au cort nes ;	Guillaume au court nez sort de l'église ;	短鼻子紀堯姆走出教堂，
Ou voit ses homes, ses a aresonez[892] :	Aussitôt il voit ses hommes, il s'adresse à eux :	當他一見到他的手下，便開口和他們說話，
« Baron, dist il, envers moi entendez.	« Vaillants chevaliers, dit-il, écoutez-moi bien.	他說道：「英勇的騎士們，注意聽我說，
Vez ci[893] les marches de la gent criminel[894] ;	Voici les terres frontalières de la race criminelle ;	看啊，這裡便是有罪的異教徒民族之邊境地區了；

---

[890] *orer*：（inf.）prier, adorer（「祈禱」、「做禱告」、「朝拜」）。*orer*源自於拉丁文的 *orarer*，原意為「說話」，用於宗教詞彙時意思為「祈禱」。

[891] *roez*：（adj.）ornés d'un dessin à cercles, ornés de rosaces（「綴有圓形圖案的」、「飾有圓花形狀圖案的」）。

[892] 手稿的原文為*ses a resonez*，此處根據*ms. A3*與*ms. A4*更正之。

[893] *Vez ci*：voici（「看啊，這裡便是」）。*vez*是*veez*的縮減形式（forme réduite）。*Veez*（< lat. *vid + -atis*）是動詞*veoir*直陳式現在時和命令式p5的形式，和地方副詞*ci*連用，組成介紹詞組，原意是「看這裡」，之後兩個詞合併為*veci*，再經歷語音流變，演變為現代法文的*voici*。此處筆者將*Vez ci*保留的原本動詞「看」以及地方副詞「這裡」的意思，將其合併翻譯為「看啊，這裡便是」。

[894] *criminel*：（adj.）criminelle, impie（「有罪的」、「不信宗教的」）。形容詞*criminel*源自於拉丁文*criminalem*，屬於第二類陰陽性皆為同形態的形容詞，此處為陰性偏格單數的形式，

	古法文原文 XXXIII	現代法文譯文 XXXIII	中文譯文 XXXIII
10	D'or en avant[895] ne savroiz tant aler	Désormais vous ne pourrez aller plus avant	從現在開始，你們越是往前行，
	Que truissiez home qui de mere soit nez	Sans que chaque homme que vous rencontrerez en vie	所有您們所遇見打從娘胎生出之活人
	Que tuit ne soient Sarrazin et Escler[896].	Ne soit Sarrasin ou Slave.	無不是撒拉遜人或斯拉夫人。
	Prenez les armes, sus les destriers montez,	Prenez vos armes, montez sur vos destriers,	拿起您們的武器，騎上您們的戰馬，
	Alez en fuerre[897], franc chevalier membrez[898].	Allez fourrager, nobles chevaliers renommés.	去進行翻找搜索吧，高貴又有名望的騎士們。
15	Se Dex vos fet mes bien, si le prenez ;	Si Dieu vous accorde quelque avantage, prenez-le.	假如天主賜給您們好東西的話，您們就收下吧。
	Toz li païs vos soit abandonez[899] ! »	Que tout le pays soit à votre disposition ! »	但願整個地區都在天主您的支配之下！」
	Et cil responent : « Si com vos commandez. »	Ils répondent : « À vos ordres ! »	他們答道：「遵命！」
	Vestent[900] hauberz, lacent hiaumes gemez[901],	Ils revêtent leurs haubers, lacent leurs heaumes gemmés,	他們穿上鎖子甲，繫好飾有寶石的圓柱形尖頂頭盔，

XXXI ~ XL

修飾陰性名詞gent。

[895] *D'or en avant* : dès maintenant, désormais（「從現在開始」）。

[896] 手稿中*Sarrazin et Escler*是以縮寫形式 *sarr. 7*（barré）*escl.* 出現。

[897] *Alez en fuerre* : allez fourrager, allez au fourrage（「去翻找搜索吧」）。

[898] *membrez* :（adj. pl.）renommés, célèbres, illustres（「有名的」、有聲望的」）。

[899] *vos soit abandonez* : vous soit abandonné, soit à votre disposition（「被您支配」、「都在您的掌控之下」）。

[900] *Vestent* : revêtent（「穿上」）。

[901] *gemez* :（adj. pl.）gemmés（「用寶石裝飾的」）。

古法文原文 XXXIII	現代法文譯文 XXXIII	中文譯文 XXXIII
Ceignent espees a ponz[902] d'or noielez[903],	Ceignent leurs épées au pommeau d'or niellé,	束緊好鑲嵌著烏銀之黃金球飾長劍，
20 Montent es seles[904] des destriers abrivez ;	Ils montent en selle sur leurs fougueux destriers ;	便騎上了矯捷的戰馬；
[A2 44a] A lor cos[905] pendent lor forz escus[906] bouclez[907],	À leurs cous ils pendent leurs solides boucliers bossués au centre,	他們在脖子上掛著中間突起的堅固盾牌，
Et en lor poinz[908] les espiez[909] noielez.	Et ils tiennent en leurs poings leurs lances niellées.	手持著鑲嵌著烏銀的長槍。
De la vile issent[910] et rengié et serré,	Ils sortent de la ville en rangs serrés,	他們緊排成行地出了城。
Devant els font l'orifamble[911] porter,	ils font porter devant eux l'oriflamme,	他們命人在其之前舉起方形王旗，
25 Tot droit vers Nymes se sont acheminé.	Et s'acheminent tout droit vers Nîmes.	隨後筆直前往尼姆城。

XXXI～XL

---

[902] *ponz*：（n.m. pl.）pommeaux（「劍柄的球飾」）。*ponz*此處為第一類陽性名詞偏格複數的形式。

[903] *noielez*：（adj. pl.）niellés（「用烏銀鑲嵌的」）。

[904] *seles*：（n.f. pl.）selles（「馬鞍」）。

[905] 手稿中的原文為*A lor cops*，此處根據*ms. A3*、*ms. A4*與*ms. B*更正之。*Cos*（= cous）此處為第一類陽性名詞偏格複數的形式，意思為「頸」、「脖子」。

[906] *escus*：（n.m. pl.）boucliers（「盾牌」）。

[907] *bouclez*：（adj. pl.）pourvus d'une bosse au centre（「中間有突起的」）。

[908] *poinz*：（n.m. pl.）poings（「手」）。

[909] *espiez*：（n.m. pl.）lances, épieux（「長槍」）。

[910] *issent*：sortent（「出來」）。*issent* 為動詞*issir*的直陳式現在時p6的形式。

[911] *orifamble*：（n.f.）oriflamme（「方形王旗」、「皇家小軍旗」）。*Orifamble*源自於拉丁文的*aurea flamma*，意思為「金色火焰」（flamme d'or）。在《羅蘭之歌》中為查理曼大帝的金色軍旗，由安茹的周弗羅瓦（Geoffroi d'Anjou）掌旗。之後，由於和查理曼的金色軍旗混淆，*orifamble* 也可意指紅色絲綢材質的「聖德尼的旗幟」（étendard de saint Denis），在法國國王出征前會在聖德尼大教堂前升起這個旗幟。這種軍旗會被安排在軍隊的最前方，象徵十字軍是為了國王與天主而戰。

古法文原文 XXXIII	現代法文譯文 XXXIII	中文譯文 XXXIII
Iluec vit l'en tant heaume estanceler[912] !	Combien de heaumes vit-on alors étinceler !	那時我們不知道看到了多少的圓柱形尖頂頭盔在閃閃發亮！
En l'avangarde[913] fu Bertran l'alosé[914],	À l'avant-garde se trouvaient le célèbre Bertrand,	在先鋒部隊中有著名的貝特朗、
Gautier de Termes et l'Escot Gilemer,	Gautier de Termes, Gilemer l'Écossais,	泰爾姆的高荻耶、蘇格蘭人吉勒梅
Et Guïelin, li preuz et li senez.	Et Guiélin, le preux et le sage.	以及英勇無畏又智慧過人的紀耶嵐。
30 L'arriere garde[915] fist Guillemes le ber	Guillaume le vaillant menait l'arrière-garde,	驍勇的紀堯姆則率領由一萬名全副武裝的法蘭西人
A tot .x. mille[916] de François bien armez	Avec dix mille Français bien armés,	所組成之後衛部隊，
Qui de bataille estoient aprestez[917].	Qui étaient prêts à la bataille.	他們個個處在備戰狀態。
Il n'orent mie .iiii. liues[918] alé	Ils n'avaient pas fait quatre lieues	他們尚未前進到四法里的距離時
Qu'an mi la voie[919] ont .i. vilain[920] trové ;	Qu'ils rencontrèrent en cours de route un paysan ;	便在途中遇到一位農民；

---

[912] *estanceler*：（inf.）étinceler（「閃閃發光」）。

[913] *avangarde*：（n.f.）avant-garde（「先鋒部隊」、「先遣隊」）。

[914] *alosé*：（adj.）renommé, estimé, considéré（「有名的」、「受器重的」）。

[915] *arriere garde*：（n.f.）arrière-garde（「後衛部隊」）。

[916] 手稿中的數字「一萬」是以羅馬數字呈現，此處的「一萬」是由羅馬數字.x.（「十」），然後*mile*「千」以縮寫形式*m*呈現，直接位於.x.的上方，意即「十個一千」，即「一萬」。

[917] *aprestez*：（participe passé）prêts（「準備好的」）。

[918] *liues*：（n.f. pl.）lieues（「法里」）。*Liues*源自於拉丁文的*leucas*，後者源於高盧語。*lieue*為法國舊制度時的距離單位，一法里大約等於四公里左右。

[919] *an mi la voie*：en cours de route, en chemin（「在途中」）。

[920] *vilain*：（n.m.）paysan（「農民」）。根據Claude Lachet（1999, 211-212）的註解，*vilain*源自於晚期拉丁文*vilanum*，為古典拉丁文*villa*「鄉村」這個詞義衍生出的名詞，意思是「住在

| --- | --- | --- | --- |
35	Vient de Saint Gile ou il ot conversé[921],	Il vient de Saint-Gilles où il a séjourné,	這位農民從他之前待過的聖吉勒城過來，
	A .iiii. bués[922] que il ot conquesté[923]	Avec quatre bœufs qu'il a achetés	身邊跟著他買的四頭牛，
	[A1 38a] Et .iii. enfanz que il ot engendré.	Et trois enfants qu'il avait engendrés.	與他生的三個小孩。
	De ce s'apense[924] li vilains que senez	Le paysan s'avise sagement	農民明智地察覺到
	Que sel est chier[925] el regne dont fu nez ;	Que le sel est cher dans son pays natal,	他的老家鹽價很貴，
40	Desor son char[926] a .i. tonel[927] levé	Il a dressé un tonneau sur son chariot	所以便在他的牛車上裝載著一個被他用鹽

鄉村的人」，也就是「農民」（paysan）。然而在中世紀農民與農奴的身分（serf）不同，他們為自由民，只是當時在貴族與戰士為尊的社會框架下，「農民」為一個帶有貶意的名詞，因為 *vilain*「農民」代表了他是一個「出身低微的人」（homme de basse condition）、「平民」（roturier），甚至到後來還有辱罵（insulte）之意。另一個形容詞 *vil* 源自於拉丁文 *vilem*，原意為「廉價的」、「沒有價值的」，古法文的意思則為「卑鄙的」、「可恥的」；可能是受到 *vil* 的影響，當 *vilain* 當形容詞用時，只剩下含有貶意的詞意：「下流的」、「粗俗的」、「醜陋的」、「惡劣的」、「可恥的」。從十六世紀開始，*vilain* 特別意指「卑鄙的行為」以及「身體的醜陋」。在中世紀文學中，農民常被形容成時面目可憎的怪物，例如《歐卡森與妮可蕾特》第二十四章中的牧牛人（bouvier）便是被形容為面目猙獰又相貌其醜無比的人。然而《尼姆大車隊》的作者卻將農民形容為有觀察能力（s'apense）又有智慧（senez）的人。

[921] *conversé*：（participe passé）séjourné（「逗留」、「停留」）。

[922] *bués*：（n.m. pl.）bœufs（「牛」）。*bués* 源自於拉丁文 *boves*，此處為第一類陽性名詞偏格複數的變格形式。

[923] *conquesté*：（participe passé）acheté（「買」）。

[924] *s'apense*：s'avise（「察覺」）。

[925] *sel est chier*：le sel est cher（「鹽價格很貴」）。根據 Claude Lachet（1999, 212）的注解，自古至今，鹽一直是人類的基礎必需品，它是食物的調味料，同時也被用來幫助保存肉類和魚類。所以鹽的交易一直都是投機生意，因為鹽的製造過程常會受限於天候條件，導致產量無法穩定，但是所需的消費量卻很難減少。當時的人們會在大西洋和地中海沿岸地區製作海鹽，還有在洛林（Lorraine）與法蘭琪–康堤（Franche-Comté）兩個區的礦石中提煉出岩鹽。

[926] *char*：（n.m.）chariot, char（「牛車」）。陽性名詞 *char* 源自於拉丁文 *carrum*，後者則來自於高盧語，原意為「四輪的車」，此處為第一類陽性名詞偏格單數的形式。

[927] *tonel*：（n.m.）tonneau（「木桶」）。

古法文原文 XXXIII	現代法文譯文 XXXIII	中文譯文 XXXIII
Si l'ot empli et tot rasé[928] de sel.	Et il l'a rempli à ras bord de sel.	裝滿到齊邊的木桶。
Les .iii. enfanz que il ot engendrez	Les trois enfants qu'il avait engendrés	他生的三個小孩
Jeuent[929] et rïent et tienent pain assez[930] ;	Jouent et rient, en tenant beaucoup de pain ;	手中拿著許多麵包，玩耍嬉笑著。
A la billete[931] jeuent desus le sel.	Ils jouent aux billets sur le sel.	小孩們在鹽上玩著彈珠。
45 François s'en rïent ; que feroient il el[932] ?	Les Français s'en réjouissent ; que pourraient-ils faire d'autre ?	法蘭西人見狀喜形於色；他們還能做些其他什麼呢？
Li cuens Bertran l'en a aresoné :	Le comte Bertrand s'adresse au paysan :	貝特朗伯爵對農民說：
« Di nos, vilain, par ta loi, don est né ? »	« Dis-nous, paysan, au nom de ta religion, où es-tu né ? »	「告訴我，農民，以你宗教的名義，你出生於何處？」
Et cil respont : « Ja orroiz verité.	Il répond : « Vous allez entendre la vérité.	農民答道：「我會對您如實相告。
Par Mahom, sire, de Laval desus Cler[933].	Par Mahomet, seigneur, je suis de Laval-sur-Cler.	以穆罕默德的名義擔保，大人，我來自克萊爾河畔的拉瓦勒。

---

928 *rasé*：（participe passé）rempli à ras bord（「滿到齊邊地」）。

929 *Jeuent*：jouent, s'amusent（「玩耍」）。*Jeuent*為動詞 *joer* 直陳式現在時p6的形式。

930 *assez*：（adv.）beaucoup（「很多」）。

931 *billete*：（n.f.）jeu de billes（「彈珠遊戲」）。

932 *el*：（pron. indéf.）autre（「其他的事」）。

933 *Laval desus Cler*：Laval-sur-Cler（「克萊爾河畔的拉瓦勒」）。*Laval desus Cler* 這個地名無法得知對應的正確現代法國地名。Joseph-Louis Perrier（1982, 74）的校注版只簡單將 *Laval desus Cler* 注解為「地名」（nom de lieu），而 Duncan McMillan（1978, 167）在其校注版的專有名詞索引表中說明 *Laval desus Cler* 的正確位置不詳，應該位於法國南部的某個地點。Jean Frappier（1965, 236-238）則引用了 Philipp August Becker的假設，認為 *Laval desus Cler* 應該是位於法國南部加爾區（Gard）的拉瓦勒聖羅芒城（Laval-saint-Roman），因為農民從聖吉勒城（Saint-Gilles）離開回家，途中會經過尼姆城（Nîmes）、阿萊斯城（Alès）、聖

古法文原文 XXXIII	現代法文譯文 XXXIII	中文譯文 XXXIII
50 Vieng de Saint Gile ou je ai conquesté[934].	Je viens de Saint-Gilles où j'ai fait des achats.	我從去採買東西的聖吉勒城過來。
Or m'en revois[935] por reclorre[936] mes blez :	Maintenant je retourne chez moi pour engranger mon blé.	現在我要回我家把麥子放進倉庫裡。
Se Mahomez les me voloit sauver,	Si Mahomet voulait me le préserver,	假若穆罕默德保佑我的話，
Bien m'en garroie[937], tant en ai ge semé. »	J'en serais bien satisfait, tant j'en ai semé. »	我將會收穫十分滿意的報酬，因為我曾辛勤播種。」
Dïent François : « Or as que bris[938] parlé !	Les Français répondent : « Tu as parlé comme un sot !	法蘭西人答道：「你說話像個傻子似的！
55 Quant tu ce croiz que Mahomez soit Dé,	Puisque tu crois que Mahomet est Dieu,	既然你相信穆罕默德是上帝，
Que par lui aies richece[939] ne planté[940],	Et que grâce à lui tu peux avoir richesse et abondance,	還有拜他所賜，你才能豐衣足食，

阿布魯瓦城（Saint-Ambroix）以及巴爾亞城（Bajarc）。Jean Frappier也猜測*Laval desus Cler*很有可能是現今位於拉格朗孔布（La Grand-Combe）東南方的拉瓦勒（Laval）。

[934] *je ai conquesté*：j'ai fait des achats, j'ai fait des acquisitions（「我採買」、「我採購」）。*conquesté*為動詞*conquester*過去分詞的形式。

[935] *m'en revois*：je m'en retourne（「我回去」）。*revois*為動詞*raler*直陳式現在時p1的形式。

[936] *reclorre*：（inf.）engranger（「把（穀物）放進倉庫裡」）。

[937] *m'en garroie*：j'en serais satisfait, j'en serais récompensé（「我會因此得到報酬」）。*garroie*為動詞*garir*條件式現在時p1的形式。

[938] *que bris*：comme un sot, comme un fou（「像個傻子一樣」）。*Bris*或*bric*為第三類陽性名詞正格單數的形式，*bricon*則為偏格單數的形式，意思為「瘋子」或「傻子」。*Que*此處為「如同」（comme）之意。

[939] *richece*：（n.f.）richesse（「財富」、「富裕」）。

[940] *planté*：（n.f.）abondance, foison（「豐盛」、「富足」）。*Planté*源自於拉丁文*plenitatem*，此處為第二類陰性名詞偏格單數的形式。

古法文原文 XXXIII	現代法文譯文 XXXIII	中文譯文 XXXIII
Froit en yver[941] ne chalor en esté[942],	Froid en hiver et chaleur en été,	多虧了他，你才能有冬冷和夏熱，
L'en te devroit tos les membres coper ! »	On devrait te couper tous les membres ! »	我們要剁掉你的全部四肢！」
Et dit Guillelmes : « Baron, lessiez ester.	Guillaume intervient : « Vaillants chevaliers, laissez cela.	紀堯姆插話說道：「英勇的大人們，先別管這個了，
60 D'un autre afere[943] vorrai a lui parler. »	Je voudrais lui parler d'une autre affaire. »	我想和他說說另一件事情。」

---

[941] *yver*：（n.m.）hiver（「冬天」、「冬季」）。此處的*yver*源自於拉丁文賓格單數（accusatif sing.）*hibernum*，為第一類陽性名詞偏格單數的形式。由於噓音[h]於第一世紀起便不再發音，古法文手稿的手抄員也常將*h*省略不書寫出來。

[942] *Froit en yver ne chalor en esté*：Froid en hiver et chaleur en été（「冬冷夏熱」）。此句詩突然從前一行詩的錢財（richece）與豐盛（planté）過渡到冬季與夏季，Jean Frappier（1965, 238）在其專書中解釋要了解此句詩的意思，必須參考《國王路易一世的加冕禮》（*Le Couronnement de Louis*）一書中撒拉遜將軍高赫索肋（Corsolt）於第838-840行詩中提及基督教的上帝高高在上，在人間卻沒有任何權勢，而穆罕默德才是世間萬物的主宰，所以此處的這句詩可以理解為穆罕默德是掌管人世間的神，可以支配天氣的冷暖晴雨。這些言語的內容激怒了法蘭西人。

[943] *afere*：（n.m.）affaire, chose（「事情」、「事物」）。

古法文原文 XXXIV	現代法文譯文 XXXIV	中文譯文 XXXIV
1 Li cuens Guillelmes li commença a dire :	Le comte Guillaume commença à lui dire ainsi :	紀堯姆伯爵開始對他說以下的話：
« Diva ! vilain, par la loi dont tu vives,	« Allons, paysan, par la religion qur tu pratiques,	「那麼，農民，以你信奉的宗教起誓，
Fus tu a Nymes, la fort cité garnie[944] ?	Es-tu allé à Nîmes, la puissante cité fortifiée ?	你去過那座築有防禦工事的強大城市——尼姆嗎？」
—— Oïl voir, sire, le paaige[945] me quistrent[946] ;	—— Oui, vraiment, seigneur, ils m'ont réclamé le péage ;	「是的，我是真的去過，大人，他們還要我繳通行稅；
5 Ge sui trop[947] povres, si nel poi[948] baillier[949] mie ;	Je suis très pauvre, et je n'ai pas pu leur donner le péage.	我很貧窮，無法繳給他們通行稅，
Il me lesserent por mes enfanz qu'il virent.	Ils m'ont laissé passer en voyant mes enfants.	他們看了看我的孩子們便放行了。」

[944] *garnie* :（adj.）fortifiée（「築有防禦工事的」）。根據 Claude Lachet（1999, 213）的注解，此處的*garnie*這個詞很模擬兩可，因為以紀堯姆的角度出發，他所認知的*garnie*一詞是意指他要攻打的城池是否有堅固的防禦工事，是否有很多守衛和駐軍把守城池；而對農民而言，*garni*一詞的意思卻是意指那座城市是否糧食貯備充足（bien approvisionnée）或富饒（riche）。由於雙方對此詞的意義理解不同，是以造成農民答非所問，兩人處在雞同鴨講的狀態。

[945] *paaige* :（n.m.）péage（「通行稅」、「過橋稅」）。陽性名詞*paaige*源自於民間拉丁文*pedaticum，原意為「踏足稅」、「過路稅」（droit de mettre le pied），*pedaticum這個詞則為古典拉丁文*pes, pedis*（＝pied「足」、「腳」）之衍生詞，*paaige*這個詞原本是和*piétons*（「步行者」）相關，而不是和動詞*payer*（「付費」）有關，然而因為在現代法文中*péage*與*payer*拼寫法與詞意相近，常常造成混淆，但是兩者其實並無關聯。在古代，當人、動物、貨物或車輛要經過一個城市、一條路或一條橋時要先在關卡處（points de contrôle）先繳清通行稅才能放行。

[946] *quistrent* : réclamèrent, demandèrent（「要求」）。*Quistrent*為動詞*querre*的直陳式簡單過去時（passé simple de l'indicatif）p6的形式。

[947] 手稿的原文為*fui trop*，此處根據*ms. A2*更正為*sui trop*。

[948] *poi* : je pus（「我能夠」）。*poi* 為動詞*pooir*的直陳式簡單過去時p1的形式。

[949] *baillier* :（inf.）donner（「給」）。

古法文原文 XXXIV	現代法文譯文 XXXIV	中文譯文 XXXIV
—— Di moi, vilain, des estres[950] de la vile. »	—— Parle-moi, paysan, de l'état de la ville. »	「農民，和我說說那座城市的布防狀況。」
Et cil respont : « Ce vos sai ge bien dire.	Et l'autre répond : « je peux bien vous en parler.	農民答道：「我很願意和您講一講那裡的狀況。
Por .i. denier .ii. granz pains i preïsmes[951] ;	Nous y avons pris deux gros pains pour un denier ;	我們在那裡用了一德尼耶買了兩大個麵包；
10 La deneree[952] vaut .ii. en autre vile ;	Les denrées valent le double dans une autre ville ;	在其他城市的物價可是要翻倍的，
Molt par est bone se puis n'est empirie[953]	La vie est très bon marché si la situation n'a pas empiré depuis.	那裡的生活成本非常便宜，假如之後的環境狀況不惡化的話。」

---

950 *estres*：（n.m. pl.）disposition, situation（「布局」、「狀況」）。在Claude Lachet（1999, 213）的注釋中引用了 Stewart Gregory（1988, 381-383）對這個晦澀難懂的段落之見解，後者認為紀堯姆和農民之間的誤會是建立在這個*estres*一詞之上，因為*estres*根據不同的拉丁文辭源，會有兩種意思，第一個辭源是源自於拉丁文*exteras*，意思為「布局」、「狀況」（disposition, situation）；第二個辭源則是源自民間拉丁文*astracum*，這個詞在複數時的意思為「（繳稅後方可使用的）烤爐」（four banal）」。再加上此章節第5行與第12行的名詞*mie*，源自拉丁文*mica*，原意為「麵包屑」、「小塊」，*mie*這個具有具體意義和少量的名詞和否定副詞*ne*連用時用以表示否定之意。之後，第9行*pains*「麵包」與第13行 *paiens*「異教徒」的拼寫法很相近，以上這些都讓紀堯姆和農民之間的誤會加深。是故當紀堯姆詢問農民尼姆城軍事布防狀況時，農民卻一直講到生活費用的民生話題。

951 手稿中的原文為*i veïsmes*，此處根據ms. A2更正為*i preïsmes*。

952 *deneree*：（n.f.）la quantité de marchandises que l'on pouvait avoir pour un denier（「用一德尼耶可以買到的商品量」）。

953 *empirie*：（participe passé）empirée（「變壞」、「惡化」）。*Empirie*此處為動詞*empirier*過去分詞陰性單數的縮減形式，也就是將二合母音（diphtongue）[ie]+[ə]縮減為[iə]，相對應的拼寫法為-iee縮減為-ie。手稿的原文為*empiriee*，然而此處根據前後一行詩的*vile*與*mie*來判斷，應該是押[i]韻，而非[ie]韻，所以此處採用ms. A3、ms. A4與ms. B的拼寫法 *empirie*更正之。

古法文原文 XXXIV	現代法文譯文 XXXIV	中文譯文 XXXIV
—— Fox, dit Guillelmes, ce ne demant je mie,	—— Idiot, dit Guillaume, je ne te demande pas cela,	紀堯姆說道:「愚蠢之徒,我不是問你這個,
Mes des paiens chevaliers de la vile,	mais je te demande de me renseigner sur les chevaliers païens de la ville,	我是要你告訴我那座城市異教徒騎士的狀況、
Del roi Otrant[954] et de sa compaignie. »	Sur le roi Otrant et ses compagnons. »	國王奧特朗和他同袍的情況。」
15 Dit li vilains : « De ce ne sai ge mie,	Le paysan répond : « Je ne sais rien à ce sujet,	農民答道:「我對這方面一無所知,
Ne ja par moi n'en iert mençonge dite. »	Je me garderai bien de mentir. »	我不想說謊。」
[38b] La fu Garniers, .i. chevalier nobile ;	Il y avait là Garnier, un noble chevalier ;	那時有一位名叫迦赫尼耶的高貴騎士在那裡,
Vavassor fu et molt sot[955] de boidie[956],	C'était un vavasseur, qui s'y connaissait en ruse,	他是一位深諳詭騙之術的小貴族,
D'engignement[957] sot tote la mestrie[958].	Il était passé maître en tromperie.	他精通各式騙術計倆。
20 Il regarda les .iiii. bués qui virent :	Il regarda les quatre bœufs qui s'éloignent :	他看見四頭牛遠離後
« Sire, fet il, se Dex me beneïe[959],	« Seigneur, dit-il, Dieu me bénisse !	說道:「大人,但願天主賜福我!

XXXI ~ XL

---

954 手稿的原文 *Orcant*,此處根據 *ms. A2* 更正為 *Otrant*。

955 *sot* : connut, sut(「通曉」、「知道」)。*sot* 為動詞 *savoir* 的直陳式簡單過去時 p3 的形式。

956 *boidie* :(n.f.)tromperie, fraude, ruse(「欺騙」、「詭計」、「計謀」)。

957 *engignement* :(n.m.)ruse, tromperie(「騙術」、「計謀」)。

958 *mestrie* :(n.f.)puissance, force(「權力」、「力量」)。

959 *beneïe* : bénisse(「降福」、「賜福」)。*beneïe* 為動詞 *beneïr* 或 *beneïstre* 的虛擬式現在時 p3 的形式。

古法文原文 XXXIV	現代法文譯文 XXXIV	中文譯文 XXXIV
Qui avroit ore .m. tonnes[960] de tel guise[961]	L'homme qui aurait mille tonneaux semblables	假如有個人能擁有如同那台牛車上
Comme cele est qui el char est assise[962]	À celui qui est posé sur ce chariot,	放著的那個大木桶一千個的話，
Et les eüst de chevaliers emplies,	Et, après les avoir remplis de chevaliers,	他可以先將騎士們裝入木桶裡，
25 Ses conduisist tot le chemin de Nymes,	Les conduirait dans la direction de Nîmes,	爾後將其一路載往尼姆城，
Sifetement[963] porroit prendre la vile. »	Pourrait prendre la ville de cette façon. »	這樣他就能夠以此方法攻下這座城市。」
Et dit Guillelmes : « Par mon chief, voir en dites.	Guillaume dit : « Sur ma tête, vous dites vrai.	紀堯姆說道：「以我的項上人頭起誓，閣下所言甚是。
Ge le ferai sel[964] loe[965] mes empires[966]. »	Je le ferai si mes chevaliers l'approuvent. »	假如我的騎士們同意的話，我會照做。」

---

960 手稿的原文為陽性名詞*tonneaus*，但是根據此章節第23行詩中的*cele...assise*與第24行詩中的***les eüst...emplies*** 顯示出來的皆是陰性指示代名詞以及形容詞或過去分詞陰性的形式，我們此處期待的應該是陰性名詞*tonnes*，所以此處根據*ms. C*和*ms. D*更正之。

961 *de tel guise*：de telle manière（「像那樣」）。陰性名詞*guise*源自於日耳曼語的*weise*，意思為「方式」（manière）、「方法」（façon）。

962 *assise*：（adj.）posée, placée（「放在」）。

963 *Sifetement*：（adv.）ainsi, de cette manière（「這樣」、「以此方式」）。

964 *sel*：si le（「假如⋯⋯這件事」）。*Sel*此處為表示假設的連接詞*se*（等於現代法文的*si*）與人稱代名詞的第三人稱陽性單數輕音形式*le*合併而成的縮略形式。

965 *loe*：approuve（「贊同」、「同意」）。*loe*為動詞*loer*直陳式現在時p3的形式。

966 *empires*：（n.m.）ensemble des siens, armée（「所有的部下」、「軍隊」）。*Empires*（< lat. *imperius）為集合名詞，此處為第一類陽性名詞正格單數的變格形式。

古法文原文 XXXV	現代法文譯文 XXXV	中文譯文 XXXV
1 **Par** le conseill que celui a doné	Suivant le conseil donné par Garnier,	按照迦赫尼耶給出的建議，
Font le vilain devant els arester,	Ils font arrêter le paysan devant eux,	他們命人攔住了在他們前面的農民，
Si li aportent a mengier a planté[967]	Et lui apportent à manger copieusement,	然後給他帶來了豐盛的吃食，
Et pain et vin et pyment[968] et claré[969].	Du pain, du vin, des boissons pimentées et des liqueurs aromatisées.	有麵包、葡萄酒、加了香料蜜糖的飲料以及加了香料與蜜糖的甜燒酒。
5 Et cil menjue, qui molt l'ot[970] desirré.	Il mange de bon appétit.	他津津有味地吃著。
Et quant il fu richement[971] conraé,	Quand il fut bien rassasié,	當農民吃飽喝足後，
Li cuens Guillelmes a ses barons mandé[972]	Le comte Guillaume a convoqué ses barons,	紀堯姆伯爵召集了他的騎士們，
Et il i vienent sanz plus de demorer.	Et ils viennent le rejoindre sans retard.	他們隨即趕來與他會合。
Ou qu'il les voit, ses a aresonez :	Dès qu'il les voit, il leur a adressé la parole :	紀堯姆一見到他們便開始和他們說話，

XXXI ～ XL

967　*a planté*：（locution adverbiale）en abondance, en grande quantité（「大量地」、「豐富地」）。

968　*pyment*：（n.m.）boisson pimenté, boisson composée de miel et d'épices（「加了香料的飲料」）。陽性名詞*pyment*源自於拉丁文的*pigmentum*，後者在晚期拉丁文的意思為「植物香料」（aromate）。*Pyment*在古法文中的意思則是一種由蜂蜜與香料調製出來的飲料。

969　*claré*：（n.m.）liqueur aromatisée（「加了香料與蜜糖的甜燒酒」）。*claré*此詞和現代法文的*clairet*一樣，都是源自於中世紀拉丁文*claratum*，原意為「清澈的」、「明亮的」、「淡色的」，但是*claré*指的是一種在中世紀時廣受好評的一種甜燒酒，是用西班牙的葡萄酒混入蜂蜜和香料調製而成；而*clairet*則是指「淡紅色的葡萄酒」。

970　手稿的原文為*Et cil menjuent, qui molt l'ont*，此處根據*ms. B2*的*cil menja, qui molt l'ot*與*ms. C*的*manga*更正之。

971　*richement*：（adv.）amplement（「充分地」、「寬裕地」）。

972　*mandé*：（participe passé）convoqué（「召集」、「傳喚」）。

古法文原文 XXXV	現代法文譯文 XXXV	中文譯文 XXXV
10 « Baron, dist il, envers moi entendez.	« Vaillants chevaliers, dit-il, écoutez-moi bien.	他說道:「英勇的騎士們,注意聽我說。
Qui avroit ore .m. tonneaus ancrenez[973]	L'homme qui aurait mille tonneaux cerclés	倘若有個人能擁有如同你們現在看到
Comme cil est que en cel char veez	Semblables à celui que vous voyez sur ce chariot,	在那台車上加了箍的那個大木桶一千個的話,
Et fussent plain de chevaliers armez,	Et, après les avoir remplis de chevaliers armés,	他可以先將擐甲持戈的騎士們裝入木桶中,
Ses conduisist tot le chemin ferré[974]	Les conduirait sur la route empierrée	隨後在鋪以碎石的寬廣道路上將其
15 Tot droit a Nymes, cele bone cité,	Tout droit à Nîmes, la puissante cité,	一路筆直地載往強大的城市——尼姆。
Sifaitement[975] porroit dedenz entrer.	Pourrait y entrer de cette façon	這樣一來他就能夠不用發動進攻

---

[973] *ancrenez*:(participe passé)garni de cerceaux(「加裝有箍的」)。此處採用的是 Godefroy 辭典的定義,然而 Tobler et Lommatzsch 辭典中建議的詞義為「穿了氣孔的」(percés de trous d'air)。所以 Fabienne Gégou(1977, 50)在她的現代法文譯文中採用了「穿了氣孔的」(percés de trous d'air)的詞義,她在注釋中解釋,動詞 *ancrener* 的詞根為 *cren*,源自於拉丁文 *crena*,意思是「槽口」(entaille);古法文中以 *cren* 衍生出 *creneure* 一詞,意思為「裂縫」(fente)、「開口」(ouverture),是故 Fabienne Gégou 推論木桶應該是有小型的孔洞讓騎士能夠呼吸。Claude Régnier(1982, 213)也與 Fabienne Gégou 一樣將此行詩與下一行詩理解為 *Celui qui percerait de trous mille tonneaux semblables au tonneau de sel qui est sur ce char*(倘若這個人能將一千個木桶穿孔,就同在那台車上的裝鹽木桶一般)。Claude Lachet(1999, 214)則在他的注釋中質疑前兩者的見解,因為表示比較關係的連接詞 *comme* 比較的對象為 *tonneaus*(「木桶」),而非 *ancrenez*,再者,裝鹽的木桶是不可能被穿洞的。此外,故事的後續為人們看見農民們如何製造木桶,但是對在木桶上穿孔之事卻隻字未提。

[974] *chemin ferré*:route empierrée, grande route(「鋪以碎石的道路」、「寬廣的道路」)。*chemin ferré* 在古法文中意指「寬敞並且多人行經的道路」。Claude Lachet(1999, 214)在他的注釋中引用 Marie-Luce Chênerie(1986, 213)的見解,後者認為某些學者對 *ferré* 的理解為道路應該用鐵屑加強鞏固,另一些學者則認為道路鋪上了碎石使得它變得如鐵般堅硬。Jacques Ribard(1971, 262-266)則以為一條路面堅硬的道路也許可以讓馬兒的腳不需要強制釘上蹄鐵。

[975] *Sifaitement*:(adv.)ainsi, de cette manière(「這樣」、「以如此的方式」)。

| 古法文原文 | 現代法文譯文 | 中文譯文 |
XXXV	XXXV	XXXV
Ja n'i avroit ne lancié ne rüé[976]. »	Sans lui donner l'assaut. »	便能入城。」
Et cil responent : « Vos dites verité.	Les barons répondent : « Vous dite la vérité.	騎士們答道:「您所言甚是。
Sire Guillelmes, frans hom, quar en pensez[977].	Seigneur Guillaume, noble chevalier, occupez-vous-en donc.	紀堯姆大人,高貴的騎士,那麼就由您負責操辦此事吧。
20 En ceste terre a il charroi[978] assez,	En ce pays, il y a beaucoup de voitures,	在這個地區有很多的車輛,
Chars et charretes i a a grant planté.	On y trouve chars et charrettes en grande quantité.	我們可以在這裡找到大量的四輪以及二輪的運貨車。
Fetes vos genz arriere retorner	Faites retourner votre armée	您則命人讓軍隊
Par Ricordane, ou nos somes passé,	Par la voie Regordane où nous sommes passés,	從我們取道過的峆篝赫丹之路掉頭回去,
Si faites prendre les bués par poesté[979]. »	Et faite prendre les bœufs de vive force. »	並且命人用武力強行抓取牛隻。」
25 Et dit Guillelmes : « Si en ert bien pensé. »	Guillaume reprend : « On s'en occupera bien. »	紀堯姆答道:「我們會負責辦好。」

XXXI～XL

---

[976] *rüé*:(participe passé)lancé(「發起(進攻)」、「發動(進攻)」)。

[977] *quar en pensez*:occupez-vous-en donc(「那麼由您負責此事吧」)。*Penser*(+ *de*)此處的意思為「負責操辦(某事)」。

[978] *charroi*:(n.m.)convoi de charrettes, voitures(「大車隊」)。

[979] *par poesté*:(locution adverbiale)de vive force(「用蠻力」、「用武力」、「強行」)。 *Poesté*(< lat. potestate)此處為第二類陰性名詞偏格單數的形式,古法文中的意思為「權力」(puissance)、「力量」(pouvoir)。片語*par poesté*的意思為「通過武力的方式」。

古法文原文 XXXVI	現代法文譯文 XXXVI	中文譯文 XXXVI
1 **P**ar le <u>c</u>onseill <u>qu</u>e li baron li donent[980]	Suivant le conseil donné par ses barons,	紀堯姆伯爵按照騎士們給予他的建議，
Li cuens <u>G</u>uillelmes fist retourne<u>r</u> ses homes	Le comte Guillaume fit retourner ses hommes	將他的軍隊經由峻篙赫丹之路
Pa<u>r</u> Ricordane .xiiii. liues longues.	Par la voie Regordane, à quatorze lieues en arrière.	往回撤退至十四法里處。
[38c] <u>P</u>renne<u>n</u>t les chars <u>e</u>t les bués <u>e</u>t les tones.	Ils prennent les chariots, les bœufs et les tonneaux.	他們徵收了運貨車、牛隻以及木桶。
5 Li bon[981] <u>v</u>ilain <u>qu</u>i les font et <u>c</u>onjoignent[982]	Les bons paysans qui les fabriquent et les assemblent	善良的農民們製造了木桶然後將它們集中起來，

---

[980] 手稿的原文為*li baron lor done*，手抄員或是作者似乎將在第三十四章給紀堯姆獻上將騎士裝入木桶計謀的迦赫尼耶騎士（Garnier）以及第三十五章建議紀堯姆向人民徵用貨車以及撤軍的騎士們（barons）搞混。此處應該是指第三十五章的騎士們，所以此處將手稿更正為*li baron li donent*。尤其是*baron*此處為第三類陽性名詞正格複數的形式，所以相對應的動詞變化應該為*donent*，而非*done*；再來便是接受建議的人為紀堯姆，是故此處的間接受詞應該為*li*（＝lui），而非*lor*（＝leur）。

[981] *bon*：（adj.）braves, bons（「善良的」、「正直的」）。此處的*bon*為陽性正格複數的形式。

[982] *conjoignent*：assemblent, unissent（「集中」、「聚集」）。

古法文原文 XXXVI	現代法文譯文 XXXVI	中文譯文 XXXVI
Ferment[983] les tonnes et les charrues[984] doublent.	Fixent les tonneaux et doublent les attelages.	並且用繩索將其固定在運貨車上，然後為運貨車套上雙頭牛隻。
Bertran ne chaut se li vilain en grocent[985] :	Peu importe à Bertrand si les paysans grognent :	倘若有農民膽敢口出怨言的話，貝特朗也不在意，
Tiex en parla qui puis en ot grant honte,	Tel qui protesta en eut ensuite très honte,	因為只要有任何人膽敢發出牢騷之詞，他隨即就會為他的行為感到十分懊悔，
Perdi les eulz[986] et pendi par la goule[987].	Il perdit la vue et fut pendu par la gorge.	這個人的下場便是失去他的雙眼，然後會被絞住喉嚨縊死。

---

[983] *Ferment* : fixent, arriment（「固定住」、「用繩索緊固」）。

[984] *charrues* :（n.f. pl.）attelages（「套牲口」、「套車」）。

[985] *grocent* : grognent, se plaignent（「埋怨」、「抱怨」、「抗議」）。

[986] *eulz* :（n.m. pl.）yeux（「眼睛」）。*eulz* 源自於拉丁文 *óculos*，此處為第一類陽性名詞偏格複數的變格形式。

[987] *goule* :（n.f.）gorge, gosier（「喉嚨」、「喉部」）。*goule* 源自於拉丁文 *gúla*，此處為第一類陰性名詞偏格單數的變格形式。

古法文原文 XXXVII	現代法文譯文 XXXVII	中文譯文 XXXVII
1 Qui dont veïst les durs[988] vilains errer[989]	Ah ! si vous aviez vu alors les rudes paysans se démener,	哎呀！假如您們能看到當時的情況就好了：粗獷的農民們忙碌地東奔西跑，
Et doleoires[990] et coigniees[991] porter	Porter les doloires et les cognées,	手持削刀和斧頭，
Tonneaus loier[992] et toz renoveler,	Lier les tonneaux et les remettre tous à neuf,	將木桶綑緊加箍，然後將其全部翻新，
Chars et charretes chevillier[993] et barrer[994],	Garnir de chevilles et de barres chariot et charrettes,	再來將四輪與兩輪運貨車配上車鉤銷以及用橫杆加固車身。
5 Dedenz les tonnes les chevaliers entrer,	Si vous aviez vu les chevaliers entrer dans les tonneaux,	假如您們能看到騎士們鑽進木桶的樣子就好了，

---

[988] *durs* :（adj.）rudes（「粗野的」、「粗獷的」）。

[989] *errer* :（inf.）se démener（「東奔西跑」、「忙忙碌碌」、「亂奔亂跑」）。

[990] *doleoires* :（n.f. pl.）doloires（「削刀」、「劈削刀」）。

[991] *coigniees* :（n.f. pl.）cognées, haches（「斧頭」）。

[992] *loier* :（inf.）lier, cercler（「綁緊」、「加箍」）。

[993] *chevillier* :（inf.）garnir de chevilles（「配有車鉤銷」）。

[994] *barrer* :（inf.）renforcer au moyen d'une barre（「用杆加固」）。

古法文原文 XXXVII	現代法文譯文 XXXVII	中文譯文 XXXVII
De grant barnage[995] li peüst remenbrer.	Vous auriez pu vous souvenir d'un grand exploit.	這樣您們就能記住這個偉大的英勇事蹟了。
A chascun font .i. grant mail[996] aporter,	On munit chacun d'un gros maillet,	他們讓每位騎士都各自配帶一個大槌子，
Quant il venront a Nymes la cité	Quand ils arriveront à la cité de Nîmes,	目的是在我們的法蘭西人到達尼姆城之時，
Et il orrent le mestre[997] cor soner,	Et qu'ils entendront sonner le cor de leur chef,	當他們聽到首領的號角聲響起時，
10 Nostre François se puissent aïdier[998],	Nos Français pourront se tirer d'affaire.	便能夠借助槌子破桶而出。

XXXI ~ XL

---

995 *barnage*：（n.m.）exploit, bravoure（「英勇功勳」、「膽識」）。

996 *mail*：（n.m.）maillet（「槌子」）。

997 *mestre*：（n.m.）chef（「將軍」、「首領」、「統帥」）。

998 *Se... aïdier*：se tirer d'affaire（「擺脫困境」、「脫身出來」）。

古法文原文 XXXVIII	現代法文譯文 XXXVIII	中文譯文 XXXVIII
1 Es autres tonnes si sont mises les lances,	Dans d'autres tonneaux sont placées les lances,	長槍被放置在其他的木桶裡。
Et en chascune font fere .ii. ensaignes[999],	Et sur chacun ils font faire deux marques,	他們命人在每個木桶上面做了兩個記號。
Quant il venront entre la gent grifaigne[1000]	Ainsi quand ils arriveront au milieu de la race cruelle,	這樣一來，當法蘭西士兵抵達凶殘民族的國度裡時，
N'i entrepraignent[1001] li soldoier[1002] de France.	Les soldats de France ne se trouveront pas en péril.	便能不置身於危險的境地中。

XXXI ~ XL

---

[999] *ensaignes*：（n.f. pl.）marques（「記號」）。

[1000] *grifaigne*：（adj.）cruelle, sauvage, redoutable（「殘忍的」、「凶殘的」、「殘暴的」）。

[1001] *entrepraignent*：fassent face à une situation dangereuse（「面對危險的狀況」）。*Entrepraigne* 為動詞*entreprendre*虛擬式現在時p6的形式。手稿的原文為*entrepaignent*，此處根據下一章第4行的過去分詞*entrepris*更正之。

[1002] *soldoier*：（n.m. pl.）soldats（「士兵」、「戰士」）。

	古法文原文 XXXIX	現代法文譯文 XXXIX	中文譯文 XXXIX
1	En autre tone furent li escu mis ;	Dans d'autres tonneaux sont mis les boucliers ;	盾牌被放置在其他的木桶裡，
	En chascun fonz[1003] font fere .ii. escris[1004],	Sur chaque fond ils ont tracé deux signes,	他們在每個木桶的底部畫上兩個記號，
	Quant il venront entre les Sarrazins	Ainsi quand ils arriveront parmi les Sarrasins,	這樣一來，當我們的法蘭西人到達撒拉遜人的陣營中時，
	Nostre François ne soient entrepris.	Nos Français ne seront pas mis en difficulté.	便不會陷入危險的境地。

[1003] *fonz*：（n.m.）fond（「底部」）。

[1004] *escris*：（n.m. pl.）écrits, signes（「標記」、「符號」）。手稿中的原文為*escrins*，此處根據*ms. C*更正之。在Duncan McMillan（1978, 157）校注版的生難詞彙索引中將*escrin*注解為*coffre*，意即「箱子」、「盒子」，但是卻在同頁下方的146注解中提及此處很有可能是手抄員將*escris*抄寫錯為*escrins*。

古法文原文 XL	現代法文譯文 XL	中文譯文 XL
1 **L**i cuens se haste del charroi aprester[1005].	Le comte se hâte d'apprêter le convoi de chariots.	伯爵抓緊時間準備好大車隊。
Qui dont veïst les vilains del regné	Ah ! si vous aviez vu les paysans de la région	唉啊！假如您們可以看到那時的的景象就好了：這個地區的農民們
Tonneaus loier, refere[1006] et enfoncer[1007],	Lier les tonneaux, les réparer et les garnir de fonds,	將木桶綑緊加箍、修繕以及裝好桶底，
Et ces granz chars retorner et verser[1008],	Retourner et renverser les grands chariot,	然後將大型的四輪運貨車往後翻轉，
5 Dedenz les tonnes les chevaliers entrer,	Et les chevaliers entrer dans les tonneaux,	接著騎士們鑽進木桶之中，
De grant barnage li peüst remenbrer.	Vous auriez pu vous souvenir d'un grand exploit.	這樣的話，您們便能記住這個偉大的英勇事蹟了！
Huimés[1009] devon[1010] de dan Bertran chanter[1011]	Désormais nous devons parler du messire Bertrand,	現在開始我們要講述貝特朗大人，
Comfetement[1012] il se fu atorné[1013] :	Et narrer comment il s'était accoutré :	他是如何穿著奇裝異服的：

[1005] *aprester*：（inf.）apprêter（「準備好」、「整理」）。

[1006] *refere*：（inf.）réparer（「修補」、「修繕」）。

[1007] *enfoncer*：（inf.）garnir de fonds（「裝上底部」）。

[1008] *verser*：（inf.）renverser（「翻轉」、「顛倒」）。

[1009] *Huimés*：（adv.）désormais, maintenant, dès maintenant（「從現在開始」、「現在」）。

[1010] *devon*：devons（「我們應當」、「我們應該」）。*devon*為動詞*devoir*直陳式現在時p4的形式。

[1011] *chanter*（*de*）：（inf.）parler（de）, traiter（de）（「談論」、「講述」）。

[1012] *Comfetement*：（adv.）de quelle manière, comment（「如何」）。

[1013] *il se fu atorné*：il se fut accoutré（「他穿著奇裝異服」）。

古法文原文 XL	現代法文譯文 XL	中文譯文 XL
Une cote[1014] ot d'un burel[1015] enfumé[1016] ;	Il mit un tunique de bure noircie,	他穿上了被煙燻黑的棕色粗呢內長衣，
10 En ses piez mist uns mervelleus[1017] sollers[1018] :	Et se chaussa de souliers extraordinaires,	並且雙腳穿上一款奇特的鞋子：
Granz sont, de buef[1019], deseure[1020] sont crevé[1021].	Ils sont énormes, en cuir de bœuf, percés sur le dessus.	這雙鞋子的尺寸異常巨大，牛皮材質，鞋子上還有破洞。
« Dex, dit Bertran, beau rois de majesté,	« Dieu, dit Bertrand, cher roi de majesté,	貝特朗說道：「天主，親愛的尊貴君王，
Cist m'avront sempres[1022] trestoz les piez froé[1023] ! »	Ces chaussures m'auront bientôt tout brisé les pieds ! »	這雙鞋子很快會讓我摔斷腳！」
Ot le Guillelmes, s'en a .i. ris gité.	En l'entendant, Guillaume a éclaté de rire.	紀堯姆聽罷，放聲大笑了起來。

[1014] *cote*：（n.f.）tunique d'un homme（「男生穿的內長衣」）。

[1015] *burel*：（n.m.）grosse étoffe, bure（「粗布」、「棕色羊毛粗呢製成的布」）。*burel*此處為第一類陽性名詞偏格單數的形式，其正格單數的形式為*bureaus*。Claude Lachet（1999, 215）在他的注釋中提及，*burel*一詞很有可能與現代法文的*bure*一樣皆源自於拉丁文的*burra*，後者的原意為「粗布」；*burel/ bureau*之後演變出不同的詞義，*burel/ bureau*一開始意指「棕色的粗羊毛呢布」以及「用棕色粗羊毛呢布做成的衣服」，自從十四世紀起*burel/ bureau*可以是「桌毯」、「臺毯」（tapis de travail）的意思，之後意指「桌子」（table）本身，尤其是指「工作臺」、「辦公桌」、「書桌」（table de travail）。後來*burel/ bureau*引申為「安置有辦公桌的房間」之意，意即「辦公室」；最後*burel/ bureau*可以專指對民眾開放的機構或辦公處，例如*bureau de poste*（「郵局」），抑或是指服務處，例如*bureau de renseignements*（「問訊處」）。

[1016] *enfumé*：（adj.）noirci（「變成黑色」、「燻黑」）。

[1017] *mervelleus*：（adj.）étonnants, extraordinaires（「令人驚訝的」、「奇特的」）。

[1018] *sollers*：（n.m. pl.）souliers（「鞋」、「皮鞋」）。

[1019] *buef*：（n.m.）bœuf（「牛」、「公牛」）。*Buef*源自於拉丁文的*bovem*，此處為第一類陽性名詞偏格單數的變格形式。

[1020] *deseure*：（adv.）au-dessus, sur le haut（「在上面」、「上端」）。

[1021] *crevé*：（participe passé）percés（「穿孔的」、「弄破的」）。

[1022] *sempres*：（adv.）tout de suite, aussitôt（「馬上」、「立即」）。

[1023] *froé*：（participe passé）cassé, brisé（「骨折」、「弄斷」）。

古法文原文 XL	現代法文譯文 XL	中文譯文 XL
15 « Niés, dit li cuens, envers moi entendez.	« Mon neveu, dit le comte, écoutez-moi.	伯爵說道：「侄兒，聽伯父說。
Fetes ces bués trestot cel val[1024] aler. »	Faites avancer ces bœufs dans ce vallon ! »	您將這些牛隻往前趕進這座山谷中吧！
[38d] Et dit Bertran : « Por neant[1025] en parlez.	Et Bertrand dit : « Vous parlez en vain.	貝特朗答道：「您說了等於白說。
Ge ne sai tant ne poindre[1026] ne bouter[1027]	Je ne sais ni piquer ni frapper de l'aiguillon assez bien	我不是很懂得使用刺棒抽趕牛的訣竅，
Que je les puisse de lor pas remüer[1028]. »	Pour que je puisse les faire bouger. »	導致我無法驅使牠們動起來。」
20 Ot le Guillelmes, s'en a .i. ris gité.	En l'entendant, Guillaume a éclaté de rire.	紀堯姆聽罷，又放聲大笑了起來。
Mes a Bertran est molt mal encontré[1029],	Mais il est arrivé une fâcheuse affaire à Bertrand,	然而一件棘手之事發生在貝特朗身上，
Qu'il ne fu mie del mestier doctriné[1030],	Car il ne s'y connaissait pas du tout dans ce métier,	由於他對放牛人這個行業一竅不通，
Ainz n'en sot mot[1031], s'est en .i. fanc[1032] entré,	Avant qu'il comprenne ce qui se passe, le chariot est entré dans une fondrière,	在他搞清楚發生何事之前，四輪牛車已經陷入泥沼裡了，

[1024] *val*：（n.m.）val, vallon（「山谷」、「谿谷」）。

[1025] *Por neant*：（loc. adv.）en vain, pour rien（「徒然地」、「無意義地」）。

[1026] *poindre*：（inf.）piquer de l'aiguillon（「用刺棒戳」）。

[1027] *bouter*：（inf.）frapper（「敲」、「打」、「擊」）。

[1028] *remüer*：（inf.）faire bouger（「使……移動」、「使……走動」）。

[1029] *est mal encontré a*：l'affaire a mal tourné pour（「事情對（某人）變糟糕了」）。

[1030] *doctriné*：（participe passé）instruit（「被教過」、「學過」）。

[1031] *Ainz n'en sot mot*：avant qu'il comprenne ce qui se passe, avant qu'il s'en rende compte（「在他了解發生什麼事情之前」）。*Sot* 為動詞*savoir* 直陳式簡單過去時p3的形式。

[1032] *fanc*：（n.m.）boue, fange（「爛泥」、「污泥」、「泥漿」）。

古法文原文 XL	現代法文譯文 XL	中文譯文 XL
Trusqu'as moieus[1033] i est le char entré ;	et s'y est enfoncé jusqu'aux moyeux.	車身深陷至車輪轂處。
25 Voit le Bertran, a pou n'est forsené.	À cette vue, peu s'en faut que Bertrand soit fou de colère.	貝特朗見狀差點沒氣瘋。
Qui l'i veïst dedenz le fanc entrer,	Ah ! si vous l'aviez vu aller dans la fondrière,	哎呀！假如您們能看見他進入泥沼，
Et as espaules la roe sozlever[1034],	Et soulever la roue à l'aide des épaules,	用雙肩將車輪略為提起的樣子該有多好，
A grant merveille le peüst regarder ;	Vous auriez pu le regarder avec une grande admiration ;	這樣您們便會以十分欽佩之目光看著他。
Camoisié[1035] ot et la bouche et le nes.	Il en eut la bouche et le nez meurtris.	他的嘴與鼻因此而青腫挫傷。
30 Voit le Guillelmes, si le prist a gaber[1036] ;	En le voyant, Guillaume se mit à le plaisanter :	紀堯姆見狀，便開始開他的玩笑，
« Beau niés, dist il, envers moi entendez.	« Cher neveu, dit-il, écoutez-moi.	他說道：「親愛的侄兒，聽伯父說。
De tel mestier vos estes or mellez	Vous exercez maintenant un métier	現在您在操持一個
Dont bien i pert[1037] que gaires ne savez ! »	Dont il est bien évident que vous ne connaissez rien ! »	顯然您完全不懂的行業！」
Ot le Bertran, a pou n'est forsenez.	À ces paroles, peu s'en faut que Bertrand soit fou de colère.	貝特朗聽罷，差點沒被氣瘋。

[1033] *moieus* :（n.m. pl.）moyeux（「轂」、「車輪中心的圓木」）。

[1034] *sozlever* :（inf.）soulever（「稍稍提起」、「略為托起」）。

[1035] *Camoisié* :（participe passé）meurtri, contuisionné（「挫傷」、「碰傷」）。

[1036] *gaber* :（inf.）plaisanter（「開玩笑」、「嘲弄」）。

[1037] *pert que* : il est évident que, il paraît que（「顯然……」、「似乎……」）。*pert*為動詞*paroir*直陳式現在時p3的形式。

| --- | --- | --- | --- |
35	En cele tonne que li cuens dut mener	Dans ce tonneau que le comte devait mener,	在貝特朗伯爵運送的木桶裡面，
	Fu Gillebert de Faloise le ber,	Se trouvaient le vaillant Gilbert de Falaise,	載有英勇的法萊斯的吉勒貝爾、
	Gautier de Termes et l'Escot Gilemer :	Gautier de Termes et Gilemer l'Écossais :	泰爾姆的高荻耶以及蘇格蘭人吉勒梅。
	« Sire Bertran, de conduire pensez,	« Seigneur Bertrand, disent-ils, appliquez-vous à bien conduire,	他們說道：「貝特朗大人，您好好地專心駕車，
	Ne gardons l'eure que[1038] nos soions versez. »	Nous nous attendons à tout moment à être renversés. »	我們有預感隨時會翻車。」
40	Et dit Bertran : « A tot tens i vendrez ! »	Et Bertrand répond : « Cela viendra bientôt ! »	貝特朗答道：「就快了！」
	De cels des chars devons ore chanter	Maintenant nous devons traiter des chevaliers conducteurs de chariots,	現在我們得說說那些駕駛運貨車的騎士們，
	Qui le charroi devoient bien mener :	Qui devaient conduire bien le convoi de chariots :	他們必須好好地引領這個大車隊。
	Portent corroiez[1039] et gueilles[1040] et baudrez[1041],	Ils portent des courroies, des sacoches, et des ceintures,	這些騎士們都帶著皮帶、挎包以及腰帶，

[1038] *Ne gardons l'eure que* : nous nous attendons à tout moment que（「我們隨時都能料到」）。 *gardons* 為動詞 *garder* 直陳式現在時 p4 的形式。

[1039] *corroiez* :（n.f. pl.）courroies, ceinturons（「皮帶」、「（軍用）皮帶」）。

[1040] *gueilles* :（n.f. pl.）sacoches, bourses, besaces（「包」、「挎包」、「褡褳」）。

[1041] *baudrez* :（n.m. pl.）baudriers（「肩帶」、「腰帶」）。

古法文原文 XL	現代法文譯文 XL	中文譯文 XL
Portent granz borses[1042] por monnoie[1043] changer,	Ils portent aussi de larges bourses pour échanger la monnaie,	同時也帶著用來兌換貨幣的大錢包。
45 Chevauchent muls[1044] et somiers toz gastez[1045].	Ils montent des mulets et des bêtes de somme en mauvais état.	他們騎著狀態不佳的騾子與駄畜背上，
Ses[1046] veïssiez encontremont[1047] errer[1048],	Si vous les aviez vu faire route tout le long du chemin,	倘若您們能夠看到他們沿路前行的景象就好了，
De male gent[1049] vos peüst remenbrer !	Vous auriez pu vous souvenir de malheureux !	他們能讓您們想起了貧苦人家！
En cele terre ne savront mes aler,	Dans ce pays ils ne pourront s'avancer,	在這個地區，只要天一亮以及稍微有人能注意到他們，

[1042] *borses*：（n.f. pl.）bourses（「零錢包」、「零錢袋」）。

[1043] *monnoie*：（n.f.）monnaie（「硬幣」、「貨幣」）。

[1044] *muls*：（n.m. pl.）mulets（「騾子」）。此處的*muls*源自於拉丁文的*mulos*，為第一類陽性名詞偏格複數的變格形式。

[1045] *gastez*：（adj.）en mauvais état（「處在不良的狀態」、「情況很糟的」）。

[1046] *Ses*：si les（「假使……他們」）。*Ses*是表示假設的連接詞*si*與第三人稱陽性複數代名詞輕音形式*les*的縮略形式。

[1047] *encontremont*：（adv.）tout le long（「沿著」）。

[1048] *errer*：（inf.）faire route, cheminer（「前行」、「行進」）。

[1049] *male gent*：malheureux, gens de peu（「貧苦人家」、「微不足道的人」、「社會低下階層的人」）。

古法文原文 XL	現代法文譯文 XL	中文譯文 XL
Por qu'il[1050] soit jor qu'en les puist aviser[1051],	Pour peu qu'il fasse jour et qu'on puisse les voir,	這時如果他們不被當成商人的話，
50 Por marcheant soient ja refusé.	Sans qu'on les prenne pour des marchands.	便無法前行。
Sor la chaucie[1052] passent Gardone au gué ;	Ils passent le Gardon, à gué sur la chaussée ;	他們沿著河堤涉水穿越加爾東河，
Par d'autre part herbergent[1053] en .i. pré.	Ils campent dans un pré sur l'autre rive.	隨後在河的對岸草原上安營紮寨。
Des or[1054] devons de Guillelme chanter,	Dès maintenant nous devons parler de Guillaume,	從現在開始，我們得講一講紀堯姆
Comfaitement il se fu atornez.	et raconter comment il s'était accoutré.	如何穿著奇裝異服。

XL～XXXI

[1050] *Por que* : pour peu que, si（「只要稍微」、「假如」）。

[1051] *aviser*：（inf.）reconnaître, voir, observer（「查看」、「注意」）。

[1052] *chaucie*：（n.f.）chaussée（「河堤」、「堤道」）。根據Claude Lachet（1999, 217）的解釋，*chaucie*一詞源自於通俗拉丁文*calciata，後者則源自於古典拉丁文的calx，意思為「石灰」（chaux）。這個詞通常意指一條加高的道路，路面往往鋪上了碎石子，為一種沿著河流或者穿越各式泥沼地、河流、湖泊或海灣的堤道。

[1053] *herbergent*：établissent leur campement（「安營紮寨」）。

[1054] *Des or* : dès maintenant, désormais（「從現在開始」）。

古法文原文 XLI	現代法文譯文 XLI	中文譯文 XLI
1 **Li** cuens Guillelmes vesti une gonnele[1055]	Le comte Guillaume a revêtu une longue tunique,	紀堯姆伯爵穿了一身當地風情的
De tel burel com il ot en la terre	Faite de la bure qu'on trouve dans la région,	棕色粗呢及膝長袍，
[39a] Et en ses jambes unes granz chauces[1056] perses[1057],	Il a mis sur ses jambes de grandes chausses violâtres,	他的腿上穿上了一雙寬大的淡紫色緊身長褲襪，
Sollers de buef qui la chauce li serrent ;	Et des souliers en cuir de bœuf qui lui serrent les chausses ;	以及束緊長褲襪的皮鞋；
5 Ceint .i. baudré .i. borjois[1058] de la terre,	Il ceint le baudrier d'un bourgeois du pays,	他腰間佩戴著當地老百姓會戴的腰帶，

[1055] *gonnele* :（n.f.）tunique tombant jusqu'aux genoux（「及膝的長袍」）。

[1056] *（unes granz）chauces* :（n.f. pl.）（de grandes）chausses, jambières（寬大的「長褲襪」）。*Chauces*意指一種緊身褲襪，包覆住足以及腿，直到褲檔處。位於名詞前的不定冠詞陰性複數*unes*在古法文中被運用在成對的物品中，此處修飾一雙緊身褲襪。此處的形容詞*granz*為第二類陰陽性皆同形態的偏格複數變格形式。

[1057] *perses* :（adj. pl.）violâtres（「淡紫色的」）。形容詞*pers, e*源自於晚期拉丁文*persus*，後者則源自古典拉丁文的*persicus*，原意為「波斯的」（persan）。根據Godefroy大辭典中對*pers*的定義為「各種色調的藍色，有時表示近乎黑色的深藍色，而且還帶有綠色的光澤；有時則意指蔚藍色」。正因Godefroy這個詞條的定義，Duncan McMillan（1978, 161）在其校注版的生難字表中針對形容詞*perses*給出的定義為「藍綠色的」（bleu-vert）。然而，我們仍然很難從Godefroy大辭典的定義中了解*pers(e)*到底是相對於哪一種顏色。Lucien Foulet（1955, 225-226）則在他的生難詞彙中解釋到形容詞*pers(e)*包含三種顏色的意義：第一種是一種賞心悅目的顏色，很難精確定義為哪一個顏色，可以是「藍色」（bleu），也可以是「紫色」（violet）；第二種則是一種較不吸引人的顏色，為「深紅色」（rouge foncé），「紫紅色」（cramoisi），有時近乎黑色；第三種顏色則是一種最不討喜的顏色，就是「淡紫色」（violacé）、「蒼白色」（pâle）、「青灰色」（livide），在中世紀的文章中*pers(e)*常常意指第三種顏色。Fabienne Gégou（1977, 92）對*pers(e)*的注解中提及盎格魯薩克遜人稱法文的「紫色」（violet）為*purple*，然而法文卻將英文的*purple*翻譯為「紫紅色」（pourpre）。雖然無法正確知曉確切的顏色為何，由於Claude Lachet（1999, 217）、Fabienne Gégou（1977, 55）與Jean Frappier（1965, t. II, 241）皆將*perses*此詞翻譯為*violâtres*「淡紫色的」，所以此版本現代法文譯文部分採用三位學者的對此詞的翻譯，捨去Duncan McMillan生難字表中「藍綠色的」的意思。現代法文仍保留有形容詞*pers/ perse*，意思為「藍綠色的」、「湖藍色的」。

[1058] *borjois* :（n.m.）bourgeois（「有產者」、「平民」）。*Borjois*原意為「住在市鎮中的居

古法文原文 XLI	現代法文譯文 XLI	中文譯文 XLI
Pent .i. coutel[1059] et gaïne[1060] molt bele,	Y suspend un couteau et une très belle gaine,	腰帶上掛著一把刀，再搭配著一副十分精美的刀鞘；
Et chevaucha une jument[1061] molt foible ;	Il chevauche une jument très faible ;	他跨騎在一匹非常羸弱的牝馬上，
.ii. viez estriers ot pendu a sa sele ;	Deux vieux étriers pendent à sa selle ;	兩個老舊的馬鐙垂掛在他的馬鞍兩旁，
Si esperon ne furent pas novele,	Ses éperons ne datent pas de la veille,	他的馬刺也非新物，
10 .xxx. anz avoit que il porent bien estre ;	Ils peuvent bien avoir trente ans d'existence,	應該有三十年的歷史了，
.i. chapel[1062] ot de bonet[1063] en sa teste.	Sur la tête, il porte un chapeau de feutre.	他的頭上戴著一頂毛氈帽。

民」，並非奴隸、貴族、神職人員或是軍人，而是自由民，有自己的資產，所以此處翻為「平民」、「老百姓」，和紀堯姆的軍人職業相對。

[1059] *coutel*：（n.m.）couteau（「刀」）。

[1060] *gaïne*：（n.f.）gaine（「刀鞘」）。

[1061] *jument*：（n.f.）jument（「牝馬」、「母馬」）。*Jument*原本在古法文中為陽性名詞，意思為「馱畜」（bête de somme），源自於拉丁文 *jumentum*，原意為「套車」、「套車的牲口」（attelage），由拉丁文 *jugum*「軛」（joug）衍生出的詞彙。直至十二世紀 *jument* 才轉變為陰性，意指「母馬」。古法文中同樣表示「母馬」的近義詞為 *ive*，源自於古典拉丁文 *equa*，但經過時間的淘汰，最後由 *jument* 勝出。現代法文中在詩歌裡用於表示「母馬」之意的詞為 *cavale*，後者源自於拉丁文的 *caballa*。

[1062] *chapel*：（n.m.）chapeau（「帽子」）。

[1063] *bonet*：（n.m.）feutre（「毛氈」）。古法文中，*bonet* 一詞意指一種古代的布料，有可能是羊毛粗呢（bure de laine），或者是毛氈（feutre），製作帽子時常會使用這種布料。在《聖杯的故事》（*le Conte du Graal*）中，貝瑟華（Perceval）曾將馬騎得太靠近國王，導致國王的毛氈帽子（chapel de bonet）從頭上掉落，原文請參照Félix Lecoy（1998, 33）的校注版第一冊第935行詩。按照Claude Lachet（1999, 218）的注解，古法文 *bonet* 的現代法文「無邊緣的帽子」（coiffure sans bord）詞意是從十四世紀起才開始出現。

古法文原文 XLII	現代法文譯文 XLII	中文譯文 XLII
1 Delez[1064] Gardon, contreval[1065] le rivage,	Près du Gardon, le long du rivage,	靠近加爾東河處，沿著河岸邊，
Iluec lesserent .ii. mil[1066] homes a armes	Ils ont laissé deux mille hommes en armes	他們留下了兩千名「鐵臂」紀堯姆
De la mesnie Guillelme Fierebrace[1067].	De la troupe de Guillaume Fierebrace.	麾下的武裝士兵。
Toz les vilains firent il en sus[1068] trere[1069],	Ils ont éloigné tous les paysans,	士兵們支開了所有的農民，
5 Par nul de ceus que novele n'en aille	Afin qu'aucun d'eux n'aille rapporter	為的是不讓任何農民洩漏出
Comfet avoir[1070] feront des tonneaus trere[1071].	Quelle marchandise ils feront sortir des tonneaux.	他們將會命人從木桶取出何種貨物的消息。
Plus de .ii. mil lor aguillons[1072] afetent[1073],	Plus de deux mille guerriers préparent leurs aiguillons,	超過兩千名的戰士在準備戳牛用的刺棒，
Tranchent[1074] et fierent, s'acoillent lor voiaige[1075].	Ils taillent, frappent et se mettent en route.	他們削尖刺棒，拍打牛隻便動身啟程。

[1064] 此處的章節段落分段並未在此手稿中出現，此處是採用Duncan McMillan（1978, 108）校注版的分段，這也是為何此處*Delez*的第一個字母D並未使用粗體字標示的原因。

[1065] *contreval*：（prép.）le long de（「沿著……」）。

[1066] 手稿中的mil「千」，是以縮寫形式m直接寫於.ii.之上。

[1067] *Fierebrace*：puissants bras, bras robustes（「鐵臂」）。*Fierebrace*為紀堯姆的綽號，原意為「強壯的手臂」（bras robustes），此處採取意譯，捨去音譯「菲艾赫布拉斯」，為的是彰顯原文想表達紀堯姆一拳便能將敵人致死的過人臂力，音譯則無法讓讀者立即了解主角的個人特質。

[1068] *en sus*：à distance（「遠距離」）。

[1069] *trere*：（inf.）se retirer, aller（「走開」、「離開」）。

[1070] *avoir*：（n.m.）biens, marchandises（「財產」、「貨物」）。

[1071] *trere*：（inf.）tirer（「拿出」、「取出」）。

[1072] *aguillons*：（n.m. pl.）aiguillons（「戳牛用的刺棒」）。

[1073] *afetent*：préparent（「準備」）。*Afetent*為動詞*afetier*直陳式現在時p6的形式。

[1074] *Tranchent*：taillent（「削尖」）。

[1075] *s'acoillent lor voiaige*：se mettent en route（「啟程」、「動身」、「上路」）。

古法文原文 XLII	現代法文譯文 XLII	中文譯文 XLII
Ainz ne finerent[1076], si vinrent a Vecene[1077],	Sans aucun repos, ils sont arrivés à Vecene,	他們毫不停歇地直達維瑟尼城，
10 A Lavardi[1078] ou la pierre fu trete[1079]	Puis à Lavardi d'où fut extraite la pierre	隨後到達了拉瓦帝城，用來建造尼姆城
Dont les toreles[1080] de Nymes furent fetes.	Qui servit à construire les tourelles de Nîmes.	小塔樓的石材就是從這座城市開採來的。
Cil de la vile s'en vont en lor afere ;	Les gens de la ville vaquent à leurs affaires ;	城裡的居民正忙於自己的事情，
Adont[1081] regardent, si parlent l'un a l'autre :	Sur ce ils regardent et se disent les uns aux autres :	就在這時，他們看到了大車隊，接著相互議論了起來：
« Ci voi venir de marcheanz grant masse[1082].	« Voici venir un grand nombre de marchands, （dit l'un）[1083]	（其中一人說道：）「看啊，這裡來了一大批的商人。」

[1076] *Ainz ne finerent* : n'arrêtèrent jamais（「毫不停歇」）。

[1077] *Vecene* : Vecene（「維瑟尼城」）。法國南部的一座城市。Jean Frappier（1965, t. II, 237）猜測*Vecene*很有可能是現今的諾濟耶爾城（Nozières）。根據Claude Lachet（1999, 30）在其雙語對照版的導論中注釋一裡的解釋，在此作品中提及的有些地名很難確定是對應哪些真正存在的城市，例如*Vecene*有可能對應的是諾濟耶爾城（Nozières）、韋松城（Vaison）、抑或是瑪希陽區的村莊名（village de Massillan），目前尚未有定論。Dominique Boutet（1996, 195）則推測此城市應該是現今的偉澤諾布爾市（Vézénobres）。

[1078] *Lavardi* : Lavardi（「拉瓦帝城」）。位於法國南部的一座城市。由於地名的拼寫法變更太多，此作品中的一些地名皆不可考；此外也不排除這些地名為作者自創的可能性。按照Jean Frappier（1965, t. II, 237）的注解，根據文中對此地名的細節解釋，此處是一座採石場，由此可以推論出這座城市很有可能是羅馬帝國時期的巴魯特勒採石場（carrière romaine de Barutel），因為巴魯特勒城只距離尼姆城兩法里遠而已，再加上在高盧羅馬時期，羅馬人在巴魯特勒城開採石材用以建造尼姆城的建築物。文中開始出現對尼姆城附近城市地名的細節解說讓人不禁猜測，是否作者或是其後此作品的修改者對這個地區有一定的熟悉度。

[1079] *trete* :（participe passé）extraite（「開採」）。

[1080] *toreles* :（n.f. pl.）tourelles（「小塔樓」）。

[1081] *Adont* :（adv.）sur ce（「在這當口」、「隨即」、「接著」）。

[1082] *grant masse* : grand nombre, grande foule（「數量眾多」、「大量」）。

[1083] 現代法文譯文括弧中的插句*dit l'un*在古法文原文中並未有此句，此處會加上是為了配合下一行詩的*dit l'autres*（= dit l'autre）而加上的。

古法文原文 XLII	現代法文譯文 XLII	中文譯文 XLII
15 —— Voir, dit li autres, onques mes ne vi tale. »	—— Vraiment, dit l'autre, je n'en ai jamais autant. »	另外一位說道:「確實不假,我從來沒看過這麼多的商人。」
Tant les coitierent[1084] que il vinrent au mestre[1085],	Ils les ont serrés de près, à tel point qu'ils sont arrivés à leur chef,	城內的居民湊近他們,距離近到可以接觸到車隊首領,
Si li demandent : « Quel avoir fetes traire ?	Et lui ont demandé : « Quelles marchandises transportez-vous ?	居民對首領說道:「您都運送些什麼貨品呢?」
—— Nos, syglatons[1086] et dras[1087] porpres[1088] et pailes	—— Des brocarts, des vêtements pourpres, des étoffes de soie,	(首領答道:)「都是些錦緞、緋紅色衣裳、絲織品、
Et escarlates[1089] et vert et brun proisable[1090],	Des tissus verts et bruns de grande valeur,	和價值不菲的綠色以及棕色的布料,

---

[1084] *coitierent* : serrèrent de près(「接近」、「靠近」)。*coitierent*為動詞*coitier*直陳式簡單過去時p6的形式。

[1085] *mestre* :(n.m.)chef(「首領」、「頭兒」)。

[1086] *syglatons* :(n.m. pl.)brocarts, étoffes de soie(「錦緞」、「絲綢」)。我們從Fabienne Gégou(1977, 92)現代法文譯文版的註釋中得知,*syglatons*一詞很可能是與《羅蘭之歌》第846行詩*ciclatuns*為同義異體詞。根據Gérard Moignet(1989, 82)《羅蘭之歌》校註版對*ciclatuns*一詞的註解,此詞意指一種織有金線的珍貴絲質布料,此詞應該源自於阿拉伯文 *siqillat*,意即「飾有印章圖案的布料」,其後被拉丁文借入為*sigillatum*「飾有小人物像或浮雕像的」。根據Claude Lachet(1999, 220)的解釋,*syglaton*是在基克拉澤斯(les Cyclades)群島製造的一種錦緞,之後整個東方都能製造這類的綢緞。

[1087] *dras* :(n.m. pl.)vêtements(「衣裳」、「服裝」)。

[1088] *porpres* :(adj.)pourpres, de couleur rouge(「緋紅色」、「紅色」)。

[1089] *escarlates* :(n.f.)sorte d'étoffe de différentes couleurs(「不同顏色的布料」)。*Escarlate*與*syglatons*一樣,皆源自於阿拉伯文*siqillat*或波斯文*saquirlat*,被中世紀拉丁文(latin médiéval)借入變為*scarlatum*,原意為一種珍貴的布料,原本比較偏藍色布料,上面點綴著印章的圖案;其後,在古法文中,*escarlate*仍是指一種貴重的布料,而非顏色,為一種上等的羊毛或絲質衣料,顏色多樣化;現代法文中的*écarlate*則轉義為「鮮紅色」(rouge éclatante)。

[1090] *proisable* :(adj.)de haut prix(「高價的」)。

XLI～L

古法文原文 XLII	現代法文譯文 XLII	中文譯文 XLII
20 Tranchanz espiez et hauberz et verz[1091] heaumes,	Des lances tranchantes, des haubers et des heaumes verts,	鋒利的長槍、鎖子甲以及青色的柱形尖頂頭盔，
Escuz pesanz et espees qui taillent. »	De lourds boucliers et des épées qui taillent. »	沉重的盾牌和鋒利的長劍類之貨品。」
Dïent paien : « Ici a grant menaie[1092].	Les païens disent : « Ce sont de grandes richesses.	異教徒們說道：「貨品還真是豐富。
Or alez donques au mestre[1093] guionnage[1094]. »	Allez donc maintenant à l'octroi principal. »	現在您們前往主要的稅務徵收處繳稅吧。」

[1091] *verz* :（adj.）verts（「綠色的」）。此處的形容詞*verz*在Claude Lachet（1999, 129）的雙語對照版中將其翻譯為*luisants*（「發亮的」），由此得知Claude Lachet應該是採納Oscar Shultz-Gora（1936, tome III, 23）在其《剛蒂的孚爾珂》（*Folque de Candie*）校注版中的解釋，他認為*vert*「綠色」應該是影射鋼鐵泛出的青綠色光澤，因此Claude Lachet才會在此處*verz*將翻譯為*luisants*（「發亮的」、「閃閃發光的」）。Claude Régnier（1986, 136）在其《攻克奧朗日城》（*La Prise d'Orange*）的校注版中則認為修飾柱形尖頂頭盔（heaumes）的綠色（verz）應該是塗染上去的，而非金屬自然發出的光澤。

[1092] *menaie* :（n.f.）richesse（「豐富」）。

[1093] *mestre* :（adj.）principal, important（「主要的」、「重要的」）。

[1094] *guionnage* :（n.m.）bureau d'octroi（「入城稅徵收處」）。

古法文原文 XLIII	現代法文譯文 XLIII	中文譯文 XLIII
1 Tant ont François chevauchié et erré[1095],	Les Français ont tant chevauché et cheminé,	法蘭西人全力驅馳，不辭跋涉，
Vaus et montaignes et tertres[1096] trespassé,	Franchissant vallées, montagnes et collines,	穿越河谷、山嶽與山丘，
Qu'il sont venu a Nymes la cité.	Qu'ils sont arrivés à la cité de Nîmes.	最終來到了尼姆城。
Dedenz la porte font lor charroi entrer,	Ils introduisent leurs chariots par la porte,	他們從城門將貨車車隊一輛接著一輛，
5 L'un enprés[1097] l'autre, si come il est serré.	l'un après l'autre, en file serrée.	依次緊挨著引領入城。
Par mi la vile en est le cri[1098] alé :	La nouvelle se répand à travers la ville :	他們進城的消息傳遍了整座城市：

[1095] *erré* : fait route（「跋涉」、「旅行」、「走動」）。

[1096] *tertres* :（n.m. pl.）collines, tertres（「小山丘」、「山崗」）。

[1097] *enprés* :（prép.）après（「在⋯⋯之後」）。

[1098] *cri* :（n.m.）nouvelle, rumeur, bruit（「消息」、「傳聞」、「風聲」）。

古法文原文 XLIII	現代法文譯文 XLIII	中文譯文 XLIII
« Marcheant riche de cel autre regné	« De riches marchands d'un pays étranger	「從異國來的富商
Tel avoir mainnent, onc ne fu tel mené ;	Amènent des marchandises comme on n'en a jamais vu ;	帶來了我們從沒見過的貨品;
[39b] Mes en tonneaus ont fet tot enserrer[1099]. »	Mais ils ont tout enfermé dans des tonneaux. »	然而他們將所有的貨物都封藏在木桶裡。」
10 Li rois Otrans qui en oï parler,	Le roi Otrant, qui a entendu parler de cette nouvelle,	奧特朗國王聞風後,
Il et Harpins avalent les degrez :	Descend l'escalier avec Harpin ;	便與阿爾班一起走下皇宮的樓梯,
Freres estoient, molt se durent amer,	Ils étaient frères, s'aimaient beaucoup,	他們倆是兄弟關係,手足情深,
Seignor estoient de la bone cité.	Et gouvernaient la puissante cité.	一同治理強大的尼姆城。
Trusqu'au marchié ne se sont aresté ;	Sans faire de halte, ils se sont rendus directement au marché ;	他們兄弟不作歇息,一路直達市場,
15 .cc. paiens ont avec els mené.	Ils ont emmené avec eux deux cents païens.	身邊還帶上兩百名異教徒同行。

[1099] *enserrer* : enfermer(「藏在」、「封在」)。

古法文原文	現代法文譯文	中文譯文
1 **S**eignor, oiez, que Dex vos beneïe,	Seigneurs, écoutez, que Dieu vous bénisse,	各位看倌老爺，請聽我道來，但願榮耀的天主，聖母瑪利亞之子賜福保佑您們，
Li glorïeus, li fiz sainte Marie,	Le glorieux, le fils de sainte Marie,	
Ceste chançon que ge vos vorrai dire ;	Cette chanson que je veux vous dire,	我想給您們唱誦的這個故事，
Ele n'est pas d'orgueill ne de folie,	Elle ne traite pas d'action outrecuidante et déraisonnable,	並非在講述驕傲自大又荒唐瘋狂之行徑，
5 Ne de mençonge estrete[1100] ne enquise[1101],	Elle ne se fonde pas sur des mensonges,	此故事並非憑空杜撰，
Mes de preudomes qui Espaigne conquistrent[1102] ;	Mais elle parle des vaillants chevaliers qui conquirent l'Espagne,	反倒是講述了一群英勇騎士攻克了西班牙的事蹟，
De par Jhesu ont sa loi essaucie.	Au nom de Jésus, ils ont exalté sa religion.	他們以耶穌之名義將其宗教宣揚並將其地位提升。
Ceste cité, dont je vos chant, de Nymes	Cette cité de Nîmes, dont je chante l'histoire pour vous,	我要為您們唱誦的故事地點就是這座尼姆城，

[1100] *estrete*：（participe passé）tirée, extraite（「提取」、「擷取」）。*estrete* 為動詞 *estraire* 的過去分詞陰性單數的形式。

[1101] *enquise*：（participe passé）sollicitée（「激發」、「促使」）。*enquise* 為動詞 *enquerre* 的過去分詞陰性單數的形式。

[1102] 根據 Claude Lachet（1999, 219）的雙語對照版注釋中的解釋，這一章的第1行至第6行詩構成了這部作品的新序言，就在車隊進入到尼姆城的時候，詩人又開始一段開場白用以吸引聽眾的注意。這六句十音節詩與《攻克奧朗日城》（*La Prise d'Orange*）一書中的開頭序言前六行詩幾乎如出一轍，此處引用 Claude Régnier（1986, 43）還原的《攻克奧朗日城》校注版第1至第6行詩的原文：*Oëz, seignor, que Dex vos beneïe,*（請聽我道來，各位看倌老爺，但願天主賜福保佑您，）/ *Li glorïeus ; li filz sainte Marie,*（榮耀的聖母瑪麗亞之子，）/ *Bone chançon que ge vos vorrai dire !*（請聽我要對您們唱誦的絕妙故事！）/ *ceste n'est mie d'orgueill ne de folie,*（故事內容並非講述狂妄自大和瘋狂荒唐的行徑，）/ *Ne de mençonge estrete ne emprise,*（故事並非取材自虛構資料或是憑空杜撰出來的事蹟，）/ *mes des preudomes qui Espaigne conquistrent*（相反地，故事講述一群英勇的騎士攻克西班牙的事蹟）。

古法文原文 XLIV	現代法文譯文 XLIV	中文譯文 XLIV
Est en la voie[1103] de mon seignor saint Gile ;	Est sur la route du sanctuaire de Monseigneur saint Gilles ;	它位於聖吉勒尊者聖殿的朝聖路線上，
10 En la cités ot une place hantive[1104],	Dans la cité il y avait une place ancienne,	城中有個古老的廣場，
10a Lai ou a ore lou mostier ai la Virge[1105].	Où se trouve l'église de la Vierge,	現在是聖母院所在地，
Mes a cele heure n'en i avoit il mie,	Mais à cette époque il n'y avait pas d'église,	然而當時還沒有這座教堂，
Ainz iert la loi de la gent paiennie,	Au contraire régnait la religion des païens,	相反地，那裡當時盛行的是異教徒們信奉的宗教，
La ou il prient Mahomet et lor[1106] ydres[1107],	En ce lieu ils priaient Mahomet et leurs idoles,	他們在此處祈禱穆罕默德以及他們的偶像，

[1103] 手稿中的原文為*en la terre*，此處是根據*ms. C*的*en la voie*更正之。因為尼姆城是前往聖吉勒城（Saint-Gilles）道路上的必經之地。

[1104] 手稿中的原文為*A une part des estres de la vile*，此處是根據*ms. D*位於[98b]第1行詩*En la cités ot une place hantive*更正之。*Hantive*為形容詞陰性單數的形式，意思為「古老的」（ancien）、「古代的」（antique）。

[1105] 這行詩是由*ms. D*中*Lai ou l'an ore lou mostier et la Virge*借入。

[1106] 手稿中此處的原文為*ses ydres*，與*ms. A3*與*ms. A4*相同，然而主詞為人稱代名詞第三人稱陽性複數*il*（= ils），之後的動詞*prient*也是符合文法的動詞*proier*直陳式現在時p6的形式，所以我們原本期待位於複數名詞*ydres*前的主有詞輕音形式為*lor*，而非*ses*，是故此處根據*ms. D*的*lor idres*更正之。*ms. A2*在[45b]處則為*les ydres*。如果保留原手稿的*ses ydres*，這時應該將*Mahomet et ses ydres*翻譯為「穆罕默德及其聖像」。

[1107] *ydres*：（n.m. ou n.f. pl.）idoles, dieux païens（「偶像」、「異教神明」）。*ydre*源自於拉丁文中性名詞*idolum*，後者則源自於古希臘語*eidôlon*，原意為「像」（image）、「偶像」（idole）。當拉丁文中性名詞*idolum*進入到只有陰陽性的古法文系統中，*ydre*可以被歸類為陰性或是陽性，然而在古法文中有一些名詞仍然游移在陽性與陰性之間，*ydre*便是一例，現代法文中的*idole*則被確定為陰性名詞。

古法文原文 XLIV	現代法文譯文 XLIV	中文譯文 XLIV
Et Tervagam[1108] qui lor fust en aïe[1109],	Ainsi que Tervagan qui les secourait ;	還有救護他們的特爾瓦剛;
15 Et s'i tenoient lor plet[1110] et lor concile[1111],	Lorsque leurs assises et leurs assemblées s'y tenaient,	當有法庭開審和會議在那裡舉行時,
S'i assembloient de par tote la vile.	Les païens s'y réunissaient de toute la ville.	整個城市的異教徒都會前來那裡聚集。

[1108] *Mahomet et lor ydres Et Tervagam* : Mahomet et leurs idoles, Ainsi que Tervagan（「穆罕默德、他們的偶像以及特爾瓦剛」）。根據Claude Lachet（1999, 219）的雙語對照版的解釋，此處武勳之歌的作者錯誤地將撒拉遜人描繪成多神論者與偶像崇拜者，作者似乎想要以基督教的三位一體概念為榜樣，特意將異教徒的神祇也呈現出三位神明的組合，通常在武勳之歌中異教徒崇拜的三神組是由特爾瓦剛（Tervagan）、先知穆罕默德（Mahomet）以及另一位於此一作品未曾出現，但在《羅蘭之歌》中出現過的阿波蘭（Apolin）所組成。

[1109] *aïe* :（n.f.）aide, secours（「幫助」、「協助」）。

[1110] *plet* :（n.m. pl.）assises, assemblées de justice（「審判」、「審議」）。

[1111] *concile* :（n.m. pl.）assemblées（「會議」、「聚會」）。

	古法文原文 XLV	現代法文譯文 XLV	中文譯文 XLV
1	Guillelmes vient tot droit en une place ;	Guillaume se dirige directement vers la place ;	紀堯姆直接朝那座廣場方向奔去，
	Perron[1112] i ot, entaillié[1113] de vert marbre.	Où se trouvait un montoir taillé dans du marbre vert.	在那裡有一個用綠色大理石切鑿出的上馬石。
	La descendi Guillelmes Fierebrace ;	Là, Guillaume Fierebrace descendit de cheval,	鐵臂紀堯姆就在那裡下了馬，
	Et prist sa borse, ses deniers en deslace[1114] ;	Il prit sa bourse, en délia les cordons ;	他拿出錢袋，解開錢袋的繩子，
5	A granz poigniee les bons deniers en saiche[1115] ;	Il en tire une grosse poignée de bons deniers ;	從裡面掏出一大把貨真價實的德尼耶幣，
	Celui demande qui prant le guionaige[1116],	Il dit à celui qui perçoit l'octroi	並對那個徵收入市稅的人員說
	Ne velt por riens que il nul mal lor face.	Qu'il ne veut pas qu'il leur fasse du mal.	他不希望他為難他們。

XLI～L

[1112] *Perron* : (n.m.) montoir（「上馬石」）。根據 Lucien Foulet（1955, 225）生難辭典中解釋，*perron*意指一種用來幫助騎馬之人方便上馬的方形大石頭。

[1113] *entaillié* : (participe passé) taillé（「切削」、「割」）。

[1114] *deslace* : défait, délie, délace（「解開」）。按照 Claude Lachet（1999, 220）的注解解釋，這個只在此作品出現的片語*deslacer des deniers*意思為「從事先解開的錢袋拿出德尼耶幣」。

[1115] *saiche* : tire（「拿出」、「掏出」）。*Saiche*為動詞*saichier*（< *lat. pop.* saccare）的直陳式現在時p3的形式。

[1116] *prant le guionaige* : perçoit le droit d'octroi（「徵收入市稅」）。*prant* 為動詞*prendre*的直陳式現在時p3的形式。

古法文原文 XLV	現代法文譯文 XLV	中文譯文 XLV
Dïent paien : « Ja mar i avroiz garde[1117] ;	Les païens disent : « N'ayez aucune crainte ;	異教徒們說道：「不用害怕，
Il n'i a home de si riche lignage,	Il n'y a aucun homme, d'aussi puissant lignage soit-il,	還沒有任何一個人，不論他的家世有多麼顯貴，
10 S'il vos disoit ne orgueil ne outraige[1118],	Qui, s'il vous disait des propos orgueilleux et insolents,	假如他敢對您們口出狂妄傲慢之語的話，
Que n'en pendist par la guele[1119] a .i. arbre ! »	Ne soit pendu par la gorge à un arbre ! »	而他的下場不是在樹上被吊頸身亡的！」

[1117] *Ja mar i avroiz garde* : vous n'aurez pas à craindre, n'ayez aucune crainte（「您們無需害怕」、「別害怕」）。副詞*mar*之後跟隨動詞未來時的形式（verbe au futur）等同於強烈否定之意（forte dénégation），功能如同否定命令式（impératif négatif）。*Avroiz*為動詞*avoir*直陳式未來時p5的形式。陰性名詞*garde* 此處的意思為「害怕」（crainte, peur）。片語 *avoir garde*的意思為「有必要害怕」（avoir à craindre）。

[1118] *outraige* :（n.m.）propos présomptueux（「狂言」、「傲慢自大的言論」）。

[1119] *guele* :（n.f.）gorge, gosier（「喉部」、「咽喉」）。

古法文原文 XLVI	現代法文譯文 XLVI	中文譯文 XLVI
1 Endementiers qu'il vont einsi parlant	Pendant qu'ils parlent et discutent ainsi	正當他們與紀堯姆伯爵
Et a Guillelme le conte pledoiant[1120],	Avec le comte Guillaume,	如此說話交談的當口，
Atant ez vos et Harpin et Otrant	Voici venir Harpin et Otrant,	這時阿爾班與奧特朗就來了，
Ou il demandent le prisié[1121] marcheant[1122].	Qui demandent le fameux marchand.	他們詢問那位大名鼎鼎的商人下落。
5 Dïent paiens qui l'erent esgardant :	Les païens qui l'observaient disent :	一直都在觀察紀堯姆的異教徒們說道：
« Vez le vos la, cel preudome[1123] avenant[1124],	« Le voilà, c'est cet homme loyal ayant la belle prestance,	「他就在那，就是那位儀表堂堂的正直善良之人，
[39c] A cel chapel[1125], a cele barbe grant,	Avec ce chapeau, et cette grande barbe,	頭戴著帽子、蓄著大鬍子，
Qui a ces autres vet son bon commandant. »	Qui donne ses ordres aux autres marchands. »	正對著其他商人發號施令的那位。」
Li rois Otran l'en apela avant[1126] :	Le roi Otrant l'interpella le premier :	奧特朗國王主動上前與他攀談：
10 « Don[1127] estes vos, beaus amis marcheant ?	« D'où êtes-vous, marchand, cher ami ?	「這位商人，親愛的朋友，您打從哪兒來？」
—— Sire, nos somes d'Angleterre la grant,	—— Seigneur, nous sommes de la puissante Angleterre,	「大人，我從強大的英國來的，

[1120] (*vont*) *pledoiant* : parlent, duscutent（「說話」、「交談」）。

[1121] *prisié* :（adj.）fameux, estimé（「著名的」、「受尊重的」）。

[1122] *marcheant* :（n.m.）commerçant（「商人」）。

[1123] *preudome* :（n.m.）homme loyal, homme de bien（「正直的人」、「善良的人」）。

[1124] *avenant* :（adj.）ayant belle prestance（「儀表堂堂的」、「儀表不凡的」）。

[1125] *chapel* :（n.m.）chapeau（「帽子」）。*Chapel* 此處為第一類陽性名詞偏格單數的變格形式。

[1126] *apela avant* : interpella le premier（「主動先攀談」）。

[1127] *Don* :（adv. interrogatif）d'où（「從哪裡」）。

古法文原文 XLVI	現代法文譯文 XLVI	中文譯文 XLVI
De Cantorbiere[1128], une cité vaillant[1129].	De Cantorbéry, une cité de grande valeur.	我來自一座富饒的城市——坎特伯雷城。」
—— Avez voz feme, beaus amis marcheant ?	—— Êtes-vous marié, marchand, cher ami ?	「這位商人，親愛的朋友，您娶妻了嗎？」
—— Oïl, molt gente[1130], et .xviii. enfanz.	—— Oui, j'ai une femme très gracieuse et dix-huit enfants.	「娶了，我有一位十分溫文爾雅的妻子以及十八個子女。
15 Tuit[1131] sont petit, n'en i a que .ii. granz ;	Tous sont petits, il n'y a que deux grands ;	他們的年紀都還小，只有兩個長大成人，
L'un a nom Begues et l'autre a nom Sorant ;	L'un s'appelle Bègue et l'autre Sorant ;	一位叫做貝葛，另一位則叫做索隆；
Veez les la, se ne m'estes creant[1132]. »	Les voilà, si vous ne me croyez pas. »	假如您不相信我的話，他們就在這裡。」
Endeus[1133] lor monstre Guïelin et Bertran :	Il leur montre les deux frères, Guiélin et Bertrand :	紀堯姆把這兩位兄弟，紀耶嵐與貝特朗指給他們看：

[1128] *Cantorbiere*：Cantorbéry（「坎特伯雷城」）。坎特伯雷城為英國東南部的一座城市，為英國大主教府所在地，西元1170年12月29日托馬斯‧貝克特（Thomas Becket）在坎特伯雷大教堂內被謀殺。

[1129] *vaillant*：（adj.）de valeur, riche（「有規模的」、「富強的」）。*Vaillant*此處屬於第二類陰陽性皆為同形態的偏格單數形式。

[1130] *gente*：（adj.）gracieuse, élégante, jolie（「端莊優雅的」、「溫文爾雅的」、「漂亮的」）。

[1131] *Tuit*：（pronom indéfini）tous（「所有的孩子」）。*Tuit*此處為不定代名詞*toz/ tot*的陽性正格複數的變格形式。

[1132] *creant*：（adj.）qui croit et qui a confiance（「信賴的」、「信任的」）。

[1133] *Endeus*：（pronom numéral）tous les deux（「兩個全部」）。古法文中有一個表示數字的特別詞彙，是由文學拉丁文（latin littéraire）*ambo*，意思為「同時」（à la fois）、「兩個全部」（tous les deux）以及基數詞（numéral cardinal）*dui/ deus*，意即「二」，所組成的複合詞*andui/ andeus*，由於古法文的拼寫法尚未規範化，此處的*endeus*為*andeus*的異體字，為陽性偏格的變格形式；*andui/ endui*則為陽性正格的變格形式。

古法文原文 XLVI	現代法文譯文 XLVI	中文譯文 XLVI
Si neveu erent, fill Bernart de Brebant.	C'étaient ses neveux, fils de Bernard de Brébant.	他們其實是紀堯姆的侄子，布列邦的貝赫納之子。
20 Dïent paien qui les vont esgardant :	En les observant, les païens disent :	異教徒們打量著他們說道：
« A grant merveille avez or beaus enfanz,	« vous avez des enfants extraordinairement beaux,	「您的孩子俊美異常，
S'il se seüssent vestir avenamment[1134]. »	Si seulement ils savaient s'habiller avec élégance. »	要是懂得講究穿著打扮就好了。」
Li rois Otrans l'en apela errant[1135] :	Le roi Otrant l'interpella aussitôt :	奧特朗國王即刻又問他：
« Com avez nom, beaus amis marcheant ?	« Quel est votre nom, marchand, cher ami ?	「這位商人，親愛的朋友，如何稱呼？」
25 —— Beau tres dolz sire, Tïacre voirement[1136]. »	—— Très cher seigneur, Tiacre, en vérité. »	「親愛的好大人，我的真名叫做狄亞克爾。」
Dit li paiens : « C'est nom de pute gent.	Le païen dit : « C'est un nom de sale race.	異教徒說道：「這是個來自於無恥民族的名字。
Tiacre frere, quel avoir vas menant ?	Frère Tiacre, quelles marchandises transportez-vous ?	狄亞克爾兄弟，您都帶了些什麼貨物呢？」
—— Syglatons, sire, cendaus[1137] et bouqueranz[1138]	—— Des brocarts, seigneur, des taffetas, des bougrans,	「大人，有錦緞、塔夫綢、上了膠的硬挺織物、

[1134] *avenamment* :（adv.）avec élégance（「高雅地」、「考究地」）。

[1135] *errant* :（adv.）promptement, sur-le-champ（「馬上」、「隨即」）。

[1136] *voirement* :（adv.）en vérité, vraiment, réellement（「確實」、「真的」）。

[1137] *cendaus* :（n.m. pl.）étoffes légères de soie, semblables aux taffetas（「類似於塔夫綢的輕柔絲織品」）。

[1138] *bouqueranz* :（n.m. pl.）grosses toiles, étoffes de lin, bougrans（「粗布」、「麻布」、「硬挺

XLI～L

	古法文原文 XLVI	現代法文譯文 XLVI	中文譯文 XLVI
	Et escarlate et vert et pers vaillant	De précieux tissus verts et violets,	綠色和紫色的珍貴布料、
30	Et blans heauberz et forz elmes[1139] luisanz,	De blancs hauberts, des heaumes solides et reluisants,	白色鎖子甲、堅固又閃亮的柱形尖頂頭盔、
	Tranchanz espiez et bons escuz pesanz,	Des lances tranchantes et de lourds boucliers de qualité,	鋒利的長槍、優質的沉重盾牌、
	Cleres[1140] espees au ponz d'or reluisanz. »	Des épées brillantes au pommeau d'or reluisant. »	劍柄配有閃亮黃金球飾之發光長劍。」
	Et dist li rois : « Amis, mostrés nos ent. »[1141]	Et le roi dit : « Ami, montrez-nous des marchandises. »	國王說道：「這位朋友，讓我們瞧一瞧貨物吧。」
	Et dit Guillelmes : « Baron, soffrez atant ;	Guillaume dit : « Vaillant chevalier, patientez un moment.	紀堯姆說道；「驍勇的騎士，請耐心稍等片刻。
35	Derriere vienent li plus chier garnement[1142].	Les marchandises les plus précieuses viennent derrière.	最寶貴的貨物在後面。」
	—— Que est ce donc el premier chief devant[1143] ?	—— Qu'est-ce qui se trouve en tête de convoi ?	「車隊前面的貨物有些什麼呢？」

織物」）。*Bouqueranz* 是一種源自於東方的布料，此布料很有可能一開始在烏茲別克斯坦（Ouzbékistan）的布哈拉市（Boukhara）出產，所以此布料以此城市命名。手稿中的原文為 *bouquesanz*，此處根據 *ms. A2* 更正之。

[1139] *elmes*：（n.m. pl.）heaumes（「柱形尖頂頭盔」）。

[1140] *Cleres*：（adj.）brillantes（「閃閃發亮的」、「發光的」）。

[1141] 手稿中的原文為 *Respont Otrans : « Bien vos est, marcheanz. »*，由於這行詩和上下文的文意不符合，所以此處借入 *ms. C* 第1163行詩更正之。

[1142] *garnement*：（n.m. pl.）marchandises（「貨品」、「商品」）。

[1143] *el premier chief devant*：en tête de convoi（「在車隊的前面」）。

古法文原文 XLVI	現代法文譯文 XLVI	中文譯文 XLVI
—— Encres et soffres, encens et vis argent[1144],	—— De l'encre, du soufre, de l'encens et du vif-argent,	「有墨水、硫磺、香、水銀、
Alun et graine[1145] et poivres et safran,	De l'alun, de la cochenille, du poivre, du safran,	明礬、胭脂蟲、胡椒、番紅花、
Peleterie[1146], bazenne[1147] et cordoan	Des pelleteries, de la basane, du cuir de Cordoue,	毛皮、羊皮、柯爾多瓦的皮革、
40 Et peaux de martre, qui bones sont en tens[1148]. »	Des peaux de martre, qui sont utiles en hiver. »	還有冬天用得上的貂皮。」
Otrans l'entent, si s'en rit bonement[1149],	Otrant l'entend, et rit avec joie,	奧特朗聽罷開心地笑了出來，
Et Sarrazin en firent joie grant.	Et les Sarrasins furent très contents.	撒拉遜人也都高興萬分。

[1144] *vis argent*：（n.m.）vif-argent（「水銀」）。

[1145] *graine*：（n.f.）cochenille（「胭脂蟲」）。

[1146] *Peleterie*：（n.f.）pelleterie（「毛皮」、「皮貨」）。

[1147] *bazenne*：（n.f.）basane（「羊皮」）。

[1148] *bones sont en tens*：bonnes en hiver（「在冬天是有用的」）。根據Claude Régnier（1982, 215）對這個詞組的翻譯建議為*bonnes en leur moment*，意思為「在適當的時間是有用的」，而這個詞組修飾的先行詞是貂皮（peaux de martre），所以此處的「適當時間」（*en leur moment*）便是「冬天」。

[1149] *bonement*：（adv.）joyeusement, avec joie（「高興地」、「快樂地」）。

古法文原文 XLVII	現代法文譯文 XLVII	中文譯文 XLVII
1 Li rois Otrans l'en prist a apeler :	Le roi Otrant l'interpella de nouveau :	奧特朗國王又問他：
« Tiacre frere, par la loi que tenez,	« Frère Tiacre, au nom de votre religion,	「狄亞克爾兄弟，以您的宗教名義擔保，
Par vo plesir, dites nos veritez.	S'il vous plaît, dites-nous la vérité.	如果您願意的話，請如實相告。
Mien escïent[1150], molt grant avoir[1151] avez	À mon avis, vous avez de très grandes richesses,	依我所見，您非常富有，
5 [39d] Qui a charroi le[1152] fetes ci mener ;	Vous qui les faites mener ici par chariots ;	您讓人把您的財富用貨車運到此處，
Par voz merciz, fetes nos en doner,	Faite-nous la grâce de nous en donner,	那麼就請您大發慈悲地分給我
Moi et ces autres qui somes bacheler.	A moi et à ces autres jeunes gens.	和這些其他的年輕人一些吧。
Preu[1153] i avroiz, se le chemin usez[1154]. »	Vous en tirerez profit, si vous continuez la route. »	假如您繼續上路的話，您會因此獲得好處的。」
Et dit Guillelmes : « Beau sire, or vos soffrez ;	Et Guillaume répond : « Cher seigneur, patientez donc ;	紀堯姆答道：「親愛的大人，少安勿躁，
10 Ge n'en istrai[1155] huimés[1156] de la cité :	Je ne quitterai pas aujourd'hui la cité :	我今天不會離開尼姆城，

[1150] *Mien escïent* : à mon avis（「依我所見」、「在我看來」）。

[1151] *avoir* :（n.m.）biens, richesses（「財富」、「財產」）。

[1152] *le* : les（「它們」）。第三人稱代名詞輕音偏格陽性單數*le*此處是代替前一行的陽性名詞 *avoir*「財富」，但是由於現代法文譯文翻譯為複數，所以在此處將其翻譯為*les*。

[1153] *Preu* :（n.m.）profit, avantage（「好處」、「利益」）。*Preu*（< *lat. pop.* *prodem）此處為第一類陽性名詞偏格單數的變格形式，正格單數的形式為*proz/ pros*。

[1154] *usez* : vous servez de, suivez（「運用」、「繼續」）。

[1155] *istrai* : sortirai, quitterai（「離開」）。*Istrai*為動詞*issir*的直陳式未來時（futur simple de l'indicatif）p1的形式。

[1156] *huimés* :（adv.）aujourd'hui（「今天」）。

古法文原文 XLVII	現代法文譯文 XLVII	中文譯文 XLVII
La vile est bone[1157], g'i vorrai demorer.	La ville est prospère, je veux y rester.	這座城市繁華昌盛，我想在此駐足停留。
Ja ne verroiz demain midi passer,	Avant que vous voyiez passer demain midi,	在您們看見明日的正午過去之前，
Vespres[1158] sonner ne solleill esconser,	Sonner les vêpres et se coucher le soleil,	晚禱鐘響起之前，以及太陽西下之前，
De mon avoir vos ferai tant doner,	Je vous donnerai tant de mes biens	我會盡可能給予您們我的財富，
15 Toz li plus forz i avra que porter. »	Que même le plus fort d'entre vous en aura sa charge. »	數量多到您們當中最強壯的人可以負荷的程度。」
Dïent paien : « Marcheant, trop[1159] es ber[1160],	Les païens disent : « Marchand, tu es bien brave,	異教徒說道：「這位商人，你很正直善良，
Molt par es larges seulement de parler.	Mais tu n'es très généreux qu'en paroles.	但是你也只是口頭上很慷慨而已。
S'estes preudom[1161], nos le savrons assez !	Si tu es un honnête homme, nous le saurons bien !	如果你是個誠實可信之人，我們之後會知道的！」
—— Voire, dist il, plus que vos ne creez[1162] ;	—— Je le suis vraiment, dit-il, et plus que vous ne le croyez.	紀堯姆答道：「我的確是誠信之人，甚至超越了您們對我的認知。

[1157] *bone* : (adj.) prospère（「繁榮的」、「昌盛的」）。根據Gilles Roussineau（2015, 1185）的《貝瑟佛黑》（*Perceforest*）第六部的生難字表中給的解釋，*bonne ville*意即「繁榮的城市」（ville prospère），再加上前文形容尼姆城為有強大防禦工事以及物價平穩的城市，是故此處不採用Claude Lachet的現代法文譯文 *agréable*（「舒適宜人的」）。

[1158] *Vespres* : (n.m. et n.f. pl.) vêpres（「晚禱」、「晚課」）。

[1159] *trop* : (adv.) très, bien（「很」、「非常」）。

[1160] *ber* : (adj.) brave（「正直的」、「善良的」）。*ber*此處為正格單數的形式。

[1161] *preudom* : (n.m.) honnête homme（「誠實的人」、「正人君子」）。*preudom*此處為正格單數的形式。

[1162] *creez* : croyez（「認為」、「相信」）。*creez*為動詞*croire*直陳式現在時p5的形式。

古法文原文 XLVII	現代法文譯文 XLVII	中文譯文 XLVII
20 Onques ne fui trichierres[1163] ne aver[1164] :	Je n'ai jamais été trompeur ni avare ;	我從來就不是騙子，也非吝嗇鬼；
Li miens avoirs est toz abandonez[1165]	Mes biens sont mis à l'entière disposition	我的財產完全任由
A mes amis qui de moi sont privez[1166]. »	De mes amis intimes. »	我的摯友們使用。」
Un de ses homes a li cuens apelé :	Le comte a appelé un de ses hommes :	伯爵把他的其中一名部下叫來問話：
« Est, va, encore toz mes charroiz entrez ?	« Dis-moi, tous mes chariots sont-ils entrés ?	「告訴我，我所有的貨車都已入城了嗎？」
25 —— Oïl voir, sire, la merci Damedé. »	—— Oui, vraiment, seigneur, grâce à Dieu. »	「是的，的確都已入城，大人，天主垂憐。」
Par mi les rues les commence a guïer[1167] ;	À travers les rues il commence à les guider ;	紀堯姆開始引領著貨車隊在街道間穿梭；
Es larges places ez les vos[1168] desconbrez[1169],	Sur les larges places, les chariots sont dégagés de tout obstacle,	在廣闊的廣場上，貨車隊擺脫了所有的障礙，

[1163] *trichierres*：（adj. et n.）trompeur（「騙人的」、「騙子」）。

[1164] *aver*：（adj. et n.）avare（「吝嗇的」、「守財奴」）。

[1165] *abandonez*：（participe passé）mis à la disposition de（「任由……使用」）。

[1166] *privez*：（adj.）intimes, familiers（「親密的」、「親近的」）。

[1167] *guïer*：（inf.）guider, conduire（「引領」、「帶領」）。*guïer*源自於法蘭克語*witan*，原意為「指引一個方向」（montrer une direction），此詞演變至現代法文便是*guider*。

[1168] *ez les vos*：les voilà（「它們就在那」）。

[1169] *desconbrez*：（participe passé）débarrassés, dégagés de tout ce qui gêne（「排除的所有的障礙」）。

古法文原文 XLVII	現代法文譯文 XLVII	中文譯文 XLVII
Qu'il ne velt estre de riens emprisonez[1170],	Car il ne veut pas être gêné par rien,	因為他不想受到任何的阻礙，
S'au besoing[1171] vient, qu[1172]'il se puist delivrer[1173].	Afin de pouvoir se libérer en cas d'urgence.	這樣他便能在緊急關頭時成功脫身。
30 L'uis[1174] del palés en ont si estoupé[1175]	La porte du palais est si bouchée	皇宮門口處被堵得水泄不通，
Qu'as Sarrazins sera grief[1176] li entrer.	Qu'il sera difficile d'y entrer pour les Sarrasins.	結果弄得連撒拉遜人也難以入城。

[1170] *emprisonez*：（participe passé）gêné（「阻礙」、「束縛」）。

[1171] *au besoing*：（loc. prép.）en cas d'urgence（「在緊急關頭時」）。根據 Claude Lachet（1999, 221）的注解解說，*besoing*一詞源自於法蘭克語 **bisunnia*，一開始的意思為「事件」（affaire），之後意思變為「緊急的事件」（affaire pressante）、「緊急」（urgence）、「危急時刻」（moment critique）、「危險情況」（situation périlleuse）；在講述戰爭時，*besoing*意即「戰鬥」、「鬥爭」。此外，*besoing*還有「缺乏」（manque）、「需要」（nécessité）之意，這個詞意在現代法文仍在特定詞組中被保留下來，例如*avoir besoin de*（「需要」）、*être besoin*（「需要」）、*au besoin*（「需要時」）。

[1172] *Que*：（conj.）afin que（「為了」、「以便」）。

[1173] *Se delivrer*：（inf.）se libérer（「抽身」、「擺脫」）。

[1174] *uis*：（n.m.）porte（「門口」）。在古法文中，*porte*（< *lat.* porta）意指「有雙扉的大門」、「城門」或「城堡的門口」；而 *uis*則源自於拉丁文*ostium*，原意為「入口」（entrée），在古法文中意指「房屋的門」或「房間的門」。現代法文的*huis*只在詞組 *à huis clos*（「審訊時的禁止旁聽」、「偷偷地」）中仍被保存下來。從*huis*派生出來的*huissier* 一詞原本一開始意指「為大人物開關門的人」，之後才演變為現代法文的「執達員」。

[1175] *estoupé*：（participe passé）bouché（「阻塞」、「堵住」）。

[1176] *grief*：（adj.）pénible, dur（「困難的」、「費力的」）。

古法文原文 XLVIII	現代法文譯文 XLVIII	中文譯文 XLVIII
1 Li rois Otrans li commença a dire :	Le roi Otrant commença à questionner Guillaume :	奧特朗國王開始對紀堯姆進行查問:
« Tiacre frere, par la loi dont tu vives,	« Frère Tiacre, par la religion que tu pratiques,	「狄亞克爾兄弟,以你所奉行的宗教為擔保,
Ou as conquis[1177] si riche menantie[1178],	Où as-tu gagné de si grandes richesses,	你在哪裡賺得如此巨大的財富?
N'en quel païs n'en quel fié est ta vie ? »	En quel pays et sur quel fief vis-tu ? »	你住在哪個國家和哪個封地?」
5 Et dit Guillelmes : « Ce vos sai ge bien dire :	Guillaume répond : « Je peux bien vous le dire :	紀堯姆答道:「我很願意對您說:
En douce France l'ai ge auques[1179] conquise.	J'ai acquis abondance de biens en douce France.	我在親愛的法蘭西獲得大量的財富。
Or si m'en vois de voir[1180] en Lombardie	Effectivement je m'en vais maintenant en Lombardie,	現在,我的的確確要前往倫巴底、
Et en Calabre, en Puille et en Sezile,	En Calabre, en Pouille, en Sicile,	卡拉布里亞、普利亞、西西里島、
En Alemaigne desi qu'en[1181] Romenie,	En Allemagne, jusqu'en Romagne,	阿拉曼、直到羅馬涅,
10 Et en Tosquane et d'iluec[1182] en Hongrie ;	En Toscane, et de là en Hongrie ;	然後去往托斯卡尼,從那裡再動身前往匈牙利;
Puis m'en revieng de ça devers Galice,	Puis je m'en reviens vers la Galice,	隨後我從那裡回來再前往加利西亞,

[1177] *conquis* : (participe passé) gagné (「賺取」、「獲得」)。

[1178] *menantie* : (n.f.) biens (「財產」、「財富」)。

[1179] *auques* : (adv.) en abondance (「大量地」、「豐富地」)。

[1180] *De voir* : vraiment, de fait (「的確」、「事實上」)。

[1181] *desi qu'en* : jusqu'en (「直到」、「直至」)。

[1182] *d'iluec* : de là (「從那裡」)。

XLI～L

古法文原文 XLVIII	現代法文譯文 XLVIII	中文譯文 XLVIII
Par mi Espaigne, une terre[1183] garnie[1184],	Une riche contrée, qui se trouve en Espagne,	那是一個位在西班牙的富庶地區，
Et en Poitou desi en[1185] Normandie ;	Je vais en Poitou et jusqu'en Normandie ;	我還會去到普瓦圖，然後直到諾曼第；
[40a] En Angleterre, en Escoce est ma vie :	En Angleterre, en Écosse où je vis :	最後去到我居住的英國、蘇格蘭：
15 Desi qu'en Gales ne finerai je mie ;	Je ne m'arrêterai pas jusqu'au pays de Galles ;	我會馬不停蹄地直達威爾斯；
Tot droit au Crac[1186] menrai ge mon empire[1187],	Je mènerai ma troupe tout droit au Crac des Chevaliers,	我將會帶領我的車隊直達騎士堡，
A une foire de grant anceserie[1188].	À une foire très ancienne.	去參加一個很古老的市集。

[1183] *terre* :（n.f.）pays, contrée（「地方」、「地區」）。

[1184] *garnie* :（adj.）riche（「富庶的」、「富饒的」）。

[1185] *desi en* : jusqu'en（「直到」、「直至」）。

[1186] *Crac* : Crac des Chevaliers（「騎士堡」）。*Crac*此處指的是位於敘利亞的騎士堡，為中世紀時期十字軍建立最重要的堡壘之一。*Crac*在十一世紀時由回教徒建造，根據Jean-Frappier（1965, t. II, 186-187）推測，西元1099年至1100年期間，*Crac*被十字軍攻占。到了西元1142年時，的黎波裡的雷蒙德伯爵（le comte Raymond de Tripoli）將此城堡轉讓給醫院騎士團（les Hospitaliers），他們將原有的城堡加以擴建和翻修，增建了許多防禦工事，這也是為何此城堡叫做騎士堡（Crac des Chevaliers）的原因。

[1187] *empire* :（n.m.）ensemble des troupes（「全部的隊伍」）。

[1188] *anceserie* :（n.f.）antiquité（「古老」、「古代」）。

古法文原文 XLVIII	現代法文譯文 XLVIII	中文譯文 XLVIII
Mon change[1189] faz[1190] el regne de Venice[1191]. »	Je fais mon change au royaume de Venise. »	我會在威尼斯王國進行貨物交換或錢幣兌換。」
Dïent paien : « Mainte terre as requise,	Les païens disent : « Tu as parcouru de nombreux pays,	異教徒說道:「你跑遍了諸多國家,
20 N'est pas merveille[1192], vilains[1193], se tu es riche ! »	Il n'est pas étonnant, vilain, que tu sois riche ! »	好傢伙,無怪乎你家財萬貫!」

[1189] *change* : (n.m.) troc des marchandises ou change de l'argent(「貨物交換或是錢幣兌換」)。

[1190] 手稿中的原文為 *filz*,此處根據 *ms. A2* 更正為 *faz*。*Faz* 為動詞 *faire* 的直陳式現在時 p1 的形式。

[1191] *Venice* : Venise(「威尼斯」)。根據 Claude Lachet(1999, 222)的解釋,威尼斯在十二世紀時為海上、貿易、金融強國,所有的商人、銀行家以及兌換商聚集處。

[1192] *N'est pas merveille* : il n'est pas étonnant(「無怪乎」、「難怪」)。

[1193] *vilains* : (n.m.) vilain(「好傢伙」)。

古法文原文 XLIX	現代法文譯文 XLIX	中文譯文 XLIX
1 Oiez, seignor, por Deu de majesté,	Écoutez, seigneurs, par le Dieu de majesté,	各位看倌老爺，以尊貴的天主之名，請聽我述說，
Coment Guillelmes fu le jor avisé[1194].	Comment Guillaume fut reconnu ce jour-là.	紀堯姆是如何就在當天被認了出來。
Li rois Otran le prist a regarder	Le roi Otrant se mit à l'observer,	奧特朗國王開始仔細端詳紀堯姆，
Quant il l'oï sifaitement parler,	Quand il l'entendit parler de cette manière,	當他聽見紀堯姆如此說時，
5 Si a veü la boce[1195] sor le nes.	Et il remarqua la bosse qu'il avait sur le nez,	他留意到他鼻子上有個突起的包，
Lors li remenbre de Guillelme au cort nes,	Alors il se souvient de Guillaume au court nez,	這時他想起了短鼻子紀堯姆，
Fill Aymeri de Nerbone sor mer.	Le fils d'Aymeri de Narbonne sur mer.	濱海納博訥的艾梅里之子。
Quant il le vit, a poi[1196] n'est forsené ;	À sa vue, peu s'en faut qu'il ne perde de raison.	奧特朗國王見到他就近在眼前，險些氣瘋。
Trestoz li sans del cors li est müez,	Tout son sang ne fait qu'un tour,	他全身的血液瞬間凝固，
10 Li cuers li faut, a pou qu'[1197]il n'est pasmez[1198].	Le cœur lui manque, peu s'en faut qu'il s'évanouisse.	四肢癱軟，差點沒暈厥過去。
Cortoisement l'en a aresonné,	Il lui adresse la parole avec courtoisie,	他禮貌地和紀堯姆說話

[1194] *fu avisé* : fut reconnu（「被認出來」）。

[1195] *boce* :（n.f.）bosse（「隆起」、「腫塊」、「包」）。

[1196] *a poi* : pour un peu（「差一點」）。

[1197] *a pou que* : peu s'en faut que（「差點兒」、「幾乎」）。這個詞組*a pou que*之後帶出的子句中，動詞要使用直陳式（indicatif），在現代法文中peu s'en faut que帶出的子句中的動詞則要使用虛擬式（subjonctif）。

[1198] *pasmez* :（participe passé）tombé en pamoison, pâmé, évanoui（「昏厥」、「暈倒」）。

古法文原文 XLIX	現代法文譯文 XLIX	中文譯文 XLIX
Si l'en apele, com ja oïr porrez :	Et l'interpelle comme vous allez pouvoir entendre :	並且盤問他的身分，就如同您們聽到的一般：
« Tiacre frere, par la loi que tenez,	« Frère Tiacre, par la religion que vous pratiquez,	「狄亞克爾兄弟，以您所信奉的宗教起誓，
Cele grant boce que avez sor le nes,	Cette grande bosse que vous avez sur le nez,	您鼻子上的那個大腫塊，
15 Qui la vos fist ? gardez ne soit celé[1199],	Qui vous l'a faite ? Gardez-vous de le dissimuler,	是誰弄的？別再隱藏您的身分了，
Que me membre ore de Guillelme au cort nes,	Car je me souviens maintenant de Guillaume au court nez,	因為我現在想起了短鼻子紀堯姆，
Fill Aymeri, qui tant est redoutez,	Le si redoutable fils d'Aymeri ;	那位如此令人聞風喪膽的艾梅里之子。
Qui m'a ocis mon riche parenté[1200].	Il a tué les membres de ma puissante famille.	他殺了我強大家族的成員。
Pleüst Mahon[1201], qui est mon avoé[1202],	Plût à Mahomet qui est mon protecteur,	我對我的守護神穆罕默德、
20 Et Tervagan et ses saintes bontez,	À Tervagan et à ses saintes vertus,	特爾瓦剛以及他的神聖德行祈禱，
Que le tenisse ça dedenz enserré[1203]	Que je le tienne enfermé à l'intérieur de la cité	但願我能將他囚禁在城內，
Si com faz vos que ge voi ci ester[1204] :	Comme vous-même que je vois debout devant moi :	因為我看到您就親自站在我面前：

[1199] *Celé* :（participe passé）caché（「隱藏」）。

[1200] *parenté* :（n.f.）famille, race（「家族」、「種族」）。

[1201] 手稿中的原文為*Pleüst a Deu*，此處根據*ms. B2*與*ms. C*的*Mahon*更正之。

[1202] *avoé* :（n.m.）protecteur（「守護者」、「保護者」）。

[1203] *enserré* :（participe passé）enfermé（「關」、「監禁」）。

[1204] *ester* :（inf.）rester debout（「站著」、「佇立」）。

古法文原文 XLIX	現代法文譯文 XLIX	中文譯文 XLIX
Par Mahomet, ja seroit afolé[1205],	Par Mahomet, il serait bientôt mis à mal,	我對穆罕默德起誓，他將會遭受凌虐、
Penduz as forches[1206] et au vent encroé[1207],	Pendu au gibet et suspendu au gré du vent,	被吊死在絞刑台上，然後把他的屍體高高懸掛任憑風吹、
25 Ou ars[1208] en feu ou a honte livré[1209]. »	Ou brûlé sur un bûcher ou exécuté honteusement. »	或是在火刑台上把他燒死，抑或是以羞辱的方式將他處死。」
Ot le Guillelmes, s'en a .i. ris gité :	À ces mots, Guillaume a éclaté de rire :	紀堯姆聽罷，放聲大笑，接著說道：
« Sire, dist il, envers moi entendez.	« Seigneur, dit-il, écoutez-moi.	「大人，請聽我說。
De cele chose que vos ci demandez	Au sujet de ce que vous me demandez,	關於您問我的問題，
Vos dirai ge volantiers et de grez[1210].	Je vais vous répondre volontiers et de bon gré.	我很樂意回覆您。
30 Quant je fui juenes, meschins[1211] et bachelers[1212],	Quand j'étais jeune, adolescent et garçon,	當我還是青春年少的小夥子時，

[1205] *afolé* :（participe passé）mis à mal, tué（「凌虐」、「殺害」）。

[1206] *forches* :（n.f. pl.）gibet（「絞刑架」、「絞刑場」、「絞刑台」）。

[1207] *encroé* :（participe passé）suspendu（「高懸」、「懸掛」）。

[1208] *ars* :（participe passé）brûlé（「燒死」、「焚燒」）。

[1209] *livré* :（participe passé）exécuté（「處決」、「處死」）。

[1210] *de grez* : de bon gré, volontairement, volontiers（「自願地」、「樂意地」）。

[1211] *meschins* :（n.m.）jeune homme, garçon（「年輕人」、「小夥子」）。

[1212] *bachelers* :（n.m.）jeune homme（「年輕人」、「小子」）。

古法文原文 XLIX	現代法文譯文 XLIX	中文譯文 XLIX
Si deving lerres[1213] merveilleus por embler[1214],	Je devins un larron étonnant pour voler	為了偷竊訛騙，我成了
Et engingnierres[1215] : onques ne vi mon per.	Et tromper : jamais je ne vis mon égal.	一名出色的盜賊：我可是從未遇過與我勢均力敵的對手呢。
Copoie[1216] borses et gueilles[1217] bien fermez[1218] ;	Je coupais les bourses et les sacoches bien fixées ;	當時我正在剪斷牢牢繫緊的錢袋與挎包繩子，
[40b] Si m'en repristrent[1219] li mestre bacheler[1220]	Les jeunes chefs et les marchands que j'avais dérobés	被我偷竊過的年輕首領以及商人
35 Et marcheant cui ge avoie emblé ;	Me prirent sur le fait ;	把我當場逮了個正著；
A lor couteaus me creverent le nes[1221],	Avec leurs couteaux, ils m'entamèrent le nez,	他們用刀子割了我的鼻子，

[1213] *lerres*：（n.m.）larron（「小偷」、「竊賊」）。紀堯姆因形勢所迫，不得不編造一個故事打發奧特朗國王的追問，結果讓自己的鼻子傷疤原本是戰爭留下的榮耀，卻在此轉身一變成為小偷犯罪後遭受懲罰所留下的標記。此處原本*lerres*為第三類陽性名詞正格單數的形式，因為*lerres*在句中扮演未出現的主詞（je）之表語（attribut du sujet）功能。此處原本*lerres*的正格單數變格不應該有詞尾-*s*，因為其相對應的拉丁文主格形式為*latro*，這個詞尾-*s*是受到第一類陽性名詞變格法的影響，所以此類名詞變格法慢慢地也在正格單數變格時加上詞尾-*s*，此-*s*字母被稱之為類推字母（s analogique）。

[1214] *embler*：（inf.）voler（「偷竊」）。

[1215] *engingnierres*：（inf.）tromper（「欺騙」）。

[1216] *Copoie*：coupais（「剪」、「割」）。*Copoie*為動詞*coper*直陳式未完成過去時p1的形式。

[1217] *gueilles*：（n.m. et n.f.）sacoches, bourses（「包」、「囊」、「袋」）。

[1218] *fermez*：（participe passé）arrimés, fixés, attachés solidement（「用繩索緊固」、「固定」、「牢牢繫緊」）。

[1219] *repristrent*：prirent sur le fait（「當場捉住」、「當場拿獲」）。*Repristrent*為動詞*reprendre*直陳式簡單過去時p6的形式。

[1220] *bacheler*：（n.m.）jeune homme（de noble famille）（「出身貴族的年輕公子」）。

[1221] Jean Frappier（1965, t. II, 247, note 5）在對此作品的逐行評論的注釋五中提及割鼻是一種對罪犯很普遍的一種刑罰。

古法文原文 XLIX	現代法文譯文 XLIX	中文譯文 XLIX
Puis me lessierent aler a sauveté[1222] ;	Puis me laissèrent partir sain et sauf ;	隨後放我平安地離開，
Si commençai cest mestier que veez.	J'ai commencé alors à exercer ce métier que vous voyez.	然後我就開始從事您所見到的這個行業了。
La merci Deu, tant en ai conquesté	Grâce à Dieu, j'ai acquis autant	天主垂憐，我賺得了
40 Comme a vos eulz par ici esgardez. »	Que vous le voyez ici de vos yeux. »	您放眼望去這裡的所有財富。
Dist li paiens : « Molt avez fet que ber.	Le païen constate : « Vous êtes un homme de grande valeur.	異教徒評論道：「您是一位十分令人欽佩的人。
Ja mes as forches ne doiz estre encroez. »	Vous ne serez jamais suspendu au gibet. »	您是不會被吊死在絞刑台上的。」
Uns Sarrazins s'en est d'iluec tornez[1223] ;	Un Sarrasin a quitté la place ;	一位撒拉遜人轉身離開了此處，
Cil quel[1224] connoissent l'apeloient Barré,	Ceux qui le connaissent l'appellent Barré,	認識他的人叫他霸黑，
45 Seneschaus iert le roi de la cité ;	Il est sénéchal du roi de la cité ;	他是尼姆城國王的總管大臣，
Des or vorra le mengier[1225] conraer	Maintenant il veut préparer le repas	這時他正要去廚房
En la cuisine por le feu alumer.	Et allumer le feu dans la cuisine.	備膳以及生火。
L'uis del palés trueve si encombré,	Il trouve la porte du palais si encombrée,	他發現皇宮門口阻塞不通，

[1222] *aler a sauveté* : s'en aller sain et sauf（「平安地離開」、「安然無恙地離開」）。詞組 *a sauveté* 的意思為「安全地」、「平安地」。

[1223] *s'en est tornez* : s'en est allé, est parti（「離開」）。

[1224] *quel* : qui le（「……他的……」）。*Quel* 是關係代名詞 *qui* 與人稱代名詞 *le* 的合併形式。

[1225] *mengier* :（n.m. inf. substantivé）repas, mets（「餐」、「菜餚」）。

XLI～L

古法文原文 XLIX	現代法文譯文 XLIX	中文譯文 XLIX
Par nul enging[1226] ne pot dedenz entrer.	Qu'il ne peut y entrer en aucune manière.	結果導致他無論用任何辦法都無法入宮。
50 Quant il le vit, a pou n'est forsené ;	À cette vue, il manque devenir fou.	霸黑見狀，差點沒氣瘋。
Mahomet jure ja sera comparé.	Il jure par Mahomet qu'il va le faire payer cher.	他以穆罕默德的名義起誓，他要讓狄亞克爾付出昂貴的代價。
Vint a Harpin, si li a tot conté,	Il est venu trouver Harpin, et lui rapporter tout,	他來到阿爾班跟前對他告知一切，
Qui sire estoit de la bone cité,	Harpin était le maître de la cité prospère,	阿爾班是這座繁榮城市的主人，
Il et son frere Otran le desfaé[1227] ;	Avec son frère Otrant l'infidèle ;	他與他的異教徒兄弟奧特朗共同治理這座城市；
55 Cortoisement[1228] l'en a aresonné :	Barré lui a adressé la parole avec courtoisie :	霸黑謙恭地對阿爾班說道：
« Damoiseaus[1229] sire, envers moi entendez.	« Jeune seigneur, écoutez-moi.	「少主，請聽臣說。
Par Mahomet, mal nos est encontré[1230]	Par Mahomet, il nous est arrivé une fâcheuse aventure	臣以穆罕默德名義起誓，發生了一件令我們惱火的事情，
De cel vilain qui ceanz[1231] est entré.	Par la faute de ce vilain qui est entré ici.	肇事者就是進來城裡的這個壞傢伙。

[1226] *Par nul enging* : en aucune façon, en aucune manière (「沒有任何方法」、「絕不」)。

[1227] *desfaé* :（adj.）sans foi, mécréant, infidèle, perfide (「無信義的」、「信奉異教的」)。

[1228] *Cortoisement* :（adv.）avec courtoisie (「禮貌地」、「謙恭地」)。

[1229] *Damoiseaus* :（n.m.）jeune homme, seigneur d'un pays (「年輕人」、「一國的主人」)。

[1230] *mal nos est encontré* : il nous est arrivé une fâcheuse aventure (「一件令人惱火的事發生在我們身上」)。

[1231] *ceanz* :（adv.）ici, ici dedans, à l'intérieur (「這裡」、「在這裡面」)。*Ceanz* 源自於拉丁文 *ecce hac intus*，直譯的意思為「這裡面」（ici dedans），此處意指「城裡面」。

XLI～L

古法文原文 XLIX	現代法文譯文 XLIX	中文譯文 XLIX
L'uis del palés nos a si encombré	Il nous a tellement encombré la porte du palais	他把我們的皇宮入口擠得水泄不通，
60 Que l'en n'i puet ne venir ne aler.	Que l'on ne peut ni entrer ni sortir.	結果導致我們誰也無法進出。
Se g'en estoie creüz et escoutez,	Si l'on m'en croyait et l'on suivait mon conseil,	倘若有人聽信臣的建言，
Nos le ferons corrocié[1232] et iré[1233].	Nous le courroucerions et l'irriterions.	我們將會把他氣得暴跳如雷，火冒三丈。
Vez son avoir qu'il a ci amassé[1234] ;	Voyez les biens qu'il a rassemblés ici,	您瞧瞧他集結在此的貨物，
Vos ne autrui ne velt il riens doner.	Il ne veut rien donner ni à vous ni aux autres.	他既然不想將任何物品贈予您或其他人，
65 Quar fetes, sire, trestoz ces bués tüer,	Faites donc, seigneur, tuer tous ces bœufs,	主上，那麼就讓人把全部這些牛隻都宰殺好了，
En la cuisine, au mengier conraer ! »	pour préparer le repas dans la cuisine ! »	這樣廚房就可以用牠們來準備膳食了。
Et dist Harpins : « .i. grant mail m'aportez. »	Harpin dit : « Apportez-moi un grand maillet !	阿爾班說道：「給我拿一隻大槌子來。」
Et cil respont : « Si com vos commandez. »	Et l'autre répond : « À vos ordres ! »	霸黑答道：「遵命！」
Li pautoniers[1235] s'en est d'iluec tornez ;	Le coquin a quitté la place ;	這個混蛋轉身離開，
70 .I. maill[1236] de fer li ala aporter ;	Il est allé lui chercher un maillet de fer ;	動身為少城主尋找一隻大鐵鎚；

[1232] *corrocié*：（adj.）furieux（「大發雷霆」、「憤怒」）。

[1233] *iré*：（adj.）en colère（「憤怒」、「發怒」）。

[1234] *amassé*：（participe passé）rassemblé, réuni（「集中」、「集結」）。

[1235] *pautoniers*：（n.m.）coquin, voyou, scélérat（「壞蛋」、「流氓」、「無賴」）。

[1236] *maill*：（n.m.）maillet（「槌子」）。*Maill* 源自於拉丁文*malleum*，此處為第一類陽性名詞偏格單數的形式。

| --- | --- | --- |
A lui retorne, el poing li a bouté[1237].	Il revient vers Harpin et le lui met dans la main.	之後回到阿爾班跟前，將它放在阿爾班手中。
Et Harpins hauce, si a Baillet tüé,	Harpin lève le maillet et tue Baillet,	阿爾班舉起鐵鎚，將巴葉宰殺，
Et puis Lonel, qui estoit par delez	Puis Lonel, qui était à côté,	然後也將在一旁的婁奈勒屠宰，
[40c]（Cil dui estoient li mestre limonier[1238]）,	（C'étaient les deux limoniers de l'attelage principal）,	（牠們是主要套車中駕轅的兩頭牛）,
75 Et escorchier[1239] les fet au bacheler	Il les fait écorcher par un jeune homme	他命一個年輕小伙子剝了這兩頭牛的皮，
En la cuisine por le mengier haster[1240].	Pour préparer le repas dans la cuisine.	好讓廚房準備膳食。
Ses Sarrazins en cuida conraer	Il pensait en rassasier ses Sarrasins,	他本想著用這兩頭牛的肉餵飽他的撒拉遜子民，
Mes ainz qu'en aient de riens asavoré[1241],	Mais avant d'en avoir savouré le moindre morceau,	然而他們還沒來得及細細品嘗任何一塊牛肉，
Mien escïant, sera chier comparé,	À mon avis, ils le paieront cher,	依我所見，他們就得為此付出昂貴的代價。
80 Que .i. François a tot ce esgardé.	Car un Français a observé toute la scène.	因為有一位法蘭西人目睹了全程經過。
Quant il le vit, si l'en a molt pesé ;	Quand il a vu cette scène, cela lui a causé une grande douleur ;	當他見到這一幕，心中很是難過。

[1237] *bouté*：（participe passé）placé（「放」）。

[1238] *limonier*：（n.m.）bœuf attelé au limon（「被套上轅軛的牛隻」）。

[1239] *escorchier*：（inf.）écorcher（「剝（動物的）皮」）。

[1240] *haster*：（inf.）préparer（「準備」）。

[1241] *asavoré*：（participe passé）goûté, savouré（「品嚐」、「享用」）。

古法文原文 XLIX	現代法文譯文 XLIX	中文譯文 XLIX
Vient a Guillelme, si li a tot conté ;	Il vient trouver Guillaume et lui raconte tout ;	他來到紀堯姆跟前，告知了他一切；
Enz en[1242] l'oreille li conseilla soé[1243],	Il lui a parlé à voix basse, doucement, à l'oreille,	他在不引起撒拉遜人與斯拉夫人注意的情況下，
Ne l'aperçurent Sarrazin ne Escler :	Sans susciter l'attention des Sarrasins et des Slaves :	對紀堯姆附耳低言道：
85 « Par ma foi, sire, mal vos est encontré.	« Par ma foi, seigneur, il vous est arrivé une fâcheuse aventure.	「小的保證，大人，發生了一件讓您惱火的事情。
De vo charoi ont ja .ii. bués tüé,	Ils viennent de tuer deux bœufs de votre convoi,	那些異教徒剛才殺了您貨車隊的兩頭牛，
Toz les plus beaus qu'avïons amené ;	Les plus beaux de ceux que nous avions amenés ;	牠們可是我們帶來的牛隻中最優秀的兩頭；
Au preudome erent que avez encontré,	Ils appartiennent au brave homme que vous avez rencontré,	牠們原本屬於您之前遇到的那位老實人的，
El front devant les avoit on guïé[1244].	On les avait placés en tête du convoi.	我們把牠們安排在車隊的最前頭。
90 En cel tonel[1245] savez qui est entré :	Vous savez ceux qui sont entrés dans ce tonneau :	您也知道有哪些人進到那個木桶裡：
Cuens Gilebert de Faloise sor mer,	Le comte Gilbert de Falaise-sur-mer,	有濱海法萊斯的吉勒貝爾伯爵、
Gautier de Termes et l'Escot Gilemer ;	Gautier de Termes et Gilemer l'Écossais ;	泰爾姆的高荻耶以及蘇格蘭人吉勒梅；

[1242] *Enz en*：dans, en（「在……」）。*Enz*源自於拉丁文*intus*，原意為「在內」、「在裡面」，可以是副詞或介係詞，依上下文而定。此處的*enz*位於介係詞*en*之前，用以加強介係詞*en*。

[1243] *soé*：（adv.）à voix basse, doucement（「低聲細語地」、「輕聲細語地」）。

[1244] *guïé*：（participe passé）placés（「安排」、「安置」）。

[1245] *cel tonel*：ce tonneau（「這個木桶」）。指示形容詞（adj. démonstratif）*cel*（< *lat.* ecce illu）此處為陽性偏格單數的形式，修飾第一類陽性名詞偏格單數*tonel*。

古法文原文 XLIX	現代法文譯文 XLIX	中文譯文 XLIX
Bertran vo niés les avoit a guïer ;	Votre neveu Bertrand avait la charge de les conduire ;	您的侄子貝特朗負責趕這兩頭牛；
Mauvesement[1246] les avez vos gardez. »	Vous les avez mal protégés. »	您沒能護牠們周全。」
95 Ot le Guillelmes, a pou n'est forsenez ;	À ces mots, il s'en faut que Guillaume devienne fou ;	紀堯姆聽罷差點理智斷線；
Molt belement[1247] li respont et soef :	Il lui répond très doucement et à voix basse :	他用很輕柔又低沉的聲音問那位法蘭西人：
« Qui a ce fet ? Garde[1248] ne me celer.	« Qui a fait cela ? garde-toi de me le cacher.	「誰幹的好事？切勿對我有所隱瞞。」
—— Par foi, beau sire, ja mar[1249] le mescrerez[1250] ;	—— Par foi, cher seigneur, vous auriez tort de ne pas le croire ;	「大人在上，小的發誓，您不信的話就錯了；
C'a fet Harpin, le cuvert[1251] parjuré[1252].	C'est Harpin, l'infâme félon.	是那個卑鄙無恥的叛徒阿爾班。」
100 —— Por quoi deable ? Que lor a demandé ?	—— Pourquoi, diable ? Que leur reprochait-il ?	「見鬼了，為何如此做？他以何罪名指控牠們？」
—— Ne sai, beau sire, par la foi que doi Dé. »	—— Je ne sais pas, cher seigneur, par la foi que je dois à Dieu. »	「大人在上，小的以自己對天主的信仰發誓，小的不知道。」

[1246] *Mauvesement*：（adv.）mal（「不充分」、「不完全」）。

[1247] *belement*：（adv.）doucement（「輕輕地」、「低聲地」）。

[1248] *Garde*：veille à, garde-toi de（「務必」、「避免」）。*Garde*此處為命令式p2的形式，其後通常跟隨的是原形動詞與否定副詞*ne*連用，此處便是一例：*ne me celer*。

[1249] *ja mar*：à tort（「錯誤地」）。

[1250] *mescrerez*：refuserez de croire, ne croirez pas（「拒絕相信」、「不相信」）。*Mescrerez*為動詞*mescroire*的直陳式未來時p5的形式。

[1251] *cuvert*：（adj.）infâme（「可恥的」、「卑鄙的」、「下流的」）。*Cuvert*是一個辱罵異教徒的用語。

[1252] *parjuré*：（n.m.）parjure, traître, félon（「變節的人」、「叛徒」、「背信之人」）。

古法文原文	現代法文譯文	中文譯文
XLIX	**XLIX**	**XLIX**
Ot le Guillelmes, si en fu aïré[1253],	Quand Guillaume l'entendit, il se mit en fureur,	紀堯姆聽罷大為惱火。
Et dit en bas qu[1254]'il ne fu escouté :	Il dit tout bas de sorte à ne pas être entendu :	他用小聲到不被他人聽見的聲音說道：
« Par saint Denis qui est mon avoé,	« Par saint Denis qui est mon protecteur,	「我以我的守護神聖德尼起誓，
105 Encor encui[1255] sera chier comparé ! »	Aujourd'hui même, ils vont le payer cher ! »	就在今天，他們會為此付出昂貴的代價！」
Entor lui sont Sarrazin amassé,	Autour de lui se sont réunis les Sarrasins,	撒拉遜人集結在紀堯姆身旁，
Qui molt le gabent[1256] et l'ont ataïné[1257] :	Qui le raillent beaucoup et lui cherchent noise :	對他投以諸多冷嘲熱諷以及向他尋釁生事：
Li rois Harpins lor avoit commandé	Le roi Harpin le leur avait commandé,	阿爾班國王之所以命令他的子民如此做，
Qui de parole se volt a lui meller[1258],	Car il voulait susciter une querelle,	是因為他想要在他殘暴的奧特朗兄弟協助下
110 Il et ses frere Otrans li desreez[1259].	Aidé de son frère Otrant le farouche.	挑起爭端。

[1253] *aïré* :（adj.）fâché, irrité, en colère, emporté（「生氣的」、「激怒的」）。

[1254] *Que* :（conj.）de sorte que（「因此」、「以致」）。

[1255] *encui* :（adv. de temps）aujourd'hui（「今天」、「今日」）。

[1256] *gabent* : raillent（「嘲弄」、「冷嘲熱諷」）。

[1257] *ataïné* :（participe passé）querellé, chicané（「吵架」、「找碴兒」）。

[1258] *Soi meller de parole a quelqu'un* : chercher querelle à quelqu'un（「尋釁生事」、「挑起爭端」）。

[1259] *desreez* :（participe passé et adj.）farouche, violent（「凶殘的」、「粗野的」）。手稿中的原文為*Agrapart li Escler*，似乎是阿爾班與奧特朗的兄弟，但是*ms. C*與*ms. D*皆未出現此人名，是故此處以*ms. B2*更正之。

	古法文原文	現代法文譯文	中文譯文
	L	L	L
1	**O**ez, seignor, que Dex vos beneïe,	Écoutez, seigneurs, que Dieu vous bénisse,	各位看倌老爺，但願天主賜福保佑您們，請聽我講述
	Comfaitement Guillelmë ataïnent.	Comment ils cherchent querelle à Guillaume.	異教徒如何找紀堯姆的碴兒。
	Li rois Otrans li commença a dire :	Le roi Otrant commence à lui dire :	奧特朗國王開始對他說道：
	[40d] « Diva, vilains, Damedex[1260] te maudie !	« Eh bien ! vilain, que Dieu te maudisse !	「怎麼著！你這粗鄙的傢伙，但願穆罕默德詛咒你！
5	Par quoi n'as ore ta mesnie vestie,	Pourquoi n'as-tu pas vêtu les gens de ta suite	為何你的隨從和你自己
	Et toi meïsmes, d'une seule pelice[1261] ?	Et toi-même de pelisse ?	都不穿著毛皮大衣？
	Molt mielz en fust et amee et cherie. »	Vous en seriez beaucoup mieux appréciés et respectés. »	你們這樣穿的話會更受人喜歡與尊重。」

[1260] *Damedex*：Seigneur Dieu（「天主大人」）。這裡使用*Damedex*似乎不大妥當，因為奧特朗國王身為異教徒，理應使用他信奉的穆罕默德（Mahomet）來詛咒紀堯姆才是，是故此處雖然保留手稿原文*Damedex*，但在中文譯文處將其翻譯為穆罕默德。

[1261] *pelice*：（n.f.）pelisse, fourrure（「毛皮大衣」、「皮襖」）。*Pelice*源自於晚期拉丁文*pellicia*，後者源自於古典拉丁文*pellis*，原意為「毛皮」、「皮」，在古法文中，*pelice*可以意指「毛皮」、「皮囊」，還有此處的「毛皮大衣」。現代法文仍保有此詞，但只是將尾子音[s]在拼寫法中用-ss-取代-c-而已。

古法文原文	現代法文譯文	中文譯文
Et dist Guillelmes : « N'i dorroie[1262] une alie[1263] ;	Et Guillaume lui répond : « Je ne donnerais pas une alise pour cela ;	紀堯姆答道:「我才不會花任何一毛錢在討人喜歡上。
Einçois[1264] sera arriere revertie[1265]	Les gens de ma suite et moi, nous serons retournés	在我給我的隨從置辦錦衣綉襖之前,
10 A ma moillier qui m'atent et desirre,	Auprès de ma femme qui m'attend impatiemment,	我們早就已經身上擁有滿滿的錢財,
De grant avoir assazee[1266] et garnie[1267],	Pourvus et comblés de grandes richesses,	打道回府,回到
Que ma mesnie soit par moi revestie[1268]. »	Avant que je vêtisse luxueusement les gens de ma suite.	殷切等待著我的夫人身邊了。」

[1262] *dorroie*:donnerais(「花費出」)。*Dorroie*是動詞*doner*的條件式現在時p1的形式。

[1263] *alie*:(n.f.) alise(「花楸果實」)。

[1264] *Einçois...que*:avant que(「在……之前」)。這個*Einçois...que*的表達方式要從後面*que*帶出來的子句翻譯會比較好理解整句的意思。

[1265] *revertie*:(participe passé) retournée(「回到」、「返回」)。這裡的主詞與第11行詩同為集合名詞*mesnie*,然而第10行的*ma moillier*(「我的夫人」)是意指紀堯姆的夫人,所以此處要將紀堯姆與他的隨從一起翻譯進去,不然語意不明。

[1266] *assazee*:(participe passé et adj.) comblée(「裝滿……的」)。

[1267] *garnie*:(participe passé et adj.) pourvue de(「裝有……的」)。

[1268] *revestie*:(participe passé) habillée riche(「穿華冠麗服」、「穿錦衣綉襖」)。

古法文原文 LI	現代法文譯文 LI	中文譯文 LI
1 Li rois Harpins[1269] li a dit par contraire[1270] :	Le roi Harpin lui a dit avec animosité :	阿爾班國王以憎惡的口吻對他說道：
« Diva, vilains, Mahomet mal te face !	« Eh bien ! vilian, que Mahomet te fasse tort !	「怎麼著！你這個粗鄙的傢伙，但願穆罕默德降禍於你！
Par quoi as or si granz sollers de vache,	Pourquoi portes-tu donc de si grands souliers en cuir de vache,	為什麼你腳穿那麼大的母牛皮製成之鞋子，
Et ta gonele[1271] et tes conroiz[1272] si gastes[1273] ?	Et pourquoi ta tunique et tes habits sont-ils en mauvais état ?	為什麼你穿的長袍與衣裳破破爛爛？
5 Bien sembles home qui ja bien ne se face[1274]. »	Tu as vraiment l'air d'un homme qui ne se soigne pas bien. »	你看起來真的很像一個不修邊幅的人。」
Passa avant, si li tire la barbe[1275],	Il s'avance et lui tire la barbe,	他走上前去拉扯了紀堯姆的鬍子，
Par .i. petit[1276] .c. peus[1277] ne li erraiche[1278] ;	Peu s'en faut qu'il ne lui arrache cent poils ;	差點兒就拔掉他一百根鬍鬚；

[1269] 手稿中的原文為*Li rois Otrans*，然而按照上下文來看應當是*Harpins*比較合理，所以此處根據*ms. C*與*ms. D*更正之。

[1270] *par contraire* : avec animosité（「仇恨地」、「憎惡地」、「帶有敵意地」）。*contraire*為陽性名詞，意思為「對立」、「不快」。

[1271] *gonele* :（n.f.）tunique（「長袍」）。

[1272] *conroiz* :（n.m. pl.）habillement（「衣服」）。

[1273] *gastes* :（adj.）en mauvais état, négligés（「處於糟糕的狀態」、「不修邊幅的」）。

[1274] *se face* : se soigne（「注意衣著打扮」、「注意儀表」）。

[1275] *si li tire la barbe* : lui tire la barbe（「拉扯了紀堯姆的鬍鬚」）。根據Claude Lachet（1999, 223）的解釋，在古代鬍鬚被視為男子氣概與權威的象徵，是故剪掉或扯掉他人的鬍鬚是一種極為嚴重的挑釁行為。

[1276] *Par un petit* : à peu de chose près, peu s'en faut（「差點兒」、「幾乎」）。

[1277] *peus* :（n.m. pl.）poils（「毛」、「鬍鬚」）。

[1278] *erraiche* : arrache（「拔」）。

古法文原文 LI	現代法文譯文 LI	中文譯文 LI
Voit le Guillelmes, par .i. pou n'en enraige[1279].	En voyant cet acte insultant, il est tout près de devenir fou de rage.	紀堯姆見狀，險些氣炸。
Lors dist Guillelmes, que ne l'entendi ame :	Alors Guillaume murmure sans que l'on ne l'entende :	隨後紀堯姆以無人能聽見他說話的聲音喃喃地說：
10 « Por ce[1280], s'ai ore mes granz sollers de vache,	« Même si je porte maintenant de grands souliers en cuir de vache,	「就算我現在腳穿著母牛皮製的寬大鞋子，
Et ma gonele et mes conroiz si gastes,	Une tunique et un équipement en si mauvais état,	身穿著襤褸的長袍與衣衫，
Si ai ge nom Gillelmes Fierebrace,	Mais je m'appelle Guillaume Fierebrace,	然而我叫做鐵臂紀堯姆，
Filz Aymeri de Nerbone, le saige,	Fils d'Aymeri de Narbonne, le sage,	智者納博訥的艾梅里之子，
Le gentill conte qui tant a vasselage[1281].	Le noble comte qui a tant de bravoure.	是位十分英勇又出身高貴的伯爵。

[1279] *enraige* : est enragé, furieux（「勃然大怒」、「大發雷霆」）。

[1280] *Por ce* : pourtant（「然而」、「可是」）。

[1281] *vasselage* :（n.m.）vaillance（「英勇」、「勇敢」）。*Vasselage*一詞是從名詞*vassal*（「諸侯」、「附庸」）所派生出來的詞彙，此詞的意思為「附庸身分」以及「身為附庸所具備的特質」，例如英勇、勇敢等，因此*vasselage*的詞意便演變為此處的「驍勇」、「勇敢」之意。

	古法文原文	現代法文譯文	中文譯文
	LI	LI	LI
15	Cist Sarrazins m'a fet ore contraire[1282] ;	Ce Sarrasin vient de me chercher noise ;	這位撒拉遜人剛才向我挑釁，
	Ne me connoist quant me tira la barbe :	Il ne me connaît pas pour m'avoir tiré la barbe ;	他在不知道我真正身分的狀況下扯了我的鬍子，
	Mal fu bailliee[1283], par l'apostre saint Jaque ! »	Il a eu tort de le faire, par l'apôtre saint Jacques. »	我以使徒聖雅各的名義起誓，他這樣做是錯的。」

[1282] *m'a fet contraire* : m'a cherché noise（「向我尋釁」、「找我碴兒」、「找我麻煩」）。 *contraire* 為陽性名詞，意思為「矛盾」、「對立」、「衝突」。

[1283] *bailliee* :（participe passé）traitée（「對待」）。

古法文原文 LII	現代法文譯文 LII	中文譯文 LII
1 Guillelmes dist en bas, a recelee[1284] :	Guillaume poursuit en bas, en aparté :	紀堯姆避開眾人,暗自低聲說道:
« Por ce, s'ai ore mes chauces emboees[1285],	« Même si je porte maintenant des chausses couvertes de boue,	「就算我現在身穿布滿泥濘的緊身長褲襪,
Et ma gonele qui est et grant et lee[1286],	Une tunique grande et large,	以及又寬又大的長袍,
Si est por voir dant Aymeris mon pere,	Il est vrai que le seigneur Aymeri est mon père,	但是艾梅里大人的的確確是我的父親,
5 Cil de Nerbone, qu'a proesce aduree[1287].	Aymeri de Narbonne, au courage aguerri.	他可是久經沙場的英勇納博訥的艾梅里。
Ge sui Guillelmes, cui la barbe as tiree ;	Je suis Guillaume, moi, à qui tu as tiré la barbe ;	我是紀堯姆,而你竟然扯了我的鬍鬚;
Mar fu bailliee, par l'apostre saint Pere,	Tu as eu tort de le faire, par l'apôtre saint Pierre,	我以使徒聖彼得的名義起誓,你這樣做是錯的,
Que ainz le vespre sera chier comparee ! »	Car, avant ce soir, tu le paieras cher ! »	因為在今晚之前,你會為此付出昂貴的代價!」

[1284] *a recelee* : en aparté(「私下地」、「避開眾人地」)。*a recelee* 直譯為「偷偷地」(en cachette)、「祕密地」(en secret),此處比較適合翻譯為「暗自地」。陰性名詞 *recelee* 源自於拉丁文的 *recelata*,意思為「隱匿」(recel)、「祕密」(secret)。

[1285] *emboees* :(participe passé) couvertes de boue(「布滿泥濘的」)。

[1286] *lee* :(adj.) large(「寬的」、「大的」)。陰性形容詞 *lee* 源自於拉丁文 *lata*,意思為「寬的」(large)、「廣闊的」(étendue)。

[1287] *aduree* :(participe passé adj.) aguerrie(「受過戰爭訓練的」、「受過鍛鍊的」)。

古法文原文 LIII	現代法文譯文 LIII	中文譯文 LIII
1 **O**ez, seignor, Dex vos croisse bonté !	Écoutez, seigneurs, que Dieu accroisse votre valeur !	各位看倌老爺，但願天主增長您們的德行！請聽我訴說
Comfaitement Guillelmes a ovré[1288].	Comment Guillaume a agi.	紀堯姆如何採取應對行動。
Quant son grenon[1289] senti qu'il a plumé[1290],	Quand il a senti qu'il a perdu les poils de sa moustache,	當他覺知到失去了他的髭鬚，
Et del charroi i ot .ii. bués tüé,	Alors qu'on avait tué les deux bœufs de son convoi,	再加上之前又有人宰殺了他車隊的兩頭牛隻時，
5 Or poez croire que molt fut aïré ;	Vous pouvez être sûrs qu'il fut très irrité,	您們可以確信紀堯姆十分震怒，
S'il ne se venge ja sera forsené.	S'il ne se venge pas, il deviendra fou.	倘若他不報復的話，他會發狂的。
[41a] Sor .i. perron est Guillelmes monté ;	Guillaume est monté sur une grosse pierre ;	紀堯姆爬上一顆大石頭，
A sa voiz clere se prist a escrïer :	De sa voix claire, il s'est mis à crier :	用嘹亮的聲音開始大喊：
« Felon paien, toz vos confonde[1291] Dex !	« Païens félons, que Dieu vous anéantisse tous !	「不忠不義的異教徒們，但願天主將你們所有人殲滅殆盡！
10 Tant m'avez hui escharni[1292] et gabé,	Aujourd'hui vous m'avez bien harcelé et raillé,	今天你們對我糾纏不休以及揶揄嘲諷我，

[1288] *ovré* :（participe passé）agi（「行動」、「反應」）。

[1289] *grenon* :（n.m.）moustache（「髭」、「小鬍子」）。

[1290] *plumé* :（participe passé）arraché, perdu des poils（「拔毛」、「失去毛髮」）。Claude Régnier（1982, 214）在其對 Duncan McMillan的校注版評論文章中提及，*plumé* 不應該理解為*arraché*「拔毛」，而是*perdu des poils*「失去毛髮」，所以如果直譯第3行詩的意思為「當他覺知失去了他的髭鬚」。

[1291] *confonde* : détruise, anéantisse（「殲滅」、「消滅」）。*confonde*為動詞*confondre*虛擬式現在時p3的形式。

[1292] *escharni* :（participe passé）harcelé（「糾纏」、「煩擾」）。

古法文原文 LIII	現代法文譯文 LIII	中文譯文 LIII
Et marcheant et vilain[1293] apelé ;	Traité de marchand et de vilain ;	還把我當作一介商賈或草莽匹夫來對待，
Ge ne sui mie marcheant par verté[1294],	En vérité, je ne suis pas marchand,	我的確並非商人，
Non de Tÿacre ne sui mie nonmé[1295],	Je ne m'appelle pas Tiacre,	也不叫做狄亞克爾，
Que, par l'apostre qu'en quiert en Noiron pré,	Car, par l'apôtre qu'on implore au parc de Néron,	至於原因，我以人們都對之祈禱的那名位於尼祿花園的使徒之名起誓，
15 Encui savroiz quel avoir j'ai mené !	Vous saurez aujourd'hui quelles marchandises j'ai amenées !	你們今天就會知道我帶了些什麼貨物來了！
Et tu, Harpins, cuvert desmesuré[1296],	Et toi, Harpin, orgueilleux gredin,	而你，阿爾班，你這個狂妄自大的無恥之徒，
Por qu'as ma barbe et mes guernons[1297] tiré ?	Pourquoi m'as-tu tiré ma barbe et mes moustaches ?	為何你要拉扯我的鬍髭？
Saches de voir[1298], molt en sui aïré :	Sache-le bien, j'en suis très en colère :	你要知道，我為此很是生氣，
Ne serai mes ne soupé ne digné[1299]	Je ne souperai ni ne dînerai plus	我晚上將不再進食

[1293] *vilain* : (n.m.) vilain, campagnard, paysan（「中世紀的農民」、「平民」、「莽夫」）。

[1294] *par verté* : en vérité（「的確」、「確實」）。陰性名詞*verté*源自於拉丁文*veritate*，意思為「真相」、「實情」，與介係詞*par*組成固定詞組，意即「的確」。

[1295] 手稿中的原文為*Raol de Macre ne sui mes apelé*，此處根據*ms. B2* 位於[99a]處的*Non de Tÿacre ne sui mie nonmé*修正之。值得注意的是，Claude Lachet（1999, 152）的雙語對照本中將第1364行詩最後一個詞謄寫為*nommez*，由於筆者手中並無*ms. B1*的原稿，此處是由*ms. B2*修正，是故此處遵循*ms. B2*的*nonmé*拼寫法。

[1296] *desmesuré* :（adj.）arrogant, orgueilleux à l'excès（「妄自尊大的」、「傲慢的」）。

[1297] *guernons* :（n.m. pl.）moustaches（「髭」、「小鬍子」）。

[1298] *de voir* :（locution）vraiment, bien（「真正地」、「確實地」）。

[1299] *digné* :（participe passé）dîné（「吃晚餐」）。

古法文原文 LIII	現代法文譯文 LIII	中文譯文 LIII
20 Tant que l'avras de ton cors comparé. »	Tant que tu ne l'auras pas payé de ta vie. »	直到你以自身的生命作為代價來償還你的所作所為。」
Isnelement est en estant levé[1300],	Il se dresse rapidement,	紀堯姆很快地起身，
Le poing senestre li a el chief mellé[1301],	Du poing gauche, il le saisit par les cheveux,	用左手抓住了阿爾班的頭髮，
Vers lui le tire, si l'avoit encliné[1302],	Le tire vers lui, après l'avoir fait pencher en avant,	在讓他的身體往前傾之後，紀堯姆一把將他拉到自己身邊，
Hauce le destre, que gros ot et quarré,	Lève le poing droit, qu'il a gros et fort,	接著抬起粗厚又強壯的右手，
25 Par tel aïr[1303] li dona .i. cop tel,	Il lui donne un coup avec une telle fougue	給了他一記猛拳，
L'os de la gueule li a par mi froé,	Qu'il lui brise la nuque par le milieu,	力道之大擊碎了他頸部的正中央，
Que a ses piez l'a mort acraventé[1304].	Et l'abat mort à ses pieds.	隨即將阿爾班擊斃在他的腳下。
Paien le voient, le sens cuident desver[1305] ;	En le voyant, les païens pensent devenir fou ;	異教徒見狀幾乎瘋狂；
A haute voiz commencent a crier :	Ils commencent à crier à très haute voix :	他們開始高聲使勁地叫嚷：

[1300] *est en estant levé* : se met debout, se dresse（「站起來」、「起身」）。

[1301] *Mellé le poing el chief* : empoigné par les cheveux（「抓頭髮」）。

[1302] *encliné* :（participe passé）penché en avant（「往前傾」）。

[1303] *aïr* :（n.m.）fougue, violence, force（「猛烈」、「力氣」）。

[1304] *acraventé* :（participe passé）abattu（「打死」、「打敗」）。根據 Claude Lachet（1999, 223）的分析，紀堯姆到目前為止尚未對撒拉遜人公開自己的真實身分，但是他能以一拳擊斃對手的行為已經洩漏了他的身分。

[1305] *desver le sens* : devenir fou, perdre la raison（「發瘋」、「失去理智」）。

古法文原文 LIII	現代法文譯文 LIII	中文譯文 LIII
30 « Lerres[1306], traîtres[1307], n'en poez eschaper[1308] !	« Larron, traître, vous ne pouvez pas en réchapper !	「你這個盜賊、叛徒，你無法脫身了！
Par Mahomet qui est nostre avoez,	Par Mahomet qui est notre protecteur,	我們以我們的守護神穆罕默德的名義起誓，
A grant martire[1309] sera vo cors livrez,	Votre corps sera livré au pire supplice,	你會被處以極刑，
Penduz ou ars, et la poudre[1310] venté[1311].	Pendu ou brûlé, et vos cendres dispersés au vent.	絞刑或是火刑，之後再將你的骨灰隨風灑散。
Mar osas hui roi Harpin adeser[1312] ! »	C'est pour votre malheur que vous avez osé toucher en ce jour le roi Harpin ! »	你竟敢在今天碰我們的阿爾班國王，你要倒大楣了！」
35 Seure li corent, n'i ont plus demoré[1313].	Sans plus attendre, ils se ruent sur lui.	隨即他們向紀堯姆猛衝過去。

[1306] *Lerres*：（n.m.）larron, bandit（「盜匪」、「匪徒」）。*Lerres* 由於在句中扮演呼語（apostrophe）的功能，所以此處使用的是正格單數的形式。*Lerres* 屬於第三類陽性變格法，正常的正格單數變格形式為沒有 -s 詞尾的 *lerre*（< *lat.* látro），其偏格單數的形式為 *larron*（< *lat.* latrónem）。

[1307] *traîtres*：（n.m.）traître（「叛徒」、「變節者」）。和 *Lerres* 相同，*traîtres* 也是屬於第三類陽性名詞變格的正格單數形式，原本的變格形式也是沒有 -s 詞尾的 *traître*，因為相對應的拉丁文主格的形式 *traditor* 本身就沒有帶有 -s 詞尾，之後被第一類陽性名詞同化後，也在正格單數變格時加上詞尾 -s。*traître* 的偏格單數形式為 *traïtor*（< *lat.* traditorem）。

[1308] *eschaper*：（inf.）réchapper, s'en sortir（「脫險」、「脫身」）。

[1309] *martire*：（n.m.）supplice, souffrance（「酷刑」、「痛苦」）。

[1310] *poudre*：（n.f.）cendres（「骨灰」）。

[1311] *venté*：（participe passé）jeté au vent（「隨風飄散」、「拋至風中」）。

[1312] *adeser*：（inf.）toucher（「動」、「碰」）。

[1313] *ont demoré*：se sont attardés（「他們延遲」、「他們耽擱」）。

LI ~ LIX

古法文原文 LIV	現代法文譯文 LIV	中文譯文 LIV
1 Paien s'escrïent : « Marcheant, tu as tort.	Les païens crient : « Marchand, tu as tort.	異教徒大聲叫喊： 「商人，你錯了。
Por quoi as tu le roi Harpin ci mort ?	Pourquoi as-tu tué le roi Harpin ?	你為何要殺害阿爾班 國王？
C'est une chose dont ja n'avras confort ;	C'est un acte dont tu ne te relèveras jamais ;	這是一個讓你永遠無 法東山再起的行徑。
Ja en ta vie n'ieres de ci estors[1314]. »	Tu ne sortiras jamais vivant d'ici. »	你是絕對無法從這活 著離開的。」
5 Devant le duc veïssiez maint poing clos[1315].	Devant le duc vous auriez pu voir maint poing fermé.	您們要是能夠看到諸 多緊握著的拳頭橫在 紀堯姆公爵面前就好 了。
Paien cuidierent qu'il n'i ait mes des noz.	Les païens croyaient qu'il n'y avait pas davantage des nôtres.	異教徒認為我們沒有 更多自己陣營的人。
Li cuens Guillelmes mist a sa bouche .i. cor[1316],	Le comte Guillaume mit un cor à sa bouche,	紀堯姆伯爵把號角放 在嘴上，
.iii. foiz le sone et en grelle[1317] et en gros[1318].	Il en sonna trois fois, sur des notes aiguës et graves.	吹響了含有高低音起 伏音律的號角三次。
Quant oï l'a le barnage[1319] repost[1320]	Quand ils l'entendent, les vaillants guerriers cachés	當藏身於木桶中的

[1314] *estors* :（participe passé）sorti（「離開」）。*Estors*為動詞*estordre*的過去分詞形式。

[1315] *poing clos* : poing fermé（「緊握著的拳頭」）。

[1316] 這一行詩不禁讓人想起了《羅蘭之歌》的第1735行詩中的羅蘭也如同紀堯姆一樣，把他的象牙號角奧利方（Olifant）放在嘴上：*Rollant ad mis l'olifant a sa buche*。

[1317] *en grelle* : sur des notes aiguës（「高音」）。

[1318] *en gros* : sur des notes graves（「低音」）。

[1319] *barnage* :（n.m.）ensemble des barons（「所有的英勇戰士」）。*Barnage*為集合名詞，意指所有的英勇戰士（vaillants guerriers）。*Barons*此詞在古法文中強調的不僅是出身貴族，還有其身上具有勇敢的特質，所以依照上下文來翻譯的話，此處傾向於將其翻譯為「英勇戰士」。

[1320] *repost* :（participe passé）caché（「躲藏」、「隱藏」）。*repost*為動詞*repondre*的過去分詞形式。

	古法文原文 LIV	現代法文譯文 LIV	中文譯文 LIV
10	Enz es tonneaus ou il erent enclos,	Dans les tonneaux où ils étaient enfermés,	英勇戰士們聽見號角聲時，
	Prennent les maus[1321], si fierent les fonz hors ;	Prennent les maillets, et défoncent les tonneaux ;	他們拿起槌子，將木桶擊破，
	[41b] Espees traites[1322], saillent des tonneaus fors.	Ils bondissent hors des tonneaux, l'épée dégainée.	手持出了鞘的長劍，跳出木桶。
	« Monjoie[1323] ! » escrïent par marveilleus esfors[1324].	Ils crient « Montjoie » de toutes leurs forces.	騎士們竭盡全力地大聲喊著「蒙茹瓦護國祖神」的口號。
	Ja i avra des navrez[1325] et des morz !	Il y aura bientôt des blessés et des morts !	不久後將會有人傷亡！

1321 *maus* :（n.m. pl.）maillets（「槌子」）。*Maus*（< *lat.* malleos）此處為第一類陽性名詞偏格複數的形式，其偏格單數的形式為*mail*（< *lat.* malleum）。

1322 *traites* :（participe passé）tirées du fourreau, dégainées（「出了鞘的」）。*traites*為動詞*traire*的過去分詞陰性複數形式。

1323 *Monjoie* : Montjoie（「蒙茹瓦護國祖神」）。根據Anne Lombard-Jourdan（1993, 164-168）的解釋，*monjoie*為法蘭西人戰爭時軍隊用的口號。這個詞很有可能源自於法蘭克語的**mund-gawi*，*mund*為第二人稱單數命令式的形式，意思為「保護」、「守護」（protège），*gawi*則為*mund*的直接受詞，意思為「國家」（pays），是故**mund-gawi*意即「守護家國」、「保家衛國」。之後這個稱呼（épithète）演變為專有名詞（nom propre），用來意指在某個地方的特定神祇，因為在第五世紀時法蘭克人統治高盧後，這時的基督教尚未完全被當地居民所接受，高盧人習慣用*teutates*來稱呼守護部落的祖先（ancêtre protecteur），在羅馬人統治高盧時期，凱薩將其稱之為*dispater*，由於羅馬人之前對高盧當地的宗教採取包容態度，所以當法蘭克人統治高盧時，也接納當地的宗教，他們用*mund-gawi*來稱呼當地的守護神。和高盧人一樣，法蘭克人在戰爭時會習慣召喚自己的神明來護佑他們，所以*mund-gawi*便被選為戰爭口號。其後*mund-gawi*因為語音演變的關係，*mund*的尾子音[d]演變為相對應的清音[t]或消失不發音，當位於字首的子音[g]位於母音[a]、[e]、[i]前時，最後會演變為[ʒ]，母音[au]後跟隨[j]演變為[oi]，然後為[wɛ]，直至現代法文的[wa]。在中世紀前期，出現另一種對*monjoie*意義的解釋方式，就是這個詞開始意指位在聖德尼平原（plaine Saint-Denis）的圓錐形或金字塔形狀之墳頭（tumulus），當時的文人以為*monjoie*這個詞是由兩個名詞並列而成，就如同*connétable*是由拉丁文的*comes*（= comte「伯爵」）與*stabuli*（= étable「馬廄」）所組成一樣，受到同音異義（homophonie）的影響，*monjoie*被詮釋為拉丁文的*mons gaudii*，意即「極樂山」（mont de la joie）。

1324 *par marveilleus esfors* : de toutes leurs forces（「用盡他們所有的力量」、「竭盡全力地」）。

1325 *navrez* :（n.m. pl.）blessés（「傷者」、「傷員」）。根據Claude Lachet（1999, 224）的注解，動詞*navrer* 源自於北歐語（norrois）** nafra*，原意為「鑿穿」、「刺穿」（percer）；

	古法文原文 LIV	現代法文譯文 LIV	中文譯文 LIV
15	Quant li vassal[1326] furent des tonneaus hors,	Une fois les vaillants chevaliers sortis des tonneaux,	英勇的騎士們一旦出了木桶，
	Par mi les rues s'en vienent a esforz[1327].	Ils se répandent avec vigueur dans les rues.	便在街頭巷尾間猛地竄湧出來。

然而也有可能源自於拉丁文 *naufragare*，意思為「（船舶在海上）失事」，從這個詞義轉義為「損害」（ruiner）、「損傷」（endommager）。在古法文中，*navrer* 意指藉助於某種可以刺穿或切割的武器使其嚴重受傷以及流血。*Navrer* 在古法文的近義詞有 *blecier*（< *gallo-roman* *blettiare*），意思為「挫傷」（contusionner）以及 *mehaignier*，意思為「毀傷」、「使殘廢」（mutiler）。自十七世紀開始，動詞 *navrer* 已漸漸由身體上的傷害轉義為「精神上的傷害」（atteindre moralement），「使傷心」（affliger），到後來「由於傷害所造成的痛苦」之本義演變成在情緒上更輕微的「使不快」（contrarier）之意。

[1326] *vassal*：(n.m. pl.) vaillants chevaliers（「英勇的騎士」）。*vassal* 一詞源自於中世紀拉丁文 *vassalus*，後者則衍生自 *vassus* 一詞，原意為「僕人」、「侍從」，*vassal* 這個詞在古法文中可以作為形容詞使用，意思是「英勇的」（brave）、「勇敢的」（courageux），當名詞時按照上下文可以有「附庸」、「英勇的戰士」或是帶有辱罵性質的稱謂語（terme d'adresse），此處便為第二種詞義。

[1327] *a esforz*：avec force, avec vigueur（「使勁地」、「拼命地」）。

古法文原文 LV	現代法文譯文 LV	中文譯文 LV
1 Li estors fu et merveilleus et granz,	La mêlée fut étonnante et grande,	兩軍交戰，驚天動地，金鼓連天，
Et la bataille orriblë et pesanz[1328].	Et la bataille horrible et âpre.	龍戰魚駭。
Quant paien virent, li cuvert souduiant[1329],	Quand les païens, les infâmes traîtres, virent	當無恥的異教叛徒看見
Que François furent si fier[1330] et combatant[1331],	Que les Français étaient si farouches et combatifs,	法蘭西人如此地勇猛善戰時，
5 As armes corent li cuivert souduiant.	Les infâmes traîtres courent aux armes.	便急忙衝去拿武器。
Paien s'adoubent[1332] maint et communement[1333],	Les païens s'équipent tous ensemble,	所有的異教徒一齊在自家住所中
En lor mesons[1334] et en lor mandement[1335] ;	Dans leurs maisons et en leurs demeures ;	將自己武裝起來；
Por els deffendre se vont apareillant[1336] ;	Ils se préparent pour se défendre ;	準備抗敵自衛；
Des hostiex[1337] issent, les escuz tret avant,	Ils sortent de chez eux, le bouclier en avant,	他們將盾牌放在身前，從家中走出，
10 .I. graile[1338] sonent, si se vont ralïant[1339].	À la sonnerie du clairon, ils se rassemblent.	當他們聽見號角聲便集合了起來。

[1328] *pesanz*：（adj.）dure, âpre（「激烈的」、「嚴峻的」）。

[1329] *souduiant*：（n.m. pl.）traîtres（「叛徒」、「變節者」）。

[1330] *fier*：（adj. pl.）hardis, farouches（「英勇的」、「凶猛的」）。形容詞 *fier* 此處為陽性正格複數的形式。

[1331] *combatant*：（adj.）combatifs（「好鬥的」、「善戰的」）。

[1332] *s'adoubent*：s'équipent（「裝備」）。

[1333] *Communement*：（adv.）ensemble（「一起」、「共同」）。

[1334] *mesons*：（n.f. pl.）maisons（「家」、「住宅」）。

[1335] *mandement*：（n.m.）lieu fort, demeure en général（「住所」、「要塞」）。

[1336] *se vont apareillant*：se préparent（「準備」、「籌備」）。

[1337] *hostiex*：（n.m. pl.）demeures, logements（「住所」、「住宅」）。

[1338] *graile*：（n.m. ou n.f.）clairon, trompette（「號角」、「喇叭」）。

[1339] *se vont ralïant*：se rassemblent（「集合」）。

古法文原文 LV	現代法文譯文 LV	中文譯文 LV
Atant ez vos mil chevalier[1340] vaillant	Alors voici venir mille vaillants chevaliers	這時來了一千名隸屬於強壯魁梧的
De la mesniee[1341] Guillelme[1342] le poissant[1343] ;	De la maison de Guillaume le puissant ;	紀堯姆麾下之英勇騎士;
L'en lor amaine lor destriers auferrant,	On amène leurs fougueux destriers aux Français,	有人給法蘭西人帶來了他們的矯捷戰馬,
Et cil i montent tost et isnelement.	Qui les enfourchent sans perdre une minute.	他們立即騎上了馬。
15 A lor cos pendent les forz[1344] escuz pesanz[1345],	Ils pendent à leurs cous les solides et lourds boucliers,	隨後他們將堅固又沉重的盾牌掛在脖子上,
En lor poinz prennent les forz espiez tranchanz,	Ils prennent dans leurs mains les lances solides et tranchantes,	手持堅固又鋒利的長槍,
Entre paiens se vont ademetant[1346],	Ils se précipitent de toutes leurs forces au milieu des païens,	卯足全力衝進異教徒當中,
« Monjoie ! » escrïent et derriere et devant.	Ils crient « Monjoie », par-derrière et par-devant.	在其前後大聲叫著「蒙茹瓦護國祖神」的口號。

[1340] 手稿中的原文為 *i. chevalier*，此處根據 *ms. B* 與 *ms. C* 更正之。紀堯姆在第四十二章第2行時提及他在近加東河處留下兩千名士兵，為了避免農民將紀堯姆軍隊的策略洩漏出去。此處一千名士兵出現支援紀堯姆的軍隊，另外一千名士兵在攻下尼姆城之後與紀堯姆會合。

[1341] *mesniee*：（n.f.）suite de chevaliers accompagnant un seigneur（「陪伴在領主旁的一群騎士」）。

[1342] 手稿中的原文為 *Guïelin*，此處根據 *ms. B* 與 *ms. C* 更正之。

[1343] *poissant*：（adj.）puissant（「強壯魁梧的」、「有力的」）。

[1344] *forz*：（adj.）solides（「堅固的」）。

[1345] *pesanz*：（adj.）lourds（「沉重的」）。

[1346] *se vont ademetant*：se précipitent de toutes leurs forces（「卯足全力衝」）。手稿中的原文比較像是 *aderurtant*，此處以 *ms. A2* 中的 *ademetant* 更正之，之後的第18行詩與《攻克奧朗日城》中的第1816行詩一模一樣。

古法文原文 LV	現代法文譯文 LV	中文譯文 LV
Cil por lor vie se vont bien deffendant,	Les païens défendent chèrement leur vie,	異教徒拚死抵抗，
20 Que la cité iert pueplee de gent.	Car la cité était peuplée de leur engeance.	因為尼姆城充斥著他們的同種人。
La veïssiez .i. estor einsi grant,	Là vous auriez pu voir une immense mêlée,	您們要是能在那裡觀望一場激戰就好了，
Tant hante[1347] fraindre[1348] sor les escuz pesant,	Se briser tant de hampes de lances sur les lourds boucliers,	這樣您們就可以看到如此多的長槍柄在沉重的盾牌上折斷，
Et desmaillier[1349] tant hauberc jazerant[1350],	Se rompre tant de hauberts de mailles,	如此多由鎖環製成的鎖子甲斷裂開來，
Tant Sarrazin trebuchier mort sanglant !	tomber morts tant de Sarrasins, ensanglantés !	如此多的撒拉遜人倒地身亡，渾身是血！

[1347] *hante*：（n.f.）hampe de lance, lance（「長槍的柄」、「長槍」）。

[1348] *fraindre*：（inf.）se briser（「折斷」）。

[1349] *desmaillier*：（inf.）rompre les mailles（「打斷鎖子甲的鎖環」）。

[1350] *jazerant*：（adj.）faits de mailles de fer torses à la mode arabe, fabriqués à Alger（「用阿拉伯方式的鐵質鎖環做成」、「在阿爾及爾製造的」）。*Jazerant*的詞源很有可能源自於阿拉伯文的*al-Djazaïr*，意思為「阿爾及爾」（Alger），由於阿爾及爾製造品質精良的鎖子甲，所以辭源學家認為*jazerant*的意思應該為「阿爾及利亞的」（alégérien）、「來自於阿爾及爾的」（provenant d'Alger）。在Duncan McMillan（1978, 159）《尼姆大車隊》校注本中針對*jazerant*給出的定義為「在阿爾及爾製造的」（fabriqué à Alger）。Claude Régnier（1986, 149）的《攻克奧朗日城》校注本中對第1827 行詩的*jazerant*解釋為「用鎖環製造的」（fait de mailles），然而Claude Lachet與Jean-Pierre Tusseau的《攻克奧朗日城》現代法文譯本卻將*jazerant*翻譯為「在阿爾及爾製造的」。Fabienne Gégou（1977, 76）的現代法文譯文將*jazerant*一詞翻譯為「阿爾及利亞式的」（à l'algérienne）。此處採取Claude Régnier注解中的詞意，即「用鎖環製造的」。

	古法文原文 LV	現代法文譯文 LV	中文譯文 LV
25	Mar soit de cel qu'en eschapast vivant	Aucun n'échappe à la mort,	無人倖免，
	Que tuit ne soient en la place moran̠t !	Tous meurent sur place !	所有的人當場死亡！
	Tote la te̠rre est cove̠rte de sanc.	Toute la terre couverte de sang.	血染大地，
	Otran̠z s'en̠ torne[1351], n'i fu pas demoran̠t.	Otrant tourne bride sans s'attarder.	奧特朗掉頭離去，片刻也不逗留。

[1351] *s'en torne* : s'en va, part, tourne bride（「離開」、「轉身離去」）。

古法文原文	現代法文譯文	中文譯文
LVI	LVI	LVI
1 **L**i estors fu et merveilleus et forz[1352] ;	La mêlée fut étonnante et violente ;	兩軍交戰，驚濤駭浪，槍林刀樹；
Fierent d'espees et des espiez granz cops.	Ils frappent de grands coups d'épées et de lances.	戰士們用劍槍猛烈攻擊，
Otranz s'en fuit, qui peor a de mort.	Otrant s'enfuit, car il a peur de la mort.	奧特朗畏死潛逃。
Li cuens Guillelmes le suit[1353] molt pres au dos,	Le comte Guillaume le poursuit de très près,	紀堯姆伯爵緊追其後，
5 Si le retint par le mantel del col[1354].	Il le saisit par le manteau qu'il porte sur les épaules.	一把抓住了奧特朗披在肩上的斗篷。

[1352] *forz* : (adj.) rude, violent（「激烈的」、「猛烈的」）。

[1353] *suit* : poursuit（「追趕」、「追逐」）。*Suit* 為動詞 *sievir/ s(u)ivre* 直陳式現在時 p3 的形式。

[1354] *le mantel del col*：這個片語對中世紀學者造成了不少理解上的困擾，因為 *col* 一詞原意為「頸子」，*le mantel del col* 直譯為「頸子的大衣／斗篷」，所以一開始訓詁學者認為是手稿中抄寫時的錯誤，因為 *ms. B* 的原文已更改為 *le mantel de hors*，Claude Régnier（1965, 250-252）在注釋四中則解釋道 *col* 除了「頸子」之意，還有「項」（nuque）以及「肩膀」（épaules）之意，此外 *le mantel del col* 這個片語中的名詞補語 *del col* 意指穿戴衣服的身體部位，所以他建議將 *le mantel del col* 理解為「穿戴在肩上的斗篷」。中世紀的大衣或斗篷不然就是在右肩上設計搭扣或是短帶方便將其固定，不然就是在頸部前方使用扣環或短帶打結固定。

古法文原文 LVI	現代法文譯文 LVI	中文譯文 LVI
Puis li a dit hautement a .ii. moz :	Puis il lui a dit deux mots à voix haute :	隨後紀堯姆對著他高聲說了幾句話：
« Sez tu, Otran, de quel gent sui prevoz[1355] ?	« Sais-tu, Otrant, sur quelle engeance j'exerce la justice ?	「奧特朗，你可知道我對哪種民族的人可以行使判決權？
[41c] De cele gent qui en Deu n'ont confort ;	Sur cette race qui ne trouve aucun réconfort en Dieu ;	就是對你們這種在天主那得不到任何安慰的民族；
Quant les puis prendre, a honte vit li cors ;	Quand je peux les prendre, ils sont déshonorés,	當我能夠抓住他們時，他們便會遭受羞辱，
10 Saches por voir, venuz es a ta mort ! »	Sache-le assurément, l'heure de ta mort est venue ! »	你要真切地知曉一件事，那就是你的死期到了！」

[1355] *prevoz*：(n.m.) prévôt, justicier（「封建時期掌管司法和執法的官員」）。根據 Claude Lachet（1999, 226）的解釋，*prevoz*源自於拉丁文 *praepositus*，原意為「位在首位的」（placé en tête）、「首領」（chef），這個詞在古法文是指隸屬於國王或領主的官員，他的職責主要是負責徵稅與判決，他可以行使審判權與執法權，尤其是執行裁決這個部分。

	古法文原文 LVII	現代法文譯文 LVII	中文譯文 LVII
1	Ce dit Guillelmes a la chiere[1356] hardie :	Guillaume au visage hardi ajoute ces mots :	英勇相貌的紀堯姆接著說道：
	« Otran, fel rois, Damedex te maldie[1357] !	« Otrant, roi félon, que le Seigneur Dieu te maudisse !	「奧特朗，不忠不義的國王，願我主上帝詛咒你！
	Se tu creoies[1358] le filz sainte Marie,	Si tu crois au Fils de sainte Marie,	假如你信聖母瑪利亞之子的話，
	Saches de voir, t'ame sera garie[1359] ;	Sache-le vraiment, ton âme sera sauvée ;	你要真切地知道，你的靈魂將會獲得救贖，
5	Et se nel fes, ce te jur et afie[1360],	Si tu ne crois pas en lui, je te jure solennellement	但是假如你不信他的話，我對你隆重地發誓
	De cele teste n'en porteras tu mie,	Que tu perdras la tête,	你的頭顱將不保，
	Tot por Mahom, qui ne valt une alie[1361] ! »	A cause de Mahomet, qui ne vaut pas une alise ! »	就因為那個連一顆花楸果實都不值的穆罕默德！」
	Et dist Otran : « De ce ne sai que die ;	Otrant répond : « Je ne sais que dire à ce sujet,	奧特朗回答：「關於這個話題，我不知道說什麼才好，

[1356] *chiere* :（n.f.）visage（「臉」、「樣貌」）。*Chiere* 一詞源自晚期拉丁文 *cara*，後者則根據於希臘文的 *kara* 所形成的詞，原意為「頭」（tête），在古法文中的意思為「臉」（visage），特別是「臉部表情」、「臉色」、「面貌」。之後 *chiere* 也可意指「招待」（accueil），最後此詞也可藉喻（par métonymie）為「菜餚」（repas）、「飲食」（nourriture）之意。*Chiere* 在現代法文中的拼寫法為 *chère*，然而此詞現今已然不復存在，只在某些特定片語中還會使用，例如 *faire bonne chère à quelqu'un*，意思為「盛情款待某人」；以及 *faire chère lie*，意思為「大擺筵席」。

[1357] *maldie* : maudisse（「詛咒」、「咒罵」）。*Maldie* 為動詞 *maldire* 的虛擬式現在時 p3 的形式。

[1358] *creoies* : croyais（「信奉」）。*Creoies* 為動詞 croire 的直陳式未完過去時（imparfait de l'indicatif）p2 的形式。

[1359] *garie* :（participe passé）sauvée（「拯救」、「救贖」）。

[1360] *afie* : jure, promets（「發誓」、「承諾」）。

[1361] *alie* :（n.f.）alise, fruit de l'alisier（「花楸」、「花楸樹的果實」）。*ne valt une alie* 這個片語直譯的意思是「連一顆花楸果實都不值」，此處的 *alie* 是要強調「毫無價值」的意思。

古法文原文 LVII	現代法文譯文 LVII	中文譯文 LVII
Tant en ferai com mes cuers en otrie[1362].	J'agis tout à fait selon ce que veut mon cœur.	我行事完全追隨本心。
10 Par Mahomet, ce ne ferai ge mie	Par Mahomet, je me refuse absolument	我以穆罕默德名義起誓，我堅決拒絕
Que vo Deu croie et ma loi deguerpisse[1363] ! »	À croire en votre Dieu et à renier ma religion ! »	信奉您的天主以及背棄我的宗教！」
Ot le Guillelmes, a pou n'enrage d'ire ;	À ces mots, Guillaume est tout près de devenir fou de colère.	紀堯姆聽罷，差點沒氣瘋。
Toz les degrez contreval le traïne.	Il le traîne du haut en bas de l'escalier.	他把奧特朗從樓梯由上往下拖拽下來。
Li Franc le voient, si li pristrent a dire.	Les Français le voient, et commencent à lui parler.	法蘭西人一見到奧特朗便開始對他說話。

[1362] *otrie* : accorde, consent à（「給予」、「允許」）。*otrie*為動詞*otroier*的直陳式現在時p3的形式。

[1363] *deguerpisse* : abandonne（「放棄」、「拋棄」）。*deguerpisse*為動詞*deguerpir*虛擬式現在時p3的形式。

古法文原文	現代法文譯文	中文譯文
LVIII	**LVIII**	**LVIII**
1 François s'escrïent : « Otran, quar[1364] di [1365] le mot	Les Français s'écrient : « Otrant, dis la parole	法蘭西人叫嚷道：「奧特朗，你就說出那句話，
Por quoi avras .vi. jorz respit[1366] de mort ! »	Pour obtenir six jours de sursis ! »	這樣你就可以得到六天的寬限期！」
Li cuens Guillelmes s'escria a esfort[1367] :	Le comte Guillaume s'écrie avec force :	紀堯姆伯爵全力叫喊道：
« .C. dahez ait[1368] qui l'en prïera trop ! »	« Qu'il soit cent fois maudit celui qui l'en prie davantage ! »	「再為他求情的人會受到天主百次的詛咒！」
5 Par .i. des estres[1369] l'avoient lancié fors[1370] ;	Ils l'ont jeté dehors par l'une des fenêtres ;	法蘭西人把奧特朗從眾多窗戶中的其中一扇拋出外面，
Ainz qu'il venist a terre fu il morz.	Il était mort avant d'arriver à terre.	尚未觸地之前，他就已經身亡。
Et aprés lui en giterent .c. hors,	Après lui, ils en ont jeté dehors cent autres,	在他之後，法蘭西人又扔出了其他一百位異教徒，
Qui ont brisiez et les braz et les cors.	Qui ont eu les bras et les corps brisés.	他們的臂膀與軀體皆支離破碎。

[1364] 手稿中的原文為*que*，此處根據手*ms. A2*與*ms. B2*更正之。

[1365] *di*：dis, prononce（「說」、「說出」）。*Di*為動詞*dire*的命令式現在時p2的形式。

[1366] *respit*：（n.m.）répit, délai, sursis（「緩期」、「期限」）。

[1367] *a esfort*：avec force（「竭盡全力」、「使盡地」）。

[1368] *dahez ait*：que la malédiction de Dieu soit（sur celui qui）（「但願上帝的詛咒降臨在（某人）身上」）。

[1369] *estres*：（n.m. pl.）fenêtres, balcons d'étage supérieur（「窗戶」、「位在高樓層的陽台」）。根據 Fabienne Gégou（1977, 95）對此行詩的注解，作者在此處並未詳述奧特朗與法蘭西人所處的位置，似乎是位於皇宮裡面。Alfred Jeanroy（1924, 58）在以十二至十三世紀鐵臂紀堯姆（Guillaume Fièrebrace）與扁擔漢諾瓦（Rainouart au Tinel）兩人的事蹟為中心改編的一書中講述到，奧特朗很有可能已經逃往皇宮的最頂端，想要從屋頂上逃走（Déjà il était arrivé aux combles de son palais et allait s'échapper par le toit）。

[1370] *fors*：（adv.）dehors, hors（「在外面」、「在外邊」）。

古法文原文 LIX	現代法文譯文 LIX	中文譯文 LIX
1 **O**r ont François la cité aquitee[1371],	Maintenant les Français ont libéré la ville,	現在法蘭西人解放了尼姆城、
Les hautes tors et les sales pavees[1372].	Les hautes tours et les salles pavées.	高聳的塔樓以及鋪砌了石板的大廳。
Vin et froment[1373] a planté i troverent ;	Ils ont trouvé du vin et du blé en abondance ;	他們找到了大量的酒和小麥;
Devant .vii. anz ne seroit afamee,	Avant sept ans la ville ne pourrait souffrir de la famine,	這些可以讓尼姆城七年內不會遭受饑荒之苦,
5 Ne ne seroit ne prise n'empiree.	et être prise ou mise à mal.	也不會被占領或被破壞。
Poise a[1374] Guillelme que noz François nel sevent,	Il pèse à Guillaume que nos Français ne le sachent pas encore,	我們待在營地的一千名英勇的法蘭西騎士
Li mil[1375] baron qui as tentes remestrent.	Les mille vaillants chevaliers qui sont restés au campement.	還不知道尼姆城被攻克的消息,這讓紀堯姆伯爵不開心。
Sus el palés .i. olifant[1376] sonerent,	Là-haut, dans le palais, ils ont sonné du cor,	在皇宮的高處,法蘭西人吹響了號角,
Que l'ont oï noz genz qui hors remestrent.	De sorte que les nôtres qui étaient restés à l'extérieur de la ville l'ont entendu.	以致於在城外的自己人都聽見了號角聲。

[1371] *aquitee*:(participe passé)libéré(「解放」)。

[1372] *pavees*:(participe passé)dallées, pavées(「鋪砌石板的」)。

[1373] *froment*:(n.m.)blé(「小麥」)。

[1374] *Poise a*:(verbe impersonnel)il pèse à(quelqu'un)(「使(某人)不悅」)。*Poise*為非人稱動詞*peser*的直陳式現在時p3的形式。

[1375] 手稿中的羅馬數字以縮寫形式 *.m.* 出現,此處將其還原為文字。

[1376] *olifant*:(n.m.)cor(d'ivoire)(「(象牙製的)號角」)。*Olifant*一詞源自於古希臘文的 *eléphantos*,原意為「大象」(éléphant),透過借喻法(par métonymie)此詞意指「用象牙製作而成的號角」。

古法文原文	現代法文譯文	中文譯文
LIX	**LIX**	**LIX**
10 Tantost monterent sanz nule demoree,	Aussitôt ils montèrent à cheval sans perdre une minute,	城外的法蘭西人立刻騎上了馬，片刻也不耽擱，
Desi a Nymes n'i ont fet arestee.	Et ils ne s'arrêtèrent pas jusqu'à Nîmes.	一路馬不停蹄直達尼姆城。
Quant il i vinrent, si ont joie menee,	En arrivant à la ville, ils ont manifesté leur joie,	當他們來到尼姆城時，喜悅之情表露無遺，
Et li vilain qui aprés s'en alerent,	Ainsi que les paysans qui les suivent,	隨後到達的農民也跟著歡欣鼓舞，
Qui lor charroi et lor bués demanderent ;	Et qui réclamèrent leurs chariots et leurs bœufs ;	農民向法蘭西人討回他們的運貨車和牛隻；
15 François sont lié, qui pas ne lor vaerent[1377],	Les Français sont heureux, et ne leur refusèrent rien,	法蘭西人因為高興故，對他們的請求概不拒絕，
[41d] Ainz n'en perdirent vaillant une denree[1378]	Les paysans ne perdirent pas la valeur d'un denier	農民在沒有損失一分一毫的狀況下
Qui assez bien ne lor fust restoree ;	Qu'elle leur fût largement remboursée ;	便拿回自己原有的資產，
Par desus cë orent il grant soldee[1379].	De surcroît ils reçurent de grandes récompenses.	而且還收到豐厚的報酬。
Il s'en reperent[1380] arriere en lor contree[1381].	Ils s'en retournent ensuite dans leur pays.	之後他們各自返回家園。
20 Tres par mi France en vet la renomee[1382] :	La nouvelle se répand à travers la France :	紀堯姆伯爵解放了尼姆城的

[1377] *vaerent* : refusèrent （「拒絕」、「拒絕給予」）。*Vaerent* 為動詞 *vaer/ veer*（< *lat.* vetare）直陳式簡單過去時 p6 的形式。

[1378] *denree* :（n.f.）valeur d'un denier（「一德尼耶的價值」）。

[1379] *soldee* :（n.f.）récompense（「獎賞」、「報酬」）。

[1380] *s'en reperent* : s'en retournent（「返回」、「回到」）。

[1381] *contree* :（n.f.）pays（「國家」、「故鄉」）。

[1382] *renomee* :（n.f.）nouvelle, bruit（「消息」、「傳聞」）。

古法文原文 LIX	現代法文譯文 LIX	中文譯文 LIX
Li cuens Guillelmes a Nymes aquitee.	Le comte Guillaume a libéré Nîmes.	消息傳遍了整個法蘭西。
A Looÿs la parole[1383] est contee ;	On rapporte le fait à Louis ;	有人將此事報給了路易知曉;
Li rois l'entent, grant joie en a menee,	En l'entendant, le roi a manifesté une grande joie,	路易王聽罷歡喜萬分,
Deu en aore[1384] et Marie sa mere[1385].	Il en adore Dieu et Marie, sa mère.	為此讚美主耶穌以及他的母親瑪莉亞。

[1383] *parole*：(n.f.) récit, fait（「故事」、「事蹟」）。

[1384] *aore*：adore（「讚美」、「讚賞」）。*Aore*為動詞*aorer*直陳式現在時p3的形式。

[1385] 根據Claude Lachet（1999, 227-228）的解釋，自第13行詩*Et li vilain qui aprés s'en alerent*至最後一行詩*Deu en aore et Marie sa mere*為此武勳之歌之結尾語，這段敘述將書中所有人物按照基督教統治之下的封建制度所建立起來的社會階級由低而高一一呈現，一開始為農民（vilain），接著是法蘭西英勇騎士（François）以及他們的統帥紀堯姆伯爵（Li cuens Guillelmes），再來是他們的主上路易國王（Looÿs），最後是位在頂端位置的天主與其母瑪麗亞（Deu et Marie sa mere）。作品始於質疑封建制度的公正性，由於君王采邑分封不均，引起臣子不滿，一度君臣關係緊張，之後臣子請命攻克另一座城市當作自己的采邑，在一陣喬裝打扮與幽默的場面後，順利攻下城市，封建制度恢復了原有的秩序。

古法文常用動詞之變位表

Tableaux de conjugaison des principaux verbes
en ancien français

1. ALER

Indicatif							
Présent				**Imparfait**			
P1	vois	P4	alons	P1	aleie/ aloie	P4	alïons/ aliens
P2	ves/ vais/ vas	P5	alez	P2	aleies/ aloies	P5	aleiez/ aloiez
P3	vet/ vait/ va	P6	vont	P3	aloit	P6	aloient
Futur simple				**Passé simple**			
P1	irai	P4	irons	P1	alai	P4	alames
P2	iras	P5	irez	P2	alas	P5	alastes
P3	ira	P6	iront	P3	ala/ alat	P6	alerent
Subjonctif							
Présent				**Imparfait**			
P1	aille/ voise/ alge	P4	ailliens/ vois(i)ons/ alg(i)ons	P1	alasse	P4	alissons/ alissiens
P2	ailles/ voises/ alges	P5	ailliez/ vois(i)ez/ alg(i)ez	P2	alasses	P5	alisseiz/ alissoiz/ alissiez
P3	aille/ voise/ alge	P6	aillent/ voisent/ algent	P3	alast	P6	alassent

Conditionnel			
Présent			
P1	ireie/ iroie	P4	irïens/ iriens
P2	iroies	P5	irïez
P3	ireit/ iroit	P6	iroient/ ireient
Impératif			
Présent			
P2	va		
P4	alons		
P5	alez		
Participe passé			
alé			
Participe présent			
alant			

2. AVOIR

Indicatif							
Présent				**Imparfait**			
P1	ai	P4	avons	P1	aveie/ avoie	P4	aviiens/ avions
P2	as	P5	avez	P2	aveies/ avoies	P5	aviiez/ aviez
P3	a	P6	ont	P3	aveiet/ avoit	P6	aveient/ avoient
Futur simple				**Passé simple**			
P1	avrai/ arai	P4	avrons/ arons	P1	oi	P4	eüsmes/ oümes
P2	avras/ aras	P5	avrez/ arez/ avroiz	P2	eüs/ oüs	P5	eüstes/ oüstes
P3	avra(t)/ ara	P6	avront/ aront	P3	ot	P6	orent/ ourent
Subjonctif							
Présent				**Imparfait**			
P1	aie	P4	aiiens/ aions	P1	eüsse/ oüsse	P4	eüssiens/ oüssions
P2	aies	P5	aiiez/ aiez	P2	eüsses/ oüsses	P5	eüssiez/ oüssiez
P3	aiet/ ait	P6	aient	P3	eüst/ oüst	P6	eüssent/ oüssent

Conditionnel			
Présent			
P1	avreie/ avroie	P4	avriiens/ avrions
P2	avreies/ avroies	P5	avriiez/ avriez
P3	avreit/ avroit	P6	avreient/ avroient
Impératif			
Présent			
P2	aies		
P4	aiiens/ aiens/ aions		
P5	aiiez/ aiez		
Participe passé			
oüd/ oüt/ eü/ oü			
Participe présent			
aiant			

3. CON(N)OISTRE

Indicatif							
Présent				**Imparfait**			
P1	con(n)ois/ congnois	P4	con(n)oissons	P1	con(n)oissoie/ con(n)oisseie	P4	con(n)(o)issiiens
P2	non(n)ois/ congnois	P5	con(n)oissiez	P2	con(n)oissoies/ con(n)oisseies	P5	con(n)(o)issiiez
P3	con(n)oist	P6	con(n)oissent	P3	con(n)oissoit/ con(n)oisseit	P6	con(n)(o)issoient
Futur simple				**Passé simple**			
P1	con(n)oistrai	P4	con(n)oistrons	P1	con(n)ui/ co(n)gneu	P4	con(n)eümes
P2	con(n)oistras	P5	con(n)oistrez	P2	con(n)eüs	P5	con(n)eüstes
P3	con(n)oistra	P6	con(n)oistront	P3	con(n)ut/ co(n)gnut	P6	con(n)urent/ co(n)gnurent
Subjonctif							
Présent				**Imparfait**			
P1	conoisse	P4	conoissiens/ conoissons	P1	coneüsse	P4	coneüssiens/ coneüssons
P2	conoisses	P5	conoissiez	P2	coneüsses	P5	coneüssiez
P3	conoisse	P6	conoissent	P3	coneüst	P6	coneüssent

Conditionnel			
Présent			
P1	conoistroie	P4	conoistriens/ conoistrions
P2	conoistroies	P5	conoistriez
P3	conoistroit	P6	conoistroient
Impératif			
Présent			
P2	conois		
P4	conoissons		
P5	conoissez		
Participe passé			
coneü			
Participe présent			
conoissant			

4. CROIRE

Indicatif							
Présent				**Imparfait**			
P1	croi/ crei	P4	creons	P1	creoie/ croioie	P4	creiiens/ croiions
P2	crois/ creiz	P5	creez	P2	creoies	P5	creiiez/ croyiez
P3	croit/ creit	P6	croient/ creient	P3	creoit/ croyoit	P6	creoient/ croyoient
Futur simple				**Passé simple**			
P1	crer(r)ai	P4	crer(r)ons	P1	crui	P4	creümes
P2	crer(r)as	P5	crer(r)ez	P2	creüs	P5	creüstes
P3	crer(r)a	P6	crer(r)ont	P3	crut	P6	crurent
Subjonctif							
Présent				**Imparfait**			
P1	croie	P4	creons	P1	creüsse	P4	creüss(i)ons
P2	croies	P5	creez	P2	creüsses	P5	creüss(i)ez
P3	croie	P6	croient	P3	creüst	P6	creüssent
Conditionnel							
Présent							
P1	creroie	P4	creriiens				
P2	creroies	P5	creriiez				
P3	creroit	P6	creroient				

Impératif	
Présent	
P2	crei/ croi/ crois
P4	creons/ croyons
P5	creez/ croyez
Participe passé	
creü	
Participe présent	
creant	

5. DEVOIR

Indicatif							
Présent				**Imparfait**			
P1	dei/ doi	P4	devons	P1	deveie/ devoie	P4	devïens/ devïons
P2	deis/ dois	P5	devez	P2	deveies/ devoies	P5	devïez/ devoiez
P3	deit/ doit	P6	deivent/ doivent	P3	deveit/ devoit	P6	deveient/ devoient
Futur simple				**Passé simple**			
P1	devrai	P4	devrons	P1	dui	P4	deümes
P2	devras	P5	devrez	P2	deüs	P5	deüstes
P3	devra	P6	devront	P3	dut	P6	durent
Subjonctif							
Présent				**Imparfait**			
P1	deie/ doie	P4	deiiens/ doiiens	P1	deüsse	P4	eüss(i)ons
P2	deies/ doies	P5	deiiez/ doiiez	P2	deüsses	P5	deüss(i)ez
P3	deiet/ doie	P6	deient/ doient	P3	deüst	P6	deüssent
Conditionnel							
Présent							
P1	devreie/ devroie			P4	devrïens/ devrïons		
P2	devreies/ devroies			P5	devrïez		
P3	devreit/ devroit			P6	devreient/ devroient		

Participe passé
deü
Participe présent
devant

6. DIRE

Indicatif							
Présent				**Imparfait**			
P1	di	P4	dimes/ disons/ dïum	P1	diseie/ disoie	P4	disiens/ disïons
P2	dis	P5	dites/ disez/ dïez	P2	diseies/ disoies	P5	disïez/ disiez
P3	dit	P6	dïent/ dient/ disent	P3	diseiet/ disoit	P6	diseient/ disoient
Futur simple				**Passé simple**			
P1	dirai	P4	dirons	P1	dis	P4	desimes/ deïmes
P2	diras	P5	direiz/ diroiz/ direz	P2	desis/ deïs	P5	desistes/ deïstent
P3	dira(t)	P6	diront	P3	dist/ dit	P6	distrent/ dirent
Subjonctif							
Présent				**Imparfait**			
P1	die	P4	diions	P1	desisse/ deïsse	P4	desissions
P2	dies	P5	diiez	P2	desisses/ deïsses	P5	desissiez/ deïssiez

Subjonctif							
Présent				**Imparfait**			
P3	die(t)	P6	dient	P3	desist/ deïst	P6	desissent/ deïssent

Conditionnel			
Présent			
P1	diroie/ direie	P4	diriens/ dirions
P2	diroies	P5	diriez
P3	diroit/ direit	P6	diroient/ direient

Impératif	
Présent	
P2	di/ dis
P4	dimes/ dions/ disons
P5	dites

Participe passé
dit

Participe présent
disant

7. DONER

<table>
<tr><th colspan="8">Indicatif</th></tr>
<tr><th colspan="4">Présent</th><th colspan="4">Imparfait</th></tr>
<tr><td>P1</td><td>doing/ doins/ doin</td><td>P4</td><td>donons</td><td>P1</td><td>donoie</td><td>P4</td><td>donïons/ don(i)iens</td></tr>
<tr><td>P2</td><td>dones</td><td>P5</td><td>donez</td><td>P2</td><td>donoies</td><td>P5</td><td>donïez/ don(i)iez</td></tr>
<tr><td>P3</td><td>done</td><td>P6</td><td>donent</td><td>P3</td><td>donoie</td><td>P6</td><td>donoient</td></tr>
<tr><th colspan="4">Futur simple</th><th colspan="4">Passé simple</th></tr>
<tr><td>P1</td><td>don(e)rai/ dorrai</td><td>P4</td><td>donrons/ dorrons</td><td>P1</td><td>donai</td><td>P4</td><td>donames</td></tr>
<tr><td>P2</td><td>don(e)ras/ donrras</td><td>P5</td><td>donrez/ dorrez</td><td>P2</td><td>donas</td><td>P5</td><td>donastes</td></tr>
<tr><td>P3</td><td>don(e)ra/ dorra</td><td>P6</td><td>donront/ dorront</td><td>P3</td><td>dona(t)</td><td>P6</td><td>donerent</td></tr>
<tr><th colspan="8">Subjonctif</th></tr>
<tr><th colspan="4">Présent</th><th colspan="4">Imparfait</th></tr>
<tr><td>P1</td><td>doigne/ doinse</td><td>P4</td><td>doigniens/ doinsiens/ doignons</td><td>P1</td><td>donasse</td><td>P4</td><td>donissons/ donissiens</td></tr>
<tr><td>P2</td><td>doignes/ doinses</td><td>P5</td><td>doign(i)ez/ doinsiez</td><td>P2</td><td>donasses</td><td>P5</td><td>donissiez</td></tr>
<tr><td>P3</td><td>doigne/ doinse/ doint/ doinst</td><td>P6</td><td>doignent/ doinsent</td><td>P3</td><td>donast</td><td>P6</td><td>donassent</td></tr>
</table>

Conditionnel			
Présent			
P1	don(e)roie/ dorroie	P4	don(e)riiens/ don(e)rions
P2	don(e)roies/ dorroies	P5	don(e)riiez/ dorrïez
P3	don(e)roit/ dorroit	P6	done(e)roient/ dorroient
Impératif			
Présent			
P2	done/donne		
P4	donons		
P5	donez/doneiz		
Participe passé			
doné			
Participe présent			
donant			

8. ESTRE

Indicatif							
Présent				**Imparfait**			
P1	sui	P4	somes	P1	(i)ere/ estoie/ esteie	P4	eriiens/ erions/ estiiens/ estiens
P2	ies/ es	P5	estes	P2	(i)eres/ estoies/ esteies	P5	eriiez/ eriez/ estiiez/ estiez
P3	est	P6	sont	P3	(i)ere/ (i)ert/ estoit/ esteit	P6	(i)erent/ estoient/ esteient
Futur simple				**Passé simple**			
P1	(i)er/ serai	P4	(i)ermes/ serons	P1	fui	P4	fumes
P2	(i)er(e)s/ seras	P5	seroiz/ serez	P2	fus	P5	fustes
P3	(i)ert/ sera	P6	(i)erent/ seront	P3	fu(t)	P6	furent
Subjonctif							
Présent				**Imparfait**			
P1	soie/ seie	P4	seiiens/ soions	P1	fusse	P4	fussons/ fussiens

Subjonctif							
Présent				**Imparfait**			
P2	soies/ seies	P5	seiiez/ soiez	P2	fusses	P5	fussiez
P3	soit/ seit	P6	soient/ seient	P3	fust	P6	fussent
Conditionnel							
Présent							
P1	sereie/ seroie			P4	seriiens/ serions		
P2	sereies/ seroies			P5	seriiez/ serïez		
P3	sereit/ seroit			P6	sereient/ seroient		
Impératif							
Présent							
P2	seies/ soies/ soie/ sois						
P4	seiiens/ soiiens/ soions						
P5	seiiez/ soiiez/ soiez						
Participe passé							
esté							
Participe présent							
estant							

9. FAIRE

Indicatif								
Présent				**Imparfait**				
P1	faz	P4	faimes	P1	faisoie/ fesoie/ faiseie	P4	faisions/ faisiens/ fesions
P2	fes/ fais	P5	faites	P2	faisoies/ fesoies	P5	faisiez/ fesiez
P3	fet/ fait	P6	font	P3	faisoit/ faiseit/ fesoit	P6	faisoient/ fesoient
Futur simple				**Passé simple**				
P1	ferai	P4	ferons	P1	fis	P4	fesimes
P2	feras	P5	ferez	P2	fesis	P5	fesistes
P3	fera(t)	P6	feront	P3	fist	P6	fistrent/ fisdrent/ firent
Subjonctif								
Présent				**Imparfait**				
P1	face	P4	faciens	P1	fesisse/ feïsse	P4	fesissons/ fesissiens/ feïssiens/ feïss(i)ons
P2	faces	P5	faciez	P2	fesisses/ feïsses	P5	fesisseiz/ fesissoiz/ feïss(i)ez

Subjonctif							
Présent				**Imparfait**			
P3	face	P6	facent	P3	fesist/ feïst	P6	fesissent/ feïssent

Conditionnel			
Présent			
P1	fereie/ feroie	P4	ferïens/ ferïons
P2	fereies/ feroies	P5	feriiez/ ferïez/ feriez
P3	fereiet/ feroit	P6	fereient/ feroient

Impératif	
Présent	
P2	fai
P4	faimes/ faisonss
P5	faites

Participe passé
fait

Participe présent
faisant

10. FERIR

Indicatif							
Présent				**Imparfait**			
P1	fier	P4	ferons	P1	feroie	P4	feriiens
P2	fiers	P5	ferez	P2	feroies	P5	feriiez
P3	fiert	P6	fierent	P3	feroit	P6	feroient
Futur simple				**Passé simple**			
P1	ferrai	P4	ferrons	P1	feri	P4	ferimes
P2	ferras	P5	ferrez	P2	feris	P5	feristes
P3	ferra	P6	ferront	P3	ferit	P6	ferirent
Subjonctif							
Présent				**Imparfait**			
P1	fiere	P4	feriens	P1	ferisse	P4	ferismes
P2	fieres	P5	feriez	P2	ferisses	P5	feristes
P3	fiere	P6	fierent	P3	ferist	P6	ferissent
Conditionnel							
Présent							
P1	ferroie/ ferreie			P4	ferr(i)iens		
P2	ferroies/ ferreies			P5	ferr(i)iez		
P3	ferroit/ ferreit			P6	ferroient/ ferreient		

Impératif	
Présent	
P2	fier
P4	ferons
P5	ferez
Participe passé	
feru	
Participe présent	
ferant	

11. MORIR

Indicatif							
Présent				**Imparfait**			
P1	muir/ muer	P4	morons	P1	moroie	P4	moriiens
P2	muers	P5	morez	P2	moroies	P5	moriiez/ morïez
P3	muert	P6	muerent	P3	moroit	P6	moroient
Futur simple				**Passé simple**			
P1	morrai	P4	morrons	P1	morui/ mori	P4	morumes
P2	morras	P5	morreiz/ morroiz/ morrez	P2	morus/ moris	P5	morustes
P3	morra	P6	morront	P3	morut/ morit	P6	morurent
Subjonctif							
Présent				**Imparfait**			
P1	muire	P4	moriens/ morions	P1	morusse	P4	morussions
P2	muires	P5	moriez	P2	morusses	P5	morussiez
P3	muire	P6	muirent	P3	morust	P6	morussent
Conditionnel							
Présent							
P1	morroie			P4	morri(i)ons		
P2	morroies			P5	morri(i)ez		
P3	morroit			P6	morroient		

Impératif	
Présent	
P2	muer/ muir
P4	morons
P5	morez
Participe passé	
mort/ mouru	
Participe présent	
morant/ mourant	

12. OÏR

Indicatif							
Présent				**Imparfait**			
P1	oi	P4	oons	P1	oioie/ oeie	P4	oiiens/ oiens
P2	oz/ ois	P5	oez/ oiez	P2	oioies/ oeies	P5	oiiez
P3	ot/ oit	P6	oent/ oient	P3	oioit/ oeit	P6	oioient/ oeient
Futur simple				**Passé simple**			
P1	orrai	P4	orrons	P1	oï	P4	oïmes
P2	orras	P5	orrez/ orroiz	P2	oïs	P5	oïstes
P3	orra	P6	orront	P3	oït	P6	oïrent
Subjonctif							
Présent				**Imparfait**			
P1	oie	P4	oiiens/ oi(i)ons	P1	oïsse	P4	oïssiens
P2	oies	P5	oiiez/ oiez	P2	oïsses	P5	oïssiez
P3	oie	P6	oient	P3	oïst	P6	oïssent
Conditionnel							
Présent							
P1	orroie/ oreie			P4	orr(i)iens/ orrïemes		
P2	orroies/ oreies			P5	orri(i)ez		
P3	orroit			P6	orroient/ oreient		

Impératif	
Présent	
P2	o/ oz/ oi
P4	oons/ oins
P5	oez/ oiez
Participe passé	
oant/ oiant	
Participe présent	
oï	

13. POOIR

<table>
<tr><td colspan="8" align="center">Indicatif</td></tr>
<tr><td colspan="4" align="center">Présent</td><td colspan="4" align="center">Imparfait</td></tr>
<tr><td>P1</td><td>puis</td><td>P4</td><td>poons</td><td>P1</td><td>pooie</td><td>P4</td><td>poiions/
poïons/
poïens</td></tr>
<tr><td>P2</td><td>puez</td><td>P5</td><td>poez</td><td>P2</td><td>pooies</td><td>P5</td><td>poiiez</td></tr>
<tr><td>P3</td><td>puet</td><td>P6</td><td>pueent</td><td>P3</td><td>pooit</td><td>P6</td><td>poioient</td></tr>
<tr><td colspan="4" align="center">Futur simple</td><td colspan="4" align="center">Passé simple</td></tr>
<tr><td>P1</td><td>porrai</td><td>P4</td><td>porrons</td><td>P1</td><td>poi</td><td>P4</td><td>peümes</td></tr>
<tr><td>P2</td><td>porras</td><td>P5</td><td>porrez/
porroiz</td><td>P2</td><td>peüs</td><td>P5</td><td>peüstes</td></tr>
<tr><td>P3</td><td>porra</td><td>P6</td><td>porront</td><td>P3</td><td>pot</td><td>P6</td><td>porent</td></tr>
<tr><td colspan="8" align="center">Subjonctif</td></tr>
<tr><td colspan="4" align="center">Présent</td><td colspan="4" align="center">Imparfait</td></tr>
<tr><td>P1</td><td>puisse</td><td>P4</td><td>poissiens/
puissiens/
poissons/
puissons</td><td>P1</td><td>peüsse/
poïsse</td><td>P4</td><td>peüssons/
poïssons</td></tr>
<tr><td>P2</td><td>puisses</td><td>P5</td><td>poissiez/
puissiez</td><td>P2</td><td>peüsses/
poïsses</td><td>P5</td><td>peüssiez/
poïssiez</td></tr>
<tr><td>P3</td><td>puisse/
puist/
puit</td><td>P6</td><td>puissent/
poissent</td><td>P3</td><td>peüst/
poïst</td><td>P6</td><td>peüssent/
poïssent</td></tr>
</table>

Conditionnel			
Présent			
P1	porroie/ porreie	P4	porriens/ porrïons
P2	porroies/ porreies	P5	porriez/ porrïez
P3	porroit	P6	porroient
Participe passé			
peü/ poü			
Participe présent			
poiant/ poissant/ puissant			

14. PRENDRE

Indicatif							
Présent				**Imparfait**			
P1	prent/ prenc/ prant/ preng/ preign/ preing	P4	prenons/ prendons	P1	prenoie	P4	prenïens
P2	prenz/ prens	P5	prenez/ prendez	P2	preneies/ prenoies	P5	prenïez
P3	prent/ prant	P6	prenent/ prendent	P3	preneit/ prenoit/ prendeit/ prendoit	P6	prenoient
Futur simple				**Passé simple**			
P1	prendrai/ prenrai	P4	prendrons	P1	pris/ prins	P4	presimes
P2	prendras/ prenras	P5	prendrez	P2	presis	P5	presistes
P3	prendra/ prenra	P6	prendront	P3	prist/ prinst	P6	pristrent/ prisdrent
Subjonctif							
Présent				**Imparfait**			
P1	prene/ preigne/ prenge	P4	prenons/ preignons	P1	presisse/ preïsse	P4	presissons/ preïssons
P2	prenes/ preignes/ prenges	P5	prenez/ preniez/ prengiez	P2	preïsses	P5	presissiés/ preïssiez

Subjonctif							
Présent				**Imparfait**			
P3	prenne/ preigne/ prenge	P6	preignent/ prengent	P3	presist	P6	presissent

Conditionnel			
Présent			
P1	prendroie	P4	prenderiens
P2	prendroies	P5	prendrïez
P3	prendroit	P6	prendroient

Impératif	
Présent	
P2	pren
P4	prendons/ prenons
P5	prenez/ pernés

Participe passé
pris/ prins

Participe présent
prenant/ prendant

15. QUERRE

Indicatif							
Présent				**Imparfait**			
P1	quier	P4	querons	P1	queroie	P4	querïons
P2	quiers	P5	querez	P2	queroies	P5	querïez
P3	quiert	P6	quierent	P3	queroit	P6	queroient
Futur simple				**Passé simple**			
P1	querrai	P4	querrons	P1	quis	P4	quesimes
P2	querras	P5	querrez	P2	quesis	P5	quesistes
P3	querra	P6	querront	P3	quist	P6	quisdrent/ quistrent/ quirent

Subjonctif							
Présent				**Imparfait**			
P1	quiere	P4	querons	P1	quesisse	P4	quesissiens
P2	quieres	P5	querez	P2	quesisses	P5	quesissiez
P3	quiere	P6	quierent/ quergent	P3	quesist	P6	quesissent

Conditionnel			
Présent			
P1	querroie	P4	querrïons
P2	querroies	P5	querrïez
P3	querroit	P6	querroient

Impératif		
Présent		
P2	quier/ quer	
P4	querons	
P5	querez	
Participe passé		
quis		
Participe présent		
querant		

16. (RE)MANOIR

Indicatif							
Présent				**Imparfait**			
P1	(re)maing/ (re)main	P4	(re)manons	P1	(re)manoie	P4	(re)maniiens
P2	(re)mains	P5	(re)manez	P2	(re)manoies	P5	(re)maniiez
P3	(re)maint	P6	(re)mainent	P3	(re)manoit	P6	(re)manoient
Futur simple				**Passé simple**			
P1	(re)mandrai	P4	(re)mandrons	P1	(re)mes	P4	(re)mesimes
P2	(re)mandras	P5	(re)mandrez/ (re)mandroiz	P2	(re)mesis	P5	(re)mesistes
P3	(re)mandra	P6	(re)mandront	P3	(re)mest	P6	(re)mesdrent/ (re)mestrent

Subjonctif							
Présent				**Imparfait**			
P1	(re)maigne	P4	(re)magnions	P1	(re)ma(i)nsisse	P4	(re)mansissons/ (re)mansissiens
P2	(re)maignes	P5	(re)magniez	P2	(re)ma(i)nsisses	P5	(re)mansissiez
P3	(re)maigne	P6	(re)maignent	P3	(re)ma(i)nsist	P6	(re)ma(i)nsissent

Conditionnel			
Présent			
P1	(re)mandroie	P4	(re)mandriiens
P2	(re)mandroies	P5	(re)mandriiez
P3	(re)mandroit	P6	(re)mandroient
Impératif			
Présent			
P2	(re)main/(re)maig		
P4	(re)manons		
P5	(re)manez		
Participe passé			
(re)més			
Participe présent			
(re)manant			

17. SAVOIR

Indicatif							
Présent				**Imparfait**			
P1	sai	P4	savons	P1	saveie/ savoie	P4	saviiens/ savions
P2	ses	P5	savez	P2	saveies/ savoies	P5	saviiez/ saviez/ savoiez
P3	set/ sait	P6	sevent	P3	saveit/ savoit	P6	saveient/ savoient
Futur simple				**Passé simple**			
P1	savrai	P4	savrons	P1	soi	P4	seümes/ soümes
P2	savras	P5	savreiz/ savroiz	P2	seüs/ soüs	P5	seüstes/ soüstes
P3	savra/ savrat	P6	savront	P3	sot	P6	sorent
Subjonctif							
Présent				**Imparfait**			
P1	sache	P4	sachiens/ sachons	P1	seüsse	P4	seüss(i)ons
P2	saches	P5	sachiez/ sachez	P2	seüsses	P5	seüss(i)ez
P3	sache/ sachet	P6	sachent	P3	seüst	P6	seüssent

Conditionnel			
Présent			
P1	savreie/ savroie	P4	savriiens
P2	savreies/ savroies	P5	savriiez
P3	savreit/ savroit	P6	savroient
Impératif			
Présent			
P2	saches		
P4	sachiens/ sachions/ sachons		
P5	sachiez/ sachez		
Participe passé			
seü/ soü			
Participe présent			
sachant/ savant			

18. VENIR

Indicatif							
Présent				**Imparfait**			
P1	vieng	P4	venons	P1	venoie	P4	veniiens/ venions
P2	viens	P5	venez	P2	venoies	P5	veniiez/ venïez
P3	vient	P6	vienent	P3	venoit	P6	venoient
Futur simple				**Passé simple**			
P1	venrai/ vendrai	P4	venrons/ vendrons	P1	vin/ ving/ vins/ vign	P4	venimes
P2	venras/ vendras	P5	venrez/ vendrez	P2	venis	P5	venistes
P3	venra/ vendra	P6	venront/ vendront	P3	vint	P6	vinrent/ vindrent
Subjonctif							
Présent				**Imparfait**			
P1	vie(n)gne	P4	vegniens	P1	venisse	P4	venissions
P2	vie(n)gnes	P5	vegniez	P2	venisses	P5	venissiez
P3	vie(n)gne/ vigne	P6	viegnent	P3	venist	P6	venissent

Conditionnel			
Présent			
P1	venroie/ vendroie	P4	vendrïons
P2	venroies/ vendroies	P5	vendrïez
P3	venroit/ vendroit	P6	venroient/ vendroient
Impératif			
Présent			
P2	vien		
P4	venons		
P5	venez		
Participe passé			
venu			
Participe présent			
venant			

19. VEOIR

Indicatif							
Présent				**Imparfait**			
P1	vei/ voi	P4	veons	P1	veoie/ voioie	P4	veiiens/ voions
P2	veiz/ voiz	P5	veez	P2	veoies/ voioies	P5	veiiez/ voiiez
P3	veit/ voit/ voist	P6	veient/ voient	P3	veoit/ voioit	P6	veoient/ voioient
Futur simple				**Passé simple**			
P1	verrai	P4	verrons	P1	vi	P4	veïmes
P2	verras	P5	verreiz/ verroiz/ verrez	P2	veïs	P5	veïstes
P3	verra	P6	verront	P3	vit	P6	virent
Subjonctif							
Présent				**Imparfait**			
P1	veie/ voie	P4	veiiens/ voiions	P1	veïsse	P4	veïssons/ veïssiens
P2	veies/ voies	P5	veiez/ voiiez	P2	veïsses	P5	veïsseiz/ veïssiez
P3	veiet/ voie	P6	veient/ voient	P3	veïst	P6	veïssent

Conditionnel			
Présent			
P1	verreie/ verroie	P4	verriens/ verrions
P2	verroies	P5	verriés/ verroiez
P3	verrei(e)t/ verroit	P6	verreient/ verroient
Impératif			
Présent			
P2	vei/ voi		
P4	veons		
P5	veez		
Participe passé			
veü			
Participe présent			
veant/ voiant			

20. VOLOIR

Indicatif							
Présent				**Imparfait**			
P1	vueil/ veuil/ voel	P4	volons	P1	voleie/ voloie	P4	voliiens
P2	veus/ vuels/ vueus	P5	volez	P2	voleies/ voloies	P5	volliiez
P3	veut/ vuelt/ vueut	P6	vuelent	P3	voleit/ voloit	P6	voleient/ voloient
Futur simple				**Passé simple**			
P1	voudrai/ vorrai	P4	voudrons/ vorrons	P1	voil	P4	volimes
P2	voudras/ vorras	P5	voudrez/ vorroiz	P2	volis	P5	volistes
P3	voudra/ vorra	P6	voudront/ vorront	P3	volt	P6	voldrent
Subjonctif							
Présent				**Imparfait**			
P1	vueille	P4	voilliens	P1	volisse	P4	volissions
P2	vueilles	P5	voilliez	P2	volisses	P5	volissiez/ vousissez
P3	vueille	P6	vueillent	P3	volist	P6	volissent

Conditionnel			
Présent			
P1	volroie/ voudroie	P4	voudrïens
P2	voudroies	P5	voudrïez
P3	volreit/ voudroit	P6	voudroient
Impératif			
Présent			
P2	vueilles		
P4	voilliens/ veuillons		
P5	voilliez/ veuillez		
Participe passé			
volu/ voulu			
Participe présent			
volant/ voulant			

專有名詞索引

Table des Noms Propres

Acéré	阿瑟黑（Acéré）。撒拉遜國王，為奧朗日的克拉侯（Clareau d'Orange）之兄弟。	XXII, 5
Alemaigne	阿拉曼（Allemagne）。	XLVIII, 9
Alemant	阿拉曼人（Allemand）。此處會將Alemant翻譯為阿拉曼人，是特意指住在美因河（Main）南方的日耳曼人。	VII, 22
Angleterre	英國（Angleterre）。	XLVI, 11；XLVIII, 14
Apolis	阿波里斯城，即義大利的「斯波萊托城」（Spolète）。參見 Police。	IV, 3
Arroganz	阿洛剛（Arrogant）。撒拉遜人。	XXII, 7
Auberi	奧白里（Auberi），勃艮第伯爵。	XIV, 4
Auvergne	奧弗涅（Auvergne）。	XXIX, 4；XXXI, 2
Aymeris/ Aymeri	艾梅里（Aymeri）。紀堯姆之父。	XLIX, 7；XLIX, 17；LI, 13；LII, 4
Aymon/ Aymes le viell	年長的艾蒙（le vieil Aymon）。路易國王的大臣，被紀堯姆殺死。Aymes為正格形式，Aymon則為偏格形式。	XXVI, 22；XXVI, 51；XXVI, 78
Baillet	巴葉（Baillet）。被阿爾班國王殺害的牛隻之一。	XLIX, 72
Barré	霸黑（Barré）。撒拉遜人，奧特朗的總管大臣（sénéchal d'Otrant）。	XXII, 7；XLIX, 44
Begues	貝葛（Bègue）。為紀耶嵐（Guiélin）喬裝為商人時的化名。	XLVI, 16
Berangier(le petit)	貝朗杰侯爵之子（fils du marquis Béranger）。	XV, 39；XV, 47；XV, 50

Berangier/ Berengier (le marchis)	貝朗杰（Béranger），法蘭西侯爵。根據Guy Raynaud de Lage的注解（1970, 211），*Berengier* 這個男子的名字源自於日耳曼語的 **Beringer*。然而根據Chantal Tanet et Tristan Hordé（2006, 73-74）合著的人名辭典中解釋，*Bérenger* 或 *Béranger*這個名字源自於日耳曼語 *Beringari*，後者是由 *ber-*（意即「熊」）與 *-gari*（意即「長槍」）所組成。	XV, 3；XV, 13；XV, 26；XV, 35
Bernart/ Bernarz de Breban/ Brebant	布列邦的貝赫納（Bernard de Brébant），為貝特朗（Bertrand）與紀耶嵐（Guiélin）之父，以及紀堯姆的兄弟。	XXIV, 17；XXIV, 33；XXIV, 51；XLVI, 19
Berri	貝里（Berry）。	XXIX, 4；XXXI, 2
Bertrans/ Bertran	貝特朗，紀堯姆的侄子。布列邦的貝赫納之子（fils de Bernard de Brébant）。	I, 31；I, 33；I, 49；VIII, 19；XVI, 12；XVI, 18；XVII, 1；XVII, 10；XVIII, 1；XVIII, 6；XXIV, 16；XXIV, 19；XXIV, 28；XXIV, 48；XXVI, 107；XXX, 6；XXXIII, 27；XXXIII, 46；XL, 7；XL, 12；XL, 17；XL, 21；XL, 25；XL, 34；XL, 38；XL, 40；XLVI, 18；XLIX, 93
Borgoigne	勃艮第（Bourgogne）。	XXIX, 4
Borgoing	勃艮第人（Bourguigon）。	XIV, 4
Borgueignon, Borgoignon	勃艮第人（Bourguigons）。	VII, 24；VII, 33
Bride	布理尤德（Brioude），為上羅亞爾省的一個城鎮。	XXX, 37

Calabre	卡拉布里亞（Calabre）。位於義大利南部的一個大區。	XLVIII, 8
Cantorbiere	坎特伯雷城（Cantorbéry）。坎特伯雷城為英國東南部的一座城市。	XLVI, 12
Chapele(la)	艾克斯・拉・夏貝爾（Aix-la-Chapelle）。卡洛林帝國時期的首都，位於現今德國。路易國王在此城市接受加冕。	XXIX, 2
Chartres	沙特爾（Chartres）。根據 Claude Lachet（1999, 197）的雙語對照譯注版的解釋，沙特爾不僅是一個戰略地點，同時也是一個朝聖地，因為此處保存著聖母瑪利亞戴過的頭巾（voile de la Vierge）。也是在沙特爾城聖貝爾納多（saint Bernard）在1146年倡導第二次十字軍東征。	XXII, 18；XXIII, 4；XXIX, 3
Clareaus	克拉侯（Clareau）。撒拉遜人。	XXII, 5
Clermont	「克萊蒙」（Clermont）。為「明亮山」之意，中世紀時為主教城，在那裡教宗烏爾邦二世（Urbain II）於西元1095年在克萊蒙宗教會議（concile de Clermont）時倡導第一次十字軍東征。	XXXI, 3
Corsolt	高赫索肋（Corsolot），撒拉遜巨人將軍，在《國王路易一世的加冕禮》（Le Couronnement de Louis）中在決鬥時被紀堯姆所殺。	I, 15；V, 22

Crac	騎士堡（Crac des chevaliers）。位於敘利亞的一個中世紀時期十字軍曾占領過的城堡。	XLVIII, 16
Dagobert	達緱倍爾。Dagobert在《國王路易一世的加冕禮》第2027行詩中提及他為西班牙卡塔赫納城（Carthagène）的撒拉遜國王，被紀堯姆打敗後，歸順路易一世為臣。	VI, 7
Damedex/ Damedieu/ Damedé	上帝大人或我主上帝（seigneur Dieu）。	XXVI, 102；XXVI, 113；XXX, 20；XLVII, 25；L, 4；LVII, 2
Denis(saint)	聖德尼（saint Denis）。基督教聖者與殉道者，來自義大利，第三世紀的人，為第一位巴黎主教，他也是卡洛林王室的主保聖人。	XXVI, 84；XLIX, 104
Desramé	德拉梅（Desramé）。撒拉遜國王。	XXII, 6
Dex, Diex, Deu, Dé	上帝，天主。有時意指主耶穌。	I, 1；I, 4；I, 71；I, 72；I, 80；I, 85；II, 1；IV, 7；X, 1；XIV, 12；XV, 41；XV, 55；XVI, 18；XVII, 16；XVIII, 27；XIX, 2；XX, 6；XXI, 6；XXIII, 31；XXIV, 3；XXV, 4；XXV, 14；XXV, 19；XXVI, 3；XXVI, 13；XXVI, 23；XXVI, 54；XXVI, 80；XXIX, 2；XXX, 38；XXXIII, 15；XXXIII, 55；XXXIV, 21；XL, 12；XLIV, 1；XLIX, 1；XLIX, 39；XLIX, 101, L, 1；LIII, 1；LIII, 9；LVI, 8；LVII, 11；LIX, 24
Escler	異教徒（païen）。	I, 9

Escler/ Esclers	斯拉夫人（Slaves）、異教徒民族（peuple païen）或是異教徒（païens）。常與撒拉遜人（Sarrasins）連用。	XV, 22；XXII, 4；XXXIII, 12；XLIX, 84
Escoce	蘇格蘭（Écosse）。	XLVIII, 14
Escot	蘇格蘭人（Écossais）。參見 Gilemer。	XXXIII, 28；XL, 37
Espaigne	西班牙（Espagne）。	I, 20; XVIII, 7; XVIII, 38; XIX, 2; XXIV, 6; XXV, 17; XXV, 22; XXVI, 39; XXVI, 100; XXX, 15; XLIV, 6; XLVIII, 12
Faloise	法萊斯（Falaise）。參見 Gilebert。	XL, 36; XLIX, 91
Fierebrace	「鐵臂」，紀堯姆（Guillaume）的綽號。參見 Guillelme(s)。	XLII, 3; XLV, 3; LI, 12
Flamenc	佛來米人（Flamands）。	VII, 34
Foucon	傅恭，法蘭西伯爵。	XIII, 10
Franc	法蘭西人（Français）。	LVII, 14
France	法蘭西王國。	III, 8；VII, 4；X, 5；XV, 46；XV, 57；XVII, 4；XVIII, 34；XXV, 3；XXVI, 30；XXIX, 2；XXXVIII, 4；XLVIII, 6；LIX, 20
François	法蘭西人（Français）。	VI, 16；VII, 24；VII, 33；XX, 4；XXXIII, 31；XXXIII, 45；XXXIII, 54；XXXVII, 10；XXXIX, 4；XLIII, 1；XLIX, 80；LV, 4；LVIII, 1；LIX, 1；LIX, 6；LIX, 15
Frison	弗里斯人（Frisons）。	VII, 34
Gaifier	蓋依菲耶。這個人物為《國王路易一世的加冕禮》（Le Couronnement de Louis）中的人物，是斯波萊托城的（Spolète）的國王。	III, 5；IV, 3

Gales	威爾斯（pays de Galles）。	XLVIII, 15
Galice	加利西亞（Galice）。位於西班牙的西北部。	XLVIII, 11
Gardon	加爾東河（le Gardon）。參見Gardone。	XLII, 1
Gardone	加爾東河（le Gardon），為法國東南部的一條河流。加爾河（le Gard）的支流。	XL, 51
Garniers	迦赫尼耶（Garnier）。法蘭西小貴族，是他向紀堯姆獻計，助其攻下尼姆城。	XXXIV, 17
Gautier de Termes	泰爾姆的高荻耶 （Gautier de Termes）。法蘭西騎士。	XXXIII, 28；XL, 37；XLIX, 92
Gautier le Tolosant/ li Tolosans Gautier	高荻耶‧勒‧多羅桑（Gautier le Tolosant）。法蘭西騎士。	XXVI, 41；XXVI, 57；XXVI, 92
Gile(saint)	聖吉勒（saint Gilles）。聖吉勒為出生於雅典的基督教聖人。第七世紀時在隆河河口隱居，根據第十世紀的聖人傳記的記載指出，聖吉勒在山洞閉關時，一隻母鹿（biche）被萬巴國王（le roi Wamba）的獵人追捕，逃進聖吉勒的山洞中，並且趴在聖者腳邊尋求協助，聖者為了保護母鹿手被獵人的箭射中。萬巴國王為了表示歉意便為他創建了修道院（abbaye），此修道院便是現今位於聖吉勒城的聖吉勒修道院，聖者的墓仍在安置在修道院中。因為此修道院之故，聖吉勒城（Saint-Gilles）成為中世紀時朝聖重鎮。	XXIII, 40; XLIV, 9

Gillebert de Faloise/ Gilebert de Faloise sor mer	法萊斯的吉勒貝爾（Gilbert de Falaise）／濱海法萊斯的吉勒貝爾（Gilbert de Falaise-sur-mer）。法蘭西騎士。	XL, 36；XLIX, 91
Gilemer(l'Escot)	蘇格蘭人吉勒梅（Gilemer l'Écossais）。法蘭西騎士。	XXXIII, 28；XL, 37；XLIX, 92
Golïas	戈力亞（Golias）。撒拉遜國王。	XXII, 6
Gondré	恭德黑（Gondré）。撒拉遜國王，甘茲皰姆（Quinzepaumes）之兄弟。	XXII, 8
Guibor	姬卜爾（Guibourc）。撒拉遜國王迪拉梅（Desramé）的女兒，在未受洗為基督徒前名為歐拉蓓蕾（Orable）。紀堯姆為之傾心，之後娶其為妻。	I, 8
Guïelin	紀耶嵐（Guiélin），紀堯姆的侄子。布列邦的貝赫納之子（fils de Bernard de Brébant）。	XXIV, 16；XXIV, 19；XXIV, 25；XXIV, 30；XXIV, 48；XXVI, 107；XXXIII, 29；XLVI, 18

| Guillelmes,
Guillelme,
Guillelmë | 奧朗日的紀堯姆（Guillaume d'Orange），作品中的男主角。 | I, 5; I, 17; I, 29; I, 44; I, 51; I, 59; I, 60; I, 64; I, 73; I, 79; II, 1; III, 1; IV, 1; V, 1; V, 9; V, 19; V, 33; VI, 1; VII, 1; VIII, 19; VIII, 30; IX, 1; X, 1; XI, 1; XI, 5; XII, 1; XII, 3; XIII, 1; XIII, 3; XIII, 6; XIII, 12 ; XIV, 1; XIV, 8; XV, 1; XV, 8; XV, 53 ; XV, 69; XV, 73; XVI, 1; XVI, 6; XVI, 14; XVII, 1 ; XVIII, 1; XVIII, 5; XVIII, 16; XVIII, 17; XVIII, 23; XVIII, 35; XIX, 1; XXI, 8; XXII, 1; XXII, 20; XXII, 22 ; XXIII, 1; XXIII, 6; XXIII, 29; XXIV, 1; XXIV, 10; XXIV, 15; XXIV, 29; XXIV, 39; XXV, 1; XXVI, 3; XXVI, 7; XXVI, 13; XXVI, 20; XXVI, 28; XXVI, 35; XXVI, 42; XXVI, 45; XXVI, 49; XXVI, 53; XXVI, 63; XXVI, 70; XXVI, 73; XXVI, 77; XXVI, 91; XXVI, 97; XXVI, 105; XXVIII, 6; XXIX, 1; XXX, 3; XXX, 11; XXX, 18; XXX, 32; XXXI, 1; XXXIII, 1; XXXIII, 6; XXXIII, 30; XXXIII, 59 ; XXXIV, 1; XXXIV, 12; XXXIV, 27; XXXV, 7; XXXV, 19; XXXV, 25; XXXVI, 2; XL, 14; XL, 20 ; XL, 30 ; XL, 53; XLI, 1; XLII, 3 ; XLV, 1; XLV, 3; XLVI, 2 ; XLVI, 34; XLVII, 9; XLVIII, 5; XLIX, 2; XLIX, 6; XLIX, 16; XLIX, 26; XLIX, 82; XLIX, 95; XLIX, 102; L, 2; L, 8; LI, 8; LI, 9; LI, 12; LII, 1; LII, 6; LIII, 2; LIII, 7; LIV, 7; LV, 12; LVI, 4 ; LVII, 1; LVII, 12; LVIII, 3; LIX, 6; LIX, 21 |

Guion	吉榮（Gui），被紀堯姆殺死的戰士。	VII, 22
Guion	居依（Gui），紀堯姆東道主。	VII, 30
Harpins/ Harpin	阿爾班（Harpin）。尼姆城的撒拉遜國王，為奧特朗（Otrant）的兄弟。	XLIII, 11；XLVI, 3；XLIX, 52；XLIX, 67；XLIX, 72；XLIX, 99；XLIX, 108；LI, 1；LIII, 16；LIII, 34；LIV, 2
Hermensant de Tori	多利的嬡爾夢頌，為勃艮第人奧白禮伯爵(Auberi le Bourguignon) 的繼母。	XIV, 5
Herneïs	艾赫納伊斯（Herneïs）。Herneïs公爵在《國王路易一世的加冕禮》中想要奪取年輕路易的王位，後來被紀堯姆殺死。在《國王路易一世的加冕禮》中還有*Arneïs* 與*Ernaut d'Orliens*的拼寫法。	VI, 18
Hongrie	匈牙利（Hongrie）。	XLVIII, 10
Jaque(saint)	聖雅各（saint Jacques le Majeur）。	LI, 17
Jhesus/ Jhesu	耶穌（Jésus）。	XXVI, 18；XXVI, 38；XXVI, 103；XXVII, 5；XLIV, 7
Kalle	查理，即查理曼大帝。	VI, 2
Kallemaines	查理曼（Charlemagne）。	VI, 11

Laval desus Cler	克萊爾河畔的拉瓦勒（Laval-sur-Cler）。Joseph-Louis Perrier（1982, 74）的校注版只簡單將*Laval desus Cler*注解為「地名」（nom de lieu），而 Duncan McMillan（1978, 167）的校注版中在專有名詞索引表則說明*Laval desus Cler*的正確位置不詳，應該位於法國南部的某個地點。Jean Frappier（1965, t. II, 236-238）則引用 Philipp August Becker的假設，認為*Laval desus Cler*應該是位於法國南部加爾區（Gard）的拉瓦勒聖羅芒城（Laval-saint-Roman），因為農民從聖吉勒城（Saint-Gilles）出發，途中經過尼姆城（Nîmes）、阿萊斯城（Alès）、聖阿布魯瓦城（Saint-Ambroix）以及巴爾亞城（Bajart）。Jean Frappier也猜測*Laval*（拉瓦勒）很有可能位於拉格朗孔布（La Grand-Combe）的東南方。	XXXIII, 49
Lavardi	拉瓦帝城。位於法國南部的一座城市。按照Jean Frappier（1965, t. II, 237）的臆測，根據文中對此地名的細節解釋，此處是一座採石場，由此可以推論出這座城市很有可能是羅馬帝國時期的巴魯特勒採石場（carrière romaine de Barutel）。	XLII, 10
Loherenc	洛林人（Lorrains）。	VII, 34

Lombardie	倫巴底（Lombardie）。為義大利北部的一個大區，首府為米蘭。	XLVIII, 7
Lonel	婁奈勒（Lonel）。被阿爾班國王殺害的牛隻之一。	XLIX, 73
Loon	拉昂城（Laon）。	VII, 25
Looÿs	路易一世，查里曼大帝之子，法蘭克國王。	I, 52；I, 66；I, 68；I, 77；III, 1；IV, 1；V, 16；V, 19；VI, 1；VII, 1；IX, 1；IX, 6；XI, 1；XII, 1；XIII, 1；XIII, 6；XIV, 1；XV, 1；XV, 11；XV, 53；XVI, 1；XVI, 16；XVIII, 2；XIX, 1；XXI, 6；XXIV, 1；XXIV, 12；XXVI, 15；XXVI, 26；XXVI, 34；XXVI, 97；LIX, 22
Mahom/ Mahon	穆罕默德（Mahomet）。	XXXIII, 49; XLIX, 19; LVII, 7
Mahomez/ Mahomet	穆罕默德（Mahomet）。	XXXIII, 52; XXXIII, 55; XLIV, 13; XLIX, 23; XLIX, 51；XLIX, 57；LI, 2；LIII, 31；LVII, 10
Marie	瑪麗亞（Marie）。耶穌的母親。	XLIV, 2; LVII, 3; LIX, 24
Marie Magdalaine	瑪麗・瑪德蓮，抹大拉的瑪利亞（Marie-Madeleine）。	VI, 17
Mere Dé(la)	勒皮聖母主教座堂(Notre-Dame-du-Puy)。位於上羅亞爾省（Haute-Loire）。	XXX, 38
Mirant	米朗（Mirant）。撒拉遜國王。	XXII, 7
Monbardon	蒙巴爾東鎮（Monbardon）。蒙巴爾東為位於義大利西北部普雷勝迪迪耶（Pré-Saint-Didier）下游，瓦萊奧斯塔大區（Val d'Aoste）的一個市鎮名。	VII, 35

Monferent	「蒙費朗」（Montferrand）。西元1120年由奧弗涅的紀堯姆六世伯爵（comte Guillaume VI d'Auvergne）所創建。	XXXI, 3
Monjeu	小聖貝赫納（le Petit Saint-Bernard）。	VII, 35
Monjoie	「蒙茹瓦護國祖神」。為法蘭西人戰爭時軍隊用的口號。這個詞很有可能源自於法蘭克語的 *mund-gawi* 意思為「守護家國」、「保家衛國」（Protège-pays）。在基督教尚未完全被法蘭克人接受時，法蘭西士兵在開戰前會招喚自己的祖先或神明來保佑他們得勝歸來，之後就用 *Monjoie* 來代替法蘭克守護祖神的稱謂。	LIV, 13；LV, 18
Monloon	蒙拉昂（Montlaon）。*Monloon* 其實就是 *Montlaon*，意思是「位於拉昂城的山上」（mont de Laon），是卡洛林王朝時期的首都。參見Loon（拉昂城）。	XV, 16
Monpellier	蒙比利埃城（Montpellier）。	XXIII, 12
Murgalez	牧赫佳列（Murgalé）。撒拉遜國王。	XXII, 9
Naseüre	納瑟宇赫城（Naseüre）。根據Ducan McMillan的校注版（1978, 168）解釋，手稿 *A³* 與 *A⁴* 的拼寫法為 *Vauseüre*，為一座撒拉遜人占據的城市。	XX, 1
Neminois	尼姆城地區（région de Nîmes）。	XXI, 4

Nerbone	納博訥（Narbonne）。位於法國南部奧德省(Aude) 的一個市鎮。	XLIX, 7；LI, 13；LII, 5
Noiron	尼祿（Néron）。	VII, 36; XI, 2; XVI, 2; XXII, 2; LIII, 14
Normandie	諾曼第（Normandie）。諾曼第位於法國西北部。	XLVIII, 13
Normant	諾曼第人（Normand）。	VII, 13
Nimes/ Nymes	尼姆（Nîmes）。	I, 10；XVIII, 9；XVIII, 40；XX, 2；XXI, 2；XXII, 9；XXXIII, 25；XXXIV, 2；XXXIV, 25；XXXV, 15；XXXVII, 8；XLII, 11；XLIII, 3；XLIV, 8；LIX, 11；LIX, 21
Orable	歐拉蓓蕾（Orable）。諦波王之妻，在 《攻克奧朗日城》(La Prise d'Orange）一書的結尾時，歐拉蓓蕾嫁給了紀堯姆，並且改信基督教，其後改名為姬卜爾（Guibourc）。	XXII, 11
Orenge	奧朗日（Orange）。	I, 7；XVIII, 10；XVIII, 41；XXI, 3；XXII, 5
Orliens	奧爾良（Orléans）。根據 Claude Lachet（1999, 198）的解釋，奧爾良在十與十一世紀期間，為卡佩家族在法蘭西的皇城與首府。在《國王路易一世的加冕禮》中，紀堯姆把他的俘虜諾曼第公爵（duc de Normandie）帶往路易所在的奧爾良市。	XXII, 18; XXIII, 4
Oton	奧東（Oton），被紀堯姆殺死的國王。	VII, 32

Otrans/ Otranz/ Otrant/ Otran	奧特朗（Otrant）。奧特朗為尼姆城的撒拉遜國王，為阿爾班（Harpin）的兄弟。	XX, 3；XXII, 9；XXXIV, 14；XLIII, 10；XLVI, 3；XLVI, 9；XLVI, 23；XLVI, 41；XLVII, 1；XLVIII, 1；XLIX, 3；XLIX, 54；XLIX, 110；L, 3；LV, 28；LVI, 3；LVII, 2；LVII, 8；LVIII, 1
Paris	巴黎（Paris）。	I, 28；VII, 18；XXIX, 3
Pere(saint)	聖彼得（saint Pierre）。	VII, 23；LII, 7
Persant	波斯人（Persans）。	XXIV, 53
Petit Pont	小橋。根據Claude Lachet（1999, 171）的解釋，此橋連接了巴黎的西堤島（île de la Cité）與塞納河左岸（rive gauche de la Seine），為巴黎最古老的橋墩。1185年以石頭搭建而成，然而此橋常因為塞納河氾濫或是由於位在附近的磨坊和木屋火災而受到殃及進而摧毀。中世紀時人民要過橋時都要繳納過橋費，只有街頭藝人在過橋時可以讓他們受過訓練的猴子以表演才藝代替過橋費，這是法文慣用片語 « payer en monnaie de singe »（直譯為「用猴子的錢幣來付費」，之後轉義為「用空話來敷衍債主」、「用空話報答」）的由來。	I, 28

Pierrelate	皮埃爾拉德（Pierrelate）。根據Joseph-Louis Perrier（1982, 74）校注版解釋，Pierrelate有可能是一個位於法國東南方德隆省（Drôme）的村莊名，又或者按照 Ernest Langlois在《國王路易一世的加冕禮》（*Le Couronnement de Louis*）校注版中（2013, 161）的解釋，Pierrelate一詞曾出現在第四十九章2026行詩中，此地名可以有Pierrelarge以及Piereplate 另外兩種拼寫法，是紀堯姆攻占下的城市之一，很有可能是西班牙的佩雷拉達（Peralada）市鎮，位在東庇里牛斯省（Pyrénées-Orientales）的西班牙山坡上。	VI, 6
Pohier	皮卡第人（Picards）。	VIII, 36
Poitou	普瓦圖（Poitou）。普瓦圖為法國古代的省，位於法國中西部。	XLVIII, 13
Police	波里斯城（Police），即Spolète「斯波萊托城」，位於義大利中部翁布里亞大區（Ombrie）佩魯加省（province de Pérouse）的一座城市。	III, 4

Porpaillart sor mer	濱海波赫巴亞市（Portpaillart-sur-mer）。根據Ducan McMillan的校注版（1978, 168）解釋，*Porpaillart sor mer*為一個西班牙的城市，很有可能是索爾特市（Sort），是帕拉爾斯伯爵領地（comté de Pallars）中的最重要地點，坐落於諾格拉帕利亞雷薩河谷（vallée de la Noguera Pallaresa）的上方。	XVIII, 8；XVIII, 39
Pui(le)	勒皮（Le Puy）。位於上羅亞爾省的一個城鎮。	XXXII, 6
Puille	普利亞（La Pouille）。位於義大利東南部的一個大區。首府為巴里（Bari）。	XLVIII, 8
Quinzepaumes	甘茲疏姆（Quinzepaumes）。撒拉遜國王，恭德黑（Gondré）之兄弟。	XXII, 8
Richart	理察（Richard），諾曼第公爵。理察為*Acelin l'orgoillos*（「高傲的亞斯蘭」）的父親。	VII, 12
Ricordane	峆篝赫丹之路（voie Regordane）。Jean Frappier（1965, t. II, 235）認為*Ricordane*不僅是一條可以從捷赫緱維（Gergovie）通往尼姆（Nîmes）的道路，而且還意指克萊蒙費朗（Clermont-Ferrand）南部的一個山區部分。	XXXII, 5；XXXV, 23；XXXVI, 3

Riviers	赫維耶，根據 Ducan McMillan（1978, 169）與 Joseph-Louis Perrier（1982, 75）的校注版中的專有名詞索引解釋，*Riviers* 是荷蘭的一個省份名。	XV, 14;
Roberz	羅貝爾（Robert），勃艮第人奧白里之子。	XIV, 10
Rome	羅馬（Rome）。	I, 11; V, 21; VII, 36; VIII, 10; VIII, 32; XV, 45; XVII, 7
Romenie	羅馬涅（Romagne）。為義大利的一個歷史地區，和艾米利亞（Émilie）組成義大利北部艾米利亞-羅馬涅大區（Émilie-Romagne）。	XLVIII, 9
Rosnes	隆河（le Rhône）。	XXI, 5
Saint Gile	聖吉勒城（Saint-Gilles）。聖吉勒城位於加爾省（Gard）的一個市鎮，為中世紀時期法國基督教信徒前往西班牙北部聖雅各·德·孔波斯特爾朝聖（pèlerinage de Saint-Jacques-de-Compostelle）之四大路線中，其中一條名叫「土魯斯之路」（*via Tolosana*）的重要必經城市，此路線起始於阿萊城（Arles），途中經過聖吉勒城（Saint-Gilles）、蒙比利埃城（Montpellier）、土魯斯城（Toulouse），最後穿越庇里牛斯山到達西班牙。小隆河（Petit Rhône）曾流經聖吉勒城，十字軍東征時期曾是出發前往巴勒斯坦的登船港。	XXIII, 12; XXXIII, 35; XXXIII, 50

saint Michiel	聖米歇爾（saint Michel）。大天使聖米歇爾的主保日為九月二十九日，聖米歇爾為天兵天將之統帥，為上帝子民的守護者。	XXIII, 11
Saint Michiel del Mont	聖米歇爾山（Mont Saint-Michel）。	VII, 11
sainte Marie	聖母瑪利亞（Marie）。耶穌的母親。	XLIV, 2；LVII, 3
Sarrazin/ Sarrazins	撒拉遜人（Sarrasin/ Sarrasins）。	XV, 22；XXII, 4；XXIV, 53；XXXIII, 12；XXXIX, 3；XLVI, 42；XLVII, 31；XLIX, 43；XLIX, 77；XLIX, 84；XLIX, 106；LI, 15；LV, 24
Sezile	西西里島（Sicile）。地中海最大島嶼，位於義大利卡拉布里亞（Calabre）西南方的一個島嶼。	XLVIII, 8
Sorant	索隆（Sorant）。為貝特朗（Bertrand）喬裝為商人時的化名。	XLVI, 16
Termes	泰爾姆（Termes）。泰爾姆為法國南部奧德省（Aude）的一個市鎮。	XXXIII, 28；XL, 37
Tervagam/ Tervagan	特爾瓦剛（Tervagan）。撒拉遜神祇。在法國中世紀文學作品中，特爾瓦剛是一位憑空想像出來的異教神祇，通常不會被單獨供奉，祂往往會和其他神祇一起組成一組，最常見的是與穆罕默德（Mahomet）以及阿波蘭（Apolin）組成的三神組。	XLIV, 14；XLIX, 20
Tiacre/ Tÿacre	狄亞克爾（Tiacre）。紀堯姆喬裝成商人時所使用的化名。	XLVI, 25；XLVI, 27；XLVII, 2；XLVIII, 2；XLIX, 13；LIII, 13

Tiebaut	諦波（Tibaut），撒拉遜國王，歐拉蓓蕾（Orable）之丈夫。	I, 9；XXII, 10
Toivre	台伯河（Tibre）。	VII, 28
Tori	多利，參見 Hermensant de Tori。	XIV, 5
Tortolouse	多羅托魯茲市（Tortolouse）。根據Ducan McMillan（1978，169）的校注版解釋，*Tortolouse*為一個西班牙的城市，很有可能是西班牙的托爾托薩市（Tortosa）。	XVIII, 8；XVIII, 39
Tosquane	托斯卡尼（Toscane）。位於義大利中西部的一個大區。首府為佛羅倫斯（Florence）。	XLVIII, 10
Turs	土耳其人（Turcs）。	IX, 13；XV, 22
Valsoré	伐勒索黑城，撒拉遜人統治的城市。	XXI, 1
Valsure	伐勒旭赫城，撒拉遜人統治的城市。	XXI, 1
Vecene	維瑟尼城，法國南部的一座城市。有可能是現今的諾濟耶爾城（Nozières）、韋松城（Vaison）、 抑或是瑪希陽區的村莊名（village de Massillan）。	XLII, 9
Venice	威尼斯（Venise）。	XLVIII, 18
Verge	聖母瑪利亞（Vierge Marie）。	X, 1
Virge	聖母瑪利亞（Vierge Marie）。	XLIV, 10a

評注中古法文生難詞彙索引

Index des Notes

aprovender	142	avangarde	913
aquitee	1371	avant	714
aquiter	636	avenamment (adv.)	1134
arc	55	avenant (adj.)	1124
archeveschié	541	aver (adj. et n.)	1164
ardoir	674	aversiers	673
aresnier	750	avint	504
aresonné	449	avisé	1194
argent	1144	aviser	1051
armes	252	avoé	1202
arrier (adv.)	790	avoir (n.m.)	1070, 1151
arriere	915	avroiz	1117
arriere garde	915	Aymes le viell	769

B

ars (participe passé)	1208	bacheler	58, 86, 123, 1220
As	598		
asavoré	1241	bachelers	1212
asiet	800	bailliee	1283
assazee	1266	baillier	552, 949
assez	209, 564, 786, 930	bailliz	185
		baptizier	25
assise (adj.)	962	barbe	1275
ataïné	1257	barnage	995
atant (adv.)	697	barnage	1319
atorné	1013	barné (n.m.)	721
atorner	837	baron (n.m. pl.)	641
atrere	283	barrer	994
au besoing	1171	batailles	212
Auberi	470	baudrez	1041
aubor	56	bazenne	1147
aucubes	885	belement	784, 1247
aucun	275	beneïçon	600
auferrant	140	beneïe	959
auques	1179	ber (adj.)	69, 1160
autel	267	Berengier	484
avaine	658	bers	54
aval (adv.)	663	berser	46
avaler	144		

Bertran	74	**C**	
bese	783	*Camoisié*	1035
besoing	1171	*Cantorbiere*	1128
bessié	388	*ceanz*	1231
beüst	473	*cel* (adj. démonstratif)	1245
biens	702	*Celé*	1199
billete	931	*celier*	664
blasme	263	*celui*	264
boce	1195	*cendaus*	1137
boidie	956	*cenz*	720
boisié	555	*cers*	50
boisier	525	*cestui*	466
bon	981	*chaciez*	182
bone	1157	*chaï*	501, 667
bonement	694, 1149	*Chalanja*	328
bones	1148	*chalengié*	778
bonet	1063	*Challemaines*	265, 266
bonté	5	*chalor*	942
Borgoing	469	*champel*	121, 213
Borgueignon	329	*chançon*	8
borjois	1058	*change*	1189
borses	1042	*changier*	168, 488
bouclez	907	*chanoine*	276
bouqueranz	1138	*chans*	418
bouté	1237	*chanter*	1011
bouter	1027	*chanu*	408
brant	223	*chapel*	1062, 1125
brevïaire	825	*Chapes*	818
bricon	340	*char*	926
Bride	871	*charroi*	21, 978
briés (n.m. pl.)	161	*charrues*	984
bris	938	*chasez*	61
bruillet	361	*Chastiaus*	565
buef	1019	*chatel*	608
buen (adj.)	767	*chauces*	1056
bués	922	*chaucie*	1052
burel	1015	*chaucier*	479

chauderons	831	combati	217
chaut	85	combatié	506
chemin	662, 974	Comfetement	1012
chetif	376	commant	620, 695
chevaleros	319	comme (adv. interrogatif)	20
chevillier	993	Communement	860, 1333
chief	292, 401,	compaigne	57
	533, 797,	compaignon	463
	1143, 1301	comparront	719
chiens	514	concile	1111
chïent	206	conduiront	613
chier	811, 925	confenon	334
chiere (n.f.)	1356	confonde	748, 1291
choisi	791	congié (n.m.)	355
chose	352, 505	conjoignent	982
ci	298	conquesté (participe	246, 923,
ciex	36	passé)	934
Cil	42	conquis (participe passé)	187, 1177
cit	330	conquis (passé simple p1)	383
cité	23	conraé	866
claré	969	conraer	97, 846
cler	731	conroiz	1272
clerc	272	contes	60
cleres (adj.)	485, 1140	contraire	1270, 1282
Clermont	878	contree	1381
clinent	532	contreval (prép.)	1065
clo	421	convenant	688
clochiers	677	conversé	921
clops	723	cop	224
clos	1315	Copoie	1216
coart	519	corant	766
coigniees	991	coranz	486
coitierent	1084	cordoan	109
col	394, 1354	corner	859
colee	286	corrocié	1232
coler	232	corrocier (n.m.)	763
combatant (adj.)	1331	corroiez	1039

cors	65	Dame	669
corsier	659	Damedex	1260
cort (adj.)	18, 236	Damedieu	813
cort (n.f.)	289	Damoiseaus	1229
Cortoisement	1228	dangier	503
cote	1014	dans (n.m.)	380
coutel	1059	Dant	404
Crac	1186	Dé	872
creant (adj.)	1132	de cest jor en avant	714
creanter	857	de grez	1210
creez	809, 1162	de novel	62
cremue	623	de tel guise	961
crenuz	417	de voir	1180, 1298
creoies	1358	deffent	262
crestïenté	222	deffïer	297
crestïentez	35	defuiant	619
creüst	15	degré	105
crevé	1021	deguerpisse	1363
cri	1098	del	11, 234,
crien	635		487, 849,
criminel	894		1354
croisse	4	delaié	396
croiz (n.f.)	137, 672	delez	386
croz	833	delivrer	1173
crucefis	826	demant	606
Cueillent	883	demente	154
cuens	44	dementer	850
cuer	849	demorable	259
Cuides	153	demoré	1313
cuvert (adj.)	1251	deneree	952
cuvert (n.m.)	295	denier	403

D

		denree (n.f.)	1378
d'iluec	1182	depanez	730
D'or en avant	895	departistes	293
Dagobert	258	departons	639
dahé	240	deporter	65
dahez	1368	derompre	368

Derriers	359	*Don* (adv.)	1127
Des or	1054	*donjons*	567
descent	101	*dont* (adv. interrogatif)	76
descirez	725	*dorroie*	1262
desconbrez	1169	*dorroit*	165
deseure	1020	*dos* (numéral cardinal)	317
desfaé	1227	*doublerent*	884
desheriter	119	*dras*	724, 1087
desheritier	483	*dreciez*	780
Desi au	889	*droit*	855
desi en	1185	*droiturier*	491
desi qu'en	1181	*Droiz*	248
deslace	1114	*dromon*	341
desmaillier	1349	*druz*	416
desmesuré (adj.)	1296	*durs*	988

E

effraé	870
egalment	638
Einçois…que	1264
el (= en + le)	37, 277, 436, 495, 797, 799, 1143, 1301

Desor	225		
desoz	216		
desreez	1259		
desrubes	626		
destre	879		
destriers	385		
destruit	617		
desver	1305	*el* (pron. indéf.)	932
detranchier	523	*el* (pron. indéfini)	852
devant	1143	*elmes*	1139
devïez (participe passé)	445	*els* (pron. personnel)	67
devon	1010	*embler*	1214
Dex	3	*emboees*	1285
di	1365	*empereres*	80
digné (participe passé)	1299	*empire*	1187
Diva	576	*empires* (n.m.)	966
doctriné	1030	*empirie* (participe passé)	953
doi	152	*empirier*	771
doin	603	*emprevez*	864
doint	759	*emprisonez*	1170
dolante	433	*en gros*	1318
doleoires	990		

En mi (prép.)	72	*enz*	495, 799,
en present	711		1242
en sus	1068	*Enz en*	1242
en tot vostre vivant	716	*erraiche*	1278
enbuschier	364	*errant* (adv.)	1135
encensiers	820	*erre*	777
encliné	1302	*erré*	1095
enclinez	447	*errer*	989, 1048
encontre	112, 353	*es*	36
encontré	1029, 1230	*esbanoier (soi)*	660
encontremont	1047	*escarlates*	1089
encroé	1207	*eschaper*	1308
encui	1255	*escharbocle*	390
Endeus	781, 1133	*escharni*	1292
enfanz	464	*eschaugaitier*	360
enfoncer	1007	*escïent*	115, 1150
enforcier	173	*Escler*	28
enforciés	382	*Esclers*	507
enfumé	1016	*escorchier*	1239
engignement	957	*escouter*	10
engigniez	751	*escris*	1004
enging	1226	*escu*	243, 426
engingnierres	1215	*escuiers*	729, 735
engreignier	171	*escus*	906
enpirant	455	*esfors*	1324
enprés (prép.)	1097	*esfort*	1367
enquise	1101	*esforz*	1327
enraige	1279	*esfraez*	111
ensaignes	999	*eslessié*	511
ensement com	580	*esligier*	785
enserré	1203	*espandre*	370
enserrer	1099	*esperitable*	828
ensoldeez	595	*espié*	242, 393
entaillié	1113	*espiez*	909
entrepraignent	1001	*esploitier*	746
envers	288	*esprover*	726
		essauça	34

essil	183	*fer*	438
essillié	821	*Ferment* (présent ind. p6)	983
estable	268	*fermetez*	568
estables	549	*fermez*	1218
estage	270	*ferré*	974
estanceler	912	*fers*	155
estant	1300	*fervesti*	476
esté (n.m.)	38, 942	*feste*	652
esté (participe passé)	49	*festu*	410
ester	698, 1204	*fié*	397
estolt	301	*fier* (adj.)	253, 482,
estor	121, 213		707, 1330
estors (n.m.)	508	*fiere*	255
estors (participe passé)	1314	*Fierebrace*	1067
estoupé	1175	*fievez*	81
estraier	812	*fill*	477, 700
estres (n.m. pl.)	950, 1369	*Filz*	59, 249
estrete	1100	*finerent*	1076
estrier	517	*Flamenc*	346
estuet	141	*flor*	752
eulz (= yeux)	986	*flor de France*	753
eure (n.f.)	1038	*foier*	200
euz (n.m. pl.)	320	*foiz*	562
eve	773	*fondre*	675
ez	747, 1168	*fonz*	1003
ez vos	747	*forbi*	512
F		*forches*	772, 1206
face (subjonctif présent p3)	1274	*forfis*	793
		formé	125
Fain	657	*forment*	379
faintement	705	*forniz*	481
fanc	1032	*fors* (adv. ou prép.)	181, 1370
faudront	739	*forsenez*	136
faus	423	*fort* (adj.)	121, 222
fel	526	*forz* (adj.)	1344, 1352
felon	304	*Foucon*	460
feme	474, 670	*foui*	518

fox (adj.)	524, 853	*gemé*	229
fraindre	1348	*gemez*	901
frans	450	*gent* (n.f.)	631, 682,
Frison	347		1049
froé	1023	*gente* (adj.)	429, 1130
froez	203	*gentement*	96
froissié	802	*gentes* (n.f. pl.)	862
Froit	942	*gentil*	123
froment (n.m.)	1373	*gentix*	68
fu	868	*Gitai*	335
fueillissent	39	*gité*	94
fuerre	897	*gloton*	789

G

		gloz	792
gabent	1256	*gonele*	1271
gaber	1036	*gonnele*	1055
Gaifier	164	*goule*	987
gaïne	1060	*graé*	601
gaire (ne…)	271, 285	*graile*	1338
gaitier	365	*grain*	143
gant	686	*graine* (n.f.)	1145
garant	691	*grainz*	685
garantir	574	*grans*	621
garçon	544	*grant* (adj.)	48, 215,
garde (n.f.)	915, 1117		1082
Garde (imp. P2)	1248	*grant* (n.f.)	713
gardons	1038	*gré*	356, 854
garie	1359	*grelle*	1317
gariz	492	*grenon*	1289
garnement	1142	*grevez*	597
garnie	944, 1184,	*grez* (n.m.)	594, 1210
	1267	*grief* (adj.)	1176
garniz	444	*grifaigne*	1000
garroie	937	*grocent*	985
gastes	1273	*gros*	1318
gastez (adj.)	1045	*Grues*	861
gaut	40	*gué*	256, 838
Gel	322	*gueilles*	1040, 1217

guele	1119	huichier	489
guernons	1297	Huimés (adv.)	1009, 1156
guerroier	167	huis	413

I

guele	1119	i (adv. de lieu)	79
Guibor	24	i (adv.)	409
guïé	1244	iert (ind.impf. p3)	314
guïer	1167	Iluec (adv.)	500, 761, 1182
Guillelme	16		
Guillelmë	236	Ilueques	363
Guion	326	iré (participe passé)	571
guionaige	1116	iré (adj.)	1233
guionnage	1094	Isnelement	95, 99
guise	961	issent	910

H

hante (n.f.)	1347	issis	427
hantive	1104	istrai	1155

J

haster	573, 1240	Ja (adv.)	77, 640, 1117, 1249
hauberc	628		
Hauce	798	ja mar	1249
heaume	226	jazerant (adj.)	1350
hennoré	871	Jeuent	929
henor	534	jeüner	92
herbergent	1053	joiant	733
herberges	843, 880	joianz	743
Herberja	655	jor	714
herité	855	jornel	722
heritez	446, 727	jorz	91
Herneïs	280	Jostai	332
hernois	192	jovent	717
hom	458	jovente	147, 432
home	13, 222	jument	1061
homes	176	jurent	881
honiz	190	justisable	254
hostiex	867, 1337	justisier	683

K

houre	306	Kalle	249
hués	148		
hueses	108		

L

l'en	221
laissier	651
lance	438
lancier	366
large	287
lasus	425
Laval desus Cler	933
Lavardi	1078
laz (n.m. pl.)	367
le (pronom régime atone)	1152
le me	128
le vos	395
leauté	586
lechierres	710
ledengier	762
lee (adj.)	1286
lerres	1213, 1306
lesserent	877
lessié	159
lessier	169
leu	275
levé	1300
lever	25
levrier	520
l'iemier	377
liez	744
Lignage	282
limonier	1238
liues	918
livré	1209
livrer	149
livres	668
loe	965
loer (inf.)	593
Loherenc	345
loi	728

loier (inf.)	992
loier (n.m.)	582
Lonc	775
lonc tens	269
longuement	502
Loon	331
Looÿs	98
loriers	362
losange	808
losangier	158
losengier	810
luisoit	391

M

Mahomet	1108
mail	996
maill	1236
mains	598
maint (adj.)	120
maint (ind. présent p3)	424
maintenir	465
majesté	7
mal (adv.)	185, 1029, 1230
Maldahé	420
maldie	1357
male	1049
male gent	1049
maleïçon	572
maltalanz	172
maltalent	195
Mameles	678
mandé	972
mandement	615, 1335
mantel	1354
mar	1117, 1249
marbrin	104
marcheant (n.m.)	1122

marches	566	mestier	788
marchié	540	mestre (adj.)	397, 1093
marchis	17	mestre (n.m.)	997, 1085
Marie Magdalaine	279	mestrie	958
marrastre	471	metrai	711
martire	1309	mielz (adv.)	692
martre	261	Mien	115, 1150
marveilleus	1324	mire	234
masse	1082	Moie	610
maus (= mal)	170	moieus	1033
maus (= maillets)	1321	moillier	29, 546
mautalant	451	Molt	33, 680
Mauvesement	1246	Monbardon	349
meillor	12, 250,	Monferent	878
	472, 474	Monjeu	348
mellé	797, 1301	Monjoie	1323
meller (soi)	1258	Monloon	498
membre	214	monnoie	1043
membrez	898	monnoié	644
menaie	1092	monté	643
menantie	1178	monz	875
mendïer	755	morra	133
mengier (inf. substantivé)	371, 845,	mort (participe passé)	180
	1225	morz	122
mengierent	338	mot	1031
merciz	129	moustier	278, 548
Mere Dé	872	Muetes	66
merveille	1192	muls	51, 1044
mervelleus	1017	muse	405

N

narilles	231
nasel	230
Naseüre	614
naturel (adj.)	642
naturez	599
navrez (n.m. pl.)	1325
Ne t'ai servi	116

mes (adv.)	189
meschins	1211
mescrerez	1250
mesnie	191
mesniee	1341
mesons	1334
messeaus	816
messeus	824

neant	618, 1025	ost	342, 613
nel	647	ostel	71
nes	19, 236	oster	583
neveu	699	ot	49, 811,
nez (participe passé)	494		855
niés	75	ot esté	49
nobile	490	Oton	343
noielez	903	Otrant	616
noier	768, 774	otrie	1362
Noiron	350, 441	otroi	551
Normant	316	ou (adv. relatif)	47
nouvel	37, 62	outraige	207, 1118
nuiz	89	ovré	1288

O

o (adv.)	300	**P**	
O (prép.)	344	paaige	945
ocirre	522	paielles	830
ocist	31	paienie	634
oef	578	paiennisme	220, 222
oi	227	paier	497
Oiez	1	paile	819
oiseaus	64	paine	689
oisel	42	palefroi	244
olifant (n.m.)	1376	palés	78
onc	241	paluz	419
oncle	84	par contraire	1270
onques	251	Par un petit	1276
or (adv.)	1054	par verté	1294
or (n.m.)	228	parc	513
orer	890	parent (n.m. pl.)	453
orgueillous	296	parenté	1200
orifamble	911	Parfondement	848
orroiz	77	parjuré	1252
os	801	parole (n.f.)	1258, 1383
osast	177	part	412
		pasmez	1198
		pasture	624
		patriarche	291

pautonier	807	pleniers	509
pautoniers	1235	plest	9
pavees	1372	plet (n.m. pl.)	1110
paveillon	351	plevi	681
paveillons	842	ploié	782
peaus	260	plorai	680
pechié	124, 434	plumé	1290
pel	303	plus	563
pelé	579	po (adv.)	399
Peleterie	1146	poesté	979
pelice	1261	Pohier	406
peneant	712	poi	948
penez	88, 138	poil	407
Pense	770	poindre	1026
pensez	977	poing	797, 1301,
penst	126		1315
peor	308	poinz	908
per (n. m. pl.)	157	Poise	1374
per (n.f.)	30	poissant (adj.)	1343
peres	315	poisson	339
Pernez	459	Police	160
Perron	1112	pomier	805
pers (n.m. pl.)	134, 237,	pont	245
	442	ponz	902
perses	1057	pooirs	736
pert (ind. présent p3)	1037	poons	863
pesanz (adj.)	1328, 1345	por (+ inf.)	740
petit (n.m.)	114	Por c'	430
peus	1277	Por ce	1280
pié	101, 374	Por que (= pour peu que)	1050
piece	48	Porpaillart sor mer	592
Pierrelate	257	porpenser	561
planchié (n.m.)	107, 779	porpres	1088
planchier	764	portast	252
planté (n.f.)	940, 967	portier	373
pledoiant	1120	porz	609
plenier	589	pou	135

poudre	1310	*que* (adv. relatif)	307
povres	735	*que* (pron. interrogatif)	139
Poz	829	*que* (= comme)	938
prant	1116	*Que* (= afin que)	1172
pré	350, 441	*que* (= si bien que)	706, 806,
premier	1143		1254
prennent	598	*quel* (= que + le)	333
presenter	873	*quel* (= qui + le)	1224
presse	375, 510	*quel* (adj. interrogatif)	412
prestre	274, 547	*quens*	804
preu (adj.)	757	*querre*	354
Preu (n.m.)	1153	*queus*	844
preudom	1161	*Qui* (pron. rel. sans	735
preudome	1123	antécédent)	
preudon (adj. ou n.m.)	758	*quier*	443
prevoz	1355	*quiers*	671
prez (n.m. pl.)	32	*quiert*	440
princier	814	*quistrent*	946

prisié	1121	*ralïant*	1339
prist a	749	*ramé*	103
privez	1166	*rasé*	928
prochain	701	*reaume*	596
proisable	1090	*rebracié*	796
proisié	400	*recelee*	1284
proisier	745	*reclorre*	936
prou	325	*reçoivre*	560
prouz	294	*recopé*	646
provende	150	*redrecier* (inf. substantivé)	448
pucele	545	*refere*	1006
pute	630	*regné*	590
pyment	968	*regne* (n.m.)	556, 602

quanque	787	*remanez*	637
quar (+ imp.)	113, 977	*remés*	197, 435
quar (= car)	208	*remest*	521
Quarte	538	*remüer*	1028
quartier	166, 537	*rendi*	323

renoer (inf. substantivé)	233	rois	6, 380
renoiez (n.m.)	527	roncins	723
renomee	1382	ros	313
rent	557	rové	605
repaire	99	rüé	976

S

repairier	662	s'adoubent	1332
reperai	309	s'en foui	518
reperent	1380	sages	247
reperier	760	sai	151
reperoit	45	saiche	1115
repost (participe passé)	1320	saietes	53
repristrent	1219	saiges	535
reprové	211	saint (subj. présent p3)	715
reprovier	581	saint Denis	794
requiert	530	Saint Gile	653
resne	765	Saint Michel del Mont	310
respit	1366	saint Michiel	652
responent	199	saint Perre au baron	327
retaillié	559	saner	235
revenra	132	sanglier	515
reverdissent	41	sautiers	817
revertie	1265	sauveté	1222
revestie	1268	savés	651
revois	935	secorre	516, 584
Richart	311	secors	693
riche	281, 398	seez	113
richece	939	seignor	2
richement	865, 971	seignoré	239
riches	163	sejorner	627
richeté	146	sel (= si + le)	337, 964
Ricordane	887	sel (n.m.)	925
ris	93	seles	904
Riviers	496	selonc	83
Roberz	478	sempres (adv.)	1022
roez	891	seneschal	372
roi	250, 266, 604	senestre	797

senez	588	*tel* (adj.)	961
sens	168, 414,	*Tel* (adv.)	392
	488, 1305	*tele* (adj.)	305
serf (ind. Présent p1)	188	tenailles	835
serjant	542	tencié	570
seror	633	*Tendent*	840
Serviront toi	461, 475	tendrement	680
Ses (= si les)	1046	tenir	178
sié (n.m.)	499	tenissent	156
Sifaitement	975	tens	37, 577,
Sifetement	963		652, 1148
soé (adv.)	43, 1243	tenser	575
soffrez	130	tenu	401
soing	467	terre	1183
soldee	1379	tertres	874, 1096
soldoier	1002	*Tervagam*	1108
solier	666	*Tiebaut*	27
soller	110	tire	1275
sollers	1018	toailles	827
soloit	415	*Toivre*	336
somiers	193, 815	toli	26
sorhaucié	536	tolir	468
sorrist	704	tonel	927, 1245
sot (ind. passé simple p3)	955, 1031	tor	324
souduiant	1329	toreles	1080
soz	102	torne	1351
sozlever	1034	torné	569, 1223
suit	1353	torner	196
sus	1068	tornerent	882
syglatons	1086	*Tortolouse*	591
T		tortre	679
tafure	632	traites (participe passé)	1322
talant	684	traïtres	1307
tant	301	tramist	162
tante (adj.)	431	*Tranchent*	1074
targiez	734	tranchier	741
tastoner	117	traveilliez	87

trebuche	803	*valoies*	271
trebuchier	369, 676	*vassal*	1326
tref	847	*vasselage*	1281
trepassé	876	*vavassor*	543
trepiez	832	*Vecene*	1077
trere	1069, 1071	*veillier*	90
tres (passé simple p3)	318	*veïst*	735
tres (n.m. pl.)	841	*vendre*	795
tresor	550	*Venice*	1191
tresorz	612	*venoison*	70
trespasserent	888	*venté*	1311
trestot	174	*ventre*	436, 849
trete	1079	*Verge*	428
trez (n.m. pl.)	205	*vergié*	389
trichierres	1163	*vermeil*	426
trompeors	858	*vers* (prép.)	218
tronçon	204	*verser*	1008
trop (adv.)	708, 1159	*verté*	1294
trosser	194	*vertu*	106, 202
trosserent	886	*verz* (adj.)	1091
trossez	52	*vespre*	839
trové	198	*Vespres*	1158
Trusque	100, 179	*Vesseaus*	823
tuai	302	*Vestent*	900
tuen	487	*vestir*	480
tuens	611	*vet* (ind. présent p3)	455
tuit	528, 1131	*veves*	118

U

uis	1174	*vevetez*	851
un petit	114	*Vez*	553
usé	577	*Vez ci*	893
usez	1154	*vi*	284

V

		vïande	186
		viel	312
		viell	769
vaerent	1377	*vilain*	920, 1293
vaillant (adj.)	1129	*vilains*	1193
vaillissant	402	*vile*	82
val	495, 1024		

vin	474
vis (n.m.)	554
vis argent	1144
vivant	716
vivre (inf. substantivé)	558, 645
voel	651
voiaige	1075
voie	73, 919
voir (adv.)	452, 585
voirement	1136
voit	604
voiz	378
volantiers	493
voloie	662
volt	266
vorrai	583
vuidier	753

Y

ydres	1106, 1107, 1108
yver	941, 942
yvers	131

書目

Bibliographie

《尼姆大車隊》相關的文獻

（一）手稿

Boulogne-sur-Mer, Bibliothèque municipale, 192, [38a]-[47c](*ms. C*)
London, British Library, Royal, 20. D. XI, [116r]-[118v](*ms. B¹*)
Milano, Biblioteca Trivulziana, 1025, [38b]-[47c](*ms. A³*)
Paris, Bibliothèque nationale de France, français, 368, [163ra]-[167ra](*ms. A⁴*)
Paris, Bibliothèque nationale de France, français, 774, [33c]-[41d](*ms. A¹*)
Paris, Bibliothèque nationale de France, français, 1448, [90v]-[99v](*ms. D*)
Paris, Bibliothèque nationale de France, français, 1449, [38c]-[47d](*ms. A²*)
Paris, Bibliothèque nationale de France, français, 24369-24370, t. 1, [91r]-[99v](*ms. B²*)
Paris, Bibliothèque nationale de France, nouvelles acquisitions françaises, 934, [2a]-[2d](*ms. A⁵*)

（二）手稿校注版

Guillaume d'Orange. Chansons de geste des XIᵉ et XIIᵉ siècles publiées pour la première fois et dédiées à Sa Majesté Guillaume III, roi des Pays-Bas, Prince d'Orange etc., par William Josesf Andries Jonckbloet, 2 tomes, La Haye : Nyhoff, 1854.

Meyer, Paul. *Recueil d'anciens textes bas-latins, provençaux et français accompagnés de deux glossaires*, 2ᵉ partie, Paris : Franck, 1874-1877, 237-253.

Le charroi de Nîmes, chanson de geste du XIIᵉ siècle éditée par Joseph-Louis Perrier, Paris : Champion (Les Classiques Français du Moyen Âge, 66), 1982.

Le charroi de Nîmes, chanson de geste du XIIᵉ siècle, éditée par Duncan McMillan, Paris : Klincksieck, 1978.

Raynaud de Lage, Guy. *Manuel pratique d'ancien français*, Paris : Picard, 1970, t. 2, 2-227.

（三）翻譯
古法文原典與現代法文譯文對照版

Le charroi de Nîmes, chanson de geste du Cycle de Guillaume d'Orange, présentée et commentée par Claude Lachet. Paris : Gallimard, 1999.

Le cycle de Guillaume d'Orange. Anthologie. Choix, traduction, présentation et notes de Dominique Boutet. Extraits des éditions de J.-L. Perrier, E. Langlois, D. McMillan, Cl. Régnier, C. Wahlund et H. von Feitlitzen, A.-L. Terracher, F. Guessard et A. de Montaiglon, M. Barnett, G. A. Bertin, W. Cloetta, Paris : Librairie générale française (Le livre de poche, 4547. Lettres gothiques), 1996, 147-197.

現代法文譯本與編譯本

Le charroi de Nîmes, chanson de geste anonyme du XIIᵉ siècle, traduite par Fabienne Gégou, Paris : Champion, 1977.

Jeanroy, Alfred. *La geste de Guillaume Fierebrace et de Raynouart au Tinel*, dans *Poèmes et Récits de la Vieille France*, t. VI, Paris : De Boccard, 1924.

英文譯本

Le charroi de Nîmes, an English Translation with Notes by Henri J. Godin, Oxford: Blackwell, 1936.

William, Count of Orange: Four Old French Epics, edited by Glanville Price with an Introduction by Lynette Muir; Translated by Glanville Price, Lynette Muir, and David Hoggan, London : Dent; Totowa, Rowman and Littlefield, 1975.

德文譯本

Wilhelmsepen: Le couronnement de Louis; Le charroi de Nîmes; La prise d'Orange, eingeleitet von Michael Heintze. Übersetzt von Bodo Hesse, München, Fink(Klassische Texte des romanischen Mittelalters in zweisprachigen Ausgaben, 22), 1993.

西班牙文譯本

Los carros de Nimes, cantar de gesta del siglo XII. Cronología, prólogo bibliografía y notas por Victoria Cirlot; traducción y notas por Alain Verjat Massmann, Barcelona : Bosch(Erasmo, textos bilingües), 1993.

義大利文譯本

Il carriaggio di Nîmes, canzone di gesta del XIII secolo, a cura di Giuseppe E. Sansone. Disegni originali di G. Brancaccio, Bari : Dedalo, 1969.

（四）相關研究文獻

Adler, Alfred. « À propos du Charroi de Nimes », *Mélanges de langue et de littérature du Moyen Âge et de la Renaissance offerts à Jean Frappier, professeur à la Sorbonne, par ses collègues, ses élèves et ses amis, éd. Jean Charles Payen et Claude Régnier*, t. 1, Genève : Droz(Publications romanes et françaises, 112), 1970, 10-15.

Andrieux-Reix, Nelly. « Écriture d'un cycle, écriture de geste. L'exemplarité d'un corpus », *Romania*, 108, 1987, 145-164.

——————. « Des *Enfances Guillaume* à la *Prise d'Orange*: premiers parcours d'un cycle », *Bibliothèque de l'École des chartes*, 147, 1989, 343-369.

——————. « Hautes routes de l'aventure : les *voies* et *chemins* du *Tristan en prose* », *Nouvelles recherches sur le Tristan en prose*, Paris : Champion, 1990, 7-31.

Bancourt, Paul. *Les Musulmans dans les Chanson de geste du cycle du roi*, Aix-en-Provence : Université de Provence, t. 1, 1982, 378-383.

Barnett, J. Monica. « Porpaillart in the Cycle de Guillaume d'Orange », *The Modern Language Review*, 51:4, 1956, 507-511.

Bédier, Joseph. *Les légendes épiques. Recherches sur la formation des chansons de geste*, Paris :

Champion, 3e éd., 1926-1929.

Besnardeau, Wilfrid. *Représentations littéraires de l'étranger au XIIe siècle. Des chansons de geste aux premières mises en roman*, Paris : Champion(Nouvelle bibliothèque du Moyen Âge, 83), 2007.

Boutet, Dominique. « Chevalerie et chanson de geste au XIIe s.: essai d' une définition sociale », *Revue des langues romanes*, 110:1, 2006, 35-56.

Chênerie, Marie-Luce. *Le Chevalier errant dans les romans arthuriens en vers des XIIe et XIIIe siècles*, Genève : Droz, 1986.

Chrétien de Troyes. *Le Conte du Graal(Perceval)*, éditée par Félix Lecoy d'après la copie de Guiot(Bibl. nat. Fr. 794), t. 1, 2, Paris : Honoé Champion, 1998.

Corbellari, Alain. « L'orgueil de Guillaume », *La faute dans l'épopée médiévale : Ambiguïté du jugement*, Rennes : PUR, 219-230.

―――. « Guillaume face à ses doubles. Le Charroi de Nîmes, ou la naissance médiévale du héros moderne », *Poétique*, 138, 2004, 141-157.

Crist, Larry S. « Remarques sur la structure de la chanson de geste. Charroi de Nîmes-Prise d'Orange », *Charlemagne et l'épopée romane. Actes du VIIe Congrès international de la Société Rencesvals, Liège, 28 août-4 septembre 1976*, éd. Madeleine Tyssens et Claude Thiry, Paris : Belles Lettres, t. 2, 1978, 359-371.

Dees, Anthonij. « La tradition manuscrite du Charroi de Nîmes », La recherche. Bilan et perspectives. Actes du colloque international, Université McGill, Montréal, 5-6-7 octobre 1998, *Le moyen français*, 44-45, 1999, 129-189.

De Poerck, G., et Zwaenpoel, R.. « Traitement automatique des textes littéraires en ancien français. Une expérience: le *Charroi de Nîmes* », *Archives et bibliothèques de Belgique*, n° spécial 6, 1971, 25-27.

Drzewicka, Anna. « La scène du vilain dans le *Charroi de Nîmes* et le malentendu sociopsychologique », *Kwartalnik neofilologiczny*, 23, 1976, 95-103.

―――. « Le procédé de l'adaptation parodique du style formulaire: le cas de la formule «qui dont veïst» », *Au carrefour des routes d'Europe: la chanson de geste. Tome I. Xe congrès international de la Société Rencesvals pour l'étude des épopées romanes*, Strasbourg, 1985, Aix-en-Provence : Publications de l'Université de Provence(Senefiance, 20), 1987, 445-459.

―――. « Guillaume narrateur. Le récit bref dans le *Charroi de Nîmes* », *Narrations brèves. Mélanges de littérature ancienne offerts à Krystyna Kasprzyk*, éd. Piotr Salwa et Erva Dorota Zólkiewska, Warsaw : Tokawi, 1993, 5-16.

Eskenazi, André. « *Eglise* et *Mostier* dans les romans de Chrétien de Troyes(BN 794)», *Revue de Linguistique Romane*, 52, 1988,121-137.

Faral, Edmond. *La Vie quotidienne au temps de saint Louis*, Paris : Hachette, 1938.

Fox, John. « Two borrowed expressions in the *"Charroi de Nîmes"* », *Modern Language Review, t. 50, 1955, 315-317.*

François, Michel. « Les bonnes villes », *Académie des inscriptions et belles-lettres. Comptes rendus des séances*, 1975, 551-560.

Frappier, Jean. *Les chansons de geste du cycle de Guillaume*, Paris : Société d'édition d'enseignement supérieur, t. 1, 1955; t. 2, 1965.

―――. « Les destriers et leurs épithètes », *La technique littéraire des chansons de geste. Actes du colloque de Liège(sept. 1957)*, Paris : Belles Lettres(Bibliothèque de la Faculté de philosophie et lettres de l'Université de Liège, 150), 1959, 85-104.

―――. « Notes lexicologiques. I 'Gole' », in *Mélanges de philologie romane dédiés à la mémoire de Jean Boutière*, Cluz I et Pirot F.(éd.), Liège : Soledi, 1971, 233-243.

Gallé, Hélène. « Déguisements et dévoilements dans le *Charroi de Nîmes* et la *Prise d'Orange*(comparés à d'autres chansons de geste)», *Les chansons de geste. Actes du XVIe congrès international de la Société Rencesvals pour l'étude des épopées romanes*, Granada, 21-25 juillet 2003, Carlos Alvar et

Juan Paredes(éd.), Granada : Universidad de Granada, 2005, 245-278.

Galmés de Fuentes, Álvaro. « Le *Charroi de Nîmes* et la tradition arabe », *Cahiers de civilisation médiévale*, 22, 1979, 125-137.

Gautier, Léon. *Les épopées françaises. III: Geste de Guillaume*, Paris : Palmé, 1868, 341-362.

Gregory, Stewart. « Pour un commentaire d'un passage obscur du *Charroi de Nîmes* », *Romania*, 109, 1988, 381-383.

Heinemann, Edward A. « Aperçus sur quelques rythmes sémantiques dans les versions *A, B*, et *D* du *Charroi de Nîmes* », *VIIIe Congreso de la Société Rencesvals*, Pamplona : Institución principe de Viana, Diputación foral de Navarra, 1981, 217-222.

——————. « "Composite laisse" and echo as organizing principles: the case of laisse I of the *Charroi de Nîmes* », *Romance Philology*, 37:2, 1983, 127-138.

——————. « Le jeu d'échos associés à l'hémistiche *Non ferai sire* dans le *Charroi de Nîmes* », *Romania*, 112, 1991, 1-17.

——————. « L'art métrique de la chanson de geste. Un exemple particulièrement réussi, le *Charroi de Nîmes*, et l'apport de l'informatique », *La chanson de geste: écriture, intertextualités, translations, Littérales*, 14, 1994, 9-39.

——————. « Existe-t-il une chanson de geste aussi brillante que le *Charroi de Nîmes* ? », *Aspects de l'épopée romane: mentalités, idéologies, intertextualités*, éd. Hans van Dijk et Willem Noomen, Groningen : Forsten, 1995, 461-469.

——————. « Fréquence lexicale et rythmes du vers épique dans les présentations de discours », *Plaist vos oïr bone cançon vallant? Mélanges offerts à François Suard*, éd. Dominique Boutet, Marie-Madeleine Castellani, Françoise Ferrand et Aimé Petit, Villeneuve d'Ascq : Université Charles de Gaulle-Lille 3 (UL3. Travaux et recherches), t. 1, 1999, 387-394.

——————. « Réalisations de l'art métrique de la chanson de geste: le cas des *Charroi de Nîmes* », *Convergences médiévales. Épopée, lyrique, roman. Mélanges offerts à Madeleine Tyssens*, éd. Nadine Henrard, Paola Moreno et Martine Thiry-Stassin, Bruxelles : De Boeck Université (Bibliothèque du Moyen Âge, 19), 2001, 227-241.

——————. « Du Beau et du byte », *L'épopée romane. Actes du XVe Congrès International de la Société Rencesvals pour l'étude des épopées romanes*(Poitiers 21-27 août 2000), Poitiers : Université de Poitiers, Centre d'études supérieures de civilisation médiévale(Civilisation médiévale, 13-14), t. 2, 2002, 1051-1058.

——————. « Du Beau et du Byte, bis », *Olifant*, 25:1-2, 2006, 223-234.

——————. « Divisions narratives dans le *Charroi de Nîmes* », *Por s'onor croistre. Mélanges de langue et de littératures médiévales offerts à Pierre Kunstmann*, éd. Yvan G. Lepage et Christian Milat, Ottawa : David(Voix savantes, 30), 2008, 75-89.

Hemming, Timothy D. « Restrictions lexicales dans la chanson de geste », *Romania*, 89, 1968, 96-105.

Hoggan, David G. « La formation du noyau cyclique *Couronnement de Louis-Charroi de Nîmes-Prise d'Orange* », *Société Rencesvals. Proceedings of the Fifth Conference*(Oxford, 1970), éd. G. Robertson-Mellor, Salford: University Press, 1977, 22-44.

Hunt, Tony. « L'inspiration idéologique du *Charroi de Nîmes* », *Revue belge de philologie et d'histoire*, 56:3, 1978, 580-606.

Jeanroy, Alfred. « Études sur le cycle de Guillaume au court nez. *II. Les Enfances Guillaume, le Charroi de Nîmes, la Prise d'Orange*; rapport de ces poèmes entre eux et avec la *Vita Willelmi* », *Romania*, 26, 1897,1-33.

Jeay, Madeleine. *Le commerce des mots. L'usage des listes dans la littérature médiévale (XIIe–XVe siècles)*, Genève : Droz, 2006.

Jodogne, Omer. « Le manuscrit de Boulogne du *Charroi de Nîmes* », *Coloquios de Roncesvalles, agosto 1955*, Zaragoza : Universidad de Zaragoza(Publicaciones de la Facultad de filosofía y letras, serie II, 12), 1956, 301-326.

Lachet, Claude. « *Charroi de Nîmes* », *Dictionnaire des lettres françaises: le Moyen Âge*, éd. Geneviève Hasenohr et Michel Zink, Paris : Fayard, 1992, 254-255.

───────. « Variantes et esthétique: à propos de plusieurs scènes comiques du *Charroi de Nîmes* », *«Qui tant savoit d'engin et d'art.» Mélanges de philologie médiévale offerts à Gabriel Bianciotto*, éd. Claudio Galderisi et Jean Maurice, Poitiers : Université de Poitiers, 2006, 463-472.

La prise d'Orange, chanson de geste de la fin du XIIe siècle, traduite et annotée d'après l'édition de Claude Régnier, par Claude Lachet et Jean-Pierre Tusseau, Paris : Klincksieck, 1986.

La prise d'Orange, chanson de geste de la fin du XIIe siècle, éditée d'après la rédaction AB, avec introduction, notes et glossaire, par Claude Régnier, Paris : Klincksieck, 1987.

Le couronnement de Louis, chanson de geste du XIIe siècle, éditée par Ernest Langlois, Paris : Honoré Champion, 2013.

Le Goff, Jacques. « Guerriers et bourgeois conquérants. L'image de la ville dans la littérature française du XIIe siècle », *Culture, science et développement: contribution à une histoire de l'homme. Mélanges en l'honneur de Charles Morazé*, Toulouse : Privat, 1979, 113-136.

Lombard-Jourdan, Anne. «Munjoie", Montjoie et Monjoie. Histoire d'un mot », *Nouvelle revue d'onomastique*, 21-22, 1993, 159-180.

Lot, Ferdinand. « *Le charroi de Nîmes* », *Romania*, 26, 1897, 564-569.

Louison, Lydie. *De Jean Renart à Jean Maillart. Les romans de style gothique*, Paris : Champion (Nouvelle bibliothèque du Moyen Âge, 69), 2004.

Mancini, Mario. « L'édifiant, le comique et l'idéologie dans le *Charroi de Nîmes* », *IVe congrès de la Société Rencesvals(Heidelberg, août-septembre 1967)*, éd. Erich Köhler, Heidelberg : Winter (Studia romanica, 14), 1969, 203-212.

Mantou, Reine. « Notes sur les v. 548-579 du *Charroi de Nîmes* », *Études de philologie romane et d'histoire littéraire offertes à Jules Horrent à l'occasion de son soixantième anniversaire*, éd. Jean-Marie D'Heur et Nicoletta Cherubini, Liège : s. n., 1980, 275-278.

Martineau, France, Cinzia Pignatelli et Lene Schøsler. « Verbes supports à base nominale », *Por s'onor croistre. Mélanges de langue et de littératures médiévales offerts à Pierre Kunstmann*, éd. Yvan G. Lepage et Christian Milat, Ottawa : David (Voix savantes, 30), 2008, 209-238.

McMillan, Duncan. « Le charroi de Nîmes, déstemmatisation et délocalisation des manuscrits », *Cultura neolatina*, 56, 1996, 411-433.

Meyer, Paul. « Notice sur un recueil de fragments de manuscrits français (Bibl. nat., nouv. Acq. Fr. 934)», *Bulletin de la Société des anciens textes français*, 22, 1896, 59-75.

Moroldo, Arnaldo. « Le portrait dans la chanson de geste », *Le Moyen Âge*, 86, 1980, 387-419 ; 87, 1981, 5-44.

Payen, Jean Charles. « Le *Charroi de Nîmes*, comédie épique ? », *Mélanges de langue et de littérature du Moyen Âge et de la Renaissance offerts à Jean Frappier, professeur à la Sorbonne, par ses collègues, ses élèves et ses amis*, éd. Jean Charles Payen et Claude Régnier, Genève : Droz (Publications romanes et françaises, 112), t. 2, 1970, 891-902.

───────. « L'emploi des temps dans le *Charroi de Nîmes* et la *Prise d'Orange* », *Guillaume d'Orange and the « Chanson de geste » : Essays Presented to Duncan McMillan in Celebration of His Seventieth Birthday by His Friends and Colleagues of the Société Rencesvals*, éd. Wolfgang van Emden, Philip E. Bennett et Alexander Kerr, Reading: Reading University, 1984, 93-102.

Pickens, Rupert T. « Le sens du terme *cortois* dans les premiers poèmes du Cycle de Guillaume d'Orange », *Philologies Old and New : Essays in Honor of Peter Florian Dembowski*, éd. Joan Tasker Grimbert et Carol J. Chase, Princeton: Edward C. Armstrong Monographs (Edward C. Armstrong Monographs on Medieval Literature, 12), 2001, p. 141-157.

Régnier, Claude. « À propos de l'édition du *Charroi de Nîmes* », *L'information littéraire*, 20, 1968, 32-33.

───────. « Encore le *Charroi de Nîmes* », *Mélanges de philologie romane offerts à Charles*

Camproux, Montpellier : Centre d'études occitanes de l'Université Paul-Valéry, t. 2, 1978, 1191-1197.

──────. « *Le Charroi de Nîmes, chanson de geste du xiie siècle*, Éd. Duncan Mac Millan », *Revue de Linguistique Romane*, 46, 1982, 212-215.

──────. « Les stemmas du *Charroi de Nîmes* et de la *Prise d'Orange* », *Guillaume d'Orange and the « Chanson de geste » : Essays Presented to Duncan McMillan in Celebration of His Seventieth Birthday by His Friends and Colleagues of the Société Rencesvals*, éd. Wolfgang van Emden, Philip E. Bennett et Alexander Kerr, Reading: Reading University, 1984, 103-116.

Ribard, Jacques. « Chaussée et chemin ferré », *Romania*, 92, 1972, 262-266.

Ribémont, Bernard (dir.). *La faute dans l'épóee médiévale : ambiguïté de jugement*, Rennes : Presses Universitaires de Rennes, 2012.

Roussel, Henri. « L'os de la gole. Réflexions sur le coup de poing meurtrier de Guillaume(*Couronnement de Louis*, vers 129-133)», in *La chanson de geste et le mythe carolongien. Mélanges René Louis*, publiés par ses collègues, ses amis et ses élèves à l'occasion de son 75e anniversaire, Saint-Père-sous-Vézelay : Musée archéologique régional, t. II, 1982, 591-605.

Rychner, Jean. *La chanson de geste. Essai sur l'art épique des jongleurs*, Genève : Droz, 1999.

Siciliano, Italo. *Les chansons de geste et l'épopée. Mythes, Histoires, Poèmes.* Turin : Società Editrice Internazionale, 1968.

Suard, François. « Les petites laisses dans le *Charroi de Nîmes* », *Actes du VIe congrès international de la Société Rencesvals (Aix-en-Provence, 29 août–4 sept. 1973)*, Aix-en-Provence, 1974, 651-667.

Szabics, Imre. « Procédés expressifs dans le *Charroi de Nîmes* », *Annales Universitatis scientiarum Budapestinensis de Rolando Eötvös Nominatae, Sectio philologica moderna*, 4, 1973, 23-36.

Tyssens, Madeleine. « Le *Charroi de Nîmes* et la *Prise d'Orange* dans le manuscrit B.N. fr. 1448 », *Cahiers de civilisation médiévale*, 3, 1960, 98-106.

──────. *La geste de Guillaume d'Orange dans les manuscrits cycliques*, Paris : Belles Lettres (Bibliothèque de la Faculté de philosophie et lettres de l'Université de Liège, 178), 1967, 101-123.

Vannier, Bernard. *Les tiroirs verbaux et la construction du sens dans quatre œuvres épiques du XIIe siècle : « Chanson de Roland », manuscrit O ; « Chanson de Guillaume » ; « Charroi de Nîmes », manuscrit A^1 ; « Roman de Thèbes », manuscrit S,* thèse de doctorat, Grenoble : Université Stendhal, 2007.

Van Waard, Roelof. « Le *Couronnement de Louis* et le principe de l'hérédité de la couronne », *Neophilologues*, XXX, 1946, 52-58.

（五）古法文文法、語音、拼寫、形態、詞彙以及漢譯武勳之歌方面之著作

佚名，李蕙珍譯注，《歐卡森與妮可蕾特》，台北：秀威資訊科技股份有限公司，2020年。

翁德明，《古法文武勳之歌：《昂密語昂密勒》的語言學評注》，桃園：國立中央大學出版中心 & Airiti Press Inc. ，2010年。

佚名，管家琪改編，《羅蘭之歌》，台北：時報文化出版企業股份有限公司，1995年。

佚名，楊憲益譯，《羅蘭之歌》，上海：譯文出版社，1981年。

佚名，康羅伊改編，陳伯祥譯，《羅蘭之歌》，北京：北京語言大學出版社，2011年。

佚名，郭宇波改編，《羅蘭之歌》，北京：人民郵電出版社，2011年。

佚名，馬振騁譯，《羅蘭之歌》，上海：譯文出版社，2018年。

Andrieux-Reix Nelly, Croizy-Naquet, Catherine, Guyot, , Oppermann, Evelyne. *Petit traité de langue française médiévale*, Paris : PUF, 2000.

Andrieux-Reix, Nelly, Baumgartner, Emmanuelle. *Systèmes morphologiques de l'ancien français. Le verbe*, Bordeaux : Bière, 1983.

Andrieux-Reix, Nelly, Baumgartner, Emmanuelle. *Ancien français : exercices de morphologie*, Paris : PUF, 1990.

Andrieux-Reix, Nelly. *Ancien français : fiches de vocabulaire*, Paris : PUF, 1987.

Beaulieux, Charles. *L'histoire de l'orthographe. Formation de l'orthographe des origines au milieu du XVIᵉ siècle*, t.1, Paris : Champion, 1927.

Bourciez, Édouard et Bourciez, Jean. *Phonétique historique*, Paris : Klincksieck, 1967a.

——————— . *Éléments de linguistique romane*, Paris : Klincksieck, 1967b.

Buridant, Claude. « Les binômes synonymiques. Esquisse d'une histoire des couples de synonymes du Moyen ge au XVIIᵉ siècle », *Bulletin du Centre d'Analyse du Discours*, 4, 1980, 5-79.

——————— . *Grammaire nouvelle de l'ancien français*, Paris : SEDES, 2000.

——————— . Grammaire du français médiéval (XIᵉ- XIVᵉ siècles), Strasbourg : ELIPHI, 2019.

Chaussée, François de la. *Initiation à la morphologie historique de l'ancien français*, Paris : Klincksieck, 1989.

Flori, Jean. « La notion de chevalerie dans les chansons de geste du XIIᵉ siècle. Étude historique de vocabulaire », *Le Moyen Âge*, 81, 1975, 211—244 et 407-445.

——————— . « Pour une histoire de la chevalerie : l'adoubement dans les romans de Chrétien de Troyes », *Romania*, 100, 1979, p.21-53.

Gougenheim, Georges. *Études de grammaire et de vocabulaire français*, Paris : Éditions A. et J. Pïcard, 1970.

Guillot, Roland. *L'épreuve d'ancien français aux concours : fiches de vocabulaire*, Paris : Honoré Champion, 2008.

Hélix, Laurence. *L'épreuve de vocabulaire d'ancien français. Fiches de sémantique*, Paris : Éditions du temps, 1999.

Imbs, Paul. *Les propositions temporelles en ancien français : la détermination du moment, contribution à l'étude du temps grammatical français*, Paris : Les Belles Lettres, 1956.

Laborderie, Noëlle. *Précis de phonétique historique*, Paris : Nathan, 1994.

Léonard, Monique. *Exercices de phonétique historique*, Paris : Nathan, 1999.

Matoré, Georges. *Le vocabulaire et la société médiévale*, Paris : PUF, 1985.

Ménard, Philippe. *Syntaxe de l'ancien français* (4ᵉᵐᵉ éd.), Bordeaux : Bière, 1994.

Moignet, Gérard. *Grammaire de l'ancien français*. Paris : Klincksieck, 1988.

Price, Glanville. « Quel est le rôle de l'opposition *cist/ cil* en ancien français », *Romania*, 89, 1968, 240-253.

Revol, Thierry. *Introduction à l'ancien français*, Paris : Nathan, 2000.

Roussineau, Gilles. *Perceforest. Sixième partie*, 2 vol., Genève : Droz, 2015.

Thomasset, Claude et Ueltschi, Karin. *Pour lire l'ancien français*, Paris : Nathan, 1993.

Wilmet, Marc. « Le démonstratif dit « absolu » ou « de notoriété » en ancien français », *Romania*, 100, 1979, 1-20.

Zink, Gaston. *Morphologie du français médiéval*, Paris : PUF, 1989.

——————— . *L'ancien français*, Paris : PUF. (coll. *Que sais-je ?* n° 1056), 1987.

（六）中世紀文本編注規則

Guyotjeannin, Olivier et Vielliard, Françoise. *Conseils pour l'édition des textes médiévaux : conseils généraux*, fascicule 1, Paris : CTHS, École Nationale des Chartes, 2001.

Bourgain, Pascale et Vielliard, Françoise. *Conseils pour l'édition des textes médiévaux : textes littéraires*, fascicule 3, Paris : CTHS, École Nationale des Chartes, 2002.

（七）古文字學指南

Audisio, Gabriel et Rambaud, Isabelle. *Lire le français d'hier. Manuel de paléographie moderne : XVe-XVIIIe siècle* (4e édition), Paris : Armand Colin, 2003.

Bischoff, Bernhard. *Paléographie de l'Antiquité romaine et du Moyen Âge occidental* (2e édition), Paris : Picard, 1993.

Prou, Maurice. *Manuel de paléographie latine et française* (4e édition), Paris : Auguste Picard, 1924.

（八）辭典

Foulet, Lucien. *The Continuations of the Old French "Perceval" of Chretien de Troyes*. Vol. III, part 2, *Glossary of the First Continuation*, Philadelphia, The American Philosophical Society, 1955.

Godefroy, Fréféric. *Dictionnaire de l'ancienne langue française et tous ses dialectes du IXe au XVe siècle*, 1881-1902.

Tanet, Chantal et Hordé, Tristan. *Dictionnaire des prénoms*, Paris : Larousse, 2006.

Von Wartburg, Walther. *Französisches Etymologisches Wörterbuch (FEW): dictionnaire étymologique et historique du galloroman (français et dialectes d'oïl, francoprovençal, occitan, gascon)*, Nancy Université, ATILF-CNRS, 2014 [1922-2002].

秀威經典　　　　　　　語言學習類　PD0090　學語言21

尼姆大車隊
古法文・現代法文・中文對照本

原　　　著 / 佚　名
譯　　　注 / 李蕙珍（Huei-Chen LI）
責任編輯 / 邱意珺
圖文排版 / 陳彥妏
封面設計 / 王嵩賀

出版策劃 / 秀威經典
發 行 人 / 宋政坤
法律顧問 / 毛國樑　律師
印製發行 / 秀威資訊科技股份有限公司
　　　　　114台北市內湖區瑞光路76巷65號1樓
　　　　　電話：+886-2-2796-3638　傳真：+886-2-2796-1377
　　　　　http://www.showwe.com.tw
劃撥帳號 / 19563868　戶名：秀威資訊科技股份有限公司
　　　　　讀者服務信箱：service@showwe.com.tw
展售門市 / 國家書店（松江門市）
　　　　　104台北市中山區松江路209號1樓
　　　　　電話：+886-2-2518-0207　傳真：+886-2-2518-0778
網路訂購 / 秀威網路書店：https://store.showwe.tw
　　　　　國家網路書店：https://www.govbooks.com.tw

2024年7月　　BOD一版
定價：600元
版權所有　翻印必究
本書如有缺頁、破損或裝訂錯誤，請寄回更換

讀者回函卡

國家圖書館出版品預行編目

尼姆大車隊 (古法文.現代法文.中文對照本) /佚名
作；李蕙珍譯注. -- 一版. -- 臺北市：秀威經典，
2024.07
　　面；　公分. -- (語言學習類；PD0090) (學語
言；21)
　BOD版
　ISBN 978-626-98425-0-6(平裝)

　1.CST: 法語　2.CST: 讀本

804.58　　　　　　　　　　　　　　　　113004744